Marcel Antoine Fehr

Der Tag an dem die Träume endeten

EK-2 Militär

Eine Geschichte über das Ende der Welt

Für Jill und Monika – Danke für Euer Vertrauen

Ihre Zufriedenheit ist unser Ziel!

Liebe Leser, liebe Leserinnen,

zunächst möchten wir uns herzlich bei Ihnen dafür bedanken, dass Sie dieses Buch erworben haben. Wir sind ein kleines Familienunternehmen aus Duisburg und freuen uns riesig über jeden einzelnen Verkauf!

Mit unserem Label *EK-2 Militär* möchten wir militärische und militärgeschichtliche Themen sichtbarer machen und Leserinnen und Leser begeistern.

Vor allem aber möchten wir, dass jedes unserer Bücher **Ihnen ein einzigartiges und erfreuliches Leseerlebnis** bietet. Daher liegt uns Ihre Meinung ganz besonders am Herzen!

Wir freuen uns über Ihr Feedback zu unserem Buch. Haben Sie Anmerkungen? Kritik? Bitte lassen Sie es uns wissen. Ihre Rückmeldung ist wertvoll für uns, damit wir in Zukunft noch bessere Bücher für Sie machen können.

Schreiben Sie uns: info@ek2-publishing.com

Nun wünschen wir Ihnen ein angenehmes Leseerlebnis!

Jill & Moni
von
EK-2 Publishing

Hinweis

Dieser Roman handelt hauptsächlich in der heutigen Schweiz. Auch ist der Autor Schweizer. Für maximale Authentizität folgt der Text den Regeln der Schweizer Rechtschreibung; so gibt es beispielsweise kein ß und die Guillemets (französische Anführungszeichen) bei wörtlicher Rede werden *umgekehrt* dargestellt: «» Das heißt, aus Sicht eines Deutschen oder Österreichers sind sie umgekehrt dargestellt. Für Schweizer ist ihre Darstellung in diesem Buch üblich.

Prolog

«Sie hat ihm das grosse Küchenmesser in den Hals gerammt!» Die gut gekleidete Dame nickte und gab so ihren Worten noch mehr Gewicht. «Insgesamt hat sie fast ein Dutzend Mal zugestochen.»

Sie stand vor dem grossen Schreibtisch und stützte sich dabei mit beiden Händen auf die Tischplatte. Ihr anmutiges Gesicht war ernst, ihre Augen müde.

«Ich glaube, das hätte ich auch getan.» Der Mann hinter dem Schreibtisch presste seine Lippen zusammen. Er nickte ebenfalls. Einen kurzen Moment blieb es ruhig im Büro. Dann öffnete er seinen Krawattenknoten, zog sich den Schlipps herunter und warf ihn achtlos auf das Pult.

«Wie geht es ihr jetzt?» Er öffnete den Hemdkragen. Die Frau verzog ihr Gesicht zu einer Grimasse.

«Sie wurde von den beiden Kumpanen ihres Freundes auf das heftigste vergewaltigt.» Ihre Stimme nahm an Schärfe zu. «Was denkst Du, wie es ihr geht? Sie liegt mit schweren Prellungen und verschiedenen Verletzungen im Genitalbereich im Krankenhaus. Die Ärzte haben ihr Schmerzmittel und etwas zum Schlafen gegeben, versuchen sie nun seit der Einlieferung ruhig zu stellen.» Jetzt schüttelte die Frau langsam ihren Kopf. «Die Doktoren wollen sie ab morgen von einer Psychologin betreuen lassen. Vielleicht spricht sie dann.»

«Was denkt die Polizei?» Der Mann rieb sich die Stirn. «Die Ärzte werden doch wohl die Meinung der Vergewaltigung stützen?»

Die Anwältin setzte sich auf einen der Besucherstühle, dabei seufzte sie tief, gab aber keine Antwort.

«Willst Du einen Drink, Julia?», fragte der Mann hinter dem Schreibtisch. Ohne eine Antwort abzuwarten, stand er auf und goss aus einer Flasche auf einem Beistelltischchen Whiskey in zwei kristallene Gläser. Das eine stellte er vor Julia hin, das andere behielt er in der Hand und setzte sich wieder.

«Bei der Schwere der Verletzungen und der Art und Menge der Hämatome gehen die Ärzte von einer schweren, mehrfachen Vergewaltigung oder extrem harten Sex aus.», antwortete sie dann doch.

«Und die beiden in Untersuchungshaft sitzenden Freunde des Messeropfers? Was sagen die?»

«Sie behaupten, es habe sich um sehr harten, doch einvernehmlichen Sex gehandelt, dabei sei aber der Freund nicht beteiligt gewesen.»

«Sondern?»

«Er habe die drei nur angestiftet, sich jedoch nicht selber beteiligt, sondern nur zugesehen.» Julia nahm einen kleinen Schluck. «Die forensische Untersuchung bestätigt dies. Der Alkoholgehalt im Blut des Opfers würde dies stützen. Er hatte fast zwei Promille im Blut. Er war wahrscheinlich kaum noch in der Lage dafür gewesen, mitzumachen.» Die Augenbrauen des Mannes gingen nach oben. «Und unsere Klientin? Wie war ihr Blut?»

«Nicht viel Alkohol, vielleicht ein paar Drinks, aber nichts auffälliges.»

Der Mann schüttelte leicht den Kopf.

«Solange sie keine Aussage macht, wird es schwierig.» Auch er trank. «Wie heisst sie eigentlich?»

Die Frau überlegte keinen Augenblick: «Connie.»

Der Mann wartete noch auf den Nachnamen, aber es kam keiner.

«Connie, also. Haben wir die Krankengeschichte der Frau, die vielleicht zeigen könnte, dass so etwas schon früher passiert ist? Oder dass häusliche Gewalt ein Thema war?» Julia lächelte säuerlich.

«Ach Robert, wie lange arbeiten wir nun schon zusammen? Ich habe schon gestern unsere Praktikantin darauf angesetzt, aber das Arztgeheimnis macht dies nicht einfach.» Robert nickte leicht und Julia führ weiter: «Ebenso werden wir in den nächsten Tagen ihr Umfeld befragen müssen, welche Art von Beziehung die beiden führten und was für ein Typ ihr Freund war. Mein Gefühl sagt mir, dass da mehr dahintersteckt.

«Mehr? Hast Du Zweifel an der Vergewaltigung?» «Nein! Definitiv nicht.» Julia sah ihren Partner scharf an. «Ihr körperlicher Zustand ist dafür zu schlecht und sie hat ein psychisches Trauma.» Julia seufzte. «Das war nicht einvernehmlich, sondern eine ganz üble Sache.» Sie machte eine Pause, schlug ihre Beine übereinander. «Ich bin überzeugt davon, dass dies schon länger so ging und er sie auch geschlagen hat.» Ihre Stimme wurde leiser. «Und ich denke auch dass dies nicht die erste Vergewaltigung war, die sie erleben musste.» Wieder machte sie eine Pause, schüttelte für sich den Kopf. «Die Anwälte der beiden in U-Haft sitzenden Typen werden alles daransetzen, die Story auf einvernehmlichen Sex zu drehen. Dass sie es mit den beiden Kumpels ihres Freundes getrieben hat und er entweder geschlafen hat dabei oder einfach hinzu kam…»

«…und es deswegen Streit gab, als die beiden anderen dann schliesslich wieder weg waren.», vollendete Robert den Satz. Beide Anwälte nickten.

Robert stellte sein Glas auf das Holz des Schreibtisches. «Das Ganze ist geschehen, wann?»

«Samstag auf Sonntagnacht. Gemäss ersten Aussagen, waren alle zusammen zuerst in einer Bar.»

«Vor vier Tagen also.» Robert nickte erneut. «Sonntag, da war ich mit der Familie im Zoo.» Er lächelte leise bei der Erinnerung. «Und sie hat selbst die Polizei gerufen?»

«Ja.» Julia überlegte. «Der Notruf ging um 4:55 Uhr morgens ein.» Sie nahm einen weiteren Schluck Whiskey, hustete dann leicht.

«Geht es Dir nicht gut?» Robert runzelte die Stirn. «Doch, doch, alles in Ordnung. Ich habe nur seit gestern einen komischen Hals.»

«Hm hm.», machte Robert und nahm sein Glas wieder in die Hand, trank aber nicht. «Dass sie selber die Polizei angerufen hat, spricht für sie. Aber die Gegenseite wird behaupten, das sei eine Ablenkung gewesen, ein Kniff, um alle auf eine falsche Fährte zu locken.» Jetzt trank er. «Wenn es wirklich eine Vergewaltigung gewesen ist, musst Du das beweisen können. Aber dann wird dies sicher schon früher mal vorgekommen sein. Daran sollten wir ansetzen.» Er macht eine Pause, überlegte. «Das Ganze ist heikel, da dürfen wir keine Fehler machen.»

Julia nickte und trank einen grossen Schluck des guten, schottischen Single-Malt. Erneut hustete sie leicht.

«Ich setze viel auf die Aussage der Ärzte und hoffe dazu auf eine längere Krankenakte.» Wieder seufzte sie. «Und vielleicht spricht sie endlich irgendwann mit der Psychologin, das würde ebenfalls helfen. Oder mit mir.»

«Dazu ist zu hoffen, dass die Aussagen ihres Umfeldes ebenfalls sie entlasten.», ergänzte Robert. «Und siehe bitte zu, dass sie so lange wie möglich im Krankenhaus verbleibt. Keinesfalls soll sie in die normale Untersuchungshaft müssen. Geh auf den zuständigen Staatsanwalt und Richter zu, gleich morgen früh. Du weisst, was zu tun ist.»

Julia nickte.

Er stellte das noch nicht leere Glas auf seinen Schreibtisch. «So, und jetzt muss ich mich noch mit T treffen. Er hat irgendwie noch Details zu einem meiner Fälle. Aber vielleicht könnten wir ihn auch auf diesen Fall hier ansetzen.» Robert stand auf, Julia ebenfalls. «Hinzukommend stelle unbedingt sicher…» Die Sirene unterbrach ihn.

Das Auf und Abschwellende Heulen des Katastrophenalarmes ging ihnen durch Mark und Bein. Julia sah auf ihre Uhr und schüttelte dann den Kopf. «Das ist doch kein Test?»

«Nein!», stimmte Robert ihr zu, ging zum Fenster und sah hinaus. Dann kam er zurück und schaltete das kleine Radio auf der Kommode ein.

«Ob das mit den Meldungen dieser komischen Grippe zu tun hat?», fragte Julia und beugte sich vor, um besser hören zu können.

«Ich weiss es nicht.» Robert zuckte mit den Schultern. «Aber möglich wäre es schon.»

Eine dringliche Stimme aus dem Radio ertönte: «Achtung, Achtung! Dies ist eine dringende Durchsage. Bitte begeben sie sich umgehend nach Hause! Tun sie dies ruhig und ohne Panik. Zuhause schliessen sie Türen und Fenster. Gehen sie, wenn irgendwie möglich, nicht unter Leute und vermeiden sie unbedingt grössere Menschenansammlungen. Tragen sie Masken! Bei Anzeichen einer Erkrankung melden sie sich telefonisch bei ärztlichen Diensten oder Spitälern. Gehen Sie auch nicht in die Notaufnahme! Melden Sie sich telefonisch. Und bitte bleiben sie ruhig! Achtung, Achtung…» Die Aussage begann sich zu wiederholen.

«Was zum Teufel…?» Julia kam kaum gegen die durchdringend heulenden Sirenen an.

Robert sah sein Gegenüber durchdringend an.

«Dir geht es nicht wirklich gut. Melde Dich bei Deinem Arzt.»

Julia winkte ab. «Alles ok. Aber ich denke, wir müssen los.» Sie stellte ihr Glas auf Roberts Arbeitstisch. «Ich fahre Dich nach Hause. Auf keinen Fall nimmst Du die Bahn.» Robert nickte etwas gedankenverloren. Er nahm sein Sakko von der Stuhllehne, zog es über. «Danke.», antwortete er dann leise.

Seine Frau sah ihn mit angsterfülltem Blick an, als sie die Tür öffnete. Einen Blick, den Robert an ihr so nicht kannte. «Ist alles ok bei Dir?», fragte sie und Robert nickte. Er gab ihr einen Kuss und trat in das Haus. «Und wie geht es Dir und Josè?» Sein Blick war sorgenvoll, doch seine Frau nickte. «Alles in Ordnung hier. Gleich als die ersten Meldungen kamen, holte ich ihn von der Spielgruppe und wir waren dann das Nötigste einkaufen.» Jo lächelte. «Er hat protestiert, da er dortbleiben wollte, aber jetzt ist er oben in seinem Zimmer und spielt.»

Robert seufzte erleichtert. Er schmiss sein Sakko über die Lehne eines Stuhles und die Krawatte auf den Tisch. Dann sank er mit einem Seufzen auf das Sofa, sah seine Frau an, welche vor ihm stehen blieb. «Wir haben das Büro dicht gemacht und den Termin mit T habe ich auf nächste Woche verschoben. Julia hat mich hergefahren, da ich nicht in einen Zug steigen wollte.» Er seufzte leise. «Aber der Verkehr ist unglaublich. Alle scheinen unterwegs zu sein.» Joanna nickte. «Es war verrückt. Alle wollten einkaufen, leerten die Regale, als gäbe es kein Morgen. Es war die Hölle los im Einkaufszentrum. Wir mussten überall Schlange stehen.» Sie schüttelte ihren Kopf, räusperte sich und Robert runzelte die Stirn.

«Aber wenigstens bekamen wir noch fast alles.», fuhr Jo dann fort.

«Toilettenpapier?», lächelte Robert, doch seine Frau blieb ernst. «Ja, das gab es auch noch. Aber Batterien, Kerzen und Konserven und solche Dinge gingen schon zur Neige. Trockenfleisch hatte es schon keines mehr.» Sie sah ihren Mann mit dunklem Blick an. «Jetzt haben wir erst vor einigen Jahren die Corona-Pandemie überstanden und jetzt kommt schon das nächste. Und wieder wissen sie nicht, was es ist,» «Lass uns mal den Fernseher anmachen und hören, was sie an Informationen haben.» Er stand auf. «Aber zuerst muss ich meinen Jungen begrüssen.»
Er warf Jo einen Handkuss zu und ging die Treppe hinaus.
«…eine unfassbar schnelle Ausbreitung. Wie die Krankheit übertragen wird, und worum es sich überhaupt handelt, wissen wir noch nicht. Es könnte ein neues Virus, ein Pilz oder unbekannte Sporen sein.» Der Sprecher der staatlichen Fernsehstation machte ein sehr ernstes Gesicht. «Es scheint jedoch gesichert, dass alle bisher Infizierten die Krankheit nicht überlebt haben.» Erneut machte er eine Pause. «Die Krankenhäuser und weitere ärztliche Einrichtungen werden überrannt, es scheinen tausende von Menschen auf der Suche nach Hilfe zu sein. Aber auch die Spitäler haben mit Ausfällen durch diese ominöse, im Volksmund 'Grüner Teufel' genannten Krankheit zu kämpfen. Bleiben sie deshalb unbedingt zuhause!

Die Behörden haben angekündigt, mit Hilfe der Armee Quarantäne-Lager einzurichten. Deswegen werden Armeeangehörige heute Abend noch aufgeboten.» Wieder machte der Sprecher eine Pause, da ihm jemand im Studio ein neues Blatt Papier überreichte. Der Sprecher las es, erbleichte sichtlich. «Diese Meldung ist soeben eingetroffen: Der Bundesrat hat hiermit das Kriegsrecht und damit einhergehend auch eine Teilmobilmachung ausgerufen. Die Bevölkerung wird aufgefordert, sofort nach Hause zu gehen und dort zu verbleiben! Es herrscht ein mit sofortiger Wirkung eintretendes Ausgehverbot!»

Robert schaltete den Ton des Fernsehers aus und sah seine Frau mit entsetztem Blick an.

«Was ist eine Teilmo…» Jo, deren Muttersprache Spanisch war, kämpfte mit dem ihr unbekannten Wort. Sie schob ihre goldfarbene runde Brille mit dünnem Gestell auf ihrer Nase nach oben.

«Teilmobilmachung», antwortete Robert, «bedeutet, dass bestimmte Teile der Armee eingezogen und diese in Kriegsmobilmachung versetzt werden.»

Joannas Augen wurden gross. «Was geht hier ab?»

«Ich weiss es nicht mein Engel, aber es ist äusserst ernst.» Jo nickte und Robert drückte wieder die Fernbedienung. Sofort ertönte wieder der Sprecher: «…werden aus allen Teilen der Welt gemeldet. In Südamerika, wo die Krankheit schon vor einer Woche ausbrach, befürchten die Behörden eine Todesrate von nahezu einhundert Prozent. Auch aus den USA, China und Indien wird ähnliches gemeldet.» Der Mann am Bildschirm atmete einmal tief durch. Dann fuhr er weiter: «Aufgrund dieser Ereignisse ist ab sofort das Kriegsrecht in Kraft. Es ist allen Zivilpersonen unter Androhung der Todesstrafe untersagt, ihre Häuser und Wohnungen zu verlassen! Ich wiederhole: Durch das Inkrafttreten des Kriegsrechtes ist es allen Zivilpersonen verboten, ihre Behausungen zu verlassen. Zuwiderhandlungen können mit der Todesstrafe geahndet werden! …»

Robert drückte erneut den Knopf auf der Fernbedienung und die Stimme verstummte wieder.

Vierundzwanzig Stunden später wurde der Betrieb des Senders eingestellt, etwa zur selben Zeit brach auch das Handynetz und das Internet zusammen. Nach drei weiteren Tagen fiel die öffentliche Ordnung auseinander. Und am darauffolgenden Morgen, einem Dienstag, schimmerten die Augen von Joanna und ihrem Sohn José grünlich.

Teil 1 – Das Ende des Tals

**"Der Schmerz vergeht nicht.
Man schafft nur Platz dafür."
(Andrea – The Walking Dead)**

Madrid – Fünf Jahre vor dem Ende

«Sieh Dir mal das schöne Gebäude an, Rob! Das wäre doch mal ein Haus für Dich.» Toni grinste, als er von der Mauer an der Strasse zu dem Königspalast in Madrid heruntersah. Die Sonne ging langsam unter und tauchte die spanische Hauptstadt in verschiedenste Rottöne. Der Angesprochene ging langsam an der Mauer entlang, sah ebenfalls zu dem Palast herunter. Toni grinste, «Da hättest Du ein eigenes Zimmer für alles, was Dir nur so einfällt.»

«Und die Kosten für die Reinigung würden mich innerhalb kürzester Zeit ruinieren, T!» Rob lachte ebenfalls und lehnte sich mit den Ellbogen auf die Mauer. Er betrachtete den Palast, der ihm von seinem Standpunkt aus dessen Seite zeigte. Trotzdem konnte er die vordere Fassade mit ihren unzähligen Säulen, den vielen verschiedenen Steinfiguren, den beiden, in Kreuzform angelegten Treppen und der einzelnen Kuppe in der Mitte der Fassade gut erkennen. Das Weiss des Palastes schimmerte in dem leichten Rot der langsam untergehenden Sonne. Eine Weile betrachteten die beiden Freunde das Gebäude schweigend.

In diesem Augenblick setzte sich eine junge Frau neben Rob auf die Mauer. Sie hatte lange, gewellte hellbraune Haare und stechend blaue Augen unter einer goldfarbenen runden Brille mit ganz dünnem Gestell. Die Haare fielen ihr offen über die Schultern. Sie trug eine weisse Bluse, welche sie unten herum geknotet hatte, so dass es bauchfrei war. Die Knöpfe der Bluse waren weit offen und liessen den Blick auf den Ansatz ihrer Brüste zu. Sie schien keinen Büstenhalter zu tragen. Dazu war sie mit engen Jeans und weissen Sneakers bekleidet. Lange Ohrringe im Stile der Zigeuner klimperten, wenn sie den Kopf bewegte.

Zwischen ihren Fingern glomm ein Joint, den süssen Duft von Cannabis verströmend.

«Hola.», flötete sie.

«Hola.», antwortete Rob. Von irgendwoher kam ihm die Frau bekannt vor. Dann fuhr er auf Englisch fort, da er dem

Spanischen nicht wirklich mächtig war: «Könnte das nicht Probleme geben, so auf öffentlichem Grund?» Er nickte zu dem Joint hin, doch die junge Frau lachte nur, antwortete jedoch nicht.

«Ich bin Rob», meinte er dann und zeigte auf seinen Freund, «und das ist Toni, genannt T.»

Die junge frau nickte Toni mit einem süssen Lächeln zu, musterte dann Rob schamlos von oben bis unten.

«Ihr wart gestern im Mas Al Sur essen, stimmt's?», fragte sie, nachdem sie die Musterung beendet hatte.

Rob nickte.

«Ich war ebenfalls da.»

Jetzt wurde ihm bewusst, woher ihm das Gesicht bekannt vorkam. Sie war ihm an der Bar schon aufgefallen, aber da sie mit Freunden anwesend war, hatte er sie nicht angesprochen.

Dabei hätte er es jedoch sehr gerne getan.

«Ich heisse ist Joanna.» Sie lächelte ihn an und hielt ihm den Joint vor das Gesicht. Rob nahm ihn ihr aus der Hand und zog den würzigen Rauch in die Lunge. Er liess ihn langsam wieder entweichen, dann begann er zu husten und Joanna lachte laut auf. Sie nahm ihm den Joint aus der Hand und zog ihrerseits daran, liess den Rauch dann genüsslich aus der Nase strömen.

«Nicht gewohnt, hmm?», grinste sie und Rob versuchte mit hochrotem Kopf zu antworten, brachte aber nur ein heiseres Krächzen heraus. Wieder lachte sie, dann hüpfte sie von der Mauer, so dass ihre Brüste fast aus der Bluse sprangen. Sie bemerkte seinen Blick und zog leicht ihre Augenbrauen hoch. Robs Gesicht wurde noch röter.

«Habt Ihr beide heute Abend schon etwas vor?», fragte sie und bedachte Toni mit einem koketten Augenaufschlag. Als dieser den Kopf schüttelte, zog sie einen zerknitterten Handzettel aus der Tasche ihrer Jeans und drückte ihn Rob in die Hand. Sie stellte sich auf die Zehenspitzen, schmiegte sich leicht an Rob und flüsterte ihm ins Ohr: «Ich würde mich doch sehr freuen, wenn wir uns dort...» Sie unterbrach sich selber, lächelte ihn verführerisch an und beendete dann den Satz: «...sehen würden.» Joanna blinzelte ihn durch ihre Brille hindurch an und legte ihrem Zeigefinger sanft auf Robs Oberkörper, dann ging sie tänzelnden Schrittes weg, drehte sich nochmals um und blinzelte ihm zu und verschwand hinter der nächsten Abzweigung.

Rob sah seinen Freund an, doch Toni verdrehte nur theatralisch die Augen. Dann grinsten sich die beiden an und stützen sich erneut mit den Ellbogen auf die Mauer, sahen in den Park herunter.

«Was war das jetzt gerade?», fragte Toni nach einer Weile, doch es handelte sich um eine rein rhetorische Frage, er kannte die Wirkung seines besten Freundes auf die Damenwelt.

Als Antwort hielt ihm Rob den immer noch zerknüllte Zettel hin. Toni nahm ihn und las.

«Es gibt eine Party in irgendeinem alten Wasserwerk.», erklärte er dann. «Ich weiss nicht, ob das eine gute Idee ist, da hinzugehen.» Er machte ein säuerliches Gesicht. «Immerhin hast Du eine Freundin zuhause.» Er machte eine Pause, sah Rob mit ernstem Gesicht an. «Und ich kenne Dich! Zu einem solchen Mädchen kannst Du nicht nein sagen.»

Rob nickte wissend, zuckte dann mit den Schultern. «Sie ist aber auch wirklich heiss.» Er lächelte bei dem Gedanken an sie und Toni verdrehte erneut seine Augen. Dann grinste auch dieser.

«Sie hat vielleicht eine genauso hübsche Freundin. Und ja, klar gehen wir da hin!»

Das rhythmische Wummern der Bässe durchströmte das alte Gebäude wie warmes Wasser und legte sich über alles, was sich darin befand. Das Gebilde war kreisrund und mass mindestens dreissig Meter im Durchmesser. Ein äusserer Ring bestand aus Räumen, Zellen einer Haftanstalt nicht unähnlich, jedoch um einiges grösser. Sie waren alle völlig identisch. Die Räume besassen keine Fenster, sondern nur Türen, welche sich zur Mitte hin öffnete. Vor diesen Türen umrundete ein mehr als drei Meter breiter Rundgang das gesamte Gebäude. Zur Mitte hin wurde er begrenzt durch eine Steinmauer, von welcher man in den offenen Innenraum des Gebäudes sehen konnte, welcher sich vom Grund her bis zu der Glasdecke erstreckte, durch die das Blau des Himmels schimmerte. Insgesamt vier Stockwerk hoch, gab es auf jedem denselben, identisch aufgebauten Rundgang mit den Zimmern am äusseren Ende. Zwei grosse Treppenhäuser unterbrachen diese Rundgänge jeweils, worüber man vom einem zum oberen oder unteren Stock gelangte. Das Bauwerk gehörte früher zu einem alten, unterdessen stillgelegten Wasserwerk. Welchem Zweck es genau diente, war den beiden Freunden fremd.

Sie waren ohne Probleme vom Türsteher eingelassen worden und über die grossen Treppen bis in den vierten und höchsten Stock gestiegen. Die ersten beiden Stockwerke waren nicht zugänglich, doch auf den Umgängen des dritten und vierten drängten sich unzählige Menschen. Auf beiden Rundgängen gab es mehrere Bars, welche Snacks und vor allem eine Vielzahl alkoholischer Getränke verkauften und vor denen jeweils lange Schlangen von Besuchern standen. Ebenfalls im vierten Stock befand sich eine Bühne, worauf ein DJ an mehreren Plattenspielern, CD-Spielern und Computerbildschirmen herumsprang. Seine Musik dröhnte ihnen durch Mark und Bein. Auf den Rundgängen tanzten überall Menschen, oder standen zusammen, lachten oder versuchten vergebens, sich durch die laute Musik zu unterhalten. Auf dem Boden des Gebäudes, mitten im Innenhof, stand ein länglicher, grosser grüner Tisch und an den äusseren Enden des Hofes dazu mehrere Sofas. Beim Tisch handelte es sich um einen Craps-Tisch, auch Seven-Eleven genannt. Am Tisch stand ein Croupier, welcher in Fliege und Frack, das Spiel leitete. Zwei Pärchen standen ebenfalls dabei, warfen die Würfel über das grüne Spielfeld.

Rob, welcher an der inneren Mauer lehnte und in den Innenhof heruntersah, spürte eine leichte Bewegung. Er sah sich um und blickte in die stechend blauen Augen von Joanna.

Sie zeigte nach unten zu dem Craps-Tisch. «Der Gewinner bekommt alle Einsätze.», rief sie durch die dröhnende Musik hindurch.

«Aha.», antwortete Rob etwas spöttisch, «Nun, das ist aber nun nicht wirklich etwas Spezielles.»

Joanna sah ihn mit einer Mischung aus Überraschung und Arroganz an.

Toni machte sich auf den Weg an die Bar und Rob musterte die junge Frau ungeniert. Joanna trug ein sehr kurzes Minikleid aus neon-pinken Stretch, dessen Dekolleté und die Seiten aus transparentem Netzstoff bestand. Durch die Netzeinsätze bemerkte er, dass sie keine Unterwäsche anhatte.

Ihm wurde warm.

Zu dem Kleidchen trug sie hohe, silberne Pumps und hatte ein passend silbernes, kleines Handtäschchen bei sich. In der einen Hand hielt sie ein schmales, hohes Glas mit Prosecco.

Sie lächelte Rob mit demselben verführerischen Lächeln wie am Nachmittag vor dem Königspalast an und wartete geduldig, bis er sie fertig betrachtet hatte.

«Du hast recht, das Gewinnen ist nicht das Spezielle bei diesem Spiel.» Als Rob seine Stirn runzelte, fuhr sie mit einem vielsagenden Lächeln fort: «Aber dafür das Verlieren.» «Warum? Was passiert, wenn man verliert? Wie bei jedem Seven-Eleven verliert man den Einsatz und das Spiel ist vorbei.»

Jetzt war es an Joanna, Rob zu mustern. «Nicht unbedingt.», antwortete sie vage. «Man kann es sein lassen und verliert seinen Einsatz…»

«Oder?»

Sie leckte ihre Lippen mit der Zungenspitze. «Oder man erkauft ihn sich wieder zurück.»

«Man kann ihn sich zurück…» Rob stockte kurz. «…kaufen? Wie?»

Sie nippte an ihrem Glas und sah Rob über den oberen Rand ihrer Brille an. «Siehst Du diese Sofas? Man fickt darauf.» Sie stellte ihr Glas auf die Brüstung.

Rob zog seine Augenbrauen in die Höhe. «Vor all den Leuten hier?» Seine Stimme schien geschockt und Joanna machte einen leicht enttäuschten Gesichtsausdruck. «Yep, vor all diesen Menschen hier.» Sie zeigte nach unten. «Aber man darf sich das Sofa aussuchen.» Sie lächelte unschuldig. «Und hat das schon mal jemand getan?»

«Zwei Mal. Ich war mal da, als es zwei miteinander getrieben haben. War echt toll.» Ihre Stimme zeigte wieder eine leichte Enttäuschung. «Aber das ist schon eine ganze Weile her. Sind heute alles Feiglinge.»

Sie nahm ihr Glas mit dem Prosecco, verwarf dabei ihre Hände und das Getränk schwappte fast über. Dann genehmigte sie sich einen Schluck und stellte das Glas wieder auf die Brüstung. Sie lehnte sich leicht an Rob. Der Stoff ihres Kleides war so dünn, dass er die Wärme ihres Körpers spüren konnte.

«Bist Du auch ein Feigling?» Sie sah ihn mit grossen Augen, aber schelmischen Blick an.

«Ich?» Rob versuchte etwas Zeit zu gewinnen. Er ahnte, worauf sie hinauswollte, überlegte sich seine Antwort gut. «Eigentlich   nicht,   nein.»,   entgegnete   er   dann. Joanna lächelte, man sah ihr dabei an, sie glaubte ihm nicht. «Würdest Du denn…?», fragte er knapp und sie sah zu ihm hoch.

«Die Frage ist doch eher, ob Du so bist wie alle anderen,», sie machte eine Pause, «oder ob ich recht habe, wenn ich denke, Du könntest anders sein als all diese Schafe hier.» Sie zeigte mit der Hand in die Menge, blickte ihn dabei lange an. «Bist Du anders?.» Ihr Gesicht war jetzt ernst. «Hast Du den Mut, mit mir da unten zu spielen?» Rob lächelte ganz leicht, er konnte seine Nervosität nicht verbergen, egal wie er es versuchte. «Vielleicht gewinnen wir.»

«Vielleicht.» Jetzt war sie es, die die Brauen hochzog.

«Wenn wir gewinnen, dann behältst Du den ganzen Gewinn.» Sie machte eine bedeutungsvolle Pause. «Wenn nicht, nimmst Du mich da unten.» Wiederum machte sie mit der Hand eine ausladende Bewegung. «Vor allen!» Joanna machte einen Schritt zurück, nahm ihr Glas in die Hand und trank einen Schluck des Prosecco.

Sie musterte ihn. Doch auch Rob liess seinen Blick über sie gleiten. An den Netzeinsätzen des Kleidchens blieb sein Blick kurz hängen. Joanna liess seine Blicke mit einem amüsierten Gesichtsausdruck über sich ergehen. «Und?»

Doch bevor er ihr antworten konnte, kam Toni von der Bar zurück und stellte zwei Wodka-Orange auf die Brüstung. «Mann, bis ich nur schon endlich mal etwas bestellen konnte. Unglaublich, diese vielen Leute.», jammerte er. Rob antwortete ihm, ohne seine Blicke von Joanna zu lösen: «Ich trinke später. Zuerst muss ich ein paar Würfel werfen.»

Rob streckte seine Hand aus und Joanna ergriff sie. Dann führte sie ihn zu einem der Zimmertüren, davor stand einer dieser Gorillas mit Knopf im Ohr und einem viel zu engen Anzug.

«Wir spielen.», sagte sie knapp in Spanisch zu dem Gorilla und dieser nickte, trat etwas zur Seite, öffnete die Tür und drückte einen versteckten Knopf. Hinter der Tür schimmerte das bleiche Aluminium eines Aufzuges.

Auf der Fahrt nach unten schwiegen sie, doch Joanna sah ihn mit einer Mischung aus Entzückung und Zweifel an. Dabei hatte sie ein reines, leises Lächeln auf den Lippen. Rob bemerkte, dass ihre Nippel durch den dünnen, neonpinken Stoff ihres Kleides drückten.

Der Lift kam zum Stillstand und die Türen glitten geräuschlos auf.

«Wenn Du hier hinaustrittst, kannst Du nicht mehr zurück.», sagte sie leise.

«Will ich das?» Rob lächelte sie an, doch man sah ihm die Nervosität weiterhin an.

«Du wirst mich ficken müssen.» Sie lächelte jetzt breit, vielleicht sogar etwas diabolisch.

«Oder wir gewinnen.»

«Ich gewinne!», sagte sie bestimmt. «So oder so.» Sie stiegen aus dem Lift und betraten den Hof.

Rob sah hoch. Weit oben erkannte er Toni, der sich gespannt auf die Balustrade im vierten Stockwerk stützte. T nahm sein Glas und prostete ihm zu. Rob nickte. Joanna hielt seine Hand, während sie zum Craps-Tisch gingen.

«Willkommen.» Der Croupier lächelte beide mit einem teuflischen Grinsen an. «Ihr kennt die Regeln?», fragte er in Englisch.

«Ich habe Seven-Eleven schon öfters gespielt, ja.», antwortete Rob etwas harsch und das Lächeln des Croupiers änderte sich hin zu spöttisch.

«Die Regeln des Hauses sind etwas differenzierter.», ergänzte er dann und Rob nickte.

«Wir kennen die Regeln.», flötete Joanna.

«Na dann, wünsche ich viel … Glück.» Der Croupier nahm eines dieser mobilen Zahlungsterminals, tippte darauf und hielt es Rob vor die Nase. Die Zahl 1000 leuchtete auf dem Display auf und Rob sah zu Joanna hin.

«Du wirst Dein Geld nicht verlieren.» Erneut huschte dieses verführerische Lächeln über ihr hübsches Gesicht. Rob atmete tief ein und aus, dann hielt er seine Kreditkarte an das Gerät. Die fünf grünen LED-Lichter gingen nacheinander an und das Gerät piepste schliesslich.

«Bravo.», flüsterte Joanna ihm mit spöttischem Ton ins Ohr. Dann musterte sie ihn erneut mit einem neugierigen Blick.

«Shooter.», rief Rob dem Croupier zu und dieser nickte zustimmend. Er hielt Rob die Würfel hin. «Ihr würfelt in der ersten Runde eine 7 oder eine 11 und Ihr gewinnt das doppelte Eures Einsatzes. In der ersten Runde spielt Ihr eine 2, eine 3 oder eine 12 und Ihr verliert.» Der Croupier warf einen vielsagenden Blick auf Joanna. «Bei allen anderen Zahlen dürft Ihr noch einmal werfen. Solltet Ihr dabei dieselbe Zahl in der zweiten Runde erneut spielen, gewinnt Ihr ebenfalls. Bei einer 7 in der zweiten oder einer der späteren Runden, verliert Ihr.» Wieder warf er diesen speziellen Seitenblick auf Joanna. «Ab der zweiten Runde gilt, alles ausser einer 7 oder derselben Zahl wie in der Runde zuvor, ergibt eine erneute Chance.»

Nebst ihnen standen noch zwei weitere Pärchen am Tisch, doch Rob, als sogenannter 'Shooter', war derjenige, welcher die Würfel warf. Die anderen hofften, dass er verlor und sie somit ihre Chancen erhielten.

«Wünschst Du mir Glück?», fragte er Joanna und diese lachte laut auf.

«Ich weiss nicht.», meinte sie dann und zuckte mit ihren schmalen Schultern. «Vielleicht, vielleicht aber auch nicht.» Sie machte ein unschuldiges Gesicht, doch ihre Spitzen stachen wieder durch den dünnen Stoff.

Rob zuckte ebenfalls mit den Schultern, schüttelte die Würfel in seiner Faust, blies leise in die geschlossene Hand und warf die Würfel auf den Tisch.

Die beiden Würfel rollten nebeneinander über den grünen Filz mit den Feldern und Nummern, prallten an die Rückwand und blieben schliesslich mitten auf dem Spielfeld liegen. Die Blicke aller Anwesenden klebten auf den zwei grossen, roten Würfeln mit den schneeweissen Augen. Der eine Würfel zeigte eine 5, der andere eine 3. «Acht!», rief der Croupier und ein kleines Mikrofon schickte seine Stimme durch das gesamte Gebäude. «Acht ist also Euer Point und Ihr dürft noch einmal spielen.» Er bedachte Joanna mit einem hämischen Lächeln. «Würfelt Ihr in dieser zweiten Runde wieder eine 8, gewinnt Ihr. Mit einer 7 seid Ihr raus!»

«Ich weiss!», schnauzte Rob und nahm die beiden Würfel vom Tisch.

Er sah nach oben. Die Brüstungen des dritten und vierten Stockwerkes waren gesäumt mit Menschen, welche ihnen gespannt zusahen. Er bemerkte Toni, der ihm zuerst den

Vogel zeigte, dann aber erneut mit dem Drink in seiner Hand zuprostete.

Joanna sah Rob an und er hielt ihr seine Hand mit den Würfeln hin. Sie lächelte immer noch, dann strich sie, ganz sanft, mit einem ihrer Finger darüber.

Rob warf.

Die beiden Spielgeräte rollten erneut über das Feld, prallten wieder an die Rückwand, wurden zurückgeworfen und blieben liegen.

Der erste zeigte wieder eine 5.

Der andere eine 2.

Ein Raunen ging durch die Zuschauer.

«Sieben!», rief der Croupier. «Verloren!» Er sah Joanna an, zog seine rechte Augenbraue hoch. «Geld oder Couch?» Joanna lächelte immer noch, als sie antwortete: «Couch!» «Couch!», rief der Croupier in sein Mikrofon. «Sie wählen die Couch!»

Die Zuschauer jubelten und klatschten.

«Ich gewinne, so oder so.» Sie grinste Rob an und dieser seufzte leise in sich hinein. Er war ja wirklich kein Kind von Traurigkeit, aber das jetzt… Wo hatte er sich da nur hineinziehen lassen?

Joanna nahm seine Hand und lachte ihn an. Dann zwinkerte sie ihm zu und zog ihn zu einem der Couches, die um das Rund des Innenhofes herum so aufgestellt waren, dass die Zuschauer sie gut von oben sehen konnten.

Rob blickte nach oben und sah, wie sein bester Freund ihm zuwinkte und sich dann aber kopfschüttelnd abwandte.

Joanna blieb vor der mit blauem Samt überzogenen Couch stehen, dort drehte sie sich zu ihm um. Sie nahm seine Hände und legte beide um ihre Hüften. Dann sah sie Rob an und ihre Lippen näherten sich den seinen. Sie berührten sich und ihre Zungen fanden einander. Sie küssten sich lange und dabei nahm sie seine Hände und begann, diese über ihren Körper zu führen. Der Stoff ihres pinkfarbenen Kleidchens war so dünn, dass er jedes Details ihrer Haut spüren konnte. Rob bemerkte, dass die Musik etwas leiser gedreht worden war, dafür war das Rauschen der sich unterhaltenden Menschen besser zu hören.

Als seine Hände sanft über ihre Pobacken glitten, spürte er, wie sie sich etwas verspannte und dann schmiegte sich Joanna noch näher an ihn und begann, ihren Venushügel und ihre Spitzen an ihm zu reiben. Ihre beiden Zungen spielten miteinander, während ihre Körper sich aneinanderschmiegten.

Dann löste Joanna sich und mit einer gekonnten Bewegung zog sie Rob dessen weisses Hemd über den Kopf. Das Raunen der Menge wurde kurz lauter, als ihr Finger sanft über seinen Oberkörper streichelten. Rob zog sie näher, versuchte sie erneut zu küssen. Doch sie löste sich wieder, lächelte ihn an, zwinkerte ihm wieder zu und machte einen kleinen Schritt zurück. Dann nickte sie ihm zu. Sie nahm den Saum des Kleidchens zwischen ihre Finger und mit einer eleganten Bewegung zog sie es sich über den Kopf und liess es neben sich auf den Boden fallen. Ein Raunen ging durch die Menge, als Joanna splitternackt, nur noch in ihren silberfarbenen Higheels, vor Rob stand.

Er sah sie an und ihm stockte der Atem. Sie war sein ganz persönlicher Traum von einer Frau. Ihr Körper war schlank, mit grossen, aber festen Brüsten, bei denen die kleinen und harten Nippel hervorstanden. Sie hatte ein kleines Piercing im Bauchnabel und ihre Scham war glattrasiert und – sah er das oder wünschte er es zu sehen – leicht glitzernde Feuchtigkeit trat hervor.

Rob stand einen Moment einfach nur da und sah sie an. Und etwa zweitausend Augenpaare taten es ihm gleich. Joanna liess es einfach geschehen, ein leises Lächeln auf den Lippen.

Dann, plötzlich, machte sie einen Schritt auf ihn zu, öffnete seinen Gürtel und die Knöpfe der Jeans und mit nur einer Bewegung, zog sie die Jeans und seine Shorts herunter. Sie befreite ihn, setzte sich auf die Couch, beugte sich vor und nahm ihn in ihren Mund.

Applaus und Gejohle ertönte von oben, aber Rob hörte und sah es nicht mehr.

Es gab nur noch ihn und sie.

Schliesslich löste sich Joanna, lehnte sich auf der Couch zurück, spreizte ihre Beine und zog ihn dazwischen. Sie dirigierte seinen Kopf dahin, wo sie ihn haben wollte und willig liess er es zu.

Jubelrufe, unzählige Pfiffe und Klatschen tönten von den Zuschauern, während die Bässe der Musik durch das Gebäude dröhnten.

Während Rob mit Zunge und Mund Schauer über den ganzen Körper Joannas jagte, glitten seine Hände über ihre Haut. Sanft strich er über ihren Busen. Als seine Finger leicht ihre harten Spitzen massierten, schrie sie leise auf und ihr Körper verkrampfte sich leicht. Ihre Finger wühlten in seinen Haaren. Doch plötzlich drückte sie ihn weg von sich und richtete sich auf.

Das Lächeln war aus ihrem Gesicht verschwunden, Lust verdunkelte ihren Blick.

«Ich will Dich! Jetzt!» Joanna zog Rob nach oben und er setzte sich auf die Couch. Sie stieg über ihn.

Die Menge verstummte, die Spannung wuchs. Doch für sie beide existierten diese Menschen und die Welt um sie herum nicht mehr.

Joanna dirigierte ihr Becken und liess sich langsam auf ihn nieder, nahm in tief in sich auf.

Einen Moment lang bewegte sie sich nicht, genoss nur das Gefühl, ihn tief in sich zu spüren. Dann begann sie ihn zu reiten. Zuerst sanft, langsam, schliesslich immer schneller und heftiger. Sie nahm seine Hände und presste sie auf ihre wippenden Brüste. Sie begann helle, spitze Schreie auszustossen. Dann sog sie Luft in ihre Lungen, legte ihren Kopf in den Nacken, so dass ihre langen Locken wie ein Wasserfall sich über ihren Rücken ergossen. Ein langer, lauter Schrei ertönte und ihr Körper schüttelte sich sichtlich. Ihre Hände verkrampften sich um diejenigen von Rob, massierten durch sie ihre eigenen Brüste.

Im selben Moment bäumte sich auch Rob auf und sie kamen gleichzeitig zum Höhepunkt.

Toni hörte Joannas Schrei, nahm einen tiefen Schluck seines Wodka-Orange und schüttelte grinsend seinen Kopf. Er löste sich von der Bar und machte sich auf den Weg nach unten.

I

Es war der beschissenste Donnerstag im schlimmsten Januar der Menschheitsgeschichte. Das genaue Datum weiss ich nicht mehr. Die ersten Meldungen waren schon zehn Tage zuvor erschienen, doch keiner hatte sie wirklich ernst genommen. Alle dachten, es sei wieder so eine Panikmache der Medien, wie so oft seit der Corona-Pandemie.

Dann, vor einer Woche, war plötzlich das Kriegsrecht ausgerufen worden, man solle zuhause bleiben und Türen und Fenster geschlossen halten. Aber nur wenige Tage später brach die ganze verfluchte Welt zusammen.

Und das war der Donnerstag.

Heute.

Sie starben beide an diesem einen Tag.

Und ich starb mit ihnen.

Sie waren meine Welt gewesen, meine Sonne und mein ganzes Universum.

Meine Liebste starb zuerst. Nur zwei Tage davor hatten sich ihre Augen grünlich verfärbt und sie begann zu husten. Dann bekam ihre Haut einen grünlichen Stich und in der Nacht wurde ihr Zustand dann rapide schlechter. Und zur selben Zeit begann dieses grüne Grauen seine Klauen auch nach unserem Sohn auszustrecken.

Meine Joanna starb am frühen Donnerstagmorgen. Ich konnte nichts Anderes tun, als an dem Bett der beiden zu sitzen, ihre Hand zu halten und zu zusehen, wie die Liebe meines Lebens regelrecht zerfiel.

Sie drückte noch einmal meine Finger und ich flüsterte ihr ein «Ich liebe Dich!» zu, dann war sie gegangen. Und nur gerade einige Stunden später, starb auch José. Es war noch nicht einmal Mittag, als er seine Augen ebenfalls für immer schloss und zu seiner Mutter ging. Ich küsste ihn auf die Stirn.

Er wurde gerade mal vier Jahre alt.

Ich war unfähig, auch nur einen klaren, normalen Gedanken zu fassen. Ich war unfähig, irgendetwas zu tun, das ich hätte tun sollen. Stundenlang sass ich einfach nur da. Sass am Rand des Bettes, worin sie beide immer noch lagen. So still und friedlich.

Ich sass da und die Tränen liefen mir über das Gesicht, bis, irgendwann einmal, einfach keine Tränen mehr da waren.

Dann stand ich auf. Es schien, als ob der Schmerz all meine Muskeln, meine Nerven, ja mein ganzes Ich durchzog und fest in seinem Griff hielt. Ziellos begann ich, durch das grosse, leere Haus zu wandern. Ich erspähte tausend Dinge, die mir bisher kaum aufgefallen waren, oder die ich im normalen Leben einfach gar nicht mehr beachtet hatte. Dinge meiner über alles geliebten Familie, Gegenstände, Kleider, Spielsachen. Mit leerem Blick ertappte ich mich immer wieder, wie ich vor diesen Bildern stand. Bilder aus einer anderen Welt, von einem anderen Leben.

Einem Leben, das in dieser einen Nacht urplötzlich zu Ende war. In der Nacht auf diesen Donnerstag.

Meine Augen schmerzten von den vielen Tränen, meine Muskeln schmerzten vom erbitterten Weinen, meine Seele schmerzte vom Verlust meines Lebens.

Irgendwann holte ich die Schaufel aus der Garage und begann im Garten ein gemeinsames Grab für beide auszuheben. Wie verbissen grub ich immer tiefer, Schweiss rann mir über den Körper, an meinen Händen bildeten sich Blasen. Doch ich grub weiter. Dann wickelte ich beide in schöne, frische Tücher und schaufelte das Grab wieder zu. Dann brach ich zusammen.

Irgendwann, es begann schon einzudunkeln, kam ich wieder zu mir. Mir war kalt und auf dem Weg zurück ins Haus bemerkte ich, dass die Welt da draussen völlig leise war. Nicht so, wie man es sich gewohnt ist, wenn mal einen Moment keine Autos vorbeifahren, sondern wirklich still. Kein Vogel, kein Tier war zu hören, kein Wind, der die kahlen Äste rascheln liess. Einfach nichts.

Drinnen fiel mir auf, dass es immer noch warm war und auch das Licht ging noch an. Es gab also noch Strom. Doch weder funktionierte irgendein TV-Sender, noch das digitale Radio. Nur das alte AM/FM-Radio funkte unentwegt dieselben, unterdessen völlig sinnlosen Warnmeldungen. Ich schaute auf mein Handy, doch das Netz war schon vor Tagen zusammengebrochen. Auch das Internet lief seit vorgestern nicht mehr.

Ich hatte keine Ahnung, was ich jetzt tun sollte. Warum war ich nicht tot? Warum war ich bisher verschont geblieben? Ich stellte mir die sinnlosesten und unmöglichsten Fragen, aber Antworten darauf hatte ich auf keine davon.

Ich nahm mir ein Glas aus der Vitrine und goss mir von meinem alten Singe-Malt Whiskey ein. Keinen einfachen, doppelten oder sogar dreifachen. Nein, ich füllte das ganze verdammte Glas. In dem Moment, wo ich es auf das Tischchen im Wohnzimmer stellte, klingelte das Telefon. Ich erschrak so, dass ich die Hälfte des Whiskeys verschüttete. Woher…?

Ich stürzte zum Apparat, nahm den Hörer und drückte die grüne Taste. «Ja?»

«Rob? Bist Du das wirklich?» Es war Toni.

«T! Woher…? Warum…?», stammelte ich.

«Keine Ahnung. Das Festnetztelefon scheint irgendwie noch zu laufen. Warum das Ding noch funktioniert, weiss ich auch nicht.» Er schnaufte. «Ich habe jetzt einfach irgendwelche Leute angerufen, versucht, irgendjemanden zu erreichen, bevor dies auch nicht mehr geht.»

«Und?», fragte ich, doch ich ahnte die Antwort schon. «Nichts! Niemanden. Keine Menschenseele. Ausser jetzt Dich.» Wieder eine Pause. «Was ist mit…?» Er beendete den Satz nicht. Ich verstand ihn auch so.

Ich gab keine Antwort und er begriff ebenfalls.

«Tut mir echt leid, Mann!», meinte er dann leise. «Karin ist ebenfalls…» Seine Stimme versagte. «Ich weiss nicht, was hier vor sich geht.», sagte er schliesslich. «Irgendetwas mit einem Pilz.»

«Ist doch absolut verflucht egal, was es ist.», schnauzte ich, was mir aber sogleich leidtat. Ich atmete einmal tief. «Hör zu, Mann: Lass uns treffen. Ich packe ein paar Sachen zusammen und fahre zu Dir.»

«Nein, vergiss es.», antwortete er bestimmt. «Die Strassen sind völlig verstopft. Alle wollten noch irgendwie weg, irgendwohin, wohin auch immer.» Er machte eine Pause. «Und jetzt stehen überall Autos mit toten Menschen darin.» Ich überlegte. «Und wie wollen wir dies anstellen?»

«Es ist schon spät, draussen wird es schon dunkel. Ich werde für morgen einige Dinge bereitmachen und komme mit meinem Motorrad zu Dir. Damit sollte ich durch das Chaos durchkommen. Und dann sehen wir weiter, ok?» «Gute Idee. Dann sehen wir uns morgen.»

«Machen wir so.» Er machte eine kleine Pause. «Und versuche etwas zu schlafen.»

Ich seufzte. «Keine Ahnung wie, aber ich versuch's.» «Bis dann.» Das kurze Piepen im Hörer zeigte, Toni hatte aufgelegt.

Ich versuchte es, aber an Schlaf war nicht zu denken. Obwohl ich völlig fertig war, körperlich, aber vor allem auch seelisch müde, wollte sich ein wohltuender, vergessender Schlaf nicht einstellen. So griff ich dann zur Flasche, jedoch mit dem Resultat, dass diese am Schluss leer war und ich mir die halbe Nacht die Seele aus dem Leib kotzte. Irgendwann muss ich dann trotzdem auf dem Sofa eingenickt sein. Geplagt von fürchterlichen Alpträumen in dem irgendwelche grünen Monster und Dämonen ihre Klauen ausstreckten, wachte ich mehr, als ich schlief.

Ich hörte ein Dröhnen und erwachte mit fürchterlichen Kopfschmerzen. Die Uhr zeigte schon fast zwei Uhr nachmittags. Ein lautes Klopfen folgte und ich wankte zur Tür, öffnete. Toni stand draussen, sah mich mit einer Mischung aus Mitleid und Abscheu an.

«Wie siehst Du denn aus?»

«Kaum Schlaf und zu viel Alkohol.», murrte ich und liess ihn rein. «Wie sieht's da draussen aus?»

Er legte seinen Motorradhelm auf den Stuhl beim Eingang, zog sich Handschuhe und Lederjacke aus. Dann seufzte er. «Gespenstig. Da müssen tausende von Menschen sein, alle tot.» Er schüttelte fassungslos den Kopf. «Viele sind noch in ihren Autos, andere liegen auf der Strasse oder sonst irgendwo.» Wieder schüttelte er langsam den Kopf. «Wenigstens ist es so richtig eiskalt, sonst würde es jetzt schon zum Himmel stinken. Und das Chaos ist enorm. Normalerweise brauche ich hierhin knapp eine fünfundvierzig Minuten, jetzt war ich über zwei Stunden unterwegs.»

«Hast Du noch andere … Lebende gesehen?»

«Nein! Gesehen habe ich niemanden. Aber es muss noch weitere geben, ich hörte Fahrzeuge.»

«Also gibt es noch andere neben uns. Das ist doch gut.» «Ich weiss nicht, ob das gut ist.» Er sah mich mit ernstem Blick an. «Was passiert nun?», fragte er, nur um sich seine eigene Frage gleich selbst zu beantworten: «Irgendwann stellen die automatischen Systeme den Strom ab. Dann gibt es kein fliessendes Wasser mehr, keine Heizung, nichts.» Ich nickte und er fuhr weiter: «Und dazu dieses verfluchte Chaos. Schon da draussen, an der Einfahrt zum Tal, gibt es kaum ein Durchkommen. Es ist unglaublich gefährlich.» Ich runzelte die Stirn und er erklärte: «Wenn man da draussen jetzt zu Sturz kommt, oder sich sonst wie verletzt, gibt es einfach nichts, das dir noch helfen kann. Keine Ärzte, keine Spitäler oder andere Einrichtungen.»

«Und die Armee?»

«Es gibt keine Armee mehr!» Seine Stimme klang zornig. «Da ist nichts mehr da draussen, Rob! Einfach gar nichts mehr.»

Ich nickte müde. Mein Kopf schmerzte fürchterlich, dazu tat mir mein ganzer Körper weh. Ob vom unkomfortablen Liegen auf dem Sofa, der Anstrengung des Grabens oder vom Schmerz der Situation konnte ich nicht sagen.

Wir sassen im Wohnzimmer. Vor Toni stand ein Glas mit Wodka, ich beliess es bei einem mit Wasser. Toni sah müde aus, ich wahrscheinlich auch nicht besser. Wie schon den ganzen Nachmittag, schüttelte er immer wieder den Kopf. «Du glaubst nicht, was man da draussen alles sieht. Männer, Frauen, Kinder… Leute jeglichen Alters. Überall liegen tote Menschen. Die Leichen sind einfach überall, wohin man auch blickt. Alle, einfach tot.»

«Ausser wir…»

Er sah mich an. «Es gibt noch andere. Es muss noch andere geben. Ich habe Geräusche gehört. Ich frage mich nur…» Er beendete den Satz nicht.

«Was?»

Er blickte in sein Glas, dann wieder mich an. «Welche Art Mensch lebt jetzt noch da draussen?»

«Du meinst…»

Er unterbrach mich: «Wenn die Ressourcen knapp werden, der Strom weg ist und die Heizungen kalt werden… Es ist Januar, Winter! Verstehst Du?» Sein Blick war durchdringend. «Du hast erlebt, wie die Menschheit mit Corona umgegangen ist. Kannst Du Dir vorstellen, wie dieser kärgliche Rest jetzt damit umgeht? Ohne Regierungen, ohne Polizei, keine Armee, die helfen kann.» Er seufzte laut. «Die werden sich für eine Dose Katzenfutter umbringen.» «Aber es könnte doch sein, dass sich die Überlebenden zusammentun, sich gegenseitig helfen und so versuchen, zu überleben?»

«Mann Rob, Du bist Anwalt und kennst die Menschen. Mach die Augen auf, sieh in die Realität.» Er schüttelte wieder den Kopf. «Nicht alle, die diese Krankheit überleben, sind gut!»

Ich nickte und wusste, mein Freund hatte recht. Aber was sollten wir tun? Ich versuchte, trotz der immer noch stechenden Schmerzen in meinem Kopf, zu überlegen. Ich dachte einen Moment darüber nach, wie es wäre, mir einfach eine Kugel in den Kopf zu jagen. Doch ich wusste, was meine geliebte Jo dazu sagen würde. Also behielt ich es für mich.

«Wir müssen hier weg!», sagte ich schliesslich. «Da hinten im Tal gibt es noch ein Dorf, dann ist das Tal zu Ende. Da gibt es einen kleinen Pass durch den Wald, über den Hügel. Da könnten wir durchkommen.»

«Und dann?» Mein alter Freund sah mich wieder durchdringend an. «Sag mir, was tun wir dann?»

Ich nahm einen grossen Schluck Wasser. «Die Armee...» «Es gibt keine Armee mehr!», herrschte er mich an und ich nickte. «Hast Du gesagt. Aber es gibt noch deren Ausrüstung.» Toni runzelte die Stirn und ich fuhr fort: «Das Militär hat alles, was wir benötigen. Fahrzeuge, Kleider, Ausrüstung, Werkzeug, Brennstoffe, Generatoren, einfach alles.» «Und Waffen!», unterbrach er mich.

«Und Waffen.» Ich sah ihn an, nickte. «Die Schweizer Armeeangehörigen haben ihre Gewehre zuhause. Da wir beide schon ausgemustert sind, holen wir uns die Sturmgewehre eben in den umliegenden Häusern. Da werden schon genug Tote herumliegen, die die Dinger nicht mehr brauchen können. Dazu nehmen wir uns so viele Esswaren, wie wir nur schleppen können.» Meine Kopfschmerzen waren wie weggeblasen. Ich hatte eine Idee, einen Plan. Eine Zukunft.

Jedenfalls irgendeine Art von Zukunft.

«Es gibt ein Lager der Armee, nicht weit von hier, gleich neben der Autobahn. Dort hat es LKWs und Geländefahrzeuge. Dazu Munition, Treibstoff, etc...»

«Ich kann keinen Lastwagen fahren.», fuhr Toni dazwischen.

«Dann bringe ich es Dir bei.» Er runzelte die Stirn und ich erklärte: «Ich fuhr die Dinger in meiner Dienstzeit, wurde im Fahren, wie auch in der Technik ausgebildet. Und Du hast ja auch keine zwei linken Hände, hattest Dir Deine Motorräder auch immer selbst repariert.» Toni nickte, aber seine Zweifel standen ihm immer noch im Gesicht. «Hör zu: Wir nehmen uns einen alten, geländegängigen Lastwagen und füllen ihn bis zum Rand mit allem, was wir brauchen.»

«Und dann? Wohin dann? Mann Rob, das hat die ganze Welt getroffen. Die ganze Menschheit ist tot.»

«Nein!», rief ich dazwischen. «Nein T! Wir sind nicht tot und es gibt da draussen noch andere.» Er wollte etwas entgegnen, doch ich fuhr weiter: «Wir rüsten uns aus, machen uns mobil und dann verschwinden wir von hier. Ich kann sowieso nicht hierbleiben.» Meine Stimme wurde leiser und er wusste, was ich meinte. Er sah nach draussen, blickte zu dem frischen Grab inmitten des Rasens.

«T, wir suchen uns irgendeinen sicheren Ort, wo wir überwintern können. Ein Haus, wo wir sicher sind.»

«Ok.» Er hörte sich nicht wirklich überzeugt an. Ich blickte ihn an, nahm einen Schluck des Wassers.

«Dort bleiben wir bis zum Frühling. Wir müssen die erste Zeit jetzt überstehen und dafür dürfen wir keine Fehler machen. Was uns durch die Lappen geht, können wir später kaum noch beschaffen.» Ich machte eine bedeutungsvolle Pause. «Wir können das! Wir suchen uns einen sicheren Platz, überstehen den Rest des Winters und im Frühling sehen wir dann weiter.»

Toni nickte, seufzte dann, antwortete jedoch nicht. «Wenn Du recht hast und Anarchie da draussen herrscht,», ich nickte zum Fenster, «dann müssen wir uns da raushalten, unbedingt. Dazu kommen die vielen Krankheiten wegen der unzähligen Leichen.» Ich überlegte kurz, rechnete. «Es ist jetzt Anfang des Januars, bis zum Frühling sind es noch drei bis vier Monate, das reicht nicht für die Verwesung all der Toten. Also müssen wir irgendwohin, wo wir weg sind von allem.»

Er nahm sich einen Schluck seines Wodkas, stellte das Glas wieder auf den Tisch und sah gedankenverloren hinein. Dann nickte er. «Wir nehmen uns morgen unsere Motorräder und machen uns auf zu dem Armeedepot.» Jetzt sah er mich mit klarem, scharfem Blick an. «Du hast recht, so machen wir das!»

«Willst Du noch einen?» Ich nickte zu seinem Glas hin und er lächelte leicht, zum ersten Mal heute. Ich bemerkte, dass

ihm trotz des Lächelns die Tränen über die Wangen liefen.
Erst jetzt erkannte ich, dass auch ich weinte.
«Das fragst Du mich?» Er hielt mir sein Glas entgegen. «Irgendwie müssen wir ja schlafen können.»
Ich nahm die Flasche, schenkte ihm nach. «Und schlafen müssen wir.»

II

Ich schloss das Visier meines Motorradhelmes. Es war scheisskalt, aber ein Auto kam nicht in Frage. Also hatten wir unsere wärmste Motorradbekleidung angezogen und Rucksäcke mit dem Nötigsten dabei. Ich wusste von einem Motocross-Fahrer im Dorf, der seine Maschinen in einer Scheune lagerte und wir brachen da ein. Glücklicherweise steckten die Schlüssel, so, dass wir aus den verschiedenen Maschinen nur das Benzin in die Tanks zweier Motorräder umleiten mussten und mit diesen beiden wollten wir dann fahren. Unsere eigenen konnten wir nicht gebrauchen, da diese für die Strasse gebaut waren und wir befürchteten, immer wieder durch das Gelände fahren zu müssen. Toni sah mich fragend an. «War's das?»

«Ich muss noch etwas erledigen. Such Du unterdessen mal zwei Sturmgewehre.», meinte ich und ging zurück in das Haus, das so lange das Zuhause von mir und meiner Familie gewesen war. Dann verteilte ich Holzscheite und schüttete Benzin darauf und steckte einen davon in Brand. Ich wollte, ja konnte nicht das Haus irgendwelchen Plünderern überlassen. Zu viele Erinnerungen waren damit verbunden.

Die Flammen züngelten über das Holz, wurden langsam grösser. Ich nahm ein Foto, welches wir im letzten Herbst im Urlaub von uns dreien gemacht hatten aus seinem Rahmen und steckte es ein, zusammen mit der Halskette von Jo, die ich ihr zu unserer Hochzeit geschenkt hatte. Dann drehte ich mich um und verliess das Haus für immer.

Die Welt war so still, dass der Lärm der beiden Motoren fast übernatürlich wirkte. Wir setzten uns beide auf die geklauten Motorräder und rollten langsam los. Die Strasse hinunter ins Dorf war leer. Doch nur schon drei Häuser weiter stand eine Haustüre offen und ein Körper befand sich auf der Schwelle. Die Leiche lag in einem grünen Etwas, das auch das Gesicht und Teile der Kleidung bedeckte. Ich wandte mich ab, versuchte mich auf den Weg zu konzentrieren. Unten auf der Hauptstrasse bog ich nach rechts ab, Toni dicht hinter mir.

Wie er erzählt hatte, waren überall Fahrzeuge. Viele standen kreuz und quer auf der Strasse oder auf dem Gehweg und vor irgendwelchen Garagen oder Parkplätzen. Schemenhaft schimmerten bleich die Leichen durch die Fenster. An ein paar Autos waren die Türen geöffnet, die Toten sassen teilweise noch auf den Sitzen oder lagen draussen. Und überall war dieses Grüne Zeugs zu sehen.

Mich schauderte. Dank der Winterkälte war der Gestank noch nicht so stark, aber ansatzweise roch man ihn schon. Das würde in den nächsten Wochen und Monaten noch um einiges schlimmer werden und mir wurde klar, wir konnten nicht irgendwohin, wo es eine Anhäufung von Leichen gab. Wir mussten uns etwas suchen, das völlig abseits war. Ich fuhr langsam weiter, umrundete die verschiedenen Hindernisse, blieb aber, wenn irgendwie möglich, auf der Strasse. Das Knattern unserer beiden Motoren waren das einzige Geräusch.

Als ich schliesslich zum Dorfausgang gelangte, hielt ich an und drehte mich um. Toni stoppte hinter mir, sah mich durch sein Visier fragend an. Ich blickte zurück. Eine dunkle Rauchsäule stieg auf. Ich kniff die Lippen zusammen und nickte leicht. Ich wusste, ich würde nie wieder hierher zurückkommen. Die Welt, wie wir sie kannten, das Leben, das wir gelebt hatten, alles war weg. Nichts, aber auch wirklich nichts, würde wieder so sein, wie bisher.

Tränen verschleierten meinen Blick.

Warum nur? Warum nur war ich verschont worden? Diese sinnlose Frage hämmerte durch meinen Schädel, drehte und wand sich wie eine lange, giftige Schlange, bereit, den tödlichen Biss zu tätigen. Aber das Gift dieser verfluchten Frage würde mich nicht töten. Doch es würde mich wahnsinnig machen, das wusste ich. Und trotzdem, so sehr ich es auch versuchte, ich kriegte die Schlange nicht aus meinem Kopf heraus.

Toni drehte sein Visier nach oben.

«Nein!», sagte er nur und ich wusste, er hatte recht. Ich sog tief die kalte Luft ein, schloss mein Visier herunter und fuhr wieder los.

Auch im nächsten Dorf sah es gleich aus. Überall gab es nur Tot und Verderben. Wir durchquerten auch diese Siedlung und schliesslich waren wir auf dem Land draussen und wir fuhren etwas schneller. Trotzdem mussten wir enorm aufpassen, da immer und überall etwas auf der Strasse sein konnte. Wir erreichten das Ende des Tales und ich bog nach links ab. Die Strasse wurde schmaler, führte in den Wald hinein und kroch den Hügel hinauf.

Wir überquerten den Pass ohne Probleme. In den Siedlungen auf der anderen Seite sah es exakt gleich aus wie in meinem Dorf. Überall waren Leichen, immer in diesem grünen Etwas liegend. Und jedes Mal sah ich vor meinem inneren Auge die Körper meiner Frau und meines Sohnes, ebenfalls in diesem grünen Zeugs. Wir umrundeten tote Menschen, Autos, Traktoren und Lastwagen, welche irgendwo standen oder lagen. Auf einer Kreuzung musste es einen heftigen Unfall gegeben haben, mehrere Fahrzeuge waren ineinander verkeilt. Auch hier waren sterbliche Überreste zu sehen, doch verblüffender weise ohne dieses grüne Etwas. Sie mussten also bei dem Unfall gestorben sein. Sie hatten diese Krankheit also überlebt, nur um dann auf dieser scheiss Kreuzung zu sterben? War Gott wirklich so ein Arschloch? Ich fuhr langsam an dem Unfall vorbei, die Textzeile eines alten Depeche Mode -Liedes schoss mir durch den Kopf: 'But I think that God's got a sick sense of humor'. Es schien mir wirklich, dass Er einen kranken Sinn für Humor hatte. Warum sonst hätte Er uns dies alles angetan? Und warum sonst hätte er mich hierlassen sollen?

Langsam, aber stetig fuhren wir weiter. Der Himmel über uns war grau, wie schon seit einigen Wochen. Die Sonne schimmerte nur leicht durch die dichten Wolken. Es war kalt, aber wenigstens regnete oder schneite es nicht, sonst wäre die Fahrt mit den Motorrädern zu gefährlich gewesen. Nach wie vor war kein Tier zu sehen oder zu hören, einfach nichts. Wir fuhren durch eine tote, kalte Landschaft und es schien wirklich, als wären Toni und ich die zwei einzigen Menschen, die noch lebten.

Doch dann plötzlich hörte ich ein Geräusch. Es war ein rhythmisches Hämmern, konnte nicht natürlichen Ursprungs sein. Ich hielt sofort an, stellte den Motor aus und zeigte Toni, es mir gleich zu tun. Die Strasse war dort etwas erhöht und man konnte weit in ein grosses, breites Tal hineinblicken. Mein Visier beschlug sich und ich klappte es hoch, um besser sehen zu können. Dann suchte ich mit den Augen nach dem Ursprung des Hämmerns, konnte aber nichts erkennen.

«Da!» Toni zeigte mit dem Finger auf ein einsames Bauernhaus, das unten, in der Mitte des Tales lag. Und tatsächlich, konnte ich zwei Gestalten sehen, die sich mit irgendetwas an der Tür zur Scheune zu schaffen machten. Auch die beiden Gestalten hatten den Lärm unserer Motorräder gehört und hielten inne, sahen zu uns hinauf. Eine Weile blickten wir uns gegenseitig an, niemand rührte sich. Einer Eingebung folgend, winkte ich mit meinem Arm. Toni sah mich scharf von der Seite her an, schüttelte den Kopf, doch ich winkte weiter.

Aber es kam keine Antwort.

Die beiden Gestalten verharrten an Ort und Stelle, dann plötzlich hob der eine seine Axt und hämmerte wieder auf die Tür ein.

Mir liefen Schauer über den Rücken.

«Nicht alle, die diese Krankheit überleben, sind gut!», wiederholte sich Toni.

Ich nickte. «Wir brauchen Waffen!»

Es dauerte noch einige Stunden, bis wir endlich vor dem gesuchten Armeedepot standen. Der Tag ging schon fast wieder zur Neige. Zu allem Überfluss hatte es nun doch noch angefangen zu schneien, was das Fahren mit den Stollenreifen der Motocross-Maschinen einen Ritt auf der Rasierklinge werden liess. Aber schliesslich hatten wir es geschafft. Und wir hatten keine Menschenseele mehr gesehen, nichts mehr gehört.

Ich stieg mit steifen Gliedern vom Motorrad, stellte es hin und zog den Rucksack vom Rücken. Dann drehte ich mich zu dem grossen Eingangstor des Depots um. Das Licht der Strassenlaterne funktionierte immer noch und erhellte das Tor und uns davor mit einem fahlen, diffusen Licht. «Wir müssen es aufbrechen.» Ich drehte mich zu Toni, der ebenfalls abgestiegen war und neben mir stand. «Ich denke nicht.», antwortete er. «Wir könnten hineinklettern und es dann beim Verlassen mit Werkzeug des Depots aufkriegen.»

«Hast Du den Scheiss-Stacheldraht gesehen? Das ist ein verfluchtes Militärgelände, da kommt keiner so schnell rein.»

Toni grinste mich an und machte sich an seinem Rucksack zu schaffen. Er zog etwas hervor und hielt es mir hin. Es handelte sich um eine grosse Drahtschere, einen fast zwanzig Zentimeter langer Bolzenschneider.

«Das Ding kenne ich doch.»

Er kniete immer noch neben seinem Rucksack, hielt mir die Zange hin und grinste mich von unten an.

«Ist ja auch die Deine. Hab ich aus Deiner Garage. Los nimm! Ich dachte mir schon, dass wir so ein Ding brauchen.»

«Du bist gut!» Ich nickte anerkennend, blieb aber ernst. «Du vergisst, dass ich in meinem Beruf immer mit solchen Dingen rechnen musste.»

Ich nahm ihm die Zange aus der Hand und wollte am Tor hochklettern, da zog er mich an der Jacke und hielt mich so zurück.

«Nein! Nicht hier!»

Ich runzelte die Stirn und er erklärte: «Sollten wir nicht die einzigen sein mit dieser Idee, will ich nicht überrascht werden. Du solltest irgendwo auf der Seite einsteigen, dann hierherkommen und das Tor öffnen. Wir benötigen die beiden Motorräder als Plan B, falls irgendetwas schiefläuft.

Und wenn wir da drin sind,», er nickte zu dem Depot hin, «dann verriegeln wir das Gatter wieder.» Er machte eine Pause. «Du magst vielleicht wissen, wie Du so einen Lastwagen fahren musst, ich aber weiss, wie wir hier rein und wieder rauskommen.» Er sah mich durchdringend an. «Und jetzt mach endlich, ich friere mir hier draussen meinen Arsch ab.»

Ich nickte und ging los.

Auch die grossen Hallen des Depots hatten noch Heizung und Licht, wobei wir uns nicht getrauten, zweites anzuschalten. So kämpften wir uns mit Taschenlampen durch die verschiedensten Räume mit den verschiedensten Ausrüstungsgegenständen. Wir hatten uns als Transportmittel für einen alten Saurer 2DM entschieden, einen allradbetriebenen Lastwagen, den ich aus meiner Zeit beim Militär noch sehr gut kannte. Der Wagen war irgendwo aus den sechziger Jahren, doch die Armee hatte die Dinger gehegt und gepflegt. Dazu besassen sie eine äusserst einfache und doch robuste Technik, welche wir im Notfall auch selbst zu reparieren konnten.

Wir hatten einen klaren Plan, was wir benötigten, und nach längerem Suchen fanden wir schliesslich genau ein solches Fahrzeug. Es besass die Möglichkeit für einen Schneepflug, mit dem wir hofften, kleinere und grössere Hindernisse aus dem Weg räumen zu können. Dazu benötigten wir eine eingebaute Seilwinde und eine normale Brücke hinten, welche mit einem halbrunden Aufbau versehen war. Wir stellten ihn auf den grossen Platz vor den Hallen. Als zweites Fahrzeug suchten wir nach einem Pinzgauer, einem kleinen, geländegängigen Transporter aus der Steyr-Puch Familie. Dieser Wagen war für schwerstes Gelände geeignet und, wie auch der Saurer, mit einfacher Technik ausgerüstet. Wir wollten aber unbedingt einen in der 6-rädrigen Ausführung und mit Diesel-Motor. Von denen hatte die Armee nicht allzu viele, die meisten der Fahrzeuge verbrauchten Benzin. Aber wir wollten unbedingt vermeiden, mehrere Arten Treibstoff mitführen zu müssen.

Es war schon tiefste Nacht und schneite unentwegt, als
wir zuhinterst in einer der hinteren Hallen einen Wagen
dieser Art entdeckten. Er besass nicht nur den gewünschten
Diesel-Motor, sondern hatte auch einen festen Aufbau, der
hinten und auf der linken Seite Türen aufwies. Toni grinste
mich an und ich nickte.

«Genau das, was wir brauchen.»

Toni hörte sich zufrieden an als er meinte: «Wir nehmen
die Karre morgen früh nach vorne, tanken sie auf und
schauen, ob beide auch gut funktionieren. Dann machen
wir eine Liste, was alles wir genau benötigen, laden ein und
verschwinden.» Er gähnte. «Aber lass uns jetzt schlafen, ich
kann nicht mehr.»

Ich sah ihn lange an, überlegte.

«Geh pennen, T! Mach es Dir irgendwo bequem. Ich halte
so lange Wache.»

Er sah mich einen Moment lang überrascht an, nickte
dann leicht.

«Ok. Aber Du weckst mich in der Mitte der Nacht. Auch
Du musst irgendwann mal schlafen. Versprochen?»

«Versprochen.»

Die Schneeflocken tänzelten vom Himmel, irgendwann
blieben sie auf dem Boden liegen und begannen, die Welt in
Watte zu packen. Es war unheimlich still, eine solche Stille
hatte ich noch nie erlebt. Ich hüllte mich in Decken, welche
wir im Depot gefunden hatte und machte es mir in der Kabine des alten Saurers bequem. Jedenfalls so, dass ich nicht
in Versuchung kam, einzuschlafen. Ich legte meine silberfarbene Beretta 92, die ich mir gekauft hatte, als ich mit Jo in
das Haus zog, vor mich auf das Armaturenbrett und starrte
ins Dunkel. Gedanken wirbelten durch meinen Kopf, nicht
unähnlich den Schneeflocken draussen vor der Scheibe.
Die Flocken brachten Bilder mit sich. Bilder von lachenden
Menschen, von Menschen, die ich geliebt hatte, aber auch
von solchen die ich nicht ausstehen konnte. Allen voran Bilder jedoch meiner Familie. Doch auch von Freunden, Kollegen, Verwandten. Bilder von Fremden, die irgendwann ein-

mal meinen Lebensweg kreuzten, Bilder von Klienten. Mir kam der letzte Fall, an dem Julia und ich gearbeitet hatten, in den Sinn. Wie hiess die Frau, welche angeschuldigt wurde, ihren Freund mit vielen Messerstichen umgebracht zu haben? Ich hatte die Frau nie zu Gesicht bekommen, es war ja eigentlich Julias Fall. Aber sie hatte deren Namen erwähnt. Irgendetwas mit C. Wie hiess sie noch gleich? Ich überlegte. Ach ja, Connie, sie hiess Connie. Und Julia, meine Geschäftspartnerin? Ich schüttelte den Kopf, wieder sammelten sich Tränen in meinen Augen.

Sie waren tot. Einfach so, alle weg. Vor noch nicht mal zwei Wochen war alles noch normal gewesen. Ich leuchtete mit der Taschenlampe auf meine mechanische Armbanduhr, versuchte das Datum und den Wochentag abzulesen, aber die Müdigkeit und die Tränen verschleierten das Bild. Heute müsste eigentlich Samstag sein, dachte ich. Vor zwei Wochen hatte diese Connie ihren Freund erstochen, während Joanna, José und ich am nächsten Tag den Zoo besuchten.

Ich sehe die beiden, wie sie vor dem Affengehege stehen und José mit grossem Kichern den Tieren zusieht. Ich nehme meine Frau in den Arm und sie lacht mich an, während unser Sohn vor der grossen Glasscheibe hin und her rennt und versucht, auf die Affen Eindruck zu machen. Jo dreht sich zu mir um, ihre strahlend blauen Augen hinter der dünnen Brille glitzern mich an. Sie kneift sie zusammen, gibt mir einen leichten Kuss auf die Lippen. «Ich liebe Dich!», haucht sie und ich ziehe sie zu mir, will ihre Lippen spüren, aber da ist schon José. «Papa!», ruft er, «Papa, sie nur die Affen, die Affen!» Er zieht an meinem Hosenbein.

«Rob!» José zieht weiter, hört nicht auf.

«Rob! Wach auf!» Ich schrak hoch und erkannte Toni, der die Türe der Kabine geöffnet hatte und an meinem Hosenbein zog. «Los, geh rein in die Wärme und schlaf. Es ist Zeit für meine Wache.»

«Danke, Freund!», flüsterte ich, krabbelte unter den Decken hervor, aus der Kabine heraus und legte mich in der
warmen Halle in den ausgebreiteten Schlafsack.

Und endlich kam er, der erlösende Schlaf.

Es war schon hell, als ich erwachte. Ich hörte das Dröhnen
eines Motors, raffte mich auf und ging nach draussen. Toni
sass im Pinzgauer, welcher unterdessen ebenfalls schon vor
der Halle stand, und der Motor lief. Er grinste mich durch
das Seitenfenster an und ich nickte.

«Einen guten Morgen.», meinte er freundlich. «Wir würden gerne diese Geländewagen kaufen.» Er grinste ob seinem eigenen Witz und zeigte auf den Platz zwischen den
grossen Hallen, welcher mit Schnee bedeckt war. Viel
Schnee. Aber wenigstens fielen keine Flocken mehr vom
Himmel.

«Er läuft?» Ich zeigte auf den Pinzgauer.

«Und wie.» Toni grinste immer noch. «Aber zu dem Saurer musst Du sehen, da weiss ich echt nicht, wie.»
Ich drehte mich um und ging nach hinten zu dem alten
Lastwagen. Ich öffnete die schwere, grosse Motorhaube
und prüfte Öl und Wasser, dann den Treibstoff. Alles war
ok. Ich öffnete die Fahrertür, kletterte hinein und betätigte
den Hauptschalter. Dann steckte ich den Schlüssel ins
Schloss und drückte den schwarzen Anlasserknopf. Der
Anlasser drehte, aber der Motor zündete nicht. Ich versuchte mich zu erinnern, was genau zu tun war. Dann zog ich
den Choke Hebel heraus und trat das Gaspedal einmal ganz
durch. Danach drückte ich den Anlasserknopf erneut. Wiederum drehte der Anlasser und jetzt, eine dicke schwarze
Dieselwolke ausstossend, sprang der Motor an. Ich liess ihn
laufen, drückte den Choke wieder hinein und drehte an den
verschiedenen Knöpfen um die Heizung in Gang zu setzen
und die Scheibe zu belüften.

Die Tür wurde aufgerissen und Toni stand da.

«Das sind doch mal gute News.» Er schien ziemlich zufrieden zu sein.

Ich nickte zustimmend. «Aber wir sollten vielleicht die Batterien beider Fahrzeuge wechseln, was meinst Du?»
«Gute Idee. Oder zumindest nehmen wir Ersatz mit.»
Ich kletterte aus der Führerkabine, stellte mich vor ihn hin. «Und wir müssen eine Liste machen, was wir alles benötigen, T.»
«Unbedingt! Wir dürfen uns keinen Fehler erlauben.» Toni wandte sich ab.
«Hey!» Mein alter Freund blieb stehen, drehte sich um. «Danke für den Schlaf.»
Er lächelte leicht. «Dafür sind Freunde doch da.» Dann ging er zurück in die warme Halle hinein.

Die Liste wurde ziemlich lang.

In den Büroräumen des Depots hatten wir Papier, Schreibutensilien und einen Taschenrechner gefunden, welchen wir verwendeten, um Treibstoffmengen zu berechnen. Wir versuchten an alles zu denken, teilten dabei die Positionen nach verschiedenen Kapiteln auf: Kleidung und Schuhe, Schlafen, persönliches Material, Essen und Kochen, Waschen, Heizen, Kommunikation und Licht, Fahrzeuge, Treibstoffe, Reparaturen, Waffen und Munition. Da wir beide Militärdienste geleistet hatten, war es für uns einfach, all die nötigen Dinge auf der Liste zusammenzustellen. Schwerer wurde es dann, all diese Sachen im Depot zusammenzusuchen. Wir brauchten komplette zwei Tage, aber hatten schliesslich wenigstens, bis auf Esswaren und Waffen und Munition, alles finden können.

«Wo finden wir die nötige Munition?» Toni machte ein fragendes Gesicht. «Die wurde doch nicht in diesen Depots gelagert?»

«Ich kenne da einen Bunker der Armee, wo es hiess, sie lagern solche Dinge. Wir sollten es da mal versuchen.» Er nickte leicht. «Schiessvereine wären gegebenenfalls auch eine gute Option.», meinte er dann. «Oder Waffenhändler.»
«Daran werden andere aber auch denken.», entgegnete ich. «Doch wir werden es jedenfalls überall versuchen.»

Wir benötigten einen gesamten weiteren Tag, um alles auf die Ladefläche des Saurer 2DM zu hieven und zu verstauen. Als wir endlich alles an Material in den Fahrzeugen hatten, montierten wir noch einen Schneepflug an der dafür vorgesehenen Frontplatte und sassen schliesslich bei einem kargen Mahl in der immer noch warmen Halle.
«Zuerst organisieren wir die zusätzlichen Waffen und dazugehörige Munition, dann fehlen uns nur noch die Esswaren.» Tonis Augen blickten müde, Schweiss stand auf seiner Stirn.
«Lass uns morgen fahren.», antwortete ich. «Wir sind eigentlich schon viel zu lange hier.»
Er sah mich mit ernstem Blick an. «Und wohin willst Du?» Er schob sich ein Stück des Dosen-Fleischkäses in den Mund, liess etwas vom harten Brot folgen.
«Irgendein einsames Haus.» Ich zuckte mit den Schultern. «Vielleicht ein Bauernhaus, oder so etwas Ähnliches. Was meinst Du dazu? Wenn wir Glück haben, gibt es dort noch Nutzvieh. Zum Beispiel Kühe, Schweine oder Rinder.» Toni lachte laut auf und ich runzelte verstimmt die Stirn.
«Du und Kühe melken?» Er lachte immer noch. «Du bist ein kompletter Bürogummi und kannst ja kaum einen Nagel einschlagen.» Er wischte sich eine Träne aus dem Augenwinkel.
«War.», antwortete ich trocken. «Jetzt bin ich nur noch ein Mann, der irgendwie in dieser toten Welt überleben muss.» Ich machte eine Pause, ass ebenfalls etwas Brot. «So wie Du.», ergänzte ich danach.
«Ach, Mann!», Toni seufzte. «Du vermiest einem aber auch jeden kleinen Spass. Du solltest wieder…»
Ein Geräusch unterbrach ihn.

Wir waren sofort auf den Beinen und hielten unsere beiden Sturmgewehre in den Händen. Ohne uns abzusprechen, schlich sich Toni zum Hinterausgang und verschwand geräuschlos. Ich ging auf leisen Sohlen zum grossen Tor der Halle und spähte durch die trüben Scheiben. Erkennen konnte ich nichts, aber ich vernahm dieses Geräusch ein weiteres Mal. Irgendjemand oder irgendetwas war da draussen und machte sich an unseren Sachen zu schaffen. Der Pinzgauer war verschlossen, aber die Brücke des alten Saurers war nur mit einem einfachen Blachengestell bedeckt. Ich öffnete leise die im Tor eingelassene Tür, schritt hindurch und schloss sie vorsichtig hinter mir. Ein Schatten war auf der Ladefläche des Lastwagens auszumachen. Ich hob mein Gewehr, aber sofort ertönte eine Stimme: «Vergiss es!»

Ich sah nach rechts und ein zweiter Schatten löste sich aus dem Dunkel. Die Silhouette war vor dem Schnee, der auf dem Platz lag, jetzt gut zu sehen und eine Waffe glitzerte böse in ihrer Hand.

Ich nahm das Gewehr herunter.

«Wo ist der andere?», fragte die Gestalt und ich nickte zur Halle.

Die Person auf der Ladefläche sprang herunter, landete mit einem dumpfen Ton auf dem Schnee. Ich musterte die beiden, viel konnte ich jedoch nicht erkennen. Sie trugen dunkle Jacken oder Pullover, beide hielten Handfeuerwaffen in den Händen.

Sie waren auf mich gerichtet.

«Können wir alles gut gebrauchen.», meinte derjenige, welcher den Saurer durchsucht hatte. «Wir müssen nur noch losfahren.»

Der angesprochene nickte, sein Blick stur auf mich gerichtet. «Hol den anderen raus!», befahl er mir und ich nickte.

«T, wir haben ein Problem.», rief ich, «Du solltest rauskommen.»

Die beiden Gestalten wechselten einen Blick, dann klickte der Verschluss eines Gewehres hinter ihnen.

«Ich bin doch schon lange da.» In Tonis Stimme lag Belustigung und die beiden Eindringlinge wechselten einen weiteren Blick. Dann liessen sie ihre Waffen sinken und ich nahm mein Gewehr wieder hoch und lud es ebenfalls durch.

«Werft die Pistolen zu mir! Los!»

Sie taten wie geheissen und die Waffen klapperten auf dem Betonboden. Der eine der Angreifer seufzte.

«Ich sagte Dir, T, wir sind schon zu lange hier.»

«Da hast Du völlig recht. Aber was machen wir jetzt mit den beiden?»

«Haben wir noch Panzertape?»

Toni lächelte diabolisch, als er antwortete: «Aber klar doch. Und noch viel mehr an Kabelbinder.»

«Na dann.» Ich wandte mich an die beiden Gestalten: «Wir könnten Euch jetzt einfach über den Haufen schiessen, das würde keiner merken. Aber wir sind nicht so.» Ich überlegte kurz. «Wir nehmen Euch Eure Waffen, Eure Schuhe und Jacken ab und sperren Euch in den Keller.» Ich machte erneut eine Pause, sah die beiden dabei scharf an. «Wir sind morgen früh hier weg, dann lassen wir Euch frei.»

«Aber…» Zum ersten Mal sprach der eine wieder, doch ich unterbrach ihn sogleich: «Kein Aber! Sollten wir Euch noch einmal zu Gesicht bekommen, wird es hässlich. Und jetzt Jacken, Schuhe und Socken aus und dann ab in den Keller!»

Mit einem steten Grinsen im Gesicht verschnürte Toni die beiden Gefangenen mit vielen Kabelbindern und noch mehr an Panzertape. Wir sperrten die beiden in unterschiedliche Kellerabteile, warfen ihnen noch zwei Wolldecken hin und stellten sicher, dass wir eine ruhige Nacht verbringen konnten.

«Ich muss scheissen.», herrschte der eine der Gefangenen Toni an, als dieser dessen Kellertür schloss und mit einem Vorhängeschloss sicherte.

Doch T grinste nur noch breiter. «Tja mein Freund, das hättest Du Dir vorher überlegen sollen.»

Beide waren an irgendwelche Rohre oder Stangen gefesselt, dazu hatte er ihnen ihre Beine und Arme an die Körper geklebt.

«Seid einfach froh, dass wir Euch nicht gleich erschossen haben.», sagte ich mit mürrischem Ton.

Wir hatten den ganzen Tag Waren verladen und ich war dementsprechend müde.

Toni warf mir einen vorwurfsvollen Blick zu, dann rief er mit freundlicher Stimme: «So meine Herren, wir wünschen Ihnen in unserem Hause eine erholsame und gute Nacht.» Er schubste mich aus der Tür, löschte das Licht und drehte dann den Schlüssel der Kellertür.

«Ich übernehme die erste Wache. Geh duschen und dann hau Dich aufs Ohr.» Toni sah mich mit ernsten Augen an. «Und das mit dem Erschiessen will ich nicht noch einmal hören! Wir sind keine Unmenschen.»

«Früher oder später werden wir solche Probleme nicht mehr mit Kabelbindern und ein paar netten Worten lösen können.»

Er sah mich an, presste seine Lippen zusammen und schüttelte leicht den Kopf. Dann packte er sein Gewehr, zog sich seine Mütze tief in das Gesicht und verschwand in der kalten Nacht.

III

In der Nacht hatte es wieder geschneit und in unserer Halle war es empfindlich kalt geworden. Ich hatte die letzte Wache und kam von meinem Rundgang zurück und wollte das Licht anknipsen, aber es funktionierte nicht mehr. «Der Strom ist weg.», knurrte Toni aus seinem Schlafsack heraus.»

«Wie gestern schon erwähnt, es wird Zeit hier zu verschwinden.»

Er knurrte noch einmal, dann schälte er sich aus dem Schlafsack. «Haben wir noch etwas zu essen?»

«Nur noch ein wenig Brot und eine dieser Dosen mit Roastbeef.»

«Na dann mal her damit, mir knurrt der Magen.»

Wir assen das Wenige, was wir noch hatten, und dann fingen wir an, unsere persönlichen Sachen zu packen.

Zwei Stunden später wuchteten wir das Eingangstor auf und fuhren aus dem Depot hinaus in eine kalte, weisse, tote Landschaft. Die Waffen, Jacken und Schuhe der beiden Gefangenen hatten wir eingepackt und Toni warf ihnen zuletzt ein kleines Messer hin, damit sie sich wieder befreien konnten. Das würde sie eine gute Weile beschäftigen. Es lag Schnee, aber mit dem Allrad betriebenen Fahrzeugen war dies kein Problem. Wir fuhren sogleich in das nächstgelegene Lebensmittelgeschäft, wo wir uns mit allem Nötigen an gut haltbaren Esswaren, aber auch sonstigen Dingen eindeckten. Wir holten eine Unzahl von Dosen und alles Mögliche an Gemüse, welches noch nicht verdorben war. Da der Strom so lange funktioniert hatte, fanden wir auch einiges an abgepacktem Fleisch, welches wir mitnahmen. Und Kaffee durfte nicht fehlen. Mit einer dieser italienischen, schraubbaren Espressomaschinen zusammen, konnten wir uns jeweils auf einem guten Morgenumtrunk freuen. Dazu brachten wir noch eine Unzahl von Toilettenpapier, Kerzen, Feuerzeuge, Batterien, Taschenlampen, Kochutensilien und alle Arten von Waschmittel, Zahnpasta und sonstige Artikel für den persönlichen Gebrauch heraus.

Wir verstauten alles in den beiden Fahrzeugen, danach blieb ich vor der Haube des alten Lastwagens stehen. Die Sonne drückte leicht durch die Wolken. Aber ansonsten war es ein grauer Tag, immer wieder fielen Schneeflocken. Doch jetzt plötzlich wurde es heller und die Landschaft schien friedlich. Kein Laut war zu hören.

«Ich hätte Lust auf eine Zigarette.», sagte Toni, obwohl er vor vielen Jahren schon mit dem Rauchen aufgehört hatte. Ich zuckte nur mit den Schultern, stattdessen fragte ich: «Und wohin jetzt?»

Er verzog sein Gesicht. «Du wolltest doch Bauer werden.» Er lächelte spöttisch.

«Du bist so ein Arsch!», schnaubte ich. «Aber es macht doch einfach keinen Sinn dahin zu fahren, wo es noch mehr solcher Arschlöcher gibt.» Ich meinte die beiden Angreifer von gestern Abend.

Tonis Lächeln wandelte sich von spöttisch zu ehrlich. «Hey, nimm nicht alles so fürchterlich ernst.» Er nickte. «Ich bin ja voll bei Dir. Suchen wir uns ein ruhiges Plätzchen. Aber ich denke, wir sollten nirgends allzu lange bleiben, das zieht sonst nur solches Ungeziefer an.»

«Ok. Doch zuerst kümmern wir uns noch um die Munition.» Ich nickte, drehte mich um und kletterte in die Führerkabine. Das Gewehr hängte ich in die dafür vorgesehenen Halterungen, dann startete ich den Motor. Toni seinerseits war in den Pinzgauer gestiegen.

Mein Funkgerät knarzte: «Also los, fahren wir zu unserem neuen Paradies.»

Ich schüttelte ob seinem steten Optimismus nur den Kopf, doch ich fuhr los.

Ich wunderte mich, wohin uns diese Zukunft bringen würde.

Toni war vor dem Zusammenbruch der Welt eher ein Zweifler gewesen, hatte immer alles abgewogen und meistens das Negative herausgesucht, während ich ohne Rücksicht mit Vollgas durch das Leben gerannt war. Aber irgendwie schien es, als wären seitdem die Rollen vertauscht. Für mich war die Sonne untergegangen, als meine Liebsten starben und ich wusste nicht, ob sie je wieder scheinen würde. Doch Toni schien wie ausgewechselt. Er blühte regelrecht auf. Ich aber war in meiner Trauer gefangen, konnte, oder wollte nicht aus ihr heraus.

Und das machte mich sauer auf ihn. Obwohl ich ihm das nie sagen würde. Sauer und neidisch. Nein, eigentlich war ich nur neidisch. Doch dies dafür richtig.

Wir fuhren einige Tage lang kreuz und quer durch das Land, aber einen richtigen Plan hatten wir nicht. Wir wussten auf den Strassenkarten zwar genau wo wir waren, doch ein eigentliches Ziel gab es nicht.

In den meisten der Häuser, in die wir hineinsahen, lagen Leichen drin, welche die gesamten Gebäude mit einem süsslichen Verwesungsgeruch durchzogen. Es war unmöglich, jeweils dort zu bleiben. Doch schliesslich fanden wir ein altes Bauernhaus. Die Bäuerin und ihr Mann lagen beide tot auf den Feldern, sodass wir sie gleich vor Ort nebeneinander begruben. Unsere beiden Fahrzeuge fanden in der Scheune Platz und das alte Haus hatte einen Kamin, womit wir es wenigstens etwas aufheizen konnten. Tiere gab es auf dem Hof keine, aber dafür wir fanden für einige Zeit ein wenig Ruhe.

Wir kochten auf offenem Feuer, entweder draussen im Garten oder im Kamin. Wir schliefen auf den beiden Sofas, jeder in seinem Schlafsack. Wir richteten uns im grossen Wohnzimmer ein, sodass wir in einem Notfall schnellsten weg wären. Dazu packten wir noch zwei, wie wir es nannten, Notfallpakete zusammen. Diese beinhalteten Ersatzkleider, ein zusätzliches Paar Schuhe, unsere Handfeuerwaffen und dazugehörige Munition. Batterien, Lampen und Feuerzeuge kamen noch hinzu. Die Pakete verstauten wir im Keller des Bauernhauses.

Dann etablierten wir einen genauen Tagesablauf, an den wir uns exakt hielten. Nur so brachten wir etwas Struktur in unsere Tage. Die Wache hatten wir in einen zwei Stunden Rhythmus aufgeteilt, jeweils von sechs Uhr abends bis sechs Uhr in der Früh. Ich hatte zu Beginn einige Mühe, fühlte mich immer müde und das Schlafen war nicht meine Stärke. Der zweistündige Rhythmus machte mir zu schaffen und wenn ich dann mal die Augen schloss, sah ich Bilder meiner toten Familie.

Toni und ich stellten sicher, dass wir regelmässig unsere Mahlzeiten zu uns nahmen. Somit hofften wir möglichen Krankheiten entgegenzuwirken. Das Frühstück war immer um halb sieben Uhr, Mittagessen um zwölf und zu Abend assen wir jeweils um fünf. Nach dem Frühstück machten wir penibel unsere Körperhygiene, ebenfalls im Kampf gegen allfällige Krankheiten und um uns irgendwie doch noch als normale Menschen fühlen zu können.

Danach pflegten wir unsere Waffen und Ausrüstung. Wir reinigten die alltäglichen Gegenstände, wuschen unsere Kleider und besorgten benötigte Esswaren. Nach dem Mittagessen gingen wir auf ausgedehnte Rundgänge. Es war uns wichtig, genau zu wissen, was in unserer Umgebung vor sich ging. Dabei sahen wir immer wieder Rehe, Kühe, Schafe und einmal sogar einen Hirsch, welchen wir erlegten, was uns für einige Tage richtige Festmahle bescherte. Meistens redeten wir kaum auf diesen Rundgängen, wie wir auch sonst eher wenig sprachen. Toni versuchte zwar immer wieder Gespräche in Gang zu setzen. Er war der Meinung, es würde meinem Schmerz helfen und tief in meinem Inneren wusste ich, dass er eigentlich recht hatte. Doch ich wollte nicht! Der Schmerz war das einzige Gefühl, das ich noch hatte und somit gab er mir irgendwie den Glauben, doch noch irgendwie am Leben zu sein. Wir hatten einige Bücher gefunden und Toni hatte sich eine alte Gitarre besorgt. So vergingen die Abende mit Lesen und er übte viel auf dem Instrument. Er besass einiges an Talent und wurde somit schnell besser. Ich versuchte es ebenfalls, aber es war ein völliger Reinfall. Ich hatte nicht den Hauch von Talent, und so überliess ich die Gitarre Toni und widmete mich lieber den Geschichten in den Büchern.

Ich stapfte durch den Schnee, Toni ging rechts neben mir. Es war ein trister Tag, voller Nebel und Kälte. «Es reicht, meinst Du nicht?» Er sah mich von der Seite her an. Ich wusste, dass er nicht unseren Rundgang meinte und beschloss, nicht zu antworten.

Der Tag war eiseskalt und immer wieder schneite es heftig. Von der Sonne war nichts zu sehen, sie war nur ein heller Fleck irgendwo in den Wolken. Unsere Kampfstiefel knirschten im Schnee und kleine Wölkchen stiegen auf, wenn wir ausatmeten. Toni wechselte den Riemen seines Gewehres von der rechten auf die linke Schulter.

«Du kannst mich ignorieren, solange Du willst, Du wirst das Problem trotzdem nicht lösen.»

Ich seufzte. «Ach Mann, lass mich doch einfach in Frieden!»

«Frieden?» Normalerweise beliess Toni das Thema nach so einer Reaktion, doch dieses Mal schien er nicht so schnell aufgeben zu wollen. «Wie soll ich Dich in Frieden lassen, wenn Du selbst keinen Frieden finden kannst?» Er machte eine Pause, sah mich mit zusammengekniffenen Augen an. «Wie willst Du Frieden finden, wenn Du Dich nicht Deinen eigenen Dämonen stellst? Da hast Du keine Chance. Kein Frieden, nicht von mir, nicht von dieser kaputten Welt da draussen,» er nickte in eine unbestimmte Richtung, «noch von Dir selber!» Wieder sah er mich von der Seite her an. Ich blickte angestrengt nach vorne, wollte dann etwas entgegnen, aber er kam mir zuvor: «Auch von Deiner Familie, wirst Du ihn nie finden, mein Freund!»

Jetzt sah ich ihn direkt an, wollte echt wütend werden, aber anstelle der Wut kamen die Tränen. Ich konnte nichts dagegen tun, sie liefen mir über das Gesicht, hinterliessen helle Spuren und spülten die Wut einfach weg. Eigentlich wollte ich etwas sagen, aber ich wusste gar nicht, was. Der Schmerz übermannte mich, schüttelte mich durch. Ich blieb einfach stehen, sah über das Feld, welches dem Weg entlanglief.

Toni drehte sich zu mir um, sah mich mit verständnisvollem Blick an, aber auch er sagte nichts.

Die Tränen liefen immer noch, als ich, nach langem Schweigen, endlich etwas entgegnen konnte: «Warum?»

Er schüttelte den Kopf. «Ich weiss es nicht.»

«Ich verstehe das nicht, T. Ich verstehe es einfach nicht.» Ich seufzte. «Warum sie und nicht ich?»

Er lächelte leicht. «Das weiss ich nicht und Du wirst es ebenfalls nie wissen.» Er machte eine Pause. «Und keiner, Rob, wirklich keiner da draussen wird es je wissen oder verstehen.»

Es blieb einen langen Augenblick still.

«Vielleicht sollte ich…», sagte ich mit leiser Stimme dann, aber ich beendete den Satz nicht.

«Wenn Du das tust, sind sie völlig umsonst gestorben!» Sein Ton nahm an Schärfe zu. «Und das wäre eine Schande!» Erneut eine kurze Pause. «Jo war immer so unglaublich stolz auf Dich! Das willst Du doch auf keinen Fall ändern.» Er sah mich mit seinen freundlichen, braunen Augen direkt an. «Versprich mir, dass Du keine Scheisse baust!»

Ich sah auf. Es war selten, dass Toni fluchte.
Immer noch vernebelten Tränen meinen Blick.

«Versprich es mir!», forderte er nochmals.

Ich nickte leise. «Ich verspreche es Dir.»

Er lächelte leicht, wechselte wieder das Gewehr von der einen Schulter auf die andere, drehte sich langsam um und ging dann wortlos weiter.

Ich sah noch einen Moment auf das verschneite Feld hinaus. Genau in diesem Augenblick hörte es auf zu schneien und die Sonne brach durch die Wolken.

Es vergingen die Tage, die Wochen und schliesslich wurde es langsam Frühling. Der März war angebrochen und wir feierten sogar meinen Geburtstag mit einem Glas Bier. In der gesamten Zeit hatten wir keine Menschenseele zu

Gesicht bekommen und es kam uns vor, als seien wir die einzigen Bewohner auf diesem Planeten.

Ich las viel, hatte mich in den 'Herr der Ringe' verliebt und verschlang die drei Bücher, wann immer ich ein wenig Zeit dafür fand. Es gab mir dabei so einen Moment, wo ich das Ganze, und wenn es nur für ein paar Stunden war, vergessen konnte. Ich war irgendwo in Helms Deep, mitten in einer grossen Schlacht, als Toni von seinem Wachrundgang durch die Tür gestapft kam. Er schüttelte sich und zog seine nassen Sachen aus, hängte sie an einen Haken an der Wand. Dann ging er wortlos zu dem Kamin, worin ein schönes, warmes Feuer brannte.

«Es regnet was runter kommt.», meinte er schliesslich. Ich reagierte nicht, klappte aber das Buch zu und legte es widerwillig weg. Ich war an der Reihe mit der Wache und ich stand auf, um mich anzuziehen.

«Wir sollten hier langsam weg.», sagte Toni, immer noch am Kamin stehend. «Was meinst Du, Rob? Wir sind hier schon viel zu lange und eigentlich wollten wir ja immer wieder irgendwo anders hin, immer weiter.»

«Wir haben niemanden mehr gesehen.», antwortete ich.

«Von dem her…» Ich zuckte mit den Schultern.

«Aber Du weisst nie. Es wird endlich langsam wärmer und ich denke, es treibt die Überlebenden wieder aus ihren Unterschlupfen. Wir sollten uns ein neues Plätzchen suchen.»

«Ein neues Paradies?» Ich zog meine Augenbrauen in die Höhe, lächelte aber nicht.

Dafür grinste er umso breiter und nickte. «Yep, ein neues Paradies.»

Ich dachte einen Augenblick nach. «Dann lass uns die nächsten Tage noch die nötigen Vorräte aufstocken und vielleicht können wir noch ein Tier erlegen, damit wir frisches Fleisch mit auf den Weg bekommen.»

Toni sah mich an, seine Augen glitzerten im Schein des Feuers. «So machen wir das.»

Ich zog meine Regenjacke über, nahm das Gewehr, zog den Hut tief ins Gesicht und ging zur Tür hinaus.

IV

Ein Geräusch liess mich hochfahren.

Ich schlüpfte aus dem Schlafsack und in einer einzigen Bewegung in meine Schuhe. Ich schnappte mir meine Waffe. Toni stand bereits am Fenster und trug sein Nachtsichtgerät.

Draussen war es stockfinster. Auch im Haus drin war es dunkel, Toni hatte das Kaminfeuer mit einer Blache abgedeckt, obwohl es nur noch rötlich vor sich in glomm. Es war ein Geräusch, das ich seit Wochen nicht mehr vernommen hatte. Es handelte sich um das Brummen eines Motors.

Toni zeigte stumm und ohne seinen Blick abzuwenden auf die Küche. Hinter der Küche gab es eine Hintertür und ich verstand sofort. Das Brummen wurde lauter, kam immer näher und verstummte dann. Ich folgte wortlos seinen Anweisungen, nahm mein eigenes Nachtsichtgerät und verschwand leise durch die Küche und durch die Tür, hinaus ins Dunkel.

Die kalte Luft schlug mir wie eine Faust mitten ins Gesicht. Ich musste kurz warten und mich an die eiskalte Temperatur, die nur knapp über dem Gefrierpunkt lag, zu gewöhnen. Nachts war der Winter immer noch spürbar. Ich zog das Nachtsichtgerät über den Kopf und klappte die Okulare vor meine Augen. Sogleich wurde die Welt um mich herum grün, anstelle von dunkelschwarz.

Ich setzte langsam einen Fuss vor den anderen, versuchte dabei keinerlei Geräusche zu verursachen. So schlich ich mich um das Haus herum, das Gewehr im Anschlag. Die Waffe war geladen und ich müsste nur noch den Verschluss nach vorne schnalzen lassen und sie wäre schussbereit. Ich späte um die Ecke und in verschiedenen Grüntönen sah ich die beiden Gestalten vor einem Wagen stehend. Sie trugen dicke Winterjacken und Wollmützen, welche sie tief in die Gesichter gezogen hatten. Beide hielten Handfeuerwaffen in ihren Händen.

«Los! Kommt raus!», brüllte der eine. Sein Kumpan stand einige Meter abseits und hielt seinen Revolver bereits im Anschlag. Im Hintergrund sah ich einen riesigen Pickup mit Doppelkabine, vier Türen und grosser, voll beladener Ladefläche. Die beiden Türen auf der Fahrerseite standen offen, doch das Innenlicht der Kabine war aus. Ich hätte es spätestens jetzt realisieren müssen!

«Warum sollen wir rauskommen?», fragte Toni zurück. «Hier drinnen ist es schön warm.»

Ich hörte das metallene Schnalzen, als der Verschluss seines Sturmgewehres nach vorne schnellte. Seine Waffe war nun scharf.

Die beiden Männer im Dunkel duckten sich instinktiv und hoben ihre Waffen höher.

Einen Moment lang passierte nichts. Diesen Augenblick nutzte ich, um mein Gewehr an der Hausmauer abzustützen und zielte. Den näheren würde ich nicht verfehlen! «Ihr kommt jetzt raus, oder wir brennen das Haus nieder!» «Und dann?» Tonis Stimme troff vor Spott. «Was hättet Ihr dann davon? Das Haus wäre in Schutt und Asche.» «Ihr wärt tot, das wäre doch schon mal etwas.» Der Angreifer lachte. «Und das Haus wäre ja dann nicht mehr Euer Problem.» Er holte tief Luft. «Und jetzt raus, alle beide!» Ich drückte auf einen kleinen Hebel an der Seite meiner Waffe und auch bei mir schoss der Verschluss nach vorne. Das laute Klicken zerriss die Stille. «Ich hätte Euch schon die ganze Zeit zum Teufel schicken können.»

Die beiden Angreifer sahen zu mir herüber. Sie erschraken nicht. Aber ich kapierte es immer noch nicht.

Toni nutzte den Augenblick und kam mit erhobenem Gewehr aus der Vordertür. Er grinste.

Dann hörte ich hinter mir das Spannen eines Pistolenhahns und T's Lächeln gefror.

«Den Trick ist alt.», sagte eine kalte Stimme aus dem Dunkel. «Die Stimme kam mir irgendwoher bekannt vor. «Vielleicht etwas zu alt.»

Der Typ beugte sich zu uns herunter und grinste immer noch hämisch. «Es hat eine Weile gedauert, aber dann kam endlich mal jemand und half uns aus diesem verfluchten Keller heraus.» Er nickte mit seinem Kopf zu der Person hinter ihm. «Wir wären sonst da unten elendiglich verreckt.» Sein Grinsen verschwand aus seinem Gesicht. «Ich hatte Dir ein Messer gegeben. Wenn Ihr zu blöd seid, Euch selbst zu befreien, was ist das unsere Schuld?» Tonis Stimme war trocken. Doch der Typ über uns schnaubte ihn an: «Du verdammtes, Scheiss-Arschloch! Ich konnte die Klinge gar nicht erreichen!» Er erhob sich, sah dann wieder auf uns herunter. Sein Kumpel aus dem Armeedepot stand neben ihm, sagte nichts. Den Dritten, hinter den beiden stehend, kannte ich nicht.

«Wir wären einfach krepiert in diesem verfluchten Kellerloch.»

«Das war nicht unsere Absicht.», beteuerte ich noch einmal, meine alte Anwaltsstimme benutzend, doch er schrie mich nur an: «Weisst Du, wie verdammt scheissegal mir das ist?» Sein Gesicht wurde rot, was ich trotz des schummrigen Lichtes sah. Er schwitzte. «Was meint Ihr, Jungs? Wollen wir Gleiches mit Gleichem vergelten? Zahn um Zahn, Auge um Auge?» Er sah zu seinem Kumpan, dieser nickte heftig. Der Dritte reagierte nicht.

Er drehte sich wieder zu uns um. «Wir lassen Euch hier einfach sitzen. Einfach so.» Er lugte hinter den Balken, an den sie mich gefesselt hatten, dann hinter denjenigen von Toni.» Wir lassen Euch hier einfach sitzen und fackeln das Haus über Euch ab.»

Ich sah ihn mit grossen Augen an. «Du willst uns hier lebendig verbrennen?» Ich schrie ihn an. «Was für ein verdammter Hurenbock bist Du eigentlich?»

Er zuckte mit den Schultern, lächelte wieder leicht. «Nicht übler als Ihr.»

«Aber wir taten es nicht mit Absicht.»

Er beugte sich zu mir herunter. Ich konnte seinen stinkenden Atem riechen. «Weisst Du, was mich das kümmert?»

Er erhob sich und zog ein Benzin-Feuerzeug hervor. Immer noch grinsend liess er den Deckel aufschnappen und entzündete die Flamme. Er holte aus und wollte es irgendwohin werfen, aber der dritte Mann hinter ihm schnappte sich seinen Arm.

«Du bist so ein Vollidiot!»

Der Mann hatte bisher noch kein Wort gesprochen. «Kannst Du den alten Scheisshaufen von Lastwagen da draussen fahren?» Er beantwortete sich seine Frage sogleich selbst: «Nein, kannst Du nicht. Und ich auch nicht. Also müssen wir zuerst umladen, sonst brennen nicht nur die zwei Wichser hier, sondern auch ihre ganze Ausrüstung, die Munition und das gesamte Essen.» Er sah den anderen scharf an, hielt immer noch dessen Arm fest im Griff. Das Feuerzeug brannte in dessen Fingern. Dann seufzte er. «Mann, ehrlich, wie kann einer nur so dumm sein. Vielleicht hätte ich Euch beide besser im Keller verrecken lassen sollen.

Der mit dem Feuerzeug riss sich los, klappte das Zippo aber zu. «Wie redest Du eigentlich mit mir?»

«Halt mal die Luft an.», antwortete der Fremde trocken. «Kannst Du mit manueller Gangschaltung fahren? Wenn nicht, helft Ihr beide mir jetzt einfach, den Scheiss umzuladen.»

Der andere wollte noch etwas erwidern, doch der Dritte liess es nicht zu: «Schnauze, Mann! Dein loses Mundwerk bringt Dich mal noch um.» Er machte eine Pause und ich sah zu Toni herüber. Dieser schmunzelte leicht.

Dann redete der Fremde weiter: «Und jetzt laden wir um, soviel wir können. Nehmt vor allem alle Waffen, die Munition und das Fressen mit.»

Jetzt sah er mich zum ersten Mal direkt an.

Er besass ein eingefallenes Gesicht, das tiefe Furchen besass. Es war kein angenehmes Gesicht. Eine lange, gerade Nase dominierte das Antlitz, dazu besass er helle, blaugrüne Augen und einen stechenden Blick. Strubbelige Haare, welche selbst geschnitten zu sein schienen und Stoppeln im

Gesicht unterstrichen den etwas verwahrlosten, ja kränklichen Eindruck. Er sah mich lange direkt an, sagte nichts. Und er blinzelte dabei kein einziges Mal. Ich ahnte sogleich, dieser Mann war viel gefährlicher als die beiden grossspurigen Dummschwätzer gemeinsam.

Sein Blick schien mich zu durchbohren, dann, abrupt, drehte er sich um. «Lasst uns umladen und dann abhauen. Er blickte nochmals zu Toni und zum ersten Mal sahen wir so etwas wie eine Regung in seinem zerfurchten Gesicht. Es war die Anspielung eines Lächelns.

«Und dann kannst Du die Hütte abfackeln.»

Sie beluden ihren Dodge Ram vor allem mit Munition, unseren vier Gewehren, das meiste des Treibstoffes und unsere kompletten Fleischkonserven. Als sie fertig waren, versammelten sie sich wieder vor uns.

Das zerfurchte Gesicht sah ausdruckslos auf mich herab.

«Hast Du noch etwas zu sagen?»

Ich sah zu ihm hoch. Mir taten die gefesselten Arme und Beine weh. Sie hatten uns die Füsse und Hände mit Kabelbindern zusammengeschnürt, so dass es mir das Blut abstellte. Meine Arme lagen um einen der beiden Holzbalken, welche frei im Durchgang von Wohnzimmer zur Küche standen. Toni sass am zweiten Pfosten.

Sie hatten uns die Schuhe und Socken ausgezogen. «Damit Ihr wenigstens warme Füsse bekommt.», hatte der eine der Typen dabei gelacht.

«Kennst Du den Film 'Gladiator'? Wie sagte doch Maximus: Ich werde meine Rache haben, in diesem Leben oder im nächsten.» Ich versuchte drohend zu klingen, aber es verfehlte seine Wirkung völlig.

Zum zweiten Mal lächelte das von Furchen durchzogene Gesicht, aber die blaugrünen Augen blieben dabei ernst. «Also dann im nächsten Leben. Eures endet nämlich in der nächsten Stunde.»

Die beiden anderen lachten, der Fremde nicht. Ohne ihn anzusehen, streckte er seine Hand aus und der andere händigte ihm das Zippo aus. Das Furchengesicht liess es aufschnappen, entzündete die Flamme und schmiss das Feuerzeug auf das alte Sofa.

«Bis im nächsten Leben.», sagte er dann trocken, drehte sich um und ging zur Tür. «Los kommt, bevor dieses alte Loch in Flammen steht.»

Nur wenige Augenblicke später hörte ich das Wummern des V8.

Sie waren weg.

Das Kissen, worauf das Feuerzeug lag, begann zu schwelen und nur eine Minute später brannte der alte Überzug. «Was machen wir jetzt?» In Tonis Stimme lag Panik. «Wir verschwinden.»

«Und wie? Kannst Du mir das vielleicht mitteilen?» Ich versuchte wieder den Nagel zu spüren, welcher ganz unten aus dem Holzpfosten ragte, an den sie mich gefesselt hatten. Er schien nur halb eingeschlagen zu sein und ich hoffte, den Kabelbinder daran aufreissen zu können. Ich suchte den Nagel, fand ihn aber nicht. Auch in mir stieg leise Panik auf. Doch, da war er. Ganz unten spürte ich den Nagel plötzlich und ich begann, den Kabelbinder am Kopf des Nagels hin und her zu reiben. Irgendwann müsste das Plastik doch reissen.

Immer wieder hängten sich die Plastikbändel ein, rissen jedoch nicht. Stattdessen zogen sie sich immer mehr zusammen und der Schmerz wurde immer heftiger.

«Was machst Du da?», fragte Toni, seine Panik in der Stimme nahm zu. Unterdessen stand das Kissen in Flammen und es würde nicht mehr lange dauern, bis das ganze verfluchte Sofa brannte. Rauch stieg auf.

Toni sah zu mir herüber und begriff, was ich tat. «Mach schneller, Rob! Das Sofa brennt auch schon.»

«Sei still, verdammt!», fauchte ich ihn an und versuchte weiterhin verzweifelt, das Plastik an dem alten Nagelkopf aufzureissen. Doch Toni hatte recht, das Sofa brannte jetzt bereits und der Rauch begann sich langsam im Raum auszubreiten.

Meine Augen tränten, der Rauch brannte in ihnen. Die Flammen wurden grösser, breiteten sich nun schon auf das zweite Sofa aus. Nicht mehr lange und sie würden auf die Vorhänge übergreifen. Und der alte, staubige Stoff hätte dem Feuer nichts entgegenzusetzen.

Toni hustete, der Rauch wurde immer dichter und dichter. Ich realisierte, wir würden nicht verbrennen, sondern elendiglich an einer Rauchvergiftung sterben.

Ich verdoppelte meine Anstrengungen.

«Los! Mach schon, bei Gott, mach schon!» Tonis Aufschrei ging wieder in ein erneutes Husten über.

Ich rieb die Fesseln wie verrückt an dem Kopf des Nagels, hakte dabei immer wieder ein.

Und endlich spürte ich eine Bewegung. Jetzt musste der Kabelbinder doch endlich reissen.

Mit aller Kraft rieb ich an dem Nagel.

Der Nagel blieb an dem Plastik hängen und wurde aus dem Holz gezogen.

Aber das Plastik des Kabelbinders war tatsächlich zerrissen. Meine Hände kamen frei. Ich zog meine Arme nach vorne und sah, dass sich die Schlingen tief in das Fleisch meiner Handgelenke eingegraben hatten. Trotz der Schmerzen und fast ohne Gefühl, fingerte ich mein Messer aus dem Gürtel, liess es aufschnappen und schnitt mir die Fesseln durch. Doch der Schmerz wurde nicht geringer, sondern zunächst noch grösser, als endlich wieder Blut in die Hände und Finger strömen konnte. Dann schnitt ich meine Füsse frei und kroch am Boden entlang zu Toni hinüber.

Der Rauch lag wie eine grosse, wabernde Decke über uns. Ich schnitt meinen Freund frei und schrie ihn an: «Du zu den Autos! Ich hole die Notfallpakete!»

Er nickte nur und kroch in Richtung der Tür, während ich, ebenfalls auf allen vieren kriechend, zu der Kellertreppe robbte und mehr fallend, als gehend im Untergeschoss verschwand.

Das Haus brannte jetzt richtig und die Hitze war sogar im Keller zu spüren. Ich wickelte mir einen Stofflappen ums Gesicht, um mich wenigstens etwas vom Rauch schützen zu können. Ich fand, trotz der Dunkelheit, die beiden Pakete und suchte die Tür nach draussen. Wie viele alte Bauernhäuser hatte auch dieses eine Aussentür im Kellerbereich, welche dann über eine Aussentreppe ins Freie führte. Nach kurzem Suchen fand ich die Tür.

Aber sie war verschlossen.

Ich stemmte mich gegen die Tür, aber sie bewegte sich keinen Millimeter. Ich warf mich mit meiner Schulter dagegen.

Nichts! Sie erzitterte kaum, blieb verschlossen.

Nein! Ich war nicht all diesem Scheiss entkommen, nur um hier unten in einem dunklen Kellerloch draufzugehen! Das Fenster in der Tür schimmerte leicht und ich nahm eines der beiden Pakete und warf es mit aller Kraft in das Fenster. Mit einem lauten Klirren zerbarst die Scheibe und wunderschöne, kalte, klare Luft strömte hindurch. Und mit der Luft kam neue Hoffnung.

Ich versuchte meine Hand mit Stoff zu schützen und langte durch das zerbrochene Fenster und suchte die aussenliegende Klinke. Ertastend fand ich sie und darunter, im Schloss steckend, einen alten, eisernen Schlüssel. Mit schmerzenden und klammen Fingern gelang es mir den Schlüssel zu drehen und ich hörte das Klacken des Bolzens im Schloss.

Die Tür ging auf.

Die frische Luft draussen war wie neues Leben.

Ich keuchte und hustete, versuchte irgendwie auf den Beinen zu bleiben. Ich stolperte die Aussentreppe hoch.

Im Haus konnte ich das Feuer als drohendes Grollen hören. Eine Fensterscheibe zersprang.

Und dann hörte ich das Dröhnen des alten Dieselmotors und ich torkelte weiter in Richtung des Stalles.

Im Schein der Flammen sah ich, wie sich das alte Holztor des grossen Schuppens nach aussen wölbte, dann zerbarst es in unzählige Stücke.

Toni fuhr den Saurer einfach durch das Tor hindurch, schrie dabei etwas aus dem geöffneten Seitenfenster, doch ich verstand, in dem ganzen Lärm, kein Wort.

Trotzdem wusste ich, was er meinte.

Ich sah kurz zu dem Wohnhaus, welches an den Stall angebaut war. Die Fenster im Erdgeschoss waren alle zerborsten und grelle Flammen schossen durch die Öffnungen. Das Ganze Erdgeschoss glich einem brennenden Inferno und auch aus den oberen beiden Stockwerken stieg bereits Rauch auf. Schon bald würde der Dachstock Feuer fangen und dann der komplett aus Holz gefertigte Stall. Wir mussten hier weg!

Die Flammen röhrten und der Rauch hüllte alles ein wie dichter Nebel. Ich erreichte den Stall und den darin noch stehenden Pinzgauer, riss die Fahrertür auf, warf die beiden Pakete auf den Beifahrersitz und stieg ein.

Ich sah die ersten Flammen am Dach des Stalles züngeln. Hastig drehte ich den im Zündschloss steckenden Schlüssel und drückte den Anlasserknopf. Der Motor sprang an. Ich drückte das Kupplungspedal nach unten und rammte den ersten Gang ein, liess das Pedal wieder nach oben kommen. Der Truppentransporter machte einen mächtigen Satz vorwärts und verstummte wieder.

Scheisse, abgewürgt!

Jetzt einfach nicht in Panik geraten!

Die ersten Flammen an der Rückseite des Stalles wurden in den Rückspiegeln sichtbar. Ich hatte vielleicht noch dreissig Sekunden, dann würde alles in Vollbrand stehen. Und ich wäre mittendrin.

Ich schloss für einen kurzen Moment die Augen, versuchte mich zu beruhigen.

Dann also alles nochmals von vorne. Ich riss den Ganghebel auf Neutral, drehte den Schlüssel auf Off und zurück auf On. Erneut drückte ich den Anlasserknopf. Der Anlasser drehte und drehte, es erschien mir wie eine Ewigkeit. Dann, endlich, sprang der Motor wieder an.

Ich legte den ersten Gang erneut ein und konzentrierte mich darauf, die Kupplung nicht zu schnell kommen zu lassen. Der Wagen begann vorwärts zu rollen und ich fuhr durch das geborstene Tor hinaus in die dunkle Nacht.

Die beiden roten Schlussleuchten unseres alten Saurer 2DM Lastwagens fuhren vor mir her. Lange konnte ich das Feuer und später noch das Leuchten der Flammen in der Nacht in den Rückspiegeln erkennen.

Die halbe Nacht fuhr Toni vor mir her. Dann, der erste leichte Schimmer von blau war am östlichen Himmel zu sehen, hielt er endlich an. Ich stellte den Pinzgauer daneben, stellte den Motor ab und stieg aus.

«Wie geht es Dir?» Seine Augen blickte müde im schwachen Licht der Standleuchten beider Fahrzeuge.

Ich sah ihn lange an, gab keine Antwort. Dann sog ich die kalte, klare Luft so tief ich konnte in meine Lungen, liess sie langsam wieder entweichen.

«Ich bin müde.», antwortete ich schliesslich, «Ich kann kaum richtig atmen und bin dermassen sauer auf die drei Pisser, das kannst Du Dir nicht vorstellen! Du?»

Er nickte, legte seine Hand auf meine Schulter. «Lass uns etwas schlafen, dann machen wir uns auf die Suche nach diesen verfluchten Mördern.»

Wie immer, wenn Toni fluchte, zog ich meine Augenbrauen in die Höhe. «Aber dieses Mal will ich nichts hören!» Ich sah ihn scharf an. «Dieses Mal bring ich die Schweine um!» Mein alter Freund sah mich lange und ernst an. Dann nickte er. «Du oder ich, aber einer von uns gewiss.»

V

Über mehrere Tage hinweg verfolgten wir die Spur des Dodge Ram, doch dann verloren wir sie. Wir fuhren zurück und wieder vor, dann das Ganze nochmals, vergebens! Irgendwo hatten wir im Regen die Spur der Wichser verloren und konnten sie trotz aller Anstrengungen nicht mehr wiederfinden.

Frustriert sprang ich an diesem Abend aus der Führerkabine des Saurers, den ich wieder von Toni übernommen hatte. Wütend hämmerte ich mit der Faust auf die lange Haube, hinterliess eine Delle. Toni sah mich durch die schmutzige Scheibe des Pinzgauers mit einem undefinierbaren Blick an. Dann öffnete er schliesslich das Seitenfenster.

«Die finden wir schon wieder.»

«Du und Dein verdammter Optimismus!» Ich schnaufte.

«Wie sollen wir die drei Schweine denn wiederfinden, ohne eine Spur?»

Mein Freund lächelte leicht, jetzt war sein Blick etwas abschätzig. «Was meinst Du, Rob, wie viele Menschen da draussen noch sind?» Er streckte den Arm aus dem Fenster, winkte ohne eine bestimmte Richtung anzuzeigen. Dann öffnete er die Fahrertür, stieg aus. «Nehmen wir mal an, es haben ein Prozent aller den Grünen Teufel überlebt. Dann sprechen wir von...» Er verzog das Gesicht. «... von ein paar Tausend Menschen im ganzen Land. Achtzig, vielleicht neunzig Tausend. Vielleicht sind es nicht mal so viele.» Er zuckte mit den Schultern, überlegte einen Moment. «Früher oder später laufen sie uns wieder über den Weg, ich sag's Dir!» Erneut machte er eine Pause. «Und dann sind sie fällig.»

Der Winter wich immer weiter dem Frühling. Die Tage wurden länger, die Temperaturen stiegen. Es war Ende des Monat März.

Wir hatten unsere Vorräte wieder aufgestockt, aber vor allem hatten wir auch militärischen Kleider, Ausrüstungsgegenstände und frische Munition besorgt. Dafür waren wir wieder in unser ursprüngliches Armeedepot zurückgekehrt. Dann suchten wir uns aus zivilen Beständen neue Sturmgewehre. Danach fuhren wir in Richtung Süden weiter, kamen den Bergen immer näher. Trotz der wärmeren Temperaturen war auf den Gipfeln noch viel Schnee zu sehen.

Und mit der Wärme wurde der Gestank der unterdessen schon seit Monaten verwesenden Leichen immer schlimmer. Der süssliche Gestank war nun fast allgegenwärtig und wir mussten uns teilweise feuchte Tücher vor die Gesichter binden. Sobald wir Häuser durchsuchten oder uns in Läden oder Einkaufszentren Esswaren zusammensuchten, trugen wir meistens sogar Atemschutzmasken, da in den Innenräumen nicht mal die Tücher mehr halfen. Mit dem besseren Wetter bemerkten wir wieder mehr Menschen. Wir sahen oder hörten sie regelmässig, auch wenn es über alles gesehen insgesamt nur sehr wenige waren. Wie Toni und ich, waren sie meistens paarweise oder in kleinen Gruppen unterwegs.

Wir gingen allen Begegnungen konsequenterweise aus dem Weg. Sobald wir jemanden bemerkten, prüften wir, ob es sich um die drei Schweine vom Bauernhaus handelte, wenn nicht, machten wir uns aus dem Staub. Einige versuchten mit uns Kontakt aufzunehmen, doch wir gingen keinerlei Risiken ein und wollten für uns bleiben. Aber die drei Gesuchten fanden wir nicht.

Wir bewegten uns in einem langsamen, grossen Zickzack-Kurs nach Süden, bis wir zu der Stadt Luzern kamen, und von dort aus drehten wir nach Südwesten. Die hohen, schneebedeckten Gipfel blieben auf unserer linken Seite. Sobald wir eine Immobilie fanden, die ohne Leichen war, nahmen wir sie jeweils in Beschlag und kehrten sogleich wieder in unseren täglichen Rhythmus zurück, den wir in dem Bauernhaus im Winter begonnen hatten. Aber nach den Begebenheiten dort, blieben wir im selben Haus entweder höchstens für ein oder zwei Wochen, oder bis wir in näherer Umgebung auf Menschen stiessen, dann zogen wir weiter.

Wir bewegten uns nun langsam gegen Westen, bis wir schliesslich am Thunersee nach links in Richtung der Berge abbogen. Wir hofften, je tiefer wir uns in die Berge zurückzogen, je weniger Menschen würden wir treffen. Doch wir wussten auch, dass die Chance sinken würde, die drei Gesuchten zu finden.

Ich kannte in einem kleinen Dorf, kurz vor Gstaad ein kleines Ferienhaus, welches einem ehemaligen Arbeitskollegen gehörte und das mitten auf einer Aue, beziehungsweise im Winter mitten auf der Skipiste lag. Dieses kleine Häuschen wäre als Rückzugsort perfekt, da es hoch oben lag und mit einer sensationellen Weitsicht auf das Tal darunter ausgestattet war. Dazu hatte das Häuschen eine moderne, neue Küche und einen Holzofen.

Wir fuhren immer noch langsam, mussten die meisten Strassen frei räumen, oder um unzählige Hindernisse herumkurven, was unsere Geschwindigkeit auf wenige Kilometer pro Tag reduzierten. Und da wir immer wieder Tage, oder sogar Wochen in einer Liegenschaft blieben, die wir okkupiert hatten, war es schon Frühsommer, bis wir schliesslich in Schönried eintrafen.

Wir fuhren durch das Dorf, welches im selben Zustand war wie alle anderen im Land. Überall lagen Leichen, viele waren unterdessen von Tieren angefressen worden. Mitten in der Siedlung bog ich ab und fuhr eine schmale Strasse den Hügel hinauf. Ich versuchte mich zu erinnern. Wir waren vor zwei Jahren im Winter hier für einen Skiurlaub gewesen. José war damals gerade zwei geworden und wir verbrachten einige wunderbare Tage hier oben.

Ich musste ein paar Mal umdrehen, da ich die genaue Strasse nicht mehr im Kopf hatte, aber schliesslich fand ich, was ich suchte. Ich schickte ein Stossgebet in dem Himmel, dass das Chalet leer war.

Und tatsächlich hatten wir Glück. Wir brachen die Haustüre auf und sahen uns in dem kleinen Haus um. Toni grinste über das ganze Gesicht. «Was für ein genialer Rückzugsort.», lachte er. Er öffnete die Tür zu der kleinen Terrasse, stellte sich an das Geländer. «Und was für eine Aussicht.»

Ich stellte mich neben ihn.

Ich seufzte tief. «Wir hatten damals eine traumhafte Zeit. Ich versuchte Jo hier ziemlich erfolglos das Skifahren beizubringen und wir gingen mit José Schlittenfahren.» Toni sah mich von der Seite her an. «Schaffst Du das?» «Das hier?»

Er nickte. «Ja, kannst Du hierbleiben, trotz der Erinnerungen?»

Mir traten Tränen in die Augen. Trotzdem nickte ich. «Ich denke, es ist die beste Möglichkeit, die wir haben.»

«Das ist sie!», stimmte er mir zu. «Aber Du musst hier stark sein.»

Ich sah ihn mit müden Augen an. «Dann ist es so.» Er lächelte warm. «Du schaffst das, mein Freund.» Dann nickte er. «Und jetzt hole ich uns erst mal ein warmes Bier, das ich in der Küche gesehen habe.» Er grinste und drehte sich um, um die Getränke zu holen.

Wir richteten uns so gemütlich ein, wie wir nur konnten. Den Pinzgauer stellten wir hinter das Chalet und sicherten ihn mit Tarnnetzen vor neugierigen Blicken, den Saurer parkten wir in ein Wäldchen, durch das der Weg in das Dorf hinunterführte. Wir verstauten die Esswaren in der Küche und unsere Klamotten und Ausrüstungen im Haus. Der Keller des Chalets war voll mit Getränken und Dosen, so dass wir nicht nur genug zu essen, sondern sogar noch Bier hatten.

Somit machten wir das kleine Haus zu unserem Zuhause. Irgendwie fühlte es sich wie ein Urlaub mit Freunden an. Wir versuchten wieder unseren Tagesablauf zu etablieren, genossen aber auch einfach die schönen Zeiten auf der Terrasse. Aber auch wenn ich es ab und an für einige Stunden vergessen konnte, war und blieb mein Herz schwer, war gefüllt mit Trauer und Erinnerungen.

Wir blieben lange. Es war schon um den Beginn des Maies, als wir zum ersten Mal wieder auf Menschen trafen. Der Tag ging langsam in den Abend über und wir befanden uns gerade unten im Dorf, am Schluss eines unserer Erkundungsgänge, als wir ein Fahrzeug vernahmen, das langsam in das Dorf hineinfuhr. Wir versteckten uns hinter einer Hausecke, lugten hervor. Es handelte sich um einen Kleinwagen, irgendein winziger 4x4 Subaru oder Toyota. Es schien, als sässe eine Frau hinter dem Steuer, aber ich war mir nicht ganz sicher. Aber sie war allein im Wagen, so viel war zu sehen und sie bemerkte uns nicht, sondern fuhr langsam und vorsichtig die Hauptstrasse entlang und verschwand schliesslich wieder aus dem Dorf. Das Geräusch ihres Wagens hörten wir noch eine Weile, dann wurde es leiser und verschwand schliesslich.

«Wir sollten zurück zum Haus.», meinte ich trocken und ohne eine Antwort von Toni abzuwarten, drehte ich mich um und begann den Weg hinauf zu gehen.

Er folgte mir wortlos.

Knapp zwanzig Minuten später sassen wir gemeinsam auf der Terrasse. Wir hatten zwei Liegestühle gefunden und auf denen genossen wir normalerweise die letzten Sonnenstrahlen des Tages. Wir hatten beide ein kleines Bier vor uns und sahen wortlos zu, wie die Sonne bei ihrem Untergang die vor uns liegenden Berghänge begann, rot einzufärben. Die Dörfer im Tal lagen teilweise schon im Schatten. Ganz leise, von weit entfernt hörten wir wieder das Motorengeräusch. Toni sah mich an, doch ich zuckte nur mit den Schultern und blieb bequem auf meinem Liegestuhl sitzen. Es würde sich wahrscheinlich wieder um die Frau in dem grauen Subaru handeln.

«Du fauler Sack!», schnaufte Toni und lachte. Er quälte sich aus seinem Liegestuhl, nahm seine Flasche und ging an mir vorbei und stützte sich auf das Geländer. Toni sah in das Tal hinunter.

Dann stellte er plötzlich seine Flasche neben sich auf den Boden. «Na wen haben wir denn da?»

«Sieht sie denn so gut aus?», fragte ich gelangweilt, doch er antwortete nicht auf meine Frage.

«Ich wusste es doch.» In seinem Tonfall war eine gewisse Spannung nicht zu überhören und jetzt realisierte ich, was er meinte.

Oder besser, wen.

Ich sprang auf und stellte mich neben ihn. Toni zeigte mit dem Finger ins Tal hinunter. Das Motorengeräusch war jetzt so laut, dass ich hören konnte, dass es sich um einen V8 handelte.

Er zeigte immer noch mit dem Finger hinunter und tatsächlich, da war er, der Dodge Ram!

Der grosse Wagen fuhr gemächlich auf der Hauptstrasse entlang, wo noch vor nicht mal einer Stunde schon der graue Kleinwagen durchgekommen war. Wir hatten die Strasse bereits vor über zwei Wochen geräumt, was den Insassen der Fahrzeuge eigentlich hätte auffallen sollen, doch der Wagen fuhr langsam, aber stetig weiter.

Wir folgten dem Wagen mit unseren Blicken, das Wummern des V8 war gut zu vernehmen. Von unserem erhöhten Standort, weit oberhalb des Dorfes und der Strasse, war diese lange auch noch zu erkennen, als sie schon aus dem Dorf hinausführte. Sie schlängelte sich nach dem Dorfausgang dem Tal entlang, welches weiter nach Westen ging, um dann in der nächsten Ortschaft sich nach Süden und Westen zu verzweigen. Der grosse Pickup nahm die Abzweigung nach Süden und somit konnten wir ihn sogar noch länger sehen.

Unterdessen war die Sonne hinter den Bergen im Westen untergegangen, aber der Himmel war klar, ohne eine einzige Wolke und die Sicht war hervorragend. Einzelne einsame Sterne begannen zu glitzern.

Ich fühlte ein leises Kribbeln, als wir wortlos dem Wagen hinterher sahen. Dieser folge der Strasse nach Süden. Nach der Abzweigung durchquerte die Strasse verschiedene Felder, bis sie schliesslich einige Kilometer weiter in den ehemaligen Skiort Gstaad hineinführte.

Es gab vereinzelte Gebäude an der Strasse und vor einem dieser Häuser blieb der Ram plötzlich mitten darauf stehen. Toni rannte in unser Chalet hinein und kam nach wenigen Sekunden wieder, hielt mir meinen Feldstecher hin und sah durch seinen eigenen hindurch. Auch ich hielt mir meinen vor die Augen.

Der Ram stand immer noch auf der Strasse, genau vor einem der Häuser.

«Dort ist doch irgendeine Schreinerei.», flüsterte ich, als ob mich die Insassen des Wagens auf diese Entfernung hören könnten.

«Keramik.», antwortete Toni, lugte weiterhin konzentriert durch sein Fernglas.

«Stimmt, ein Steinmetz ist dort.» Ich flüsterte immer noch. Eine der Türen des Wagens ging auf und eine Gestalt stieg aus. Um wen es sich genau handelte, konnte ich trotz des Okulars aufgrund der einbrechenden Dunkelheit auf die Distanz nicht erkennen, aber ich war mir sicher, dass waren diese Arschlöcher, nach denen wir gesucht hatten. Die Wichser, die uns verbrennen wollten. Ich grunzte vor Wut. Die Gestalt ging zu dem Haus und verschwand darin. Sie blieb für mehrere Minuten verschwunden und in der Zeit wurde es im Tal unten ganz dunkel. Am Ram gingen die Lichter an.

Dann kam die Gestalt wieder zum Vorschein, winkte und der Wagen setzte sich langsam wieder in Bewegung. Er bog in die Einfahrt des Hauses ein und parkte dort. Die Lichter gingen wieder aus.

«Zu dunkel, ich seh' nix mehr.», meinte Toni und nahm sein Fernglas vom Gesicht. Seine Mimik spiegelte eine Mischung von Freude und … War es Erregung, Hass oder einfach nur Wut? Ich wusste es nicht.

Ich sah ihn an.

«Das Haus haben wir uns vor einer Woche auch mal angesehen.»

«Das haben wir. Und es steht leer.»

«Dort werden sie bleiben.» In seiner Stimme waren kein Zweifel zu hören.

Wir kannten die Umgebung, hatten sie erkundet und uns dabei verschiedene der Gebäude angesehen, blieben aber lieber in unserem Refugium hoch oben.

«Das denke ich auch.» Ich nickte. «Aber wir werden wohl wieder Wache schieben müssen.»

Toni kniff seine Lippen zusammen. «Das soll mir recht sein!»

«Der verfluchte Dodge ist weg!» Geschockt sah ich in das Tal hinunter. Die Sonne war soeben erst aufgegangen und man konnte ihre frühen Strahlen sehen, wie sie zwischen den Berggipfeln durchschienen. Sie beleuchteten das Tal unter uns wie eine Bühne.

Ich sah Toni wütend an, doch dieser lächelte nur.

«Grins doch nicht so scheiss bescheuert!» Ich fletschte die Zähne. «Die verdammten Bastarde sind weg und Du hättest es bei Deiner Wache bemerken und mich wecken müssen!» Ich war so was von sauer auf ihn, doch Toni schien dies völlig kalt zu lassen. Im Gegenteil, es schien ihn sogar noch zu amüsieren.

Ich blinzelte in die aufgehende Sonne, die hinter den Bergen hervorkam.

«Scheisse!», rief ich. «Verfluchte Scheisse!»

Toni hielt mir einen Kaffeebecher hin und ich hätte ihm das Ding um ein Haar aus der Hand geschlagen.

«Nun reg Dich doch nicht schon am frühen Morgen so auf.»

«Ich soll…»

Wieder hielt er mir meinen Kaffee vor die Nase. «Halt endlich Deine Klappe!» Toni lächelte immer noch. «Und jetzt trink in Ruhe Deinen Kaffee.»

Aus dem Blechbecher roch es hervorragend. Der Kaffee dampfte. Ich schnappte mir die Tasse mit einer wütenden Bewegung, mit dem Resultat, dass ich mir dabei die Finger verbrühte.

Toni lachte laut.

«Du…»

Wieder unterbrach er mich: «Sie kommen wieder!»

«Woher willst Du das wissen?» Endlich nahm ich mir einen Schluck und der Kaffee war echt verdammt gut. Ich sah ihn über den Rand meiner Tasse an.

«Die Ladefläche des Pickups war leer, als sie aufbrachen.» Ich zog meine Augenbrauen in die Höhe. Toni nahm sich jetzt auch einen Schluck aus seiner Tasse und seufzte dann. «Und sie hatten kaum etwas dabei, nur kleine Rucksäcke und ihre Gewehre. Sonst nichts, nur das. Keine Taschen, Schlafsäcke oder ähnliches.»

«Du meinst wohl, unsere Gewehre!» Meine Wut war verraucht, doch so einfach liess ich meinen Freund nicht davonkommen. Schliesslich hätte er mir das auch sogleich sagen   können.
Aber er liess sich nicht provozieren. Wieder nahm er sich in aller Ruhe einen Schluck seines dampfenden Kaffees, grinste mich danach an. «Los, komm wieder runter, Rob!» Er verzog seinen Mund zu einem bösartigen, üblen Grinsen. «Trink in Ruhe Deinen Kaffee, check Deine Waffen und mach Dich bereit. Heute kriegen wir sie.»

Ich sah meinen ältesten und besten Freund lange an. Noch nie hatte ich einen solchen Ausdruck in seinem Gesicht gesehen. Er grinste immer noch dieses böse Grinsen und ich wusste, heute würde er all seine Prinzipien über Bord werfen.

Und heute würden Menschen sterben.

Eine Stunde später waren wir unterwegs.

Wir hatten Fleischkonserven, Knäckebrot und Käse mit dabei, den wir im Keller unseres Chalets gefunden hatten. Dazu Wasserflaschen, welche wir in der Quelle hinter unserem Haus füllten.

Wir nahmen den Pinzgauer und Toni fuhr hinunter ins Tal. Er rollte langsam durch das Dorf, dann bis zum nächsten Ort und bog danach auf der Strasse nach Süden ab.

Kurz bevor wir das Haus der drei erreichten, stellte er den Blinker und bog nach rechts ab.

«Du blinkst immer noch beim Abbiegen.», bemerkte ich trocken.

«Ach, alte Gewohnheiten.» Er lachte.

Dann stellte er den Wagen hinter ein Haus, wo er von der Strasse her nicht gesehen werden konnte. Ich prüfte nochmals, ob der Truppentransporter auch wirklich nicht sichtbar war und zufrieden nickte ich. Toni kletterte ebenfalls aus dem Wagen, nahm unseren Rucksack und die Gewehre und wir rannten über die Strasse zu dem Gebäude des Steinmetzes. Dahinter gab es eine Wiese und ein kleiner, ehemaliger Bachlauf, welcher mit Büschen und Bäumen gesäumt war. Die Bäume führten nahe an unser Ziel heran und wir nutzten die Sträucher und Bäume als Deckung, um so nahe an das Haus der drei Gesuchten heranzukommen wie nur möglich.

Dann richteten wir uns ein, da es ein langes Warten werden konnte.

Doch ich hatte keine Geduld.

«Ich werde mich mal umsehen.» Ich stand auf, nahm mein Gewehr und prüfte es, zusammen mit der 9mm Beretta. «Ich will mir das Haus mal genauer ansehen. Könnte von Nutzen sein. Du rufst mich, sobald Du den Wagen hörst oder siehst.»

«Wenn ich ihn sehe, ist es zu spät.» Er lächelte böse. Ich kniff meine Augen zusammen. «Dann ruf mich einfach früher, verflucht!»

Ich trat aus dem Dickicht und rannte über die Wiese bis zu dem Haus. Dort angekommen, kniete ich unter eines der Fenster und wartete. Ich sah zu den Bäumen zurück, aber konnte Toni nicht ausmachen, doch ich spürte seine Blicke auf mir.

Ich wartete lange.

Nichts war zu hören, ausser dem leichten Wind und den Vögeln in der Luft. Schliesslich wagte ich es und lugte durch das Fenster in das Haus hinein.

Das Haus schien leer. Ich konnte eine ziemliche Unordnung ausmachen, aber keinerlei Bewegung. Ich liess mir Zeit, doch irgendwann schlich ich geduckt und so leise es ging der Mauer entlang, um das Haus herum. Ich gelangte zu der Front und sah, dass die Eingangstüre leicht offenstand.

Ich steckte meinen Kopf hindurch. Der Gestank, der mir entgegenschlug, war einfach nur widerlich! Aber es war nicht, wie bei den meisten anderen Gebäuden der süssliche Verwesungsgeruch von Leichen, sondern es stank nach Exkrementen und Abfall.

Ich kniff das Gesicht zusammen und öffnete die Tür so weit, dass ich hindurch schlüpfen konnte.

So wie es stank, so sah es drinnen auch aus. Ich schüttelte für mich den Kopf. Wie konnten sich Menschen nur so gehen lassen.

Schon im Eingangsbereich lagen unzählige Dinge durcheinander, das meiste schien Abfall zu sein. Ich konnte vom Eingangsbereich gerade hinein in das Wohnzimmer gehen. Ich setzte vorsichtig einen Fuss vor den anderen, mit erhobener Waffe. Doch ich konnte niemanden entdecken, nur stinkendes, schimmliges Chaos.

«Rob?», hörte ich Toni rufen, als ich schliesslich mitten im Wohnzimmer stand. Ich sah mich um. Vor mir gab es einen grossen, hölzernen Esstisch, die dazugehörigen Stühle standen oder lagen daneben. An der Wand hinter dem Tisch befand sich ein Bücherregal, unzählige Bücher standen darin. Ich bemerkte einen historischen Roman, welchen ich vor Jahren selbst schon mal gelesen hatte. Es war die Story über einen Söldner in einem der Befreiungskriege in der mittelalterlichen Schweizer Geschichte. Das Buch hatte ich als äusserst spannend empfunden und ich suchte nach dem Namen der Hauptperson. Martin? Oder Marcel? Irgendetwas mit M. jedenfalls. Ich schüttelte leise den Kopf, aber der Name fiel mir nicht mehr ein.

Rechts vom Tisch stand es ein grosses, altes Sofa, welches über und über mit verschiedensten Kleidern, Müll und einer alten Decke bedeckt war. Davor waren die Überreste eines Clubtisches zu sehen, dessen Glasplatte fehlte. Dies erklärte die vielen Scherben, welche auf dem Boden um das Sofa herumlagen. Gegenüber dem Sofa gab es einen alten, gemauerten Kamin, der übervoll mit Asche war und dringend ausgeräumt werden müsste. Irgendwo stand eine grosse, tragbare Gasflasche, wie sie früher für einen Grill benutzt worden waren. Daran war eine Gaslampe angeschlossen. Hinter dem Sofa befand sich ein Fenster und an der hinteren Wand des Wohnzimmers eine Tür in den Garten, welche ebenfalls ein Fenster besass.

«Rob?» Toni rief nun lauter.

Sie kommen. ', dachte ich, drehte mich um und ging wieder nach draussen.

«Hier! Hier drüben!», hörte ich Toni von der Seite des Hauses rufen und ich rannte in Richtung seiner Stimme. Ich sah mich dabei um, doch von dem grünen Dodge Pickup war nichts zu sehen.

«Hier bin ich!»

Ich fand meinen Freund im Dickicht einer Baumgruppe, die etwa dreissig Meter seitlich des Gebäudes stand. «Was stresst Du denn so?» Ich blieb vor der Baumgruppe stehen, sah mich in Ruhe um.

Auch heute hatten wir bestes Sommerwetter. Die Wiesen zeigten ihr schönstes Grün und da sie nicht mehr gemäht worden waren, auch eine Unzahl von Blumen, die in allen erdenklichen Farben blühten. Das Grün der Wälder war wunderbar abgestimmt zu demjenigen der Auen in ihrer dunklen, kühlen Farbe und der Himmel gab den Kontrast in reinstem Blau. Keine Wolke stand am Firmament. Ein leichter Wind wehte, sein leises Rauschen war das einzige Geräusch. Nur waren auch die Vögel verstummt.

Ansonsten gab es nur Stille.

Ich sah in den Himmel, irgendwie in der Hoffnung, ein Flugzeug oder wenigstens einen Kondensstreifen zu erblicken. Wie hatte ich mich früher ab dem Lärm immer so geärgert, jetzt wäre ich froh um irgendein unnatürliches Geräusch.

Es war kein Flugzeug zu sehen.

«Irgendwie hatte ich ein mieses Gefühl.», antwortete Toni und machte ein entschuldigendes Gesicht.

Ich nickte. «Da drin sieht es aus wie in einem Schweinestall.» Ich atmete tief die frische Luft ein. «Und es stinkt wie die Hölle. Dabei sind sie gerade mal eine Nacht drin.» Ich sah mich erneut um, aber immer noch war von dem grossen Ram nichts zu sehen.

«Lass es uns hier gemütlich machen.» Ich zeigte auf die Baumgruppe. «Da drin können sie uns nicht sehen, aber wir können uns etwas ausruhen.»

Toni nickte. «Einer schläft, der andere hält Wache.» Ich nickte, seufzte dann. «Wer weiss, wann die Scheisskerle zurückkehren.»

«Oder was sie gerade ausfressen.», ergänzte Toni und packte sein Gewehr.

Er übernahm die erste Wache.

Ich schlief nicht, aber döste etwas vor mich hin. Träume aus der Vergangenheit blitzten durch meinen Kopf, während Toni unterdessen schon seine dritte Wache absolvierte. Wir hatten unseren Proviant schon aufgezehrt und ich hätte gerne noch etwas zu essen gehabt, aber wir hatten nichts mehr bei uns. Doch in dieses Drecksnest wollte ich nicht zurück. Dort etwas Essbares zu finden, stand völlig ausser Frage. Dann würde ich lieber hungern. Ich setzte mich auf und blinzelte im Licht. Die Sonne ging soeben unter und die Schatten krochen langsam in das Tal hinein.

«Ich hoffe, die Bastarde kommen heute noch.» Ich stand auf und streckte mich.

«Ich bleibe hier, bis sie da sind.» Tonis Stimme zeigte seine Müdigkeit, trotzdem grinste er. «Ausnahmsweise habe ich heute mal kein Date.»

Ich grunzte als Antwort und sein Lächeln verschwand aus dem Gesicht. «Wo ist nur Dein Humor geblieben?» Er schüttelte den Kopf.

Meine Stimme war leer, als ich antwortete: «Den habe ich im letzten Winter hinter dem Haus…»

«…begraben. Ich weiss.» Erneut schüttelte er den Kopf, verdrehte dabei zusätzlich die Augen. «Du…» «Still!», unterbrach ich ihn. Ich lauschte. «Hörst Du das?» Toni legte seinen Kopf schief, horchte ebenfalls. Er nickte. «Sie   kommen!» Wir verschwanden beide im Dickicht, duckten uns tief in das Unterholz.

Das Wummern des grossvolumigen V8 war jetzt deutlich zu hören, es kam immer näher. Unterdessen war die Sonne gänzlich untergegangen und das ganze Tal lag in dunklen Schatten.

Toni nickte kurz mit dem Kopf nach vorne.

«Da sind sie.»

Ich nahm mein Gewehr und wollte aufstehen. «Nein!», flüsterte Toni und hielt mich am Arm zurück

«Warte!»

Die Lichter des Wagens leuchteten und ich befürchtete für einen kurzen Augenblick, dass sie uns wegen den Scheinwerfern möglicherweise würden sehen können.

Der Wagen bog von der Strasse auf den Parkplatz vor dem Haus ein und die Lichter erloschen. Für einige Sekunden passierte nichts und die in mir Spannung stieg. Hatten sie uns gesehen?

Drei Türen schwangen auf und sie stiegen aus. Keiner sah in unsere Richtung und ich beruhigte mich etwas. Es waren genau diese drei verfluchten Schweine. Ich hätte sie am liebsten vor hier aus einfach so über den Haufen geschossen und sah zu Toni hinüber. Dieser sah unentwegt zu den Arschlöchern hinüber, spürte jedoch meinen Blick und schüttelte leicht den Kopf. Er wusste, was in meinem Kopf vorging. Aber T hatte recht. Wir hätten uns nur auf ein gefährliches Feuergefecht eingelassen und wir hatten keine freie Schussbahn. Dabei hätten wir noch unser Überraschungsmoment leichtfertig vergeben. Also musste es irgendwie anders funktionieren.

Der Typ mit dem zerfurchten Gesicht war am Steuer gesessen, die beiden Grossmäuler sassen beide auf den Rücksitzen, was mich etwas stutzig machte.

Zwei zogen ihre Pistolen, das Furchengesicht sein Messer. «Los, hol sie raus!», sagte der Anführer und ich schrak erneut zusammen. Meinten sie uns?

Die beiden Idioten von den hinteren Sitzen öffneten erneut die Türen, lugten auf die Rückbank. Der eine kletterte halb wieder hinein, der andere legte seine Waffe an. Ich hörte einen unterdrückten Schrei und sah mit gerunzelter Stirn zu Toni hinüber. Dieser hatte die Augen zusammengekniffen.

«Hinaus mit Dir, Du verdammte Schlampe!», schrie der Typ, welcher sich ins Auto gebeugt hatte. «Jetzt! Oder mein Kumpel jagt Dir eine Kugel in den Kopf.» Er zerrte an irgendetwas, zog schliesslich eine weitere Person aus dem Wagen. Trotz des schummrigen Lichtes erkannte ich, dass es sich um die Frau aus dem silbernen kleinen Subaru handeln musste.

Ihre Kleidung war zerrissen und ihre Unterwäsche lugte hervor. Ihre Haare waren zerzaust und an einer Stelle dunkler, als ob Blut darin kleben würde. Ihr fehlte ein Schuh.

Die Hände waren ihr auf den Rücken gefesselt. Ihr linkes Auge war blau und geschwollen und den Mund hatten sie ihr zugeklebt.

«Ich sage Dir, wir hätten es ihr gleich dort besorgen sollen und uns nicht all diese Mühe machen, sie hierher zu bringen.», sagte derjenige mit der grossen Klappe. Hass wallte in mir auf. Das war der Scheisser, welcher die Idee gehabt hatte, uns zu verbrennen.

Derjenige mit dem zerfurchten Gesicht sah ihn an, dann hielt er ihr sein grosses Bowiemesser vor das Gesicht. Seine Augen funkelten in der Dunkelheit. «Ich habe mit ihr noch was vor, da brauche ich doch etwas Licht dazu.» Seine Stimme klang böse. «Und es ist schon fast zur Gänze dunkel, also bring sie rein! Ihr wollt ja doch vorher auch noch etwas Spass mit ihr haben, bevor ich der Kleinen mein Messer vorstelle, oder nicht?»

Die Frau wehrte sich gegen den Griff des Grossmauls, aber dessen Kumpel setzte ihr seine Pistole an die Stirn und sofort verhielt sie sich ruhig. Nur ein leises Wimmern war noch zu hören, als die drei sie in das Haus führten. Wir warteten.

Drinnen gingen nacheinander einige Lichter an. Ich hatte bei meinem Rundgang die Gaslampen bemerkt. Ich sah zu Toni hinüber. Auch seine Augen funkelten im Dunkel, welches im Dickicht noch schwärzer wirkte. Wieder packte ich mein Gewehr und stand auf.

«Halt!», flüsterte Toni. «Jetzt noch nicht.»

«Und warum nicht, T? Es steht eine Gasflasche im Wohnzimmer, wenn wir die treffen, fliegt der ganze verdammte Schuppen in die Luft.»

«Mit der Frau drin?»

Wie auf ein Stichwort schrie sie laut auf. Gelächter folgte dem Schrei.

«Was interessiert die Frau mich? Sie ist nicht mein Problem, die drei Wichser aber schon.»

Ich konnte seinen wütenden Blick durch die Dunkelheit spüren.

Inzwischen war es Nacht.

Erneut schrie sie.

«Was ist nur aus Dir geworden, Rob?» Er schnaufte wütend, blitzte mich an. «Einer geht in das Haus hinein, der andere wartet draussen und dann legen wir diese Typen um!»

«Aber…»«Kein aber, Rob! Nur weil Dein Herz tot ist, müssen wir uns nicht gleich wie Zombies verhalten. Es gibt auch jetzt noch Menschen auf dieser Welt, Rob. Menschen, die Träume haben.»

«Träume?» Ich lachte leise, humorlos und böse. «An diesem einen Tag haben alle Träume geendet. Es gibt keine verfluchten Träume mehr und in dieser kaputten Scheisswelt hat es auch keinen Platz dafür. Es gibt nur noch den Tod.»

Er wollte etwas entgegnen, aber ich kam ihm zuvor: «Und diese Frau ist mir scheissegal, ob sie nun Träume hat oder nicht.»

Mein Freund holte tief Luft.

«Du oder ich? Einer rein, der andere gibt Rückendeckung.»

«Und wenn sie den der reingeht, drinnen umlegen?» Die sind beschäftigt. Darum wollte ich auch, dass wir noch etwas warteten.» Er machte eine kurze Pause. «Bei denen denkt jetzt nur noch der Schwanz. Also, Du oder ich?» Er sah mich an. «Es gibt immer noch Menschen, mein Freund, die es verdienen, gerettet zu werden.» Wieder eine Pause. «Du, oder ich?»

Ich sog tief die kühle Luft in meine Lungen, liess sie langsam wieder entweichen. «Ich!», sagte ich dann leise. «Ich weiss, wie es drinnen aussieht.»

«Ok.» Toni nickte. «Ich halte Dir hier draussen den Rücken frei.»

«Erschiesst Du sie dann auch?» Ich hatte bei Toni so meine Zweifel. Ich wusste, wie ihm das Töten schwerfallen würde.

«Ja! Aber nur, wenn Du die Frau auch lebend da rausholst.»

Ich sah meinen Freund scharf an, obwohl ich in der Dunkelheit nur noch seinen Umriss sehen konnte.

«Ich hoffe, sie ist das Risiko wert.»

Toni nahm sein Gewehr, überprüfte es und verschwand wortlos in der Dunkelheit.

Ich meinerseits nahm meine silberfarbene 9mm Beretta, stellte sicher, dass das Magazin voll war und lud die Waffe leise durch. Dann begann ich, auf allen vieren über die Wiese auf das Haus zuzukriechen. Ich robbte langsam, versuchte keinerlei Geräusche zu verursachen.

Wieder ertönte ein Schrei, wieder gefolgt von Gelächter. Hass kroch langsam in mir hoch, breite sich in meinem gesamten Körper aus.

Ich robbte weiter, bis ich an die Rückwand des Hauses gelangte und schob mich langsam nach oben, so dass ich durch eines der Fenster in das Wohnzimmer spähen konnte.

Meine Nackenhaare stellten sich auf.

Die Frau lag auf dem hölzernen Tisch, ihre Arme waren an die Tischbeine gefesselt.

Sie war nackt.

Die drei Wichser konnte ich ebenfalls erblicken. Derjenige mit dem zerfurchten Gesicht und der mit der grossen Klappe standen rechts und links am unteren Tischende und hielten die gespreizten Beine der Frau fest, während der Dritte zwischen ihren Beinen stand und an seinen Hosen herumfummelte.

Mir wurde kalt.

Das Gegröle der Männer war sogar durch das geschlossene Fenster zu hören.

Die Frau auf dem Tisch lachte nicht.

Sie weinte.

Ich duckte mich weg und kroch so schnell wie möglich und ohne einen Laut zu verursachen, um das Haus herum bis zur Vordertür. Ich hoffte, sie war nicht verschlossen, aber ich hatte Glück. Die Tür stand sogar noch einen Spalt offen und Licht schien hindurch.

Wieder drang der Gestank aus dem Inneren, doch dieses Mal ignorierte ich ihn einfach. Ich nahm meine Waffe hoch und entsicherte sie. Dann sah ich durch den Spalt hindurch. An der Situation hatte sich nicht viel geändert, nur sich das Furchengesicht jetzt auf meiner abgewandten Seite befand. Und dass der Dritte jetzt seine Hosen unten hatte, seine Hüften bewegte sich rhythmisch. Die nackten Brüste der Frau wippten in demselben Rhythmus.

«Los mach schon, Roman!, rief das Grossmaul. «Wir wollen auch noch.»

Das Gesicht des Dritten war schweissig, während er weiterhin mit seinen Hüften an ihren Hintern klatschte. Er gab grunz artige Laute von sich, während das zerknitterte Gesicht des Anführers bösartig lächelte. Er hielt das linke Bein der Frau mit der einen Hand fest, während er mit seiner rechten das grosse, böse glänzende Bowiemesser in die Höhe hielt. Fast liebevoll blickte er die scharfe, lange und oben gezackte Klinge an.

«Ich brauche es nicht so wie Ihr.» Er sah das Grossmaul an und somit direkt in meine Richtung. Ich zuckte leicht zurück, doch er hatte mich nicht bemerkt.

«Aber ich habe da auch etwas Schönes, das ich ihr da unten rein rammen will.» Er lachte düster, sah dabei wieder zur Klinge.

Die Frau schrie bei seinen Worten. Ihre Brüste schwangen im Rhythmus der Hüften ihres Peinigers.

Mir drehte es den Magen um und ich musste gegen den Brechreiz ankämpfen. Hass wallte wieder hoch, schwappte über mich wie eine Welle.

Ich zwang mich, mich erneut zu konzentrieren.

Ich zielte.

Der Vergewaltiger schwitzte und sein Gesicht war tiefrot. «Es geht … nicht … mehr lange.», stöhnte er. «Wird aber auch Zeit.», schimpfte das Grossmaul. «Spritz die Schlampe endlich voll. Ich sag's Dir, das nächste Mal gibt es nicht wieder so ein verfluchtes Spiel. Das nächste Mal bin ich der erste und bei mir geht es viel schneller. Meiner steht nämlich schon.»

«Jetzt!», rief der andere. «Jetzt komm ich gleich.» Ich zielte genau.

«Oooh, jetzt!»

Ich drückte ab.

Sein Kopf platzte auf, Blut und Gehirnmasse spritzte in alle Richtungen. Er fiel um wie ein gefällter Baum und ich feuerte auf das Grossmaul. Dieses schrie auf, sackte zusammen und ich drückte den Abzug ein drittes Mal, jetzt auf das Narbengesicht.

Doch dieser hatte sich schon auf den Boden geworfen und robbte so schnell er konnte in Richtung der Hintertür. Ich jagte eine weitere Kugel hinter ihm her, doch ich wusste nicht, ob ich ihn getroffen hatte. Mit überraschend schneller Geschwindigkeit kroch er über den Boden und war schon an der hinteren Tür. Ich schoss erneut, aber die Kugel durchschlug nur noch die Holztür und er war bereits in der Dunkelheit verschwunden.

«T, der Typ ist nach hinten raus.», rief ich so laut ich konnte und ich hörte Toni fluchen und seine Schritte, als er um das Haus herumrannte.

Dann peitschten Schüsse durch die Dunkelheit und ich wünschte mir, Toni hatte den Bastard erledigt.

Die Frau auf dem Tisch schrie aus voller Kehle. Sie lag immer noch gefesselt auf der Tischplatte, riss wie wild an ihren Fesseln. Sie war übersät mit Blut und Teilen des Gehirns ihres Peinigers.

Ich hob meine Waffe und spähte vorsichtig aus der Hintertür. Nichts. Ich schloss die Türe und zog die alten, vergilbten Vorhänge zu. Dann drehte ich mich zu dem mit Müll übersäten Sofa und nahm die zerlöcherte Decke, schüttelte sie aus und begab mich zu der Frau auf dem Tisch. Die Decke legte ich auf sie, bedeckte ihre Blössen. Auf dem Fussboden lag das Bowiemesser und ich hob es auf. Sofort hörte die Frau auf zu schreien und sie sah mit grossen, verängstigten Augen zwischen mir und dem Messer hin und her.

Ich nickte ihr beruhigend zu und schnitt mit der Klinge ihre Fesseln durch. Sogleich rollte sie sich von der Tischplatte, hüllte sich in die stinkende Decke und presste sich mit dem Rücken an die Wand. Ihr Blick war voller Panik. «Du brauchst keine Angst zu haben. Wir wollen Dir nichts Böses.» Ich konnte in ihrem Blick sehen, dass sie mir nicht glaubte. Also legte ich das grosse Messer zwischen uns auf den Tisch. Sie ergriff es sogleich, hielt die Klinge gegen mich.

Ich nickte leicht.

Ich sah sie an und realisierte erst jetzt, wie hübsch sie eigentlich war. Sie hatte halblange, dunkelblonde und leicht gewellte Haare. Ihre Augen, von den Tränen gerötet und das eine halb zugeschwollen, waren rehbraun und gross. Dazwischen sass eine kleine Stubsnase.

Einen langen Augenblick passierte nichts.

Dann sprach sie zum ersten Mal: «Was wollt Ihr?» Ich sah sie an. «Von Dir wollen wir gar nichts.» Ich blickte zu den beiden am Boden liegenden Gestalten. «Aber mit denen hatten wir noch eine Rechnung offen.»

Sie runzelte die Stirn, fragte aber nicht weiter.

In diesem Moment stöhnte plötzlich das Grossmaul, begann sich zu bewegen. Seine linke Seite war mit Blut durchtränkt. Der Atem ging pfeifend. Er begann zu stöhnen, knirschte mit den Zähnen vor Schmerz.

Die Frau sah ihn an und ihr Blick wurde dunkel. Ich nahm die Beretta hoch und zielte auf ihn, aber sie kam auf mich zu und legte ihre Hand auf meinen ausgestreckten Arm. «Nein!», sagte sie leise und ich sah sie fragend an. «Er gehört mir!»

Mein Blick blieb noch einen Moment auf ihrem Gesicht haften, dann nickte ich und hielt ihr meine Waffe hin, aber sie schüttelte nur den Kopf.

Dafür nahm sie das Bowiemesser hoch und beugte sich zu dem verletzten Grossmaul hinunter. Unsanft drehte sie ihn auf den Rücken und er stöhnte laut auf. Er öffnete die Augen und Angst kroch in seinen Blick. Dieser wanderte zwischen der Frau und mir hin und her.

«Sie mich an!», sagte sie mit bestimmter Stimme. In ihrer Hand wiegte sie das Messer auf und ab.

«Ich … wollte das … wirklich … nicht.», stöhnte er.

«Ich…»

«Halt Deine verfluchte Fresse!», herrschte sie ihn an und er verstummte. «Und ob Du das wolltest.»

Sie stellte sich mit leicht gespreizten Beinen über ihn. Dann liess sie die Decke auf den Boden gleiten.

Splitternackt stand sie über ihm und zeigte ihm ihre Scham. Es schien ihr egal zu sein, dass auch ich sie so sehen konnte.

Sie hatte eine schlanke Figur mit hohen, festen Brüsten. Ich konzentrierte mich auf das Grossmaul unter ihr, doch jetzt hatte er nichts mehr grossmäuliges mehr an sich. «Bitte…», stammelte er, sah dann wieder mich an. «Bitte…» «Sieh mich an!», befahl die Frau erneut. «Es wird das letzte sein, das Du in Deinem erbärmlichen Leben sehen wirst.» «Nein!», schrie er auf, doch sie beugte sich ruckartig herunter, öffnete mit geschickter Hand seinen Gürtel und die Hose, zog sie herunter.

Sie nahm sein entblösstes Ding in die Hand und ich wandte mich ab.

Der Schrei war entsetzlich.

Blut spritzte durch die Luft und die Frau stand auf und warf ihm seinen eigenen, abgeschnittenen Penis ins Gesicht, dann nahm sie die Decke wieder vom Boden auf und wickelte sich wieder hinein. Das blutige Messer liess sie einfach auf den Boden fallen.

Das entmannte Grossmaul schrie, stöhnte, ächzte. Sie sah mich mit ernstem Blick an und ich nickte.

«Komm, lass uns hier verschwinden.»

Sie bewegte sich nicht, sah mich weiter mit ihren grossen Augen an.

«Mein Name ist Connie.», sagte sie leise.

«Connie.», wiederholte ich und nickte. «Du brauchst keine Angst mehr zu haben, das verspreche ich Dir.» Ich atmete einmal tief ein und wieder aus. «Ich bin Rob und das da draussen, das ist Toni.»

Connie senkte den Kopf und ging an mir vorbei und wir verliessen diesen grauenvollen Ort.

Teil 2 – Die letzte Wache

"Du musst aufpassen, wem Du vertraust. Die
einzigen Menschen, die uns verraten können,
sind die, denen wir vertrauen!"
(Maria Miller – The Last of Us)

Luzern – Fünf Tage vor dem Ende

Der Typ in der Jeansjacke drehte sich zu ihr um. Sie konnte seinen Blick trotz seiner grüngetönten Pilotenbrille auf ihrem Körper spüren.

Früher hatten solche Blicke ihren Körper mit einem prickelnden Gefühl überzogen, ein Gefühl, das ihr angenehme Schauer über den Rücken jagte, aber das war schon lange vorbei.

Aber heute war das anders.

Denn heute, war er mit dabei. Und sie wusste, jeden dieser Blicke von den Männern auf der Strasse würde sie später bitter büssen müssen. Dabei war er es doch gewesen, der ihr dieses Kleid und die hohen High-Heels vorgeschrieben hatte. Und dass sie keine Unterwäsche darunter tragen durfte.

Sie verfluchte zum tausendsten Mal das Wenige an schwarzem, dünnem und enganliegendem Stoff, welcher ihren Körper umspannte. Sie hatte diese Art von Kleidern früher geliebt, aber das war irgendwie ein anderes Leben gewesen.

Ein Leben ohne ihn.

Ein glückliches Leben.

Sie wünschte sich einen langen Mantel, einen weiten Pullover und den grössten Schlüpfer, den sie finden konnte. Einfach nichts, das ihm vielleicht gefallen, ihn anmachen könnte. Und wenn sie wieder zuhause wären, würde sie sich im Schlafzimmer einsperren und warten, bis er auf dem Sofa seinen Rausch ausschlafen würde.

Würde…

«Was machst Du diesem Wichser schöne Augen?» Frank zischte böse beim Sprechen und riss Connie aus ihren Gedanken. Sie zuckte zusammen.

Sie sah ihn mit ihren grossen, rehbraunen Augen an. «Ich habe in nicht angesehen. Er hat mich…» Sie schluckte leer. «Und mit diesem Fummel muss mich ja jeder anglotzen.»

Frank blieb stehen, drehte sich zu ihr um. Einen Augenblick lang dachte sie, er würde ihr eine runterhauen. Hier, auf offener Strasse.

«Du bist und bleibst eine nichtsnutzige Schlampe! Und ich sehe Deine Blicke, also erzähl mir keinen Scheiss!» Wieder zischte er, wie immer, wenn er wütend war. Und er war eigentlich immer wütend.

«Und ohne diesen Fummel siehst Du ja sowieso nur scheisse aus. Also will ich, dass Du ihn trägst. Und wenn ich etwas will, hast Du es zu tun, verstanden?» Er holte tief Luft. «Und wenn ich nochmals sehe, dass Du einem Typen solche Blicke zuwirfst, schlage ich Dich windelweich! Kapiert?»

Connie zuckte eingeschüchtert. Sie kämpfte mit aller Macht gegen die Tränen, gewann den Kampf.

Für dieses Mal.

Doch sie wusste, er würde sie zuhause so oder so verprügeln.

Frank drehte sich um und ging weiter. Sie stolperte mit den hohen Absätzen auf dem Kopfsteinpflaster der Luzerner Altstadt, konnte sich aber noch retten. Frank schüttelte nur theatralisch den Kopf und ging rücksichtslos mit schnellem Schritt weiter und zwang sie somit, hinter ihm her zu tippeln.

Schliesslich bog er in eine schmale Gasse ab, stapfte eine steinerne Treppe zum Flussufer hinunter und drehte dort nach links. Connie klapperte hinter ihm her, konnte seinem schnellen Gang kaum folgen. Sie gingen den schmalen Uferweg entlang. Zu ihrer Rechten ging die weltberühmte Kapellbrücke, ein hunderte Jahr alte Holzbrücke über den Fluss. Sie war das Wahrzeichen der Stadt.

Wenigstens war es nicht mehr weit. Ihr Ziel war das McKinnon Pub, wo sie sich mit Freunden treffen wollten. Oder was viel eher der Wahrheit entsprach: Wo er sich mit seinen Freunden treffen wollte.

Und Connie wusste, was sie heute Abend erwartete. Wenn Frank genug gebechert hatte, würde er sie daheim entweder grün und blau schlagen. Einfach so. Zu Seinem

Vergnügen.

Oder er würde sie sich nehmen, gegen ihren Willen.

Vielleicht sogar beides.

Es wäre nicht das erste Mal.

«Hey!», rief Priska und lachte über das ganze Gesicht. Sie versuchte sich durch die Leiber der Besucher im Pub zu quetschen und, als sie es schliesslich bis zu ihr geschafft hatte, umarmte sie sie liebevoll.

Die kleine, immer gut gelaunte Blondine war der einzige Lichtblick an diesem Abend.

«Wie geht es Dir, Liebes?» Ihr Lächeln war ehrlich, aber es gefror auf ihrem Gesicht, als sie in Connies Augen sah. «So schlimm?»

Connie nickte nur und musste wieder all ihre Kraft einsetzen, um nicht in Tränen auszubrechen. Wiederum schaffte sie es nur mit viel Mühe.

Priska sah an ihr herunter, schüttelte den Kopf und schlüpfte wortlos aus ihrer Lederjacke. Sie legte sie Connie um die Schultern.

«Komm raus, lass uns eine rauchen gehen.» Trotz des wütenden Blickes von Frank, der jedoch an der Bar mit seinen Kumpels und dem Bestellen von Getränken beschäftigt war, drängten sich Priska und Connie durch die Menge im Pub, bis sie schliesslich vor die Tür und auf die Promenade traten. Sie fanden ein leeres Plätzchen direkt am Geländer zum Fluss. Priska nahm ein Zigarettenpäckchen aus ihrer Hosentasche, fingerte zwei der Marlboro heraus und hielt eine Connie hin.

Diese zögerte.

«Jetzt mach schon, nimm sie. Er wird ja wohl nicht deswegen…»

«Du kennst ihn doch.», unterbrach Connie, trotzdem nahm sie schliesslich die Zigarette und Priska zündete sie an. Connie nahm einen Zug und sog ihn tief in ihre Lungen. Sie liess den Rauch langsam wieder entweichen, sah dabei gedankenverloren auf das Wasser des Flusses.

«Ist es so schlimm?» Priskas Stimme war fast ein Flüstern

und Connie nickte. «Schlägt er Dich wieder?» Wiederum nur ein leises Nicken als Antwort und Wut kam in Priskas Stimme: «Ich muss endlich wieder mal mit meinem Bruder ein ernstes Wörtchen sprechen.» Sie seufzte, zog an ihrer eigenen Zigarette. «Ich habe schon länger nichts mehr von ihm gehört oder ihn gesehen. Ist sicher ein paar Monate her. Keine Ahnung, was er treibt.» Wieder ein Zug. «Aber das letzte Mal hat es wenigstens geholfen, als ich mit ihm sprach.» Sie stand neben Connie, sah ebenfalls auf den Fluss hinaus. «Er ist wieder in sein altes Muster verfallen.»

Es war keine Frage, trotzdem nickte Connie. «Er trink wieder.»

«Nein?»

Wieder nickte Connie. «Seit etwa zwei Monaten.» Sie zog nochmals an der Marlboro, liess sie dann auf den Boden fallen und trat sie mit einem der dünnen Absätze aus. «Schlägt er Dich wieder?», fragte die kleine Blondine. «Seitdem er trinkt, schlägt er auch wieder, ja.» Connie nahm tief Luft. «Und noch schlimmer…»

Priskas Augen wurden grösser, sie sah Connie von unten her an. «Er hat Dich…?» Sie beendete den Satz nicht, doch die Tränen, welche sich in Connies Augen sammelten und dann über ihre Wangen liefen, waren Antwort genug. Sie trat auf Connie zu, umarmte sie.

«Es tut mir so leid, Liebes! Das hätte ich nie gedacht. Und das hatte er bisher auch noch nie…» Sie drückte Connie immer noch.

«Nein, bis vor Kurzem nicht.»

Priska löste die Umarmung und sah sie mit traurigen Augen an. «Connie, Du musst weg von ihm!»

«Er ist Dein Bruder.»

«Ja, er ist mein Bruder. Doch er ist ein Schwein, was Frauen angeht.»

«Das mag sein.» Connie lächelte traurig. «Aber wohin soll ich denn gehen? Seit ich den Job verloren habe, ist dies nicht mehr so einfach.»

«Trotzdem… Du musst da raus!» Die kleine Blondine überlegte einen Moment. «Ich weiss da eine Freundin, die hat vor kurzem ihren Alten aus der Wohnung geworfen. Da könnte ich sicher was machen.»

«Du weisst, was passiert, wenn er mich findet.» Connie nahm sich noch eine Zigarette, welche Priska ihr offerierte, drehte sie ein paar Mal in den Fingern. «Er würde mich umbringen.»

Priska steckte sich ebenfalls eine Marlboro in den Mund und zündete ihre und diejenige Connies an. «Das wird er irgendwann auch zuhause tun.» Auch in Priskas Augen sammelten sich Tränen. «Und wenn er mein Bruder ist, das werde ich nicht zulassen.»

Den Rest der Zigaretten rauchten sie schweigend. Und weinend.

Dankbar schlüpfte sie aus den hohen High-Heels. Ihre Füsse taten ihr weh.

«Was tust Du da?», schnauzte Frank sie an. Er sass auf dem grossen Sofa. «Wir haben Besuch und Du sollst anständig aussehen. Also zieh die verdammten Schuhe wieder an!» Seine Stimme war schon nicht mehr ganz klar, aber sie duldete trotzdem keinen Widerstand und Connie, wie immer, gehorchte. «Ich will das Du endlich mal gut aussiehst, nicht wie so eine abgehalfterte Hausfrau.» Er zischte. «Und dann bring uns endlich drei Bier. Oder soll unser Besuch hier verdursten?»

Connie eilte in die Küche und holte die Büchsen aus dem Kühlschrank. Als sie die Dosen auf das Salontischchen gestellte hatte, packte Frank sie am Arm und zog sie auf das Sofa. Paul und Dominique sassen gegenüber, alle drei hatten bereits glasige Augen.

Frank drückte sie auf das Sofa, nahm ihr Bein und legte es über seinen Oberschenkel. Dabei rutschte das sowieso viel zu kurze Kleidchen weiter nach oben und entblösste ihre intimste Stelle. Sie versuchte sie sogleich mit einer Hand zu bedecken, aber Frank wischte sie weg.

«Lass!», schnauzte er und seine beiden Kumpels glotzten

schamlos zischen Connies Beine.

«Ich muss sie jeden Tag mal so richtig durchnehmen.», prahlte er. Dass, seit er wieder regelmässig so viel trank, kaum mehr etwas bei ihm ging, erwähnte er natürlich nicht. «Aber heute bin ich zu müde.»

Connie unterdrückte einen Seufzer der Erleichterung. Paul gegenüber starrte immer noch auf ihre Intimität. «Ich weiss gar nicht mehr, wie sich das anfühlt.» Dominique nickte zustimmend, glotzte dabei ebenfalls weiter.

Zu Connies grossem Entsetzen riss ihr Frank mit einer Hand den dünnen Träger des Kleidchens herunter und brachte ihre blanke Brust zum Vorschein. Sofort bedeckte sie Connie mit einer Hand, dieses Mal liess er es zu. «Nehmt sie Euch! Ist nämlich ein gutes Gefühl.», sagte Frank mit schwerer Stimme zu seinen Gästen und Connie wurde bleich.

«Nein!»

Blitzschnell schlug ihr seine Hand ins Gesicht. Ein beissender Schmerz zuckte über ihre Wange.

«Wenn ich sage, sie ficken Dich, dann ficken sie Dich!» Seine Augen schienen Funken zu sprühen. Er zischte wieder. Dann, mit einer schnellen Bewegung riss er ihr mit beiden Händen das Kleid vom Leib. Der dünne Stoff hatte seiner wütenden Kraft nichts entgegenzusetzen und nur einen Augenblick später war sie nackt.

«Los Jungs, hier ist sie. Macht mit ihr, was ihr wollt.» «Und Du?» Dominiques Blick war zweifelnd. «Ich?» Frank grinste, dabei lief ihm ein Faden Speichel aus dem Mund. «Ich nehme mir noch ein Bier und sehe zu.» Paul erhob sich schwerfällig, wankte zu Connie hinüber und öffnete seine Hose.

Sie sass immer noch auf dem Sofa.

Sie hatte sich in eine Decke gewickelt, ihre Arme waren um die angezogenen Beine geschmiegt. Unablässig strömten Tränen über ihr Gesicht. Ihre Vagina schmerzte, auch wenn sie völlig ruhig dasass, ihre Brüste waren rot und blau und ein dumpfer Schmerz pulsierte in ihnen. Ihr Gesicht war ebenfalls rot und fühlte sich stellenweise taub an. Ihr ganzer Körper schien nicht mehr ihr zu gehören. Er fühlte sich fremd für sie an.

Und sie wünschte, es wäre nicht mehr ihr Körper. Auf dem anderen Sofa lag Frank und schnarchte laut. Die unzähligen Bierbüchsen standen und lagen auf und neben dem Tischchen, das in Fetzen zerrissene Kleidchen irgendwo inmitten dieses Chaos.

Seine beiden Kumpane waren weg.

Die letzten Stunden schienen wie ein langer, nicht enden wollender Alptraum gewesen zu sein. Aber der Schmerz belehrte sie eines Besseren.

Frank hatte, ein Bier um das nächste bechernd, zugesehen, wie seine beiden Kumpels…

Connie sah durch die unablässig strömenden Tränen hindurch zu ihm. Nur ihr Hass war grösser als der Schmerz. Langsam bewegte sie sich, zuckte zusammen, als glühendes Eisen durch ihre Scham hindurchzufahren schien. Sie bewegte sich weiter, wickelte die Decke eng um sich und ging mit langsamen und kleinen Schritten in die Küche. Die Uhr am Backofen zeigte 4:50 Uhr.

Sie zog das grösste der Messer aus dem Messerblock und ging mit kleinen und langsamen Schritten zurück in das Wohnzimmer.

Über Frank blieb sie stehen.

Sie hob das Messer und mit all ihrer Kraft rammte Connie die Klinge in seinen Hals.

I

Die Schneeflocken tanzten im Licht der Scheinwerferkegel. Die alten kleinen Scheibenwischer quietschten erbärmlich, jedes Mal, wenn sie auf der Windschutzscheibe auf und niederschwangen.

Ich sass auf dem Doppelsitz, hielt mit der rechten Hand mein Sturmgewehr und meine linke klammerte sich um den Handgriff, der vor mir befestigt war. Es schüttelte den alten Wagen immer wieder durch und ich wurde auf dem ehemals roten, jetzt aber in einer undefinierbaren Farbe glänzenden und zerschlissenen Kunstledersitz herumgeschleudert. Also hielt ich mich fest so gut ich konnte und versuchte durch den tanzenden Schnee in der Dunkelheit vor uns irgendetwas zu erkennen.

Das Funkgerät, welches sich vor mir auf der Ablage befand und immer wieder drohte herunterzufallen, knarzte. «Habt Ihr diese Schneemassen gesehen? Wie sollen wir da durchkommen?» In der Stimme lag Angst, aber auch Wut. Ich drückte den Sprechknopf: «Halt die Klappe, T! Fahr einfach!»

«Ich kann ja kaum Eure Rücklichter sehen, wie soll ich da folgen können?»

Ich grinste. «Mach einfach Deine Augen weiter auf, dann siehst Du uns auch.»

Wieder schüttelte es den alten Armeelastwagen durch, als der vorne angebrachte Schneepflug einem auf der Strasse stehenden Porsche das Heck zerdrückte und den Sportwagen samt der Leiche seines Fahrers über den Schnee in den Strassengraben schob.

Robs Hände drehten am spindeldürren Lenkrad und flogen zwischen den beiden daran befestigten Hebeln für die Motorenbremse und den Halbgängen hin und her. Seine Füsse tanzten auf den drei Pedalen.

Wann immer möglich, versuchte er allen Hindernissen auszuweichen, aber nicht immer war das erfolgreich. «Bist Du Dir sicher, dass wir da oben safe sind?», fragte ich.

Dieselbe Frage hatte ich ihm sicherlich schon ein halbes Dutzend Mal gestellt.

Rob grunzte und kurbelte am Lenkrad, um einem Traktor auszuweichen. Das schabende Geräusch des Pfluges drang in die Führerkabine, als der neben der Strasse liegende Schnee herumgeschoben wurde.

«Du weisst, dass wir hier unten weg müssen. Es gibt einfach zu viele Arschlöcher, welche uns nicht freundlich gesonnen sind.» Er kurbelte wieder, zog den Hebel für die Halbgänge nach unten und drückte das Kupplungspedal. Mit einem lauten Klacken legte sich der nächsthöhere Gang im Getriebe ein und Rob beschleunigte wieder.

«Vom Narbengesicht gar nicht gesprochen.», fügte er dann noch hinzu.

Ein Schauer lief mir über den Rücken, als er den Typen mit dem zerknitterten Gesicht und den bösen Augen erwähnt. In meinem Kopf bildete sich das Bild seines Gesichtes und wie der Typ sein riesiges Messer zwischen meine Beine an meine nackte Scham hielt und mich dabei teuflisch angrinste. 'Soll ich es Dir hiermit besorgen?' hatte er gefragt.

Ich schüttelte mich, versuchte das Bild wieder aus meinem Kopf heraus zu bekommen.

Seine beiden Kumpane hatten mich vergewaltigen wollen, aber dieser eine Typ war ein ganz anderes Kaliber. Er wollte mich töten.

Nur töten!

Und er war immer noch irgendwo da draussen! Lange hatten wir ihn gesucht, aber er schien wie vom Erdboden verschluckt.

Und dann hatten wir ihn fast. Aber nur fast.

«Ich erkläre es Dir noch einmal: Das Hospiz auf dem Pass wird verwaist sein. Als der 'Grüne Teufel' zuschlug, war es Winter, da war der Pass schon geschlossen. Und wenn diesen Sommer auch Menschen über den Pass zogen, vielleicht es sich sogar da oben gemütlich gemacht hatten, sind sie unterdessen weitergezogen.» Rob machte eine Pause, als unser Saurer wieder irgendein Hindernis aus dem Weg räumte. Dann redete er weiter: «Wir haben da oben eine ausgezeichnete Rundumsicht. Und es ist ein Gebirgspass, da geht genau eine einzige Strasse rauf und genau eine einzige Strasse wieder herunter. Also sehen wir frühzeitig, wenn irgendjemand da hoch will.»

«Aber haben wir wirklich genügend Proviant? Immerhin sind wir unterdessen doch eine recht grosse Gruppe.» Rob bedachte mich mit einem Seitenblick. Ich wusste, dass er so viele Leute nicht mit dabeihaben wollte, aber es war Toni, der irgendwie versuchte, den ganzen Rest der Welt zu retten.

Ich lächelte leicht. «Schliesslich können wir von da oben nicht einfach mal kurz zum Einkaufen fahren.», witzelte ich.

Rob lächelte nicht. Rob lächelte nie.

Stattdessen meinte er: «Wir haben genug Holz, um den gesamten Winter über heizen zu können, genug zu Fressen für alle, wir haben Kleider und sonstige Ausrüstung gegen die Kälte und auch sonst alles, was wir brauchen.» Er seufzte. «Wir haben alles, um den Winter da oben gut zu überstehen! Und jetzt lass mich in Ruhe Fahren, Connie! Es ist schon schwierig genug.»

Ich verdrehte meine Augen, schwieg aber. Wiederum sah ich den vor der Scheibe tanzenden Schneeflocken zu, hörte das Quietschen der Scheibenwischer und hing meinen eigenen Gedanken nach.

Meinen eigenen Erinnerungen.

Die Erinnerungen waren schwer.

Sie hatten mich kurz vor dem Dorf Granges geschnappt. Wie und wann sie mich bemerkten, weiss ich nicht. Ich war scheinbar im Ort davor an Rob und T vorbeigefahren, hatte die beiden aber nicht bemerkt. Dafür aber hatten mich diese drei verfluchten Scheisser gesehen. Vielleicht folgten sie mir schon seit dem Unterland. Oder sie trafen auf mich irgendwo nach Gstaad. Ich weiss es nicht.

Jedenfalls tauchte der riesige grüne Wagen plötzlich vor der Eingangstüre des Delikatessenladens auf, in dem ich nach Konserven suchte. Noch bevor ich reagieren konnte, kam eine düster aussehende Gestalt in den Laden. «Guten Tag, schönes Fräulein.», sagte die Gestalt mit einer dunklen Stimme und ich wusste augenblicklich, dass ich in Schwierigkeiten steckte.

Ich langte nach der kleinen Pistole hinten in meinem Gürtel, aber der Mann mit der dunklen Stimme und dem zerfurchten Gesicht, in dem helle, blaugrüne Augen einen teuflischen Blick aussandten, lächelte leicht. Das Lächeln erreichte jedoch nicht seine Augen.

«Tun Sie das nicht, schönes Fräulein.» Er zog ein grosses Messer aus der Scheide, die an seinem Gürtel hing. Die Klinge funkelte leicht im Licht.

Trotz seiner Warnung zog ich meine Pistole und zielte auf ihn. Er lachte laut auf.

«Echt, jetzt?»

Er grinste böse, seine Augen blieben dabei eiskalt. «Schade, es hätte auch anders laufen können.» Er zuckte mit den Schultern. «Oder auch nicht.»

Ich hob meine Pistole, hielt den kurzen Lauf auf sein zerfurchtes Gesicht.

«Ich schiesse! Also lass mich einfach in Ruhe und zieh wieder ab.»

Sein Gesichtsausdruck änderte sich nicht. Auch nicht, als die Eingangstür erneut aufschwang und zwei weitere Männer eintraten. Das verfluchte Grinsen in deren Gesichtern zeigte mir, die drei gehörten zusammen.

Die beiden hielten Handfeuerwaffen in den Händen, beide waren auf mich gerichtet.

Der grössere der beiden starrte mich an.

«Hmm, was haben wir denn da für ein heisses Stück Fleisch.»

«Lasst mich gehen!» In meiner Stimme lag leichte Verzweiflung, die den drei Männern sicherlich nicht entging.

«Bitte!»

«Wir können Dich doch nicht einfach...», begann der grössere der bewaffneten Typen, doch derjenige mit den bösen Augen und dem Messer unterbrach ihn mit leiser, aber kalter Stimme: «Aber sicher doch kannst Du gehen, Fräulein.» Er wiegte langsam seinen Kopf, das bösartige Lächeln in seinem Gesicht kam und ging, scheinbar zufällig.

Ich runzelte die Stirn. «Ihr lasst mich gehen? Einfach so?»

«Aber ja doch. Einfach so.» Wieder wiegte er den Kopf.

«Aber Du sagtest doch...», begann derjenige mit dem Revolver wieder, wurde aber erneut unterbrochen: «Ich hab es Dir schon oft gesagt: Dein loses Mundwerk wird Dir eines Tages das Genick brechen. Also halt Deine verdammte Schnauze!»

Der andere holte Luft, kam aber gar nicht mehr dazu, etwas zu sagen, da derjenige mit dem Messer weitersprach: «Ich weiss, was ich gesagt habe. Und jetzt sage ich zu dem hübschen Fräulein, dass sie gehen kann.»

Er lächelte wieder, erneut war es ein kaltes, bösartiges Lächeln. «Gehen Sie, Fräulein.» Er zeigte mit der einen Hand zu der Türe. In der anderen hielt er immer noch sein riesiges Messer.

Ich sah zwischen den drei Männern hin und her. Die beiden mit den Handfeuerwaffen machten unsichere Gesichter, liessen aber ihre Waffen langsam sinken. Ich hielt weiterhin meinen kleinen Revolver auf das zerfurchte Gesicht gerichtet, bewegte mich nicht. Noch einmal machte er mit seinem Arm eine ausladende Bewegung hin zur Tür.

Langsam machte ich einen Schritt. Dann noch einen. Und schliesslich noch einen dritten. Ich wechselte den Revolver vom zerknitterten Gesicht zu den beiden anderen vor der Tür. Nur für einen kurzen Augenblick sah ich zu den beiden hin, aber das reichte.

Ohne Ansatz und fast katzengleich sprang der Typ mit dem Messer hinter mich, riss es hoch und setzte mir die Klinge an den Hals.

Ich erstarrte.

Er stand dicht hinter mir, die kalte Klinge drückte an meine Kehle. Ich konnte seinen stinkenden Atem riechen. «Es tut mir sehr leid, Fräulein, aber ich habe es mir soeben anders überlegt.»

Seine beiden Kumpane begannen blöde zu lachen und hoben ihrerseits erneut die Schiesseisen.

«Ich will nicht, dass Sie gehen, Fräulein. Und meine beiden Freunde auch nicht. Wir haben schon lange keine so schöne Frau mehr gesehen. Es wäre also äusserst schade, Sie einfach so ohne…» Er unterbrach sich, schien nach einem bestimmten Wort zu suchen, fuhr dann schliesslich weiter: «…ohne Abschiedsgeschenk gehen zu lassen.»

Dann schlugen sie mich. Sie hämmerten ihre Fäuste in mein Gesicht, schlugen mir in die Rippen, knallten sie mir auf meine Brüste, in die Nieren.

Vor Schmerzen sah ich Sterne, draussen vor ihrem Wagen klappte ich schliesslich zusammen. Mein rechtes Auge schwoll zu.

«Lass sie uns gleich hier nehmen, dann müssen wir sie nicht zuerst mühsam zu dem Haus schleppen.», meinte der grossmäulige mit der Pistole. Sein kleinerer Kumpel, welcher bisher noch kein einziges Wort gesagt hatte, nickte heftig.

Doch der Blick aus den hellen, blaugrünen Augen wurde noch stechender und derjenige mit der grossen Klappe zuckte nur noch mit den Schultern, sagte aber nichts mehr.

Sie fesselten mich und luden mich dann in ihren Wagen. Danach fuhren sie ein paar Dörfer weiter, hielten schliesslich vor irgendeinem Haus und schleppten mich hinein. Gehen konnte ich vor Schmerzen nicht mehr und so mussten sie mich tragen. Drinnen stank es fürchterlich und mein Magen drehte sich.

Sie rissen mir meine Kleider vom Leib und warfen mich auf einen Tisch. Dort fesselten sie meine Handgelenke an die Tischbeine.

Gedanken rasten durch meinen Kopf, aber ich kann mich heute nur noch an einen einzige davon erinnern: Ich wusste, was jetzt kommen würde. Schon einmal hatte ich dies erleben müssen, kurz bevor die Welt verreckte. Aber dieses Mal würden sie mich nicht leben lassen. Dieses Mal würden sie mich danach töten!

Die beiden mit den Schusswaffen stritten sich darum, wer mich zuerst nehmen durfte und spielten dafür sogar Schere-Stein-Papier. Der stille, der bisher nichts gesagt hatte, gewann. Während die beiden anderen meine Beine spreizten, öffnete dieser seine Hose und holte sein Ding heraus. Ich machte mich auf die Schmerzen gefasst, die jetzt kommen würden.

Genau in diesem Augenblick knallte es mehrfach ohrenbetäubend und alle drei verschwanden aus meinem Blickfeld. Irgendetwas feuchtes bedeckte mich, grau und rot. Wieder peitschte es laut, dann gleich nochmals.

Und dann sah ich ihn.

Ich realisierte, dass mein Leben doch noch nicht vorbei war. Es verging einen Moment.

Dann stand er vor mir, sah mich lange an. Seine glänzende, silberne Waffe rauchte.

Es war ein glänzend weisser Ritter, gekleidet in grüner Camouflage.

«Connie, würdest Du nun endlich das Funkgerät benutzen und T sagen, er solle nicht so verflucht nah auffahren? Er knallt uns sonst noch ins Heck.»

Ich schrak aus meinen Gedanken noch und tat, was Rob mir aufgetragen hatte. Dann legte ich das Funkgerät wieder auf die Ablage.

Die Fahrt war unterdessen etwas ruhiger geworden. Wir waren aus den Ortschaften heraus und hier befanden sich viel weniger Hindernisse auf dem Weg. Nur der Schnee lag hoch und Rob fuhr langsam, damit die Schaufel an der Front des alten Lastwagens auch greifen konnte und den Schnee auf die Seite beförderte.

Und dann, plötzlich, hörte es auf zu Schneien. Rob stellte endlich dieses Nerv-tötende Quietschen der Scheibenwischer ab.

«Was hast Du eigentlich vor dem Tag Null gemacht?»,
fragte er und ich sah ihn perplex an. Ich war völlig über-
rumpelt von dieser Frage. Wir fuhren nun doch schon sicher über ein halbes Jahr zusammen durch die Lande, aber
noch nie hatten Rob oder Toni mich nach der Zeit vor dem
Kollaps gefragt.

«Ich war Arztgehilfin.»

Rob starrte durch die Windschutzscheibe auf die Strasse,
antwortete aber trotzdem: «Ich meinte, direkt vor…» Rob
stockte. «Ich meinte, in den Tagen als der Scheiss begann.
Als die Welt verschwand.»

«Warum interessiert Dich das plötzlich?»

Er verzog das Gesicht. «Eine Frage mit einer Gegenfrage
zu beantworten? Hmm…», meinte er.

Eine unangenehme Stille folgte. Seit dem grossen Streit
war diese Stille zwischen mir und Rob immer unangenehm.
Dann sprach er weiter: «Bisher konnte jeder von uns einfach
wieder verschwinden. Ohne ein Wort, einfach so, hätte jeder seine Sachen packen und weggehen können.» Er sah
mich kurz von der Seite her an, die Augen zusammengekniffen. «Aber da oben geht das nicht mehr. Auf dem Pass
müssen wir zusammenarbeiten, müssen uns aufeinander
verlassen können.» Noch so ein Seitenblick. «Da oben müssen wir uns vertrauen, sonst krepieren wir alle.»
Ich holte tief Luft. «Und wenn ich nicht darüber sprechen
will?»

«Du hast etwas zu verbergen.» Es war keine Frage.
Und wieder breitete sich diese unschöne Stille aus, hüllte
uns ein.

Ich wusste, ich musste es ihm sagen, aber ich wusste nicht
wie.

Wiederum war er es, der das Schweigen brach. «Du hast
ihn umgebracht.»

«Den grossmäuligen Scheisser, der mich vergewaltigen
wollte?» Ich lachte böse. «Dem ich seinen Schwanz abgeschnitten habe? Du warst ja mit dabei.»

«Nein, nicht den.» Er machte eine kurze Pause. «Deinen Freund!»

In meinem Kopf begann sich plötzlich alles zu drehen, mir wurde übel.

Woher?

Mein Mund klappte auf und zu, aber ich brachte keinen Ton heraus.

Woher? Woher wusste er es?

«Du wunderst Dich jetzt sicher, warum ich es weiss.» Rob nickte, sah aber immer noch geradeaus. «Du sagtest mal, Du seist aus Luzern. Eine arbeitslose Arztgehilfin namens Connie. Du meidest enge Räume und hast Mühe mit grosser Nähe zu Menschen. Zwischenmenschlicher Nähe.»

«Zwischenmenschliche Nähe, so wie sie Nicole mag?» Ich sprach von der anderen Frau in unserer Gruppe.

«So wie Nicole.»

«Nicole ist eine Schlampe!», platzte ich heraus und Rob nickte.

«Das mag sein. Aber Du bist eine Mörderin!» Er sah mich wieder von der Seite her an, dieses Mal etwas länger. In meinem Kopf schwirrten tausend Gedanken.

Ich zog die Luft so tief ich konnte in meine Lungen, atmete langsam wieder aus. «Du warst Polizist?»

«Nein.» Rob schüttelte den Kopf. «Ich war Anwalt.» Ich sackte in mich zusammen und Tränen liefen mir über das Gesicht. «Er…», stammelte ich. «Sie…»

«Ich weiss!» Robs Stimme war plötzlich leise, fast zärtlich.

«Meine Partnerin in der Kanzlei, Julia, sie war Deine Anwältin.»

Er schwieg.

Wir schwiegen.

Lange.

«Und jetzt?», fragte ich nach geraumer Zeit. «Was passiert jetzt?»

Panik stieg in mir auf. Alleine wieder durch diese kaputte Welt gehen zu müssen, würde mich umbringen. Früher oder später.

«Jetzt?», fragte Rob zurück. «Gar nichts.»

Ich sah ihn zweifelnd an. «Nichts? Und die anderen?» Rob seufzte. «Mit T habe ich darüber gesprochen. Eigentlich war er es sogar, der diesen Verdacht geäussert hatte.» Er machte eine bedeutsame Pause. «Aber die anderen werden es nie erfahren.»

Die Tränen liefen mir immer noch über das Gesicht, wollten nicht aufhören zu fliessen.

Doch ich sagte nichts mehr.

Und er ebenfalls nicht.

II

Unsere Reise durch den Schnee ging so unfassbar langsam vorwärts. Wir fuhren jeden Tag von Sonnenaufgang bis in die Dunkelheit hinein. Doch von der Sonne war schon seit Tagen oder sogar Wochen nichts zu sehen. Nur graue, tiefhängende Wolken und Schnee, unendlich viel Schnee. Früher hatte ich die weisse Pracht geliebt, mochte es wenn sie die ganze Landschaft, ja die gesamte Welt einzuzuckern pflegte und ein Gefühl von Stille, Langsamkeit und Schönheit auslöste. Doch jetzt war es ein Gefühl der Angst. Die Angst, wieder auf das Böse zu treffen. Die Angst, nicht rechtzeitig irgendwo in Sicherheit zu sein.

Meistens fuhr Rob den alten Saurer 2DM, ab und an durfte ich auch ans Steuer. Doch immer, wenn ich nebenan sass, konnte ich nichts Anderes tun, als meinen Gedanken freien Lauf zu lassen. Und somit verbrachte ich die meiste Zeit dieser Fahrten, meine Gedanken in die Vergangenheit wandern zu lassen.

Es war nun schon fast ein Jahr her, seit die Welt von einem Tag auf den anderen einfach aufhörte zu existieren. Es ging alles so unfassbar schnell. Es fühlte sich an, als sei man aufgewacht und alles war anders. Vielleicht waren es auch ein paar Tage gewesen, oder eine Woche oder zwei, oder irgend so etwas in der Art.

Ob ich darüber traurig bin? Eigentlich nicht! Alle Menschen, die mir etwas bedeuteten, waren tot.

Aber viele davon hatte es ohnehin nicht gegeben. Die letzten Tage, ja, für mich sogar die letzten Monate in dieser sogenannten Zivilisation waren für mich absolut beschissen gewesen. Hätte sich nicht eine Wärterin meiner erbarmt und mich einfach so aus der geschlossenen Abteilung des Krankenhauses befreit, wäre ich dort elendiglich krepiert. Aber sie hatte einfach alle Türen geöffnet. Oder irgendwie nachgesehen und mitbekommen, dass ich als einzige noch lebte und öffnete deshalb wortlos meine Tür.

Möge Gott sich ihrer Seele erbarmen. Oder Allah. Oder die Gottheit mit dem Pferdekopfgesicht.

Ich kam jedenfalls raus aus dem Spital und die allermeisten lagen schon irgendwo tot in der Gegend herum. Oder krepierten gerade.

Es war ihre letzte Tat, auch die Wärterin starb nur wenig später.

Was es war das sie alle getötet hatte? Rob meint, es müsse ein Virus gewesen sein, den irgendein verrückter Wissenschaftler in irgendeinem verfluchten Labor irgendwo in Russland, China oder den USA gezüchtet hatte. Toni hingegen ist der Meinung, es sei natürlichen Ursprunges. Vielleicht ein Pilz oder irgendwelche Sporen.

Was ich denke? Ich habe keine scheiss Ahnung! Es ist mir aber auch verflucht egal. Alles, was ich weiss ist, dass fast alle tot sind. Die ganze verdammte Menschheit ging innerhalb kürzester Zeit vor die Hunde.

Und das ist alles, was zählt.

Sie starben! Einfach so!

Zuerst begannen sie zu Husten, dann färbten sich ihre Augen grünlich. Danach kotzten sie grünen Rotz, daraufhin schissen sie sich mit grünem Schleim die Hosen voll. Schliesslich lief ihnen irgendein grünes Etwas aus allen Körperöffnungen.

Und dann starben sie. Einfach so!

Jeder der die grünen Augen bekam, starb. Keiner überlebte dieses grüne Monster. Jeder kotzte und schiss grün und war dann tot.

Und dann gab es uns. Wir lebten.

Oder mussten leben. In einer toten, bösen Welt übersäht mit Leichen in grünem Schleim.

Allein, zu zweit oder in kleinen Gruppen begann der kärgliche Rest der Menschheit sich gegenseitig zu bekämpfen. Brachten sich gegenseitig für Esswaren, Waffen, Kleider oder Toilettenpapier um.

Oder einfach so.

Das wahre Wesen der Menschen.

Gott würde sich in Grund und Boden schämen. Oder Allah. Oder was auch immer…

Toni und Rob hatten mich aus diesem Haus mit den drei Wichsern geholt und sprengten es dann mit Hilfe einer Gasflasche in die Luft. Wir fuhren zu ihrem Refugium auf einem Hügel, auf dessen Terrasse ich einen wunderbaren Blick auf das im Tal liegende, lichterloh brennende Haus hatte. Ich blieb die ganze Nacht da draussen und sah diesen wunderschönen Flammen zu.

Als am Morgen die Sonne hinter den Bergen aufging, war das Haus und mein bisheriges Leben verschwunden. Es blieb nur ein schwelendes, rauchendes Etwas davon übrig. Meine beiden Ritter packten ihre Sachen in zwei alte Armeevehikel und wir fuhren weg.

Wir benötigten einige Tage, bis sie für mich, ebenfalls von der Armee, Kleidung, Ausrüstung und Waffen organisiert hatten, danach kehrten wir nochmals zu dem Ort des Geschehens zurück, um dieses kranke Arschloch mit dem zerfurchten Gesicht und dem grossen Messer zu suchen. Doch wir fanden weder ihn noch das Bowie. Das Haus war bis auf die Grundmauern niedergebrannt, auch der grosse Wagen davor war nur noch ein verkohltes Skelett. Doch von dem Teufel mit den blaugrünen Augen fehlte jede Spur. Vorsichtig suchten wir die Umgebung ab, aber er schien wie vom Erdboden verschluckt. Wir ahnten, dass er noch in der Gegend sein musste, doch wir wollten kein Risiko eingehen und so zogen wir schliesslich weiter in Richtung Westen.

Rob und T hatten eine eiserne Routine, in welche ich mich einzufügen hatte, sonst müsste ich wieder meinen eigenen Weg gehen. Ich akzeptierte und dafür brachte Rob mir den Umgang mit dem Gewehr und dem alten Lkw bei, während Toni versuchte, uns beiden positives Denken einzutrichtern, dies jedoch vergeblich. So wie Rob von Wut und Ohnmacht zerfressen war und somit jegliche Gefühle abgestorben schienen, so war mein Vertrauen in die Menschen durch die Geschehnisse vor und nach dem Untergang nicht mehr existent. Ich war den ganzen Sommer lang überzeugt, eines Morgens alleine aufzuwachen und die beiden wären weg.

Doch jeden Tag machte ich die Augen auf und sie waren immer noch da.

Gab es sie doch noch? Diese Menschen, denen andere etwas bedeuteten? Bei denen ich nicht nur ein Stück Fleisch war, dessen sie sich bedienen konnten, wenn sie gerade wollten? Bei denen ich nicht ihrer krankhaften Lust nach Macht ausgesetzt war? Hoffnung keimte mit der Zeit auf, doch Hoffnung und Vertrauen sind wie zwei weit auseinanderliegende Landmassen, getrennt von einem endlos scheinenden Ozean voller Gefahren.

Doch im Herbst bekam die Hoffnung dann sogar einen Namen. Den Namen eines Landes.

In einer gusseisernen Grillschale loderte ein Feuer. Wir sassen auf morschen Holzstühlen hinter der Scheune eines alten Bauernhofes. Das Wetter war immer noch schön, jedoch wurde es merklich kühler. Den gesamten Sommer über war das Wetter konstant heiss und sonnig gewesen und es zog sich auch in den Herbst hinein.

Auch in einer toten Welt war der Klimawandel spürbar. Über der Schale mit dem Feuer lag ein alter Grillrost, darauf saftige Stücke eines Wildschweines, welches ich am Morgen geschossen und mit Toni zusammen zerlegt hatte. Dieser sah mich von vorne her an. «Was meinst Du, Connie, was sollten unsere Ziele sein?»

Erstaunt blickte ich ihn an.

«Ich kenne nicht mal meine eigenen Ziele, wie soll ich denn überhaupt über uns nachdenken?»

«Du und Dein verfluchter Optimismus.», schaltete Rob sich ein. «Wir wissen ja nicht einmal, ob wir morgen um diese Zeit noch am Leben sind.» Er nahm eine mit Rostflecken übersäte Grillzange und drehte die Stücke auf dem Grill. Es zischte als das Fett in die Flammen tropfte und roch dabei herrlich. Mir lief das Wasser im Munde zusammen. «Du und Dein lebensverneinender Skeptizismus.» T lächelte leicht. «Wir haben schon so einiges überstanden seit das alles hier begann, es gibt also keinen Grund morgen tot zu sein.»

«Möglich wäre es schon.», warf ich ein und Tonis Lächeln ging jetzt auf mich über.

«Aber sicher.» Er blickte nun zwischen Rob und mir hin und her und sein Ton zeigte, was er davon hielt. «Und doch, irgendwie sollten wir uns ein Ziel überlegen. Irgendein Ort, wo es sich lohnt, hinzufahren.»

«Der Herbst steht vor der Tür und dann kommt der Winter.» Robs Stimme klang dunkel.

«Ja, und danach? Glaubst du, die Erde hört dann einfach auf, sich zu drehen? Es wird irgendwann wieder Frühling und ich denke nicht, dass wir wie Nomaden weiter durch das Land ziehen sollten, ohne zu wissen, wohin wir eigentlich wollen.»

«Ich weiss nicht.» Ich zuckte mit den Schultern. «Gibt es in dieser sch…», ich unterbrach mich, da ich beim Fluchen in T's Gegenwart immer ein schlechtes Gewisse bekam, «… in dieser Welt überhaupt noch irgendetwas, das als Bestimmungsort in Frage kommt? Das sich als Ziel anbietet und irgendwie Besserung verspricht?»

«Den Tod!», sagte Rob in seiner staubtrockenen Art mit düsterer Stimme.

«Dann hättest Du mich aber da drin krepieren lassen können.» Es war eigentlich als Scherz gedacht, doch Rob sah mich lange und ernst an. «Hätte ich, ja! Und eigentlich war ich ja auch nicht wegen Dir da drin.»

Ein leiser Schauer lief mir über mein Rückgrat. Seine Morbidität, gepaart mit einer völligen Kälte an Gefühlen, liessen mich erschauern. Was war mit diesem Menschen passiert? In der Stille, die seinen Aussagen folgte, drehte er noch einmal die Fleischstücke um, dann stand er abrupt auf und nahm sein Gewehr in die Hand.

«Ich übernehme die erste Wache. Lasst mir noch etwas zu Essen übrig.» Er verschwand im hinter dem Haus liegenden Dickicht.

Ich blickte T mit grossen Augen an. Dieser stocherte gedankenverloren mit einem Feuerhaken in der Glut herum «Was war das denn?», fragte ich schliesslich, doch er stocherte einfach weiter. Fett tropfte vom Fleisch und es folgte ein Zischen und eine kleine Stichflamme.

«T! Was sollte das?», fragte ich noch einmal.

Jetzt endlich reagierte er mit einem Seufzer. «Du weisst nichts von Rob.»

«Das ist mir auch klar.», erwiderte ich. «Er sagt ja auch nie etwas. Aber ich dachte, Ihr seid froh, mich da rausgeholt zu haben. Und ich bin Euch ja auch wirklich dankbar...» «Darum geht es doch nicht.» Toni blickte mich mit ernsten Augen an, das Flackern des Feuers widerspiegelte sich darin.

«Und worum geht es dann? Vielleicht sollte er einfach mal mit uns reden.»

«Warum? Warum sollte er das tun?»

Ich stockte. «Ob er redet oder nicht, ist mir eigentlich egal. Was früher war, war früher. Aber er soll uns nicht im Weg stehen.»

«Tut er das denn? Steht Rob uns im Weg?» Tonis Stimme klang leicht amüsiert und ich sah ihn irritiert an. «Er macht es uns jedenfalls nicht einfacher.», murrte ich. «Findest Du? Für mich denkt Rob einfach an alles und er denkt weiter als wir beide zusammen. Ohne ihn wären wir wahrscheinlich im Winter erfroren, oder im Sommer verhungert. Er treibt uns an in dieser...» Er unterbrach sich und suchte nach dem richtigen Wort. «... in dieser unwirtlichen Umgebung nicht nur zu überleben, sondern immer weiterzugehen.»

«Aber wohin?», rief ich. «Es mag ja sein, dass wir ohne ihn am Arsch wären, trotzdem muss das Ganze hier doch irgendwohin führen.»

«Also meinst Du doch, wir bräuchten ein Ziel?» T grinste und drehte erneut das Fleisch auf dem Rost.

Ich verdrehte die Augen, musste aber trotzdem lächeln. «Du magst ja recht haben mit Deinen Zielen. Ich weiss einfach nicht…» Ich dachte kurz nach. «Wir können uns ja nicht irgendwo verkriechen und auf den jüngsten Tag warten. Das kann es auch nicht sein.»

«Den jüngsten Tag hatten wir doch schon?» Er grinste leicht und fuhr dann weiter: «Verkriechen und auf das Ende warten? Nein! Genau darauf will ich hinaus. Genau das will ich unbedingt verhindern.» Er seufzte leise, nahm mit der Zange zwei der Fleischstücke und warf sie auf Teller, welche neben ihm standen. Den einen hielt er mir hin. Langsam war es dunkel geworden.

Es war ein wahres Festessen. Wir assen schweigend, bis plötzlich Toni seinen Teller neben sich stellte. «Rob war früher völlig anders.» Seine Stimme war ernst, leise. «Er liebte das Leben, genoss es in vollen Zügen.»

«Das kann ich mir überhaupt nicht vorstellen.», antwortete ich und schob mir gierig ein weiteres Stück in den Mund. «Doch wirklich. Er fuhr Motorrad, ging keiner Party, keinem Fest aus dem Weg.» T lächelte bei den Erinnerungen und nahm dann seinen Teller wieder in die Hände. «Wir waren damals zusammen in Madrid, als er Jo kennenlernte.»

«Jo?»

«Sie war unfassbar schön! Sexy as Hell, wie die Amis so gerne sagten. Es war Liebe auf den ersten Blick. Und die beiden waren völlig verrückt aufeinander, ab dem allererersten Augenblick.» T ass wieder, anschliessend erzählte er weiter: «Kannst Du Dir das vorstellen? In Madrid in einem Club haben sie es vor allen Leuten getrieben.»

«So in einer dunklen Ecke oder einem Séparée? Komm, das ist nichts Spezielles. Habe ich auch schon getan.»

«Nein! Nicht im Versteckten. Inmitten des Clubs gab es einen grossen Platz mit Sofas, und da spielten sie irgendein Kartenspiel und verloren. Und um ihren Einsatz wieder hereinzubekommen, mussten sie es auf einem der Sofas tun.»

Ich verschluckte mich, hustete und T lachte laut.

«Und alle haben zugesehen?»

«Na ja, alle ausser ich. Ich machte es mir an der Bar gemütlich.»

Ich sah ihn erstaunt an, schüttelte ungläubig den Kopf. Rob?

«Er hat sie echt vor allen Leute gef...»

«He!», unterbrach er mich lachend. Er schnitt sich ein Stück seines Fleisches ab und steckte es sich in den Mund. «Aber ja, das hat er. Und glaub es mir, jeder einzelne Mann in diesem Gebäude hätte mit ihm liebend gern getauscht. Sie war so unglaublich schön und heiss.» Er kaute gedankenverloren und ich wartete, bis er weitersprach. «Aber Jo war nicht nur hübsch. Sie studierte zu dem Zeitpunkt Sprachwissenschaften, während er sein Examen seit Kurzem hinter sich hatte. Ich war zwischen zwei Jobs und wir wollten einfach mal ein paar Tage weg, irgendwo das Leben geniessen.» T machte eine Pause und das Lächeln verschwand aus seinem Gesicht. «Bis zu ihrem Abschluss pendelten die beiden hin und her. Mal flog er nach Madrid, dann sie wieder nach Zürich. Nach Jo's Examen zog sie zu ihm, fand einen guten Job und ein Jahr später heirateten die beiden. Und dann kam José, ihr Sohn auf die Welt.» Tonis Stimme wurde leiser. «Alles war einfach... Perfekt.» Er seufzte tief. «Und dann...»

Er stockte, sprach lange nicht mehr. Wir assen schweigend zu Ende, stellten unsere Teller danach auf die Seite. «Er starb mit ihnen.»

Lange sassen wir schweigend am Feuer.

«Aber hat nicht jeder von uns jemanden verloren? Eltern, Brüder und Schwestern, Freunde.», bemerkte ich schliesslich leise. «Wir alle haben unser gesamtes Leben verloren.» Ich seufzte. «Ob im Guten oder Schlechten.», fügte ich dann noch leise hinzu und Toni sah mich stirnrunzelnd an, sagte aber nichts.

«Keiner von uns ist Schuld! Niemand konnte bestimmen, wer an dieser Krankheit stirbt und wer in dieser Welt hier,» ich machte mit dem Arm eine ausladende Bewegung, «leben muss. Aber wir müssen. Oder stürzen uns irgendwo von einem Felsen. Aber solange wir dies nicht tun, sollten wir uns zusammenreissen und gemeinsam vorwärts gehen.»

Toni nickte lange. «Vielleicht.»

Er sah kurz auf seine Uhr, packte sein Sturmgewehr und erhob sich. «Mein Turn.»

Rob kam in diesem Augenblick aus dem Dickicht und Toni nickte ihm zu, ging an ihm vorbei.

«Hey!»

Toni drehte sich um und ich sah hoch zu Rob. In dessen einzigen Silbe lag so viel Wut, Schmerz, Leid.

«Sprecht nie wieder von meiner Familie, hört Ihr! Meine Familie geht niemanden ausser mich etwas an. Habt Ihr das verstanden?» Rob sah mich mit dunklem Blick an. «Ihr sprecht nie wieder von meiner Familie.» Erst jetzt bemerkte ich die Tränen, die über Robs Gesicht liefen und in denen sich leicht die Flammen des Feuers spiegelten.

«Wir…», wollte ich entgegnen, als mich das Knacken eines Zweiges unterbrach.

Ich fuhr auf wie von der Tarantel gestochen. Ich riss mein Gewehr hoch und wir drei rannten los, teilten uns sogleich auf.

«Nicht schiessen!», rief eine unbekannte Stimme, kaum waren wir losgesprengt. «Bitte nicht schiessen! Wir wollen nichts Übles.»

Wir stoppten noch vor dem Dickicht, legten unsere Waffen an. Zwei Schatten lösten sich aus dem Dunkel. Beide hatten ihre Hände hoch über die Köpfe erhoben. «Tut uns nichts! Wir wollen Euch wirklich nichts Böses.» Die beiden Gestalten sahen ausgemergelt aus, ihre Kleider bestanden mehr aus Dreck und Lumpen, denn aus Stoff. Die Gesichter waren bleich, die Augen eingefallen. Beide Männer blickten müde.

«Wir haben Euer Essen schon von Weitem gerochen und wir haben seit Tagen schon nichts mehr Richtiges in den Magen bekommen.» Sie hatten weder Taschen noch Rucksäcke mit dabei.

T sah zu seinem Freund hinüber.

«So gut funktioniert also unsere Wache.», bemerkte er dann mit Sarkasmus in der Stimme. Rob verzog nur sein Gesicht, sagte aber nichts dazu.

«Und wer seid Ihr?», fragte Toni die beiden schliesslich. «Das hier ist Claudio und ich bin Gabi, eigentlich Gabriele.» «Brüder?», fragte ich und derjenige, welcher sich Gabi nannte, nickte.

«Zwillinge.»

«Und was wollt Ihr hier?» Tonis Stimme war hart. «Nur etwas zu essen, wirklich.», antwortete Claudio und sein Bruder ergänzte: «Wir wurden vor einigen Tag von Plünderern überfallen. Sie nahmen uns alles ab, was wir hatten. Kleider, Essen, unsere gesamte Ausrüstung. Die Waffen und vor allem auch unser Auto.» Er seufzte. «Dann haben sie uns fortgejagt. Die Männer wollten uns sogar töten, aber die Frauen haben es ihnen ausgeredet und so liessen sie uns schliesslich gehen.»

«Frauen?» Auch in Robs Stimme schwangen Zweifel.

«Mehrere Männer und zwei oder drei Frauen.», antwortete Gabi.

«Und wovon habt Ihr danach gelebt?» Es war T, welcher die Frage stellte.

Gabi zuckte mit den Schultern.

«Was der Wald so hergab. Dazu fanden wir noch ein paar alte Konserven. Aber das ist nun doch auch schon wieder einige Tage her.» Sein Blick ging immer wieder zu dem Fleisch, welches auf dem Grillrost vor sich hin briet. «Eine Falle.» Es war keine Frage von Rob.

«Tötet uns, wenn es eine Falle ist. Aber lasst uns vorher unbedingt bitte etwas essen.»

In Tonis Gesicht erschien ein leises Lächeln. Ich wollte etwas sagen, aber er kam mir zuvor: «Rob, lass uns die Gegend absuchen. Wir lassen die beiden hier bei Connie.» Er sah mich an. «Erschiess die beiden, wenn Dir irgendetwas komisch vorkommt. Halt Abstand und den Rücken an der Wand. Rob und ich suchen die Umgebung ab.»

Rob holte Luft, um etwas zu entgegnen, aber T war erneut schneller: «Rob, komm! Wir müssen wissen, ob unsere Vorsichtsmassnahmen auch wirklich funktionieren.»

An Robs Gesichtsausdruck konnte man sehen, dass er die Kritik bemerkte, aber er sagte nichts. Stattdessen ging er wortlos an T vorbei in das Dickicht hinein.

Toni sah mich an.

«Mach keinen Scheiss! Zwei Kugeln, wenn Dir irgendetwas schräg kommt! Klar?»

Ich nickte und er verschwand ebenfalls.

Ich sah zu den beiden Brüdern, zeigte mit dem Lauf meiner Waffe zu dem Feuer.

«Los. Setzt Euch und nehmt Euch ein je ein Stück.» Die beiden setzten sich in Bewegung. «Aber macht echt keinen Stress! Ich töte Euch, ohne mit der Wimper zu zucken.» Die beiden nickten, setzten sich hin und nahmen sich gierig ein Stück des Ferkels. Ich stellte mich an die Wand des Schuppens, mein Sturmgewehr erhoben.

Sie assen, als hätten sie wirklich seit Tagen nichts mehr gehabt. Ich sagte nichts, sah aufmerksam zu. Beide schlangen ihr Essen regelrecht hinunter.

«Wir danken Euch, wirklich!», sagte Gabi, als er und sein Bruder fertig waren. Claudio nickte.

«Wir wären da draussen fast verhungert.»

Mein Gewehrlauf blieb genau da, wo er war und zeigte weiterhin auf die beiden.

«Wie konntet Ihr Euch nur so ausrauben lassen?», fragte ich und blickte hoch, als im selben Moment Rob aus den Büschen trat. Er stellte sich hinter die beiden Männer, mir schräg gegenüber. T blieb verschwunden.

Rob sah mich mit fragendem Blick an und ich nickte. Daraufhin setzte er sich Claudio und Gabi gegenüber, die Waffe auf seinen Knien. Er liess die beiden nicht aus den Augen, auch nicht, als er sich ein Stück des Ferkels vom Grillrost auf einen Teller schob.

Die Augen der beiden Brüder gingen zwischen Rob und dem letzten Stück Fleisch auf dem Grill hin und her.

Schliesslich nickte er. «Wenn es Connie nicht will...»
Sie sahen mich mit bettelndem Blick an und ich musste fast
lächeln. Ich winkte mit der Hand und begierig holten sie
sich das letzte Stück. Sie teilten es gleichmässig zwischen
sich auf.

Rob sah zu mir hoch und ich nickte unmerklich.

«Ihr habt ihre Frage noch nicht beantwortet.», meinte er
dann zu den beiden.

Dieses Mal war es Claudio, der antwortete: «Sie waren in
Überzahl. Insgesamt waren es etwa zwölf Männer und drei
Frauen. Wobei, die Frauen gehörten nicht unbedingt zu der
Gang. Sie waren nur so als...» Er studierte einen Moment.
«...Amüsement mit dabei.»

«Amüsement?», fragte ich mit einem Stirnrunzeln und
Claudio lächelte mich schief an.

«Ja, es schien, als wären sie irgendwie...» Er stockte erneut. «Sie beteiligten sich nicht wirklich an dem Überfall,
sondern waren einfach nur mit dabei. Und sie waren ziemlich sexy bekleidet und alle waren hübsch.»

Ich lachte humorlos.

«Du meinst Nutten!»

Beide nickten, Gabi lächelte schief.

«Ja, wahrscheinlich. Jedenfalls, wir hatten seit Wochen
keine lebenden Menschen mehr gesehen und wurden einfach etwas nachlässig.» Er zuckte mit den Schultern. «Wir
schliefen beide im Hinterzimmer eines Lebensmittelladens,
als sie den Laden umstellten. Dann kamen zwei durch die
Tür hinein und ... Das war's dann.» Er zuckte mit den
Schultern.

«Und Ihr hattet sie nicht bemerkt?», fragte Rob stirnrunzelnd, aber beide verneinten.

«Leider nein.», sagte dann Claudio. «Wir waren müde
und einfach nicht mehr aufmerksam genug.» Sein Ton war
kleinlaut.

Es folgte eine lange Stille.

Plötzlich fragte ich einer Eingebung folgend: «War da ein
Typ, mager, mit zerfurchtem Gesicht und blassen blaugrü-

nen Augen? Ein Arschloch mit riesigem Messer.» Claudio sah mich mit grossen Augen an, dann seinen Bruder. «Ihr kennt den?»

Ich zog meine Augenbrauen in die Höhe und sah Rob an. Dieser antwortete an meiner Stelle: «Leider ja. Wir haben die Ratte den halben Sommer lang gesucht, konnten ihn aber nicht aufspüren.» In seinen Augen glitzerte das Feuer und ich ahnte, was er dachte.

«Wir wollten eigentlich nach Italien.», meinte Gabi dann. «Einfach weiter nach Süden.»

«Warum Italien?», fragte ich mit gerunzelter Stirn. Gabi zuckte mit den Schultern. «Warum nicht?» Es war jetzt er, welcher antwortete. «Unsere Eltern sind von dort und …» Er unterbrach sich. «Trotz all der Toten hat es hier irgendwie zu viel böses Blut.»

«Und das hat es in Italien nicht?» Ich hatte da so meine Zweifel.

«Vielleicht, vielleicht auch nicht.» Gabi sah mich direkt an. «Aber definitiv ist dort das Wetter besser.»

Ich ahnte, das war nicht die ganze Wahrheit.

«Und wie wolltet Ihr über die Berge?», fragte Rob weiter. «Auch mit Fahrzeugen braucht man lange, muss immer die Strassen und Wege frei räumen. Aber zu Fuss schafft Ihr es definitiv nicht mehr vor dem Winter. Und den überlebt man da nicht einfach so.» Rob sah kurz gen den dunklen, aber wolkenlosen und sternenübersäten Himmel. «Der Sommer ist zu Ende und in den Bergen geht es im Herbst schnell. Sobald die Temperaturen weiter fallen, ist es eine Frage der Zeit, bis es schneit.»

«Das wissen wir.» Jetzt sprach wieder Claudio. «Aber wir hatten ja ein Auto.» Er seufzte leise. «Wir wollten uns so weit wie möglich nach Süden durchschlagen und uns dann über den Winter in einem Bunker oder so etwas Ähnlichem einigeln. Wir hatten alles darauf ausgelegt, aber jetzt fangen wir wieder bei Null an.» Seine Stimme klang frustriert. Verständlicherweise.

Als er endete, wechselten die beiden Brüder einen Blick, Claudio nickte und ich runzelte die Stirn. Dann sagte Gabriele: «Um die Wahrheit zu sagen, es kam uns zu Ohren, dass sich Überlebende in Italien zu Kommunen zusammengeschlossen hätten.»

«Kommunen?» Rob verzog sein Gesicht, doch Gabi nickte.

«Ja, scheinbar. Wir trafen auf einen Mann im Sommer, der uns erzählte, er sei auf dem Weg dorthin. Man möchte dort irgendwie so etwas wie ein geregeltes Miteinander aufbauen.» Er seufzte erneut. «Nicht so wie hier.»

«Aber Ihr glaubt dies nicht wirklich?», fragte ich ungläubig und Rob nickte zustimmend. Ich schüttelte leicht den Kopf, aber Gabi lächelte nur leise.

«Ach wisst Ihr», er zuckte mit den Schultern. «schlechter als hier kann es ja nicht werden.»

Ich wollte dem etwas entgegnen, aber Gabi fuhr weiter: «Die Menschen hier waren schon immer sehr egoistisch.» Das Feuer war nur noch ein leichtes Glimmen und Rob schmiss ein neues Log hinein. Es knisterte, dann züngelten die Flammen am Holz.

«Dieser Egoismus scheint sich seit dem Zusammenbruch in völlige Anarchie gewandelt zu haben und das brauchen wir echt nicht.»

Sein Bruder seufzte ebenfalls und ergänzte: «Und dieser Raub hat uns gezeigt, dass es nur diesen Weg gibt.» «Ich kann es mir beim besten Willen nicht vorstellen, dass es irgendwo auf der Welt anders sein sollte. Und... trotzdem habt Ihr Euch ein Ziel ausgesucht, ohne zu wissen, ob es wirklich besser ist.» Ich verstand die beiden irgendwie, und doch, irgendwie auch nicht.

Gabi sah mich mit langem Blick an, irgendetwas zwischen amüsiert und müde.

«Weiss man dies bei irgendetwas im Leben?» Er lächelte leise.

«Das mag sein.», meinte Rob. «Aber irgendeinem Gerücht, einem Hirngespinst nachzurennen, ist doch auch keine Lösung.»

Jetzt antwortete Claudio: «Nein, dass es eine Lösung ist, haben wir auch nicht behauptet. Aber es ist eine Hoffnung.» Er sah dabei Rob mit ernstem Blick an. «Und es ist immer noch besser, als ziellos durch die Gegend zu ziehen und dabei zu hoffen, nicht auf solche Arschlöcher zu treffen.» «Oder zu hoffen, genau auf ein bestimmtes Arschloch zu treffen.» Robs Stimme klang trocken.

«Aber das kann es doch nicht sein für den Rest Eurer Tage.» Gabi schüttelte ebenfalls den Kopf.

«Ihr habt kein Ziel.», meinte er dann leise. «Und ein Leben ohne Ziel ist unstet.»

«Seneca.», ertönte eine Stimme aus der Dunkelheit. T trat ans Licht.

Alle sahen überrascht auf und er grinste uns an. «Ein römischer Dichter und Philosoph.», erklärte er uns dann. Toni liess sich neben den beiden Brüdern nieder und legte sein Gewehr zur Seite. Ich blieb stehen, die Waffe immer noch im Anschlag.

«Und Seneca hatte recht. Solange wir ohne Ziel umherstreifen, sind wir nur Vagabunden, immer irgendwie auf der Flucht.»

«Und was willst Du tun?» Robs Stimme klang schon wieder ärgerlich. «Einfach gen Süden fahren, nach dem Prinzip Hoffnung? Irgendwelchen Gerüchten folgen?»

T lächelte. «Ja! Warum denn eigentlich nicht?»

Ich liess meine Waffe sinken.

«Ja, warum denn nicht?»

Rob fuhr herum.

«Halt Du die Klappe, Connie! Was geht Dich das eigentlich an? Das ist eine Entscheidung von T und mir.» Ich drückte mich von der Wand weg, schwenkte meine Waffe gegen Rob. Wut kam in mir hoch.

«Sag mir niemals wieder, ich soll ruhig sein!» Meine Stimme war leise, aber so scharf wie sie nur sein konnte. Claudio, Gabi und T sahen mich mit ernstem Blick an. Rob blickte ins Feuer.

«Ihr Männer habt einfach das Gefühl, Ihr seid der Nabel der Welt und alle Frauen müssten tun, was Ihr sagt. All das, was Männer wie Du wollen. Und die Frauen, ich, haben das viel zu lange zugelassen.» Ich blitzte ihn weiter an. «Aber das ist nicht mehr die Welt von früher. Das ist eine neue Welt. Es mag für Dich das Ende gewesen sein, aber für Frauen wie mich ist es ein neuer Anfang.»

«Ohne mich…»

Ich unterbrach ihn sogleich wieder: «Ja, ohne Dich wäre ich jetzt tot. Stimmt! Sie hätten mich durchgefickt und der Wichser hätte mir danach sein Messer in meine Muschi gerammt. Aber Du wolltest Du mich gar retten. Du wolltest nur töten! Mich hättest Du da drin krepieren lassen. Es ist T, dem ich mein Leben schulde, also versuch Dich nicht mit billigen Ausreden zu rechtfertigen, Rob!» Ich holte tief Luft. «Du glaubst, weil Du die Liebe Deines Lebens verloren hast, könntest Du einfach alle in Deine eigene Scheisse mit hineinziehen. Alle müssten so fühlen wie Du, nur weil Du einen Verlust erlitten hast.»

Rob sprang auf.

«Du hast keine Ahnung, was dies für ein Verlust für mich war!», brüllte er mir ins Gesicht. «Also hör auf davon zu reden und verschwinde von hier! Verschwinde!»

Ich sah ihn ernst, aber ruhig an.

«Nein! Nein, Rob, ich verschwinde nicht. Jeder hier hat alles verloren, als diese Scheisswelt vor die Hunde ging. Jeder! Verstehst Du, JEDER! Und ich habe nicht nur alle verloren, die ich liebte, die mir etwas bedeuteten. Ich habe dazu noch meine Unschuld verloren und Du wirst nie wissen, was das heisst. Was das bedeutet. Was für ein unglaublicher Schmerz dies ist.» Ich machte eine kurze Pause. «Weil Du keine Frau bist, Rob!»

Ich drehte mich um und ging in Richtung des Dickichts.

«Hey!» Aus Robs Stimme war jegliche Wut weg, sie hörte sich nur noch dumpf und müde an. Ich drehte mich um.

«Es tut mir leid!» Er sah mich mit müdem Blick an. «Du hast recht, Connie, ich hatte dazu kein Recht.» Er stand immer noch da, aber alle Spannung war aus seinem Körper gewichen. Er sah unendlich traurig aus. Doch dann streckte er sich und die Spannung kehrte zurück und dazu noch irgendetwas Anderes. Etwas Ähnliches wie Zuversicht.

«Vielleicht habt Ihr ja alle recht. Alles ist besser als dieser verdammte Scheiss hier. Lasst uns nach Italien fahren.» Er machte eine Pause und sah zu den anderen hinunter. «Doch es ist Herbst. Wir sollten uns über den Winter etwas suchen, wo wir uns verkriechen können. Und dann im Frühling gen Süden ziehen.» Wieder machte er eine Pause und eine gewisse Wut kam zurück. «Aber zuerst will ich diesem verdammten Bastard eine Kugel in den Kopf jagen.» Er holte tief Luft, liess sie langsam wieder entweichen. «Könnt Ihr damit leben? Was meint Ihr?

III

Ich stiess einen leisen Schrei aus, als der Lastwagen heftig erschauerte und dann abrupt stehen blieb.

«Verfluchte Scheisse!», schimpfte Rob laut und machte den Rückwärtsgang rein. Er versuchte zurückzurollen, aber ich konnte hören, wie die Räder durchdrehten.

«So ein verdammter Mist aber auch!» Rob seufzte. Er drehte einen Hebel unter dem Lenkrad, welchen die Differentialsperre umschaltete, dann legte er den Schalthebel für den Geländegang ein. Er liess die Kupplung kommen und zitternd bewegte sich der Wagen rückwärts.

Er atmete tief. «Na also.»

Es klopfte an meiner Seitenscheibe und ich liess sie herunter. Toni stand auf dem Trittbrett draussen.

«Alles klar?»

Ich wollte antworten, aber Rob war schneller: «Yep! Der Pflug ist irgendwo hängen geblieben.»

T nickte und sprang vom Trittbrett herunter. «Ich sehe mir das mal an.»

«Warte!», rief ich und öffnete die Tür und sprang hinunter in den Schnee. Die kalte Luft traf mich wie ein Faustschlag.

«Zieh Deine Jacke an, Connie. Wir können niemanden gebrauchen, der krank wird.»

«Ist schon ok. Etwas frische Luft tut mir gut.» Ich grinste ihn an. «Und Corona kann ich ja heutzutage nicht mehr kriegen.»

T lachte laut und es tat gut, jemanden wieder mal so Lachen zu hören.

Rob sprach ja wenig und er lachte nie.

Wir sahen, dass unter dem Schnee irgend so ein landwirtschaftliches Gerät versteckt war, und die Unterkante der Schaufel hatte sich darin verfangen.

Ist irgend so eine Art Heuwender.»

«Ein was?», fragte ich und er bestrafte mich für meine Unwissenheit mit einem Seitenblick. «Ein Heuwender. Mit solchen Dingern haben die Bauern das Heu auf den Feldern in

Bahnen geworfen.» Er beugte sich herunter, befreite einige Teile vom Schnee. Dann meinte er: «Ist nicht so tragisch, aber der Pflug hat sich in diesen Stacheln verfangen. Bevor wir jetzt das grosse Werkzeug hervorholen, sollten wir es vielleicht einfach mal mit Gewalt versuchen.»

«Typisch Mann.» Es war als Witz gedacht, doch T sah mich mit ernstem Blick an.

«Hey, das war nur ein Witz, ok!»

Er nickte leicht.

«Ok.» Seine Augen blieben ernst.

T winkte Rob und rief, er solle nochmals versuchen, den Wagen ruckartig nach hinten zu bewegen und die Schneeschaufel loszureissen. Ich hörte, wie der Rückwärtsgang mit einem metallischen Geräusch sich einlegte, dann liess Rob den Motor aufheulen. Er liess die Kupplung springen und der Saurer sprang rückwärts. Ein lautes Knallen ertönte und der Pflug riss sich los, dabei brach eine der Stacheln des Heuwenders und flog nur Zentimeter an meinem Kopf vorbei.

Ich schrie auf und machte einen Satz rückwärts.

«Alles ok?», fragte Toni besorgt und ich nickte. «Das war knapp.» Jetzt grinste er. «Kommt davon, wenn man die Nase immer zuvorderst haben muss.»

«Ha ha.», machte ich. Mir war nicht zum Lachen zumute.

T klopfte mir auf die Schulter.

«Na komm schon Connie, ist ja nichts passiert. Und jetzt hüpf rein, bevor Rob noch ohne Dich losfährt.»

«Alles klar?», fragte auch der, als ich wieder neben ihm sass. Ich nickte und er fuhr um das Hindernis herum, dann wieder auf den Weg und liess den Pflug herunter. Das schabende Geräusch und die Wärme in der Kabine lullten mich ein und meine Gedanken wanderten wieder.

Zurück in Vergangenheit.

In den Sommer.

Gabi und Claudio blieben bei uns. Auch für sie organisierten wir Ausrüstung, Kleider und Waffen, alles ebenfalls aus alten Armeebeständen. Und wie ich, fügten auch die beiden

Zwillinge sich in unsere Routine, unseren Rhythmus ein, was das tägliche Leben allen sogleich einfacher machte. Wir merkten sofort, dass jeder von uns mehr Schlaf bekam, da sich die Verantwortung auf mehrere Schultern verteilte. Und doch hatte ich immer das komische Gefühl, dass Rob niemandem ausser Toni wirklich vertraute. Aber er gab sich Mühe, dies niemanden anmerken zu lassen. Doch ich konnte dieses Gefühl einfach nicht loswerden.

Wir mussten bis in den französischen Teil der Schweiz, um die Ausrüstung der beiden Brüder zu bekommen und gleichzeitig unsere zu vervollständigen. Danach fuhren wir wieder zurück in Richtung Nordosten. Wir suchten die Spuren der Bande des Teufels mit dem Messer bis zurück nach Gstaad, aber fanden keine frischen. Also drehten wir wieder um und als ein kleiner Pass nach Westen wegführte, folgten wir ihm. Der Pass drehte schliesslich nach Norden, führte an einem Fluss entlang.

«Halt an!», rief ich und Rob stoppte den Lastwagen langsam. Wir nahmen beide unsere Ferngläser und tatsächlich sahen wir eine Rauchsäule aufsteigen.

«Dort!» Ich zeigte nach vorne.

Rob fuhr wieder an und lenkte den Wagen auf eine Ebene. Toni, Gabi und Claudio in ihrem Truppentransporter folgten uns.

Wir hielten an und alle stiegen aus.

«T und ich kundschaften das aus. Der Rest verteilt sich und haltet Euch versteckt.» Er hielt mir das Funkgerät hin. «Connie, warne uns, solltet Ihr irgendetwas bemerken.»

Die beiden verschwanden in Richtung des Rauches und kamen erst etwa eine Stunde später wieder zurück.

Das Wetter war vor ein paar Tagen umgeschlagen und es wurde merklich kühler und hatte begonnen zu regnen.

Als Rob und Toni zurückkehrten, waren sie durchnässt.

«Wir sind richtig, denke ich.», meinte Rob und begann seine nassen Kleider zu wechseln. Dann sprach er weiter: «Es ist ein Fahrzeug, irgendein Auto, welches vor kurzem noch brannte. Das kann also nicht mehr als ein Tag her sein.»

«Und was machen wir jetzt?», fragte Gabi.

Rob sah uns der Reihe nach an. Dann blieb sein Blick bei Toni hängen und dieser verzog sein Gesicht.

«Wir suchen uns ein Versteck. Irgendein Haus, wo wir die Fahrzeuge verschwinden lassen können und uns einrichten. Ab morgen gehen wir auf Streife.»

«Und wenn sie schon wieder weitergezogen sind?», fragte ich und Toni zuckte mit den Schultern.

«Vielleicht sollten wir dann ebenfalls einfach weiterziehen.», antwortete er dann, doch Rob schüttelte den Kopf.

«Ich will diesen Bastard endlich zur Strecke bringen.» Er atmete tief. «Und ich denke, sie sind noch da.»

Wir alle wussten, dass Toni kein Fan der Idee war, zuerst sich dieser Bande zu widmen. Er wollte weiterziehen, in Frieden den Winter hinter sich bringen und dann runter nach Italien. Das Risiko war ihm einfach zu gross. Aber Rob und ich wollten den Schweinehund ein für alle Mal loswerden. Und Gabi und Claudio hatten ebenfalls beide das Gefühl, dass wir alle erst danach wieder ruhig schlafen konnten.

Also war die Sache beschlossen.

Wir suchten und fanden ein ehemaliges Bauerngut, wo wir die Scheune ausräumten und unsere Fahrzeuge hineinstellen konnten.

Es lagen Leichen im Haus, welche wir auf dem Feld hinter dem Haus begruben. Unterdessen war der Gestank der Toten kein Problem mehr. Nach der Zeit waren sie verwest und meistens nur noch bleiche Knochen übrig.

Wir verstärkten die Wachgänge, immer zwei von uns waren gleichzeitig draussen, rund um die Uhr. Wir wollten keinerlei Risiken eingehen, doch wir sahen niemanden. Während der Wachgänge gingen die restlichen drei über den Tag auf die Suche nach möglichen Spuren der Gang, aber wir fanden nichts.

Jeden folgenden Tag erweiterten wir deshalb unsere Streifzüge um mehrere Kilometer, bis wir schliesslich bis zu einer kleinen Stadt namens Gruyère kamen. Da wir zu Fuss unterwegs waren, um uns keinesfalls durch den Motorenlärm zu verraten, benötigten wir für den Hinweg allein schon fast zweieinhalb Stunden.

Die kleine Stadt lag am Ende des Passes, gleich südlich eines Sees. Und kurz vor der Stadt lag ein alter Flugplatz dessen Piste aus einer Grasfläche bestand. Darauf waren alte Flugzeuge zu sehen. Das Gras stand über einen Meter hoch.

Daneben waren die ehemaligen Hangars zu sehen, vor dem einem lag ein gelber Hubschrauber auf der Seite.

Auf den asphaltierten Flächen vor den Gebäuden standen mehrere Fahrzeuge. Darunter befand sich auch ein grosser Pickup. Obwohl dieser nicht grün, sondern dunkelrot war, stellten sich bei mir die Nackenhaare auf.

Ich war mit Rob und Claudio unterwegs, da Toni und Gabi für diesen Tag die Wache hielten. Wir waren in einer kleinen Siedlung südlich des Flugfeldes versteckt, lagen in hohen Sträuchern, die zwischen den Häusern wuchsen und prüften die Lage mit unseren Ferngläsern.

«Sind sie das?», fragte Claudio und ich nickte.

«Sie sind es.»

«Woher willst Du das wissen, Connie?», fragte Rob mit zweifelnder Stimme. «Es ist niemand zu sehen.»

«Ich weiss es.», flüsterte ich. «Glaub es mir. Ich weiss es einfach.»

Rob nahm das Fernglas vom Gesicht und sah mich von der Seite her an. Dann nickte er.

«Ok.» Er nahm den Fernstecher wieder vor die Augen. «Wie kommen wir da an sie ran?»

«Ist clever gewählt.», meinte Claudio leise. «Durch die offene Fläche kann man sie nicht ungesehen angreifen.»

«Was ist mit den Bäumen am Fluss?», fragte ich, auf den bewaldeten Bachlauf zeigend, der längs an der Piste vorbeilief.

«Den werden sie bewachen, oder unpassierbar gemacht haben.», verneinte Rob meine Idee. «Kann mir nicht vorstellen, dass sie so doof sind. Dasselbe gilt für die Industriegebäude dort drüben.» Er zeigte auf eine Ansammlung von Gebäuden am Nordwestlichen Rand des Flugfeldes.

«Aber es muss doch einen Weg geben.» Claudio seufzte.

«Es wird uns schon etwas einfallen.», antwortete Rob ruhig. «Lasst uns den Rückweg angehen. Wir benötigen über zwei Stunden zurück und es wird irgendwann dunkel.» Er nahm das Fernglas herunter und liess es in der dafür vorgesehenen ledernen Hülle verschwinden. «Wir wissen jetzt, wo sie sind. Also lasst uns morgen nochmal herkommen und uns einen Plan überlegen.» Er nickte leicht. «Wir müssen wissen, um wie viele Männer es sich handelt, vielleicht finden wir ihren Wach-Rhythmus heraus und wo sich die Wachen in etwa aufhalten. Erst dann können wir zuschlagen.»

Er sah mich wieder an.

«Und er ist dabei?»

Ich verzog mein Gesicht.

«Hast Du den roten Wagen gesehen? Er ist dabei.» Wiederum sah er mich mit langem Blick an, dann nickte er.

Wir zogen uns zurück und machten uns auf den Rückweg.

«Das sind Hunderte Meter offenes Feld, ich habe echt keine Ahnung, wie wir da an sie rankommen können.» Rob schüttelte resigniert den Kopf. «Dazu werden sie Wachen verteilt haben, wo wir von überraschender Seite her unter Beschuss geraten könnten.»

«Und wenn wir die Hangars stürmen? Vielleicht sogar mit den Fahrzeugen?» Sogar Claudio, von dem der Vorschlag stammte, hörte sich nicht wirklich überzeugt an.

«Du hast gesehen, dass sie Schützen auf den Dächern der anliegenden Industriegebäude haben.», antwortete ich. «Die würden uns schon bei der Anfahrt in Stücke schiessen.»

Toni nickte. «Sehe ich genauso.» Er verzog sein Gesicht. «Dazu kommen die Wachen, welche sie um die Gebäude verteilt haben.» Er seufzte. «Damit sind sie insgesamt fünfzehn Mann. Die drei Frauen gar nicht gerechnet.»

«Die werden nicht kämpfen.», warf Claudio ein und Gabi gab ihm recht. «Die waren jetzt die letzten Tage nie bewaffnet. Die sind nur für das Vergnügen der Männer da.» Er sah mich an, doch ich reagierte nicht.

«Das mag ja sein.» Rob stützte seinen Kopf in die Hände. «Trotzdem, T hat recht. Wir sind eins zu drei unterlegen und somit haben wir genau eine einzige Chance: Überraschung. Und die haben wir nicht, wenn wir uns mit Motorenlärm schon von Weitem her verraten.»

Stille trat ein. Jeder hing seinen eigenen Gedanken nach, suchte nach irgendeiner Lösung. Keiner fand sie.

«Lasst es uns morgen ein viertes Mal auskundschaften.», meinte dann Rob und mit einem Seitenblick auf Toni ergänzte er: «Wenn wir keine Chance sehen, lassen wir es bleiben und ziehen weiter.»

«Du willst dieses verfluchte Arschloch einfach so entkommen lassen?» Ich war empört, aber Rob sah mich mit ernstem, langem Blick an.

«Wenn Du eine machbare Idee hast, Connie, bin ich der erste der ihm eine Kugel in den Kopf jagt. Aber wenn nicht…» Er zuckte mit den Schultern.

«Und wenn wir es nachts versuchen?» Ich gab nicht auf. «Uns in der Dunkelheit heranschleichen und sie im Schlaf überraschen?»

«Daran hatte ich auch schon gedacht.» Gabi hörte sich immer noch zweifelnd an. «Aber wenn sie Nachtsichtgeräte, oder, noch schlimmer, Wärmebildkameras haben, bemerken die uns von weit her und schiessen uns ab wie die Tontauben.»

«Und davon ist auszugehen.», sagte T. «Die sind nicht dumm. Und wenn Ihr mich fragt…»

«Ja, ja.», unterbrach ihn Rob. «Dann sollten wir weiterziehen. Wissen wir, T.» Er sah seinen alten Freund an, seufzte wieder. «Und vielleicht hast Du ja recht. Und doch, lasst es uns morgen nochmals genau ansehen. Alle fünf! Vielleicht ergibt sich ja irgendwie eine Gelegenheit.»

Rob stand auf und zeigte auf Claudio. «Los komm, wir

sind dran mit der ersten Wache.»

Gabi, T und ich blieben zurück. Toni stand auf und entfernte die Überreste unseres Abendessens. Gabi und ich schwiegen.

«Was hat Dir der Schweinehund angetan, dass Du ihn so hasst?», fragte Gabi nach einer Weile.

Ich antwortete lange nicht. Dann schliesslich: «Er überraschte mich in der Nähe von Gstaad in einem Laden. Er und zwei Kumpels. Und…» Ich stockte.

«Sie vergingen sich an Dir.» Es war keine Frage und trotzdem nickte ich.

«Sie haben es jedenfalls versucht.» Ich sprach leise. T kam zurück und setzte sich wieder an den Tisch. Wir sassen in der Wohnstube des Hauses. Im Kamin brannte ein Feuer, erfüllte den Raum mit wohliger Wärme.

Ich spielte mit dem leeren Trinkbecher vor mir.

«Sie haben es versucht.», wiederholte ich. «Zuerst haben sie mich zusammengeschlagen und dann zu ihrer Unterkunft geschleift. Dort wollten sie mich vergewaltigen.»

«Scheisskerle!» Gabi schüttelte den Kopf.

«Rob hat sie gestoppt. Er hat sie niedergeschossen.»
Gabi runzelte die Stirn.

«Und das Narbengesicht?»

«Konnte abhauen.» An meiner Stelle antwortete Toni. «Rob muss ihn getroffen haben, aber er konnte trotzdem aus der Hintertür raus.» Er zog seine Augenbrauen in die Höhe. «Ich versuchte ihn noch draussen zu stoppen, aber der Kerl ist…» T zuckte mit denSchultern. «Er war unglaublich schnell.»

«Und die anderen beiden?»

Jetzt sprach ich: «Dem einen hat Rob die Rübe weggeschossen. Den anderen habe ich dann erledigt.»

«Du?» Gabi sah mich überrascht an.

«Die Kugel hatte ihn nicht umgebracht. Also habe ich…» Ich stockte.

«Sie hat ihm sein Teil abgeschnitten.» T sah mich dabei mit undefinierbarem Blick an.

«Scheisse! Du hast was?» Gabi verzog sein Gesicht zu einer heftigen Grimasse.

Ich lächelte säuerlich.

«Ja, stimmt schon. Ich habe ihm seinen Schwanz abgeschnitten. Hatte er verdient.»

Gabi lachte ohne Humor. «Das hat er wohl. Aber das ist schon heftig.»

Lange sagte niemand mehr ein Wort.

Dann fragte ich: «Woher seid Ihr eigentlich?»

«Aus der Nähe von Zürich.» Gabi strich sich durch die Haare. «Claudio ist… war Anlageberater in einer Bank. Hat richtig gut Kohle gescheffelt.»

Ich war beeindruckt.

«Hört sich doch gut an.»

«Na ja.» Er sah mich mit traurigem Blick an. «Wie man's nimmt.»

«Warum? Ich hätte gern mehr Kohle gehabt. Ich war arbeitslos.»

«Es hat alles seinen Preis, Connie. Das solltest Du wissen.» Er sah zwischen T und mir hin und her. «Klar, er hatte ein richtig schönes Haus, fuhr einen alten Porsche, dazu kam eine hübsche Frau und zwei Kinder.» Sein Blick wurde noch um eine Spur trauriger. «Aber er war viel weg. Immer geschäftlich auf Reisen. Er war selten zuhause und wenn, dann hat er auch dann noch meistens gearbeitet.» Er seufzte leise. «Er war auch weg, als sie starben. Es ging ja alles so verflucht schnell und… Jedenfalls, er war in Deutschland als es passierte und hat sich dann irgendwie nach Hause durchgeschlagen.» Gabi schüttelte traurig den Kopf. «Als er ankam, waren sie schon tot.»

«Und Du?», fragte ich.

«Ich? Ich war schon immer anders als er. Ich wohnte bei ihnen in einer Wohnung unten in ihrem Haus. Ich war da, als sie starben.» Gabi sprach leise. «Sie hatten auf ihn gewartet, aber nur ich war da.» Er holte tief Luft. «Ich hatte mich als Schriftsteller versucht, war aber nicht wirklich erfolgreich und musste mich mit Gelegenheitsjobs über Wasser halten.» Er machte eine Pause. «Doch Claudio hat mich immer unterstützt.»

«Wie ist er mit dem Verlust umgegangen?», fragte T und ich sah ihn nachdenklich an.

«Ich weiss es, ehrlich gesagt, nicht.» Gabi schüttelte den Kopf. «Er sprach und er spricht nie darüber. Aber ich konnte hören, wie er des Nachts teilweise geweint hat.»

Eine unangenehme Stille trat ein. Schliesslich fragte Gabi: «Und Ihr? Hattet Ihr Kinder, Familie?»

Ich schüttelte nur den Kopf, Toni antwortete: «Wir nicht, aber Rob.»

«Das erklärt einiges.», meinte Gabi trocken und T nickte.

«Er macht sich Schuldgefühle deswegen.»

«Ja, Claudio auch. Denke ich, jedenfalls.»

«Dabei haben wir alle Menschen verloren, ohne Ausnahme.», meinte ich trocken, aber T schüttelte den Kopf.

«Ich glaube, das kann keiner von uns wirklich nachvollziehen, Connie. Es ist diese Ohnmacht, einfach nichts dagegen tun zu können.»

«Ach komm.» Ich winkte ab. «Was glaubst Du ist es für eine Ohnmacht, wenn man nackt vor diesen Typen liegt und weiss, dass sie einem nur als ein Stück Fleisch ansehen?»

«Das bezweifelt auch niemand, Connie. Absolut nicht.» Er atmete schwer. «Und doch kann ich das mir schon denken, dieses Endgültige, dieses ...» T suchte nach einem Wort. «Dieses Unabänderliche muss schon enorm schwer sein. Sein eigen Fleisch und Blut...»

«Aber Du hast doch sicher auch jemanden verloren, T?», fragte ich.

«Habe ich. Meine Freundin, aber wir hatten nicht wirklich eine...» Er verzog sein Gesicht. «Wir waren nicht wirklich glücklich. Von dem her...» Er beendete den Satz nicht, zuckte dafür mit den Schultern.

«Bei Claudio ist es, dass er sich fragt, wäre es anders gewesen, wenn er daheim gewesen wäre.»

«Bullshit!», platzte ich heraus. «Sie sind einfach alle tot!

Gestorben! Und da hätte keiner von uns irgendetwas dagegen tun können.»

«Meine Worte.» Gabi lachte humorlos. «Aber wie T es richtig sagt; es ist dieses Unwiderrufliche, das einem dann solche scheiss Gedanken in den Kopf pflanzt.»

Ich stand auf.

«Wie auch immer. Ich jedenfalls war eigentlich ganz froh, dass die Welt so völlig vor die Hunde ging.»

Beide sahen mich mit grossen Augen an. «Ich bin mit der Wache dran.», erklärte ich. «Und mein Leben vorher war so oder so richtig Scheisse, als es passierte. Von dem her, kam es mir gerade recht.»

«Was…?», wollte Gabi fragen, aber ich blockte ab. «Vergiss es!» Ich schnappte mir mein Gewehr und eines der Nachtsichtgeräte. «Es gab vorher schon Männer, die einfach nur Arschlöcher waren und es gibt sie immer noch.»

Ich legte mir meine Jacke an und trat zur Tür, öffnete sie. Dann drehte ich mich nochmals um.

«Nur gibt es jetzt weniger davon. Aber wenn man auf einen solchen Wichser trifft, macht es keinen Unterschied, ob es in der sogenannten Zivilisation ist, oder in einer toten Welt.»

Ich trat ins Freie und knallte die Tür hinter mir zu.

Endlich regnete es mal nicht. Die Luft war kühl, aber klar, der Himmel wolkenverhangen und grau. Wir lagen, wie schon in den vergangenen Tagen, zwischen Sträuchern, die um ein Haus spriessten, welches einen freien Blick auf den Flugplatz erlaubte. Alle hatten Ferngläser vor den Augen.

Die Härchen in meinem Nacken stellten sich auf, als ich das zerfurchte Gesicht durch die Gläser meines Binokulars sehen konnte. Hass und Furcht keimte auf.

Der verfluchte Bastard stand auf dem Asphalt vor dem Hangar, zusammen mit den anderen Mitgliedern der Bande. Ich zählte insgesamt fünfzehn Mann, dazu kamen jetzt bereits vier Frauen. Diese waren, wie die Zwillinge es berichtet hatten, alle ziemlich auffällig gekleidet. Die Jungs fanden sie sexy, ich dagegen nur billig.

Es schien, als wäre echt ihre ganze komplette Truppe dort auf einem Fleck versammelt. Das würde bedeuten, dass wir weder von Scharfschützen abgeschossen noch von patrouillierenden Wachen gesehen werden würden. Doch dafür hätten wir es mit ihrer ganzen Stärke zu tun und wir waren zahlenmässig eins zu drei unterlegen.

«Das ist unsere Chance.», flüsterte Rob. Gabi und ich nickten, während T ein zweifelndes Gesicht machte. Doch Rob ging nicht darauf ein. «Lasst uns aufteilen.», meinte er. «Connie und ich schleichen uns durch das hohe Gras, während Ihr Euch hier verteilt. Seht zu, dass Ihr freies Schussfeld habt.» Er überlegte kurz. «Zwei Mal ein kurzes Klicken über das Funkgerät ist das Zeichen.»

Rob wartete keine Antwort ab. Er klopfte mir kurz auf die Schulter und verschwand im hohen Gras.

Etwa eine halbe Stunde später waren wir um das gesamte Dorf auf der nördlichen Seite des Rollfeldes geschlichen. Wir suchten uns einen Platz, von wo wir eine gute Sicht auf die Szenerie vor dem Hangar hatten, und legten uns auf die Lauer.

Das Überraschungsmoment war unsere grosse Chance.

Und unsere einzige.

«Was geht da in der Mitte ab?», flüsterte Rob mir zu. «Ich kann es nicht wirklich sehen, da stehen zwei Idioten zu nahe zusammen.»

Ich blickte genauer hin. «Es scheint, als hätten sie wieder zugeschlagen.» Die Gang stand in einem Kreis, in dessen Mitte mehrere Menschen auf dem Boden knieten.

«Da sind vier Gefangene.», berichtete ich. «Drei Männer und eine Frau. Die knien im Zentrum, die Hände gefesselt.»

«Ich kann es nicht genau sehen.», klagte Rob. «Die zwei Scheisskerle stehen mir genau im Weg und ich will mich nicht zu stark bewegen. Kein Risiko.» Trotz des flüsternden Tones konnte ich seinen Ärger spüren.

Rob wiegte seinen Kopf hin und her, um besser sehen zu können. «Ah,», flüsterte er. «Jetzt ist es besser.»

Ich sah weiterhin durch den Fernstecher. Rufe und Gelächter konnten wir bis zu unserem Versteck hören, verstehen was sie sagten, war jedoch unmöglich.

Die Bande stand in einem grossen Kreis, während vier Gefangene auf den Knien und mit auf den Rücken gefesselten Händen sich mittendrin befanden. Zwei Männer standen vor ihnen. Einer der beiden war das Furchengesicht mit den blaugrünen Augen. Erneut fuhr mir ein Schauer über den Rücken.

Er sagte etwas zu der einzigen Frau, die vor ihm kniete. Die anderen drei Gefangenen waren Männer. Dann zeigte er auf die vier leicht bekleideten Mädchen, welche sich etwas abseits des Kreises befanden.

Die Gefangene schüttelte energisch den Kopf. Gelächter brandete auf. Das Furchengesicht lachte nicht. Ich sah zu Rob hinüber, der den Mund zusammengekniffen hatte.

Wiederum sagte der verfluchte Wichser etwas zu der Gefangenen, dann machte er mit der Hand eine einladende Bewegung, die scheinbar die gesamte Gruppe umfasste.

Ich konnte mir gut vorstellen, worum es ging.

Erneut schüttelte die Frau heftig den Kopf.

«Wir sollten angreifen!», flüsterte ich. «Das wird gleich eskalieren.»

«Ausser dem Arschloch sind alle bewaffnet.», meinte Rob, doch er nickte dabei. «Aber das war zu erwarten.»

Ich sah weiter hin. Der verfluchte Hund machte ein übertrieben enttäuschtes Gesicht, breitete die Arme aus und sah in die Runde der Gang.

Ich hatte ein ziemlich mieses Gefühl.

Und in diesem Moment riss er sein grosses Bowiemesser aus der Scheide an seinem Gürtel und rammte die Klinge in das Ohr der Frau. Die drei anderen Gefangenen schrien entsetzt auf.

Er hielt das Messer am Griff fest, die Frau begann zu zittern.

Dann riss er die Klinge heraus und ein gewaltiger Schwall Blut spritzte aus ihrem Ohr. Sie kippte zur Seite und knallte auf den Asphalt.

Rob schlug mir auf die Schulter, löste mich aus meiner Schockstarre. Gleichzeitig drückte er zwei Mal in kurzer Folge den Sendeknopf des Funkgerätes.

Das Zeichen.

Wir griffen an.

Der Teufel mit dem Messer konnte uns weder gesehen, noch gehört haben. Zu gut waren wir getarnt, zu leise waren wir gewesen.

Und doch…

«Alarm!», schrie das Furchengesicht und liess sich augenblicklich auf den Boden fallen.

Ich drückte ab, gleichzeitig mit Rob. Nur einen Bruchteil einer Sekunde später knallten auch Schüsse von der anderen Seite des Rollfeldes in die Gruppe.

Kugel um Kugel jagten wir in die Gang hinein, einer nach dem anderen fiel.

Ein paar rissen ihre Waffen hoch, feuerten blind. Die Geschosse zischten irgendwo weit von uns entfernt durch die Luft. Wir zielten, schossen wieder. Erneut fielen zwei.

Der Rest begann wild durcheinander in alle erdenklichen Richtungen zu rennen und wir schossen sie wie auf dem Präsentierteller nieder.

Die vier Frauen hingegen kauerten zusammen auf dem Boden, auch die drei Gefangenen hatten sich flach auf den Boden geworfen.

Der verfluchte Teufel kroch mit ein paar der Männer in Richtung der Autos. Ich zielte, drückte ab, zielte erneut, schoss wieder. Plötzlich klickte es laut metallisch, mein Magazin war leer.

«Nachladen!», schrie ich und Rob feuerte weiter. Ich liess das leere Magazin ausklinken und steckte ein neues ein. Dann drückte ich auf einen kleinen Hebel und der Verschluss schnappte nach vorne, lud die nächste Patrone in das Patronenlager. Als ich wieder durch das Visier blickte, hatten es der Wichser und ein paar Mitglieder der Gang tatsächlich bis zu einem der Wagen geschafft.

Trotz des Kugelhagels, den T, Gabi und Claudio von der

einen und wir von der anderen Seite über sie herein einprasseln liessen, kletterten sie in den grossen SUV und der Motor heulte auf.

«Auf die Reifen!», brüllte Rob. «Schiess auf den verfluchten Wagen!».

Ich zielte, drückte den Abzug, wieder und wieder. Ich konnte hören, wie die Kugeln in das Blech des Fahrzeuges einschlugen. Mit quietschenden Rädern sprengte der grosse Wagen vorwärts. Ich zielte erneut und schoss. Der hintere Reifen explodierte förmlich, doch das SUV beschleunigte trotzdem weiter. Gummifetzen spritzten hoch. Aber der Wagen lenkte dann abrupt nach links, genau auf die am Boden kauernden Frauen zu.

Mit einem lauten Poltern und dumpfen Knallen prallte die Front des Autos auf die sich am Boden befindlichen Körper, der Wagen schüttelte sich, als er rücksichtslos über die Frauen hinüber rollte.

Mein Magen drehte sich um und purer, reiner Hass wallte auf. Der grosse SUV wurde schneller und als er das Ende des Hangars erreichte, drehte er nach rechts, fuhr um die Ecke des Gebäudes. Die Felge schlug dabei Funken auf dem Boden.

Er war jetzt aus Rob und meinem Sichtfeld, doch T, Gabi und Claudio feuerten weiter.

Aber das Motorengeräusch wurde langsam leiser und verschwand schliesslich.

Wir stellten das Feuer ein.

Rob sah mich an. In seinen Augen konnte ich ein Feuer lodern sehen, das ich so noch nie gesehen hatte.

Ich erbrach mich.

«Alles klar?», fragte Rob danach und ich nickte. «Na dann los! Wir müssen schnell sein.»

Er nahm das Funkgerät hoch, drückte den Sprechknopf: «Verteilt Euch und gebt uns Rückendeckung! Connie und ich sehen uns das genauer an.» Er atmete tief ein. «Aber seid auf der Hut. Wir müssen schnell sein. Die kommen sicher bald zurück.»

Rob sprang auf, riss mich hoch. «Los komm!»

Dann rannte er los.

Es stank nach Blut und nach Tod.

Überall lagen Körper, die meisten regungslos. Ein paar stöhnten und ächzten. Rob ging von einem zum anderen und ich zuckte bei jedem peitschenden Knall seiner Schüsse zusammen, als er den Verletzten eine Kugel in den Körper jagte.

Ich ging zu den drei Gefangenen, welche alle immer noch auf dem Boden lagen. Einer hatte eine Kugel durch den Oberarm bekommen, aber sonst waren sie unverletzt. Ich schnitt ihnen die Fesseln auf. Dann drehte ich mich um und ging ich zu den überfahrenen Frauen.

Es war ein Anblick reinen Grauens. Drei der Körper lagen verdreht, in unnatürlichen Stellungen auf dem Boden. Bei einem war der Kopf geplatzt und sein Inhalt lag zerstreut auf dem Asphalt. Ein abgerissenes Bein lag daneben, überall war Blut. Alle drei waren tot.

Die vierte, eine Blondine mit langen, gewellten Haaren kauerte zitternd nebenan. Ihr Körper zuckte und sie gab undefinierbare Laute von sich.

Ich kniete mich neben sie.

«Bist Du verletzt?»

Sie sah hoch, blickte mich mit grossen, braunen, leicht mandelförmigen Augen an. 'Eine echte Schönheit', dachte ich. Sie schüttelte den Kopf, dann erbrach sie sich fürchterlich.

«Es passiert Dir nichts.», sagte ich sanft und jetzt nickte sie. Tränen liefen ihr in Strömen über das Gesicht.

Ich hörte Schritte und blickte hoch. Rob stand neben mir, die Waffe im Anschlag.

«Geh zur Seite, Connie.» Seine Stimme war eiskalt. Ich sah ihn an, überlegte.

«Du bist besser als diese Teufel hier.», sagte ich dann.

«Sie hat uns nichts getan.»

«Sie gehört zu denen.» Er nickte mit dem Kopf.

«Nein! Gehört sie nicht. Und das weisst Du.» Ich blieb vor

ihm stehen, mein Blick wich dem seinen nicht aus. Er kniff die Augen zusammen und einen Augenblick lang dachte ich, er würde mich über den Haufen schiessen. Doch dann senkte er das Gewehr und nickte.

«Wir müssen hier weg. Ich sehe mal nach den Wagen.» Er drehte sich weg, dann wieder zu mir hin. «Ich sage Dir, sie baut einmal Scheisse, dann ist sie tot.» Er rannte auf die Autos zu und ich sah ihm hinterher.

Er zerschoss die Reifen aller Wagen ausser einem.

Dann sprang ein Motor an und ich hielt der Blondine eine Hand hin.

«Wenn Du mitkommen willst, dann ist jetzt Deine Chance.»

Sie sah mich von unten her an. Immer noch zitterte sie unkontrolliert. Dann, langsam, nahm sie meine Hand und zog sich daran hoch.

Ich sah sie an. Sie trug halbhohe Stiefel mit flachen Absätzen, zerrissene Strümpfe und einen superkurzen Rock. Dazu eine leicht durchsichtige schwarze Bluse, ebenfalls verdreckt und zerrissen. Sie trug nichts darunter und zwei perfekte Brüste schimmerten durch den Stoff.

Rob hielt in einem alten Land Rover neben uns an. «Los!», schrie er aus dem offenen Fenster. «Wir müssen hier weg, und zwar so schnell wie möglich.»

Ich riss die hintere Tür auf und half der Blondine und den drei Gefangenen hinein. Ich hatte die Beifahrertür noch nicht zugeschlagen, als Rob schon losfuhr.

Wir hielten nur kurz, um T, Gabi und Claudio einzuladen und rasten so schnell wie möglich davon.

Die über ein Dutzend Leichen liessen wir einfach auf dem Platz liegen.

IV

Wir fuhren die ganze Nacht hindurch. Nur kurz hielten wir an, um unsere Ausrüstung abzuholen, dann rollten wir mit allen drei Fahrzeugen in Richtung Süden, drehten dann nach Westen.

«Was meinst Du, was sollen wir mit den vieren machen?», fragte mich Rob, als wir allein in unserem Saurer Lastwagen sassen. Wie meistens fuhr ich mit Rob, während T den Pinzgauer steuerte und einer der Befreiten den Land Rover.

«Das fragst Du mich?» Ich lächelte leise und er zuckte mit den Schultern.

«Das hast Du heute richtig gut hingekriegt.» Rob sah mich dabei nicht an.

«Obwohl der Wichser schon wieder entkommen konnte?»

«Die werden jetzt wie die Teufel hinter uns her sein. Wie aus dem Nest gescheuchte Wespen.» Rob machte eine Pause, seufzte, trat dabei auf einen im Bodenblech neben den Pedalen eingelassenen Knopf und das Volllicht ging an. Doch bei der alten Karre war der Unterschied kaum auszumachen.

«Wir sind alle wieder ohne Kratzer da herausgekommen. Das hätte, verdammt, auch anders ausgehen können.» Rob schüttelte den Kopf. «Ich weiss nicht, wie er das macht. Der Bastard ist mir ein Rätsel. Doch Du hast Deinen Teil dazu beigetragen, dass wir da wieder rauskamen.»

«Du meinst, als ich Dich davon abgehalten habe…»
Ich stockte.

«Auch das.»

«Danke.» Ich sah ihn von der Seite her an. Rob nickte nur, sah dabei stetig vor uns auf die Strasse.

«Ich weiss echt nicht, was wir mit den vieren machen sollen.», ging ich doch noch auf seine Frage ein.

«Vielleicht sollten wir sie einfach mitnehmen.» Ich lächelte sanft.

«Du bist zu viel mit T zusammen.» Rob lächelte nicht, aber seine Stimme klang amüsiert. «Und der will ja bekanntlich die ganze Welt retten.»

«Viel ist ja auch nicht davon übrig. Und es ist besser, als den kärglichen Rest dann einfach über den Haufen zu schiessen.»

Jetzt bedachte er mich mit einem Seitenblick.

«Ja, ja.» Das amüsierte war aus seiner Stimme verschwunden. «Trotzdem… Mehr Leute bedeutet mehr Mäuler zu stopfen, mehr Ausrüstung herumzuschleppen, mehr Munition herumzutragen. Das gibt ein verdammtes Mehr an Aufwand!»

«Aber auch mehr Hilfe. Mehr Ideen und vor allem mehr Schlaf.»

Rob seufzte wieder. Ich wusste, das Wenige an Schlaf nagte an uns allen, auch an ihm, was er aber nie zugeben würde.

«Und ein Mehr an Titten.», warf ich hinterher und grinste.

«Als würden die mich interessieren.» Seine Stimme klang plötzlich müde. «Aber stimmt schon, das sind zwei grosse Argumente.»

Ich lachte laut auf. Zum ersten Mal seit einer sehr langen Zeit.

Unsere Route führte stetig weiter nach Westen. Die ersten Tage waren wir fast pausenlos unterwegs, wechselten uns beim Fahren ab, versuchten auch des nachts in Bewegung zu bleiben.

Nach drei Tagen, wo wir auf kleinen Nebenstrassen versuchten, unsere Spuren zu verwischen, aber auch den Weg immer wieder mühsam von Hindernissen freischaufeln mussten, machten wir endlich die erste grosse Pause. Wir fanden ein Haus, gross genug für alle und wo wir in einer angrenzenden alten Industriehalle die Fahrzeuge verstecken konnten. Dann räumten wir die darin liegenden Leichen aus dem Haus und quartierten uns ein.

Das Wetter war immer kälter geworden, aber vor allem regnete es jetzt fast ununterbrochen. Die Luft roch nach Schnee, lange konnte es nicht mehr gehen bis zu der weissen Pracht, aber bis jetzt waren die Temperaturen noch über dem Gefrierpunkt und so blieb es bei eisigen Regenschauern.

«Warum sollen wir die Neuen mitnehmen?» Rob schüttelte den Kopf. «Das kostet uns nicht nur viel Zeit, ihnen die nötige Ausrüstung zu beschaffen, wir müssen auch einiges mehr an Essen und Treibstoff bunkern. Dazu benötigen wir jetzt schon jeden vorhandenen Raum im Pinzgauer, nur um unsere eigenen Sachen mitführen zu können.»

Wir sassen zu dritt in der Küche an einem Holztisch. Gabi und Claudio waren mit zweien der neuen, Patrick und Tom, auf Streife, während der dritte, ein Mann namens Andy, und Nicole, die Frau aus der Gang, draussen über offenem Feuer einen Eintopf als Essen zubereiteten.

Ich mochte sie nicht. Sie war mir zu süss, zu billig und zu heiss. Aber die Jungs, mal abgesehen von Rob, mochten sie. War ja auch kein Wunder, so hübsch wie sie war. Und sie wusste, wie sie ihre Reize einsetzen musste. Verdammt, sie sah sogar in meinen Armeeklamotten, die ich ihr gegeben hatte, sexy aus.

Aber wenigstens half sie tatkräftig mit beim Essen, hatte unterwegs aus dem Wenigen, was wir zur Verfügung hatten, schon anständiges gezaubert. Das musste ich ihr lassen.

Aber wirklich nur das.

«Ach komm, Rob!» Toni schüttelte den Kopf. «Mit einem dritten Wagen wäre dies doch auch kein Problem. Dazu hätten wir, mit dem richtigen fahrbaren Untersatz, auch die Möglichkeit, für uns einiges weiteres an Ausrüstung, Essen, Bauholz und so weiter mitzunehmen. Und dass mehr Leute auch für alle von uns weniger Stress bedeuten, müsste sogar Dir bewusst sein.» T spielte mit der vor ihm liegenden Gabel. «Mehr Leute für die Wachen, nicht immer nur zu zweit, erhöht die Sicherheit. Mehr Schlaf bringt mehr Aufmerksamkeit.» Rob wollte etwas entgegnen, doch T hob die Hand und sprach weiter: «Du hast sicher recht, wir werden das Doppelte an Esswaren und einiges mehr an Ausrüstung mitnehmen müssen als geplant.» Toni sah zu mir. «Aber wenn sie sich auch so an unseren Rhythmus und die Regeln halten, wie es Gabi, Claudio und Connie bisher taten,» Er zeigte kurz auf mich mit der Hand und nahm dann wieder seine Gabel, fuchtelte damit herum. «dann haben wir einiges mehr an Vorteilen, als wenn wir nur zu zweit, zu dritt oder auch zu fünft überwintern.» Er sah wieder zu Rob. «Stell Dir vor, nur noch ein bis zwei Mal raus in die Kälte zu müssen und das meiste der Nacht endlich mal wieder durchschlafen zu können.»

«Aber traust Du ihnen? Um gut schlafen zu können, musst man nämlich volles Vertrauen haben.» Rob machte ein säuerliches Gesicht. «Immerhin haben sie sich von dem verfluchten Arsch erwischen lassen.»

«Wie wir alle auch, vergiss das nicht.» T sah ihn ernst an. «Und wir alle hier sind nur mit Glück jeweils wieder herausgekommen.»

Rob atmete tief ein und wieder aus, machte dabei eine Grimasse.

«Das mag ja sein. Aber da oben müssen wir uns blind aufeinander verlassen können. Da werden Tonnen von Schnee und eisige Kälte auf uns warten. Die Fahrzeuge sind erst wieder im Frühling benutzbar und wenn da einer Scheisse baut…»

«Zweifellos. Aber das ist sicherlich allen klar. Wenn da einer draufgeht, trifft es alle.» T legte die Gabel ganz gerade neben den schon dort liegenden Löffel.

«Und was machen wir mit Nicole?», schaltete ich mich in das Gespräch mit ein. «Dass sie eine Waffe in ihre hübschen Hände nimmt, kann ich mir echt nicht vorstellen.»

«Ich ebenfalls nicht.» Rob nickte.

T seufzte. «Gibt es denn nur schiessen und töten? Sie kann kochen, im Haus helfen und sich auch sonst nützlich machen. Das hilft allen.»

«Wie denn? Mit ihren Titten?» Ich lachte humorlos. Toni grinste leicht. «Na ja, schön sind sie, das musst auch Du zugeben. Aber Spass beiseite; Nicole kann uns eine grosse Hilfe sein, da bin ich überzeugt.

«Ich nicht.» Ich verwarf meine Hände. «Sie macht allen

schöne Augen. Das gibt nur Probleme.»

«Eifersüchtig?» T grinste immer noch, zwinkerte mir mit einem Auge zu und ich schlug ihm spielerisch auf den Arm.

«Sicher nicht!» Meine Stimme klang erbost. «Warum sollte ich?»

Wieder grinste er breit. «Ihre Dinger sind nicht zu verachten.»

Ich lächelte böse.

«Du kennst meine nicht.»

«Nein, die kenne ich nicht, stimmt.»

«He!», meldete sich Rob zu Wort. «Können wir uns bitte auf das Wesentliche konzentrieren?» Er klang ernst.

Wie immer.

«Aber Connies Titten gehören doch sicherlich auch zum Wesentlichen.», lachte T und ich hieb ihm erneut auf den Arm. Rob bestrafte ihn mit einem düsteren Blick, doch Toni kümmerte dies absolut nicht.

Und doch, dann wurde er schlagartig wieder ernst.

«Aber stimmt schon. aber meine Meinung ist immer noch dieselbe.» Er machte eine bedeutungsvolle Pause. «Je mehr wir sind, desto grösser sind unsere Chancen. Auch, und vor allem, wenn uns dieser Teufel doch noch finden sollte.»

Ich erschauerte, als er das Furchengesicht erwähnte, wie jedes Mal, wenn von ihm gesprochen wurde. Toni sah zwischen Rob und mir hin und her, wartete. Rob sah mich an, ich nickte.

«Aber ich sage Euch, keinen einzigen Fehler, sonst sind alle drei raus!» Er überlegte kurz. «Wenn wir uns darauf einigen können, kann ich damit leben.»

«Und Nicole?», fragte ich erneut.

«Dasselbe.» Er seufzte. «Was sie mit ihren Titten tut, ist mir scheissegal. Aber wenn sie uns deswegen, oder auch sonst irgendwie in Probleme bringt, beende ich, was ich auf dem Flugfeld schon tun wollte.» Ich erbleichte und er fuhr weiter: «Von mir aus soll sie ficken mit wem und so oft sie will, aber sie hat ihre Aufgaben zu erledigen. Und ist jemand von denen allen auch nur einmal zu spät oder nicht bereit, können sie allein durch diese tote Welt wandern.» Rob sah uns an. «Dann wäre das entschieden?»

Wir nickten.

«Wir werden Euch nicht enttäuschen!» Patrick sprach mit seiner tiefen, bass lastigen Stimme.

«Ihr habt genau diese eine Chance! Es wird keine zweite geben und wenn Ihr die verkackt, seid Ihr raus! Vergesst das nie!» Robs Stimme war kalt. «Einer von Euch dreien baut Scheisse und Ihr alle seid Geschichte.» Er schüttelte leicht den Kopf. «Ich habe keine Lust, Kindermädchen zu spielen.»

«Alles klar!» Tom, das genaue Gegenteil von Patrick, ein kleiner, drahtiger Kerl mit schwarzem Bart und ebensolchen, langen Haaren, die er zu einem Schwanz zusammengebunden hatte, nickte. «Das braucht Ihr nicht. Ihr könnt Euch auf uns verlassen.»

«Ok.», schaltete sich T ein. «Aber wie schon mehrfach gesagt, es läuft nach unserem Schema. Das bedeutet, Ihr haltet Euch genauso an die Spielregeln, wie es Connie, Gabi und Claudio tun. Es gibt keine Alternative.»

«Kein Problem.», brummte Patrick. «Wir haben ja gesehen, was herauskommt…»

«Dasselbe gilt für Dich!» Ich sah Nicole an. «Einen Scheiss von Dir und ich werfe Dich eigenhändig aus der Karre. Kapiert?»

Sie sah mich mit ihren mandelförmigen Augen ernst an, nickte dann, sah zu Rob und Toni.

«Danke.», hauchte sie. Sie hatte ihre Winterjacke, die eigentlich die meine war, leicht geöffnet, zeigte den Ansatz ihrer Brüste. Ich verdrehte innerlich die Augen. «Und jetzt?», fragte Gabi.

«Wollt Ihr es ihnen sagen?»

Doch Rob schüttelte den Kopf.

«Noch nicht. Das Ziel soll vorerst noch unbekannt bleiben.» Er sah wieder von Patrick zu Andy, dann zu Tom. «Ich will erst wissen, dass wir uns wirklich auf sie verlassen können.» Er atmete einmal tief durch. «Aber jetzt fahren wir erstmal nach Westen. Bis spätestens Lausanne wird es sicherlich ein Depot der Armee geben, das wir finden müssen, um Euch Ausrüstung und Waffen zu besorgen und vor allem für uns alle, Kleider für den Winter.»

«Aber wir haben doch die Gewehre der Plünderer.», warf Andy ein und zeigte das alte Jagdgewehr, welches er in der Hand hielt.

«Das stimmt.», antwortete T «Doch wir wollen keine Unzahl verschiedener Munitionsarten mitschleppen müssen. Darum haben wir alle hier 9mm Handfeuerwaffen und die Sturmgewehre. Somit benötigen wir nur zwei verschiedene Kaliber und können die Munition einfach untereinander tauschen. Es gibt keine Verwechslungsgefahr. Nennt man Risikominimierung.»

Andy verzog beeindruckt das Gesicht.

«Stimmt natürlich.»

«Dasselbe gilt für die Wagen. Deshalb brauchen wir ein anderes Gefährt. Der Land Rover tut es schon, ist aber ein Benziner, aber wir brauchen einen Diesel. Somit bleibt wieder nur eine Art von Treibstoff, das Risiko versehentlich falschen Sprit einzufüllen ist nicht vorhanden. Macht alles einfacher.»

«Ihr scheint an alles gedacht zu haben.» Tom nickte anerkennend. «Und an welche Art Fahrzeuge habt Ihr da gedacht?»

«Entweder noch einen weiteren Pinzgauer, oder vielleicht einen Mowag Eagle.», antwortete Rob.

«Einen was?» Nicole machte ein fragendes Gesicht und auch die anderen schüttelten nur die Köpfe.

«Das ist ein Aufklärungsfahrzeug.», erklärte Rob. «Ebenfalls natürlich allrad betrieben und er ist richtig gepanzert. Es gab viele, die waren sogar mit Maschinengewehren bestückt.»

«Maschinengewehre?» Nicole machte ganz grosse Augen. Ich ebenfalls.

Toni lächelte schief.

«Man weiss ja nie.»

«Ah», machte Patrick. «Ein Eagle, das sind doch diese Dinger, die wie die amerikanischen Hummer aussehen, oder nicht?»

«Yep, genau die.» T nickte und wandte sich an Nicole: «Und Du machst eine Liste, was wir alles für die Küche, Haushalt und sonst noch alles im Haus drinnen benötigen. Auch, und vor allem, Esswaren! Wir müssen alle für bis zu fünf Monaten verpflegen, ohne die Möglichkeit zu haben, zwischendurch nachzubunkern. Also lass Dir Zeit, die Liste muss absolut wasserdicht sein, es darf Nichts fehlen.»

«Aber gerne doch.» Sie lächelte ihn an und ich verdrehte noch einmal meine Augen.

«Na dann, los!» T sah kurz zu Rob, drehte sich dann um und ging in Richtung des Pinzgauers Truppentransporters.

Wir brauchten mehrere Tage, bis wir endlich die gesuchte militärische Einrichtung fanden. Wir fuhren bis vor das geschlossene Tor und hielten an.

Als wir ausstiegen, winkte Rob mich und Nicole zu sich.

«Vor ein paar Kilometern sind wir an einem grossen Einkaufszentrum vorbeigekommen.»

«Hab' ich gesehen.», erwiderte ich. «Was ist damit?» Ich will, dass Du mit Nicole dahinfährst, damit sie alles auf ihrer Liste besorgen kann.»

«Und da schickst Du uns Frauen? Wir sind also für den Haushalt zuständig? Echt, jetzt?» Mein Ton war eine Mischung zwischen Spott und Abneigung.

Rob sah mich lange an, sein Gesichtsausdruck unbestimmt, während meiner ziemlich säuerlich war.

«Tut mir leid, Du hast ja recht. Das hörte sich jetzt ziemlich…»

«…Scheisse an!», vollendete ich den Satz.

Rob nickte.

«Denke ich mir, es hörte sich wirklich so an. War aber echt nicht so gemeint. Ich dachte nur, ich brauche hier die Muskeln all der Jungs, um schnell und viel einladen zu können.» Er machte eine Pause, überlegte.

«Wenn Du nicht willst…»

«Nein, ist schon ok.», unterbrach ich ihn und Rob nickte dankend.

«Nehmt den Land Rover. Benzin ist noch genug drin. Und nimm vor allem Deine Waffen und ein Funkgerät mit.» Er holte tief Luft. «Sollte irgendetwas sein, meldet Euch sofort.»

«Aber ja doch.», antwortete ich, doch Rob packte mich am Arm. Ich sah ihn erstaunt an.

«Ich meine es ernst, Connie! Wenn auch nur das kleinste Dir komisch vor kommt, rufst Du uns. Klar?»

Ich sah ihn an. Dann nickte ich.

«Machen wir, wirklich.»

Nicole und ich fuhren die wenigen Kilometer zurück und parkten so nah wie nur möglich am Eingang des Einkaufszentrums. Auf dem grossen Parkplatz standen einige alte Autos, aus den meisten glotzten fahle, tote Gesichter ohne Augen. Die Eingangstür war halb offen und ich nahm die Waffe hoch. Drinnen herrschte ein Gestank aus einer Mischung von abgestandener Luft und Tod. Nicole verzog die Nase, sagte aber nichts, was mich erstaunte.

«Bleib hinter mir.», sagte ich mit leiser Stimme und ging langsam, mit dem Gewehr im Anschlag in das halbdunkle Gebäude. Wie ein Schatten blieb sie nahe bei mir, als wir uns vorsichtig durch das Labyrinth aus Müll, Dreck und verwesten Leichen kämpften.

«Dort!» Nicole zeigte mit einer Hand auf ein Geschäft für Haushaltswaren. Daneben befand sich eines für Esswaren, aber ich bezweifelte, dass wir noch viel daraus gebrauchen konnten.

Im Einkaufszentrum war es ruhig, ausser uns war niemand da. Jedenfalls niemand, der noch lebte.

Nach einigen Stunden hatten wir alles, was auf Nicoles Liste stand, im Land Rover verstaut. Trotz meiner Bedenken konnten wir sogar noch einiges an Essbarem sichern und ich nickte zufrieden, als ich die Hecktür schloss.

«Lass uns zurückfahren.», meinte ich und ging um den Wagen herum auf die Fahrerseite.

«Warte noch. Ich will nochmals hinein.»

Ich runzelte die Stirn.

«Was willst Du denn noch da drin? Wir haben alles, was auf Deiner Liste stand.»

«Ich habe da etwas gesehen.» Sie sah mich mit einem undefinierbaren Lächeln an. «Ich möchte noch etwas für mich. Und vielleicht hat es auch noch was für Dich.»

«Für mich?» Ich schüttelte den Kopf. «Ich brauche nichts.»

Nicole lächelte immer noch, dann winkte sie.

«Komm schon, ich will Dir etwas zeigen.»

Sie ging voran. Drinnen drehte sie nach rechts und überquerte einen grossen Platz, in dem früher mal ein kleiner Springbrunnen stand. Leichtfüssig sprang sie über verweste Körper und unzählige am Boden liegende Gegenstände. Dann blieb sie plötzlich stehen und drehte sich zu mir um.

«Tataa…», machte sie und zeigte dabei auf einen ehemaligen Dessous Laden.

Wut kam in mir hoch.

«Was zum Teufel willst Du hier? Du brauchst keine Spitzenunterwäsche, sondern Tarnkleidung.» Ich wollte mich umdrehen, um wieder den Weg nach draussen anzutreten, als sie mich zurückhielt.

«Was ich hier will?» Das Lächeln war aus ihrem Gesicht verschwunden und der Ernst in ihrem Blick liess mich zögern.

«Ich bin immer noch eine Frau. Und auch in einer toten Welt will ich mich als Frau fühlen. Jedenfalls zwischendurch.», antwortete sie dann. «Als Mensch fühlen, als einen richtigen Menschen.»

«Aber die alte Welt ist tot, Nicole. Schon seit fast einem Jahr. Und ich weiss echt nicht, was diese scheiss-tote Welt da draussen wirklich braucht.»

«Nur weil sie scheiss-tot ist, diese Welt, braucht es keine Frauen mehr? Nur noch Soldaten?» In ihrer Stimme schwang Bitterkeit. «Was ist das denn für eine Welt, die nur noch Soldaten braucht?»

Ich gab keine Antwort.

Ich wusste keine Antwort.

Nicole lächelte jetzt schief.

«Ich bin eine Frau, Connie, und das will ich auch bleiben. Ich weiss nicht, was Dir widerfahren ist, aber ich möchte wenigstens ab und zu mal vergessen, dass da draussen alles böse und tot ist.»

Sie drehte sich um und ging durch die Ladentür. «Los komm, da gibt es sicher auch etwas Schönes für Dich.»

«Ich will nichts.», sagte ich trotzig und blieb vor der Tür stehen. Trotzdem sah ich hinein.

Nicole lachte leise.

«Du hast doch sicher auch früher, vor dem Grünen Teufel, solche schönen Sachen getragen. Du bist hübsch, trotz Deiner Camouflage und dem Gewehr. Ich kann mir nicht vorstellen, dass Dir diese Dinge wirklich nichts gesagt haben.»

Ich seufzte.

«Das war ein anderes Leben. Und auch schon vor diesem verfluchten Tag als die Welt unterging, war dieses Thema...» Ich stockte. «...nicht einfach.», beendete ich dann.

Nicole drehte sich um und sah mich mit mitfühlendem Gesichtsausdruck an. Dann nickte sie leicht.

«Kenne ich.», sagte sie dann, erklärte sich aber nicht weiter.

Sie drehte sich wieder um und verschwand zwischen den Regalen. Ich hörte sie darin herumstöbern.

«Als die Welt unterging», vernahm ich sie aus dem Laden herausreden, «hatte ich auch so ein Geschäft. Spezialisiert auf Strumpfwaren und Dessous, aber auch ausgefallenen Schuhe. Es gehörte mir, mir ganz allein und ich war damit sogar ziemlich erfolgreich.»

Das überraschte mich. Dieses Püppchen mit ihrem süssen Blick und der aufgeblasenen Oberweite eine erfolgreiche Geschäftsfrau? Konnte ich mir echt nicht vorstellen.

Sie erschien wieder an der Eingangstür, hielt einige Päckchen in den Händen.

«Du glaubst mir nicht.» Es war keine Frage und ich spürte, dass ich rot im Gesicht wurde.

«Ich… äh… weiss nicht. Kann schon sein.», stammelte ich.

Sie lächelte.

«Ist aber so! Ich denke, ich habe einige Frauen glücklich gemacht, die vielleicht nicht ganz so happy waren in ihrer Beziehung. Und sicherlich dazu auch ihre Männer.» Sie kicherte.

«Und Dein Mann?», fragte ich unsicher.

«Mein Mann? Da gab es keinen.» Nicole hielt mir eines der Päckchen hin. Darauf abgebildet waren ein Spitzenoberteil und der dazugehörige String, beides in Rot, dazu passende halterlose Strümpfe in schwarz mit einer roten Naht.

«Ich bin nicht so der Typ für längere Beziehungen.», erklärte sie dann. «Ich mag die Erotik und die Lust, aber nicht das ganze Drumherum.»

Irgendetwas schwang in ihrer Stimme mit, das mich hellhörig machte. Es war eine Art von Traurigkeit, die ich bisher bei ihr so noch nicht gespürt hatte.

Nicole zuckte mit den schmalen Schultern. «Also nahm ich mir einfach immer, was ich wollte, und den Rest liess ich bleiben.»

Ich dachte an meine eigene Vergangenheit mit Frank und in diesem einen Moment, beneidete ich sie.

Einen kurzen Augenblick sagten wir nichts.

«Und dass wir in einer Gesellschaft lebten, wo Frauen, die sich nehmen was sie wollen, als Schlampen betitelt wurden, während die Männer als ganze Kerle galten, war mir eigentlich egal.»

«Ist ein hartes Wort, Schlampe.»

«Weisst Du, was mich das kümmert? Absolut nichts!» Sie sah mich mit ernstem Blick an. «Es ist mein Leben, es gehört nur mir. Und irgendwann habe ich beschlossen, dass ich damit machen kann, was mir gefällt.»

Ich überlegte, was sie so weit gebracht hatte, fragte jedoch nicht.

Nicole machte eine Pause und besah sich die Schachteln in ihren Händen.

«Wenn ich Lust habe, es mit drei Jungs zu tun, dann tue ich das.»

Ich zog meine Augenbrauen hoch.

«Bevor Ihr kamt, hat mir das den Arsch gerettet. Diese Wilden hätten mich sonst einfach umgebracht.» Ihr Blick war leer. «Und durchgenommen hätten sie mich trotzdem.»

Ich musste an meine Begegnung mit dem Furchengesicht denken und nickte.

Nicole sah mich an, die Augen zu schmalen Schlitzen verengt. «Es ist Macht, Connie! Nichts anderes als reine, pure Macht. Mit ihren geilen Karren und den Fake-Rolex führten sie sich schon vorher auf, als gehörte ihnen die Welt. Und mit jedem Teelöffel Anarchie, den du einer solchen Welt beigibst, wird es um ein Vielfaches schlimmer. Jetzt sind es Pistolen und Gewehre, anstelle des AMG, aber dahinter ist immer noch derselbe kleine Junge.» Sie machte eine kurze Pause. «Zeig ihnen ein paar hübsche Titten und sie sind völlig wehrlos.»

Wieder dachte ich an das Arschloch mit den blaugrünen, bösen Augen.

«Nicht alle, Nicole. Nicht alle.»

«Aber die allermeisten. Neunundneunzig Prozent davon. Und wenn sie dann von der Frucht gekostet haben, kommt ihr Beschützerinstinkt. Weil sie wollen diese Frucht immer wieder haben.» Sie lachte abschätzig und ich erschrak, ob dem Hass, der dabei mitschwang.

Sie spielte wieder mit den verschiedenen Päckchen. Dann zuckte sie mit den Schultern und zeigte sie mir das oberste.

«Was meinst Du, das steht mir sicher gut.»

Ich sah auf das Bild, welches auf dem Päckchen aufgedruckt war, sagte nichts, nickte nur.

Wir fuhren zurück, schweigend. Ich war in meinen Gedanken versunken.

Die rote Unterwäsche mit den Nylons lag in meinem Rucksack.

Am nächsten Tag begann es zu schneien.

Wir fuhren wieder nach Osten, aber auf einer südlicheren Route, durchquerten das Wallis, das Rhonetal in Längsrichtung West-Ost. Je weiter wir fuhren, desto höher kamen wir. Trotz des Schneepfluges, welcher immer noch an unserem Lastwagen vorne montiert war und der uns half, Hindernisse aus dem Weg zu räumen, kamen wir nur langsam voran. Es war November, und obwohl es schon eine gefühlte Ewigkeit her war, seit die Welt zugrunde gegangen war, besser gesagt, die Welt der Menschen, da die Natur seitdem so richtig aufblühte, war es immer noch äusserst gespenstig, durch diese von Überbleibseln, Trümmern und toten Menschen übersäten Landschaft zu fahren.

Wir hatten jetzt anstelle des Land Rovers einen Eagle mit dabei. Das gepanzerte Fahrzeug sah schon von aussen bedrohlich aus, doch das auf dem Dach montierte Maschinengewehr machte mir eine Heidenangst.

Aber Fehler durften wir uns nicht leisten. Ein Unfall, oder nur schon ein Steckenbleiben mit einem der Wagen, könnte fatale Folgen nach sich ziehen. Deshalb blieben wir äusserst aufmerksam und vorsichtig.

Und deswegen langsam.

Auch wussten wir immer noch nicht, ob dieser Bastard mit den blaugrünen Augen irgendwo hinter uns war.

Der Schnee machte die Sicht schwierig und begann nun langsam, die Hindernisse auf unserer Route zuzudecken, was unsere Pace noch weiter nach unten drückte.

Und das Quietschen der alten Scheibenwischer brachte mich fast um den Verstand.

«Das wird ein Ritt durch die Hölle.», sagte Rob, der gerade erst wieder das Steuer mir übergeben hatte. Er rutschte auf dem Beifahrersitz hin und her.

«Da sind wir doch schon mittendrin, seit diesem verfluchten Tag Null.», entgegnete ich und er nickte zustimmend.

«Trotzdem… Das wird ein Höllenritt mit diesem verfluchten Schnee.»

Wir wollten nach Osten, da am östlichen Ende des Wallis zwei grosse Pässe über die Berge gingen. Zum einen der

Furkapass, welcher weiter nach Osten führte, und zum anderen der Nufenenpass nach Südosten.

Unser Plan war es gewesen, auf den Nufenen hochzufahren und dort, auf dem Hospiz, in dem ehemaligen kleinen Restaurant auf der Passhöhe, zu überwintern. Der Pass war sehr gut ausgebaut und übersichtlich, was eine Verteidigung einfach gemacht hätte. Aber wir kamen nicht weit. Kaum hatten wir uns die ersten paar Haarnadelkurven hoch gekämpft, standen wir plötzlich vor einem riesigen Haufen Geröll: die Strasse war verschüttet durch einen Felssturz.

«Verfluchte Scheisse!», fluchte Rob. «Scheisse! Scheisse! Scheisse!»

Wir standen alle draussen, besahen uns die natürliche Sperre.

«Hilft auch nicht.», seufzte T und legte eine Hand auf Robs Schulter. «Los kommt, wir fahren zurück.»

«Weisst Du, was das bedeutet?» Robs Stimme zitterte vor Wut.

Andy seufzte und antwortete: «Zurück ins Tal, dann weiter nach Osten und über den Furkapass.»

Rob sah ihn scharf an, doch sein Blick wurde plötzlich müde. «Genau das bedeutet es, ja. Über den Furka, dann wieder ganz hinunter ins Tal und schliesslich durch den Gotthardtunnel.»

Patrick wollte etwas sagen, aber Gabi kam ihm zuvor: «Vergiss es, der Tunnel unter dem Gotthard wird komplett mit Autos vollgestopft sein. Da kommen wir nie im Leben durch. Aber vielleicht geht es oben rüber.»

«Ja, vielleicht.» Rob hörte sich deprimiert an. «Aber einen zweiten Gebirgspass? Da kommen wir jetzt im Winter nicht mehr rechtzeitig durch. Einen Fehler! Nur einen einzigen Fehler und wir sitzen irgendwo in der Wildnis fest und erfrieren erbärmlich.» Er seufzte tief, sah zu Toni hinüber, doch der schüttelte nur den Kopf.

«Aber hier können wir auch nicht bleiben, da sitzen wir in der Falle.», ergänzte ich.

Claudio nickte und sein Zwillingsbruder antwortete: «Das stimmt, hier können wir nicht bleiben. Also entweder weiter in Richtung der Berge oder zurück in Richtung des Genfer Sees, weiter in Richtung Westen und dann über Frankreich.» Er sah sich um, doch keiner wollte antworten.

Schliesslich war es Toni, der die Entscheidung fällte: «Westen kommt zurzeit nicht in Frage! Ich habe keine Ahnung, wo der Bastard gerade ist, aber ich will keinesfalls ihm noch einmal begegnen.» Er seufzte. «Also hoch auf den Furka. Dort oben überwintern und dann im Frühling weiter. Entweder über den Gotthard, oder dann wieder zurück hier ins Tal und in Richtung Frankreich.»

«Aber genau das wollten wir doch nicht?», fragte Andy und Nicole nickte zustimmend.

«Nein, eigentlich nicht.», antwortete T «Aber es scheint uns keine andere Wahl zu bleiben, wenn wir hier nicht im Flachland auf irgendwelche Menschen treffen wollen.»

«Dann helfe uns Gott.» Rob ging langsam zu dem Lastwagen. «Los, weiter. Es bringt nichts, hier herumzustehen und zu lamentieren. Lasst uns weiterfahren.»

Alle gingen zurück zu ihren Fahrzeugen, nur Claudio blieb stehen.

«Wartet mal! Ich habe da eine Idee.»

Wir drehten uns um, sahen ihn gespannt an.

Wir fuhren langsam die Passstrasse wieder hinunter und drehten unten im Tal Wallis erneut nach Osten. Ich fluchte heftig, als die Schaufel wieder auf ein Hindernis stiess, es jedoch von der Strasse schob. Der ganze Wagen zitterte.

«Wir werden sicher eine ganze Woche brauchen, um auf den Furka hinaufzukommen. Und das auch nur, wenn dieser Weg nicht auch verschüttet wurde.» Rob schüttelte den Kopf. «Von den Lawinen gar nicht zu sprechen.»

«Lawinen?» Ich schrak zusammen.

«Es ist erst Ende November und es hat noch nicht allzu lange geschneit. Vielleicht haben wir ja Glück.»

«Mann, Scheisse!», fluchte ich und schaltete einen Gang

herunter, um mehr Drehmoment zu erzeugen. Es knallte, rumpelte und der Lastwagen wurde wieder durchgeschüttelt. «Du machst mir Angst.»

Er hörte sich säuerlich an. «Ach komm, Connie, die ganze abgefuckte Welt macht einem doch Angst. Die grösste Gefahr wird sein, dass von Lawinen oder Steinschlägen die Strasse abgeschnitten wurde. Aber wie gesagt, es hat noch nicht allzu viel Schnee. Ich bin zuversichtlich.»

«Und wenn die Strasse vor und hinter uns verschüttet wird während des Winters? Was machen wir dann?»

Ich sah Rob kurz von der Seite her an, musste mich aber sogleich wieder auf den Weg konzentrieren.

«Dann schaufeln wir uns frei.» Er zuckte mit den Schultern, was ich aus den Augenwinkeln heraus sah. «Von dem her ist es gut, dass wir nun so viele sind.» Er nickte, aber ich hatte das Gefühl, es war mehr um sich selber zu beruhigen als mich.

«Beten kann nicht schaden.», meinte er dann trocken nach einer Weile. «Wir können jede Hilfe gebrauchen.» Langsam stiegen wir höher. Sobald die Strasse die letzten Dörfer passiert hatte, wurden die Hindernisse immer weniger. Rob hatte recht gehabt: Die Welt war während der Winterzeit zugrunde gegangen, da waren die Pässe geschlossen gewesen und somit niemand auf ihnen unterwegs gewesen. Dafür stiessen wir immer wieder auf umgeknickte Bäume und heruntergefallene Steine und Felsen, welche wir oft nur mit Hilfe der am Saurer befestigten Seilwinde und viel Kraft und Arbeit unsererseits aus dem Weg räumen konnten. Aber auch diese Barrieren hielten uns nicht auf. Und fanden wir Spuren, dass in der wärmeren Jahreszeit schon Überlebende über diesen Pass gekommen sein mussten. Es gab Zeichen von bereits weggeräumten Hürden, von Bäumen, die irgendjemand vor uns schon beiseitegeschafft haben musste. Es waren also im Sommer Menschen hier durchgekommen.

Trotzdem ging es nur äusserst mühsam voran, aber es ging stetig vorwärts. Das Team bildete sich langsam zu einer Einheit, jeder wusste, was jeweils zu tun war und so schufteten wir uns gemeinsam durch die Hindernisse hindurch und fuhren immer weiter in die Höhe hinauf.

Rob lag mit seiner Schätzung ziemlich richtig. Nach fünf Tagen, welche wir ausschliesslich in den drei Fahrzeugen verbracht hatten, kamen wir an eine der zahlreichen engen Kehren. Diese Rechtskurve führte um ein grosses Gebäude herum. Düster erschien es aus dem dichten Schneefall. Der Bau war drei Stockwerke hoch und darüber thronte ein hohes, spitz zulaufendes Dach. Die Fassade war aus Stein, übersäht mit Fenstern, eine weitere Fensterreihe befand sich im hohen Dachaufbau. Eine fünfte Reihe Fenster waren in Dachluken eingelassen. Das Haus schien ein altes Hotel aus dem neunzehnten Jahrhundert, oder eine Militärkaserne gewesen zu sein.

Auf der gegenüberliegenden Seite der Kurve befand sich ein grosser Platz, welcher schon völlig zugeschneit war. Mitten darin standen drei Fahrzeuge, diese schienen aber seit längerem nicht mehr bewegt worden zu sein.

«Connie, fahr da auf den Platz. Wir sind da.»

Ich drehte an dem spindeldürren Lenkrad, schaltete einen Gang zurück und fuhr langsam auf den alten Parkplatz. Die Schaufel schob knirschend den Schnee vor uns her. Gabi, welchen zurzeit den Pinzgauer Transporter und Patrick, der den gepanzerten Eagle fuhr, folgten uns.

Ich hielt an und sah rechts aus dem Seitenfenster auf das Gebäude.

«Hier?», fragte ich und Rob nickte. Auf der Stirnseite waren grosse Buchstaben angebracht. 'H TE ' war da zu lesen. Also doch ein altes Hotel. Die Farbe der Schrift war nicht mehr zu benennen.

Rob beugte sich ebenfalls vor und besah sich das Haus.

«Kennst Du das nicht, Connie? Es ist eines der berühmtesten Hotels der Schweiz, wenn nicht sogar das bekannteste: das Hotel Belvedere.»

«Ich kenne es jedenfalls nicht.» Ich verzog mein Gesicht.

«Goldfinger.», sagte Rob und ich sah ihn nur verständnislos an.

«Was?

«Ja, Goldfinger. So lautete der Titel des alten James Bond-Filmes mit Sean Connery und … Wie hiess noch der deutsche Schauspieler? Ach ja, Gerd Fröbe. Damals fuhren sie hier durch. Der böse Goldfinger in einem Rolls Royce, Bentley oder so etwas ähnlichem und Bond in seinem silbernen Aston   Martin.»

Ich nickte, hatte aber echt keine Ahnung, wovon er da sprach. Frank hatte sich nie für Filme oder so interessiert, also hatte es mich auch nicht zu interessieren.

«Ok.», war alles, was ich antwortete. Das Haus sah irgendwie unheimlich aus. Alle Läden der unzähligen Fenster waren geschlossen, bei den meisten blätterte die Farbe ab. An der Stirnseite, gleich unterhalb der Schrift, war ein rostroter, halbrunder Anbau zu sehen, der genau in die enge Kurve hineingebaut war. Auch dessen Fenster waren mit Rollläden geschlossen. Es schien ein alter Festsaal gewesen zu sein.

Ich öffnete die Fahrertür und sprang in den Schnee.

«Und hier sollen wir die nächsten Monate verbringen?» Ich sah zu Rob, der mit steifen Gliedern aus dem Saurer kletterte und sich neben mich vor die hohe, gebogene Schneeschaufel an der Schnauze des alten Lastwagens stellte. Die Schaufel war zerbeult und zerkratzt, ihre ehemals rot-orangene Farbe war fast gänzlich verschwunden. Ich hörte, wie auch der Rest von uns aus ihren Fahrzeugen stieg. Einer nach dem anderen stellte sich neben uns. Der Himmel war weiss und grau, dicke Flocken fielen.

«Ihr wollt echt da hinein?», fragte ich noch einmal.

«Hast Du eine bessere Idee?», fragte Claudio zurück und als ich nur langsam den Kopf schüttelte, sprach er weiter: «Es mag von aussen schäbig wirken, aber innen ist es wie für uns gemacht.»

«Du warst schon drin?» Andy sah ihn überrascht an.

«Ja, vor vielen Jahren mal.»

«Es scheint aber seit langem nicht mehr bewohnt zu

160

sein.», bemerkte Nicole und rümpfte die Nase.

«Das Hotel ist irgendwo aus den achtzehnachtziger und war in Betrieb bis nach der Jahrtausendwende.», antwortete Rob anstelle von Claudio. «Ich glaube, so etwa bis zweitausendzwölf oder fünfzehn. Seitdem ist es geschlossen.»

«Es ist unheimlich.», sagte ich leise.

Claudio sah mich an, lächelte einseitig. Das mag sein. Das heisst aber auch, dass wir da drin keine Leichen finden.

Dazu hat es genügend Platz für uns alle.»

«Eigene Zimmer für alle?» Nicoles Laune schien sich, im Gegenteil zu meiner, zu bessern.

Claudio lächelte sie an und ich glaubte, seine Gedanken lesen zu können. Ich hätte kotzen können.

Jeder ein eigenes Zimmer, ja. Dazu gibt es mehrere Aufenthaltsräume, alle mit grossen Kaminen zum Heizen, dazu eine richtige Hotelküche mit genügend Platz.»

«Das Wichtigste ist jedoch, dass wir einen sehr guten Blick in beide Richtungen des Passes haben.», ergänzte Rob. «Wenn wir zwei Wachtposten an strategisch guten Plätzen einrichten, sehen wir immer was oder wer die Strasse hinauf oder von oben herunter will.» Er zeigte mit der Hand hinunter ins Tal. «Und dies ist der Parkplatz wo früher die Leute zum Rhonegletscher pilgerten.» Jetzt zeigte er mit einer Hand hinter uns. «Da steht irgendwo ein Kiosk und dahinter ist ein Weg zu dem Gletscher.»

Ich sah mich um, aber im dichten Schneetreiben konnte ich den Kiosk nicht erkennen.

«Wir können hier die Fahrzeuge gut überwintern, ohne Angst vor Lawinen oder Steinschlägen haben zu müssen, wie wenn wir irgendwo weiter oben bleiben.»

Ich hatte immer noch meine Bedenken, aber einen wirklich besseren Vorschlag gab es nicht.

Schliesslich meldete sich Toni zu Wort: «Hey kommt schon! Es ist ein Zuhause, wenigstens für die nächsten drei oder vier Monate. Das ist mehr, als jeder von uns erleben durfte, seit die Welt in Trümmer liegt.» Er machte ein paar Schritte. Seine Schuhe knirschten im Schnee. Dann drehte er sich um, lächelte uns an. «Keiner von uns war länger als ein paar Tage an einem und demselben Ort und das seit – wie lange? Zehn Monate oder so?» Er machte eine bedeutsame Pause. «Geschweige denn hat einer von uns je wieder in einem richtigen Bett geschlafen.» Wieder eine Pause. «Lasst es uns hier richtig gemütlich machen. In ein paar Wochen ist Weihnachten. Und auch wenn ich weiss, dass es für alle von uns sicher eine schwere Zeit wird mit all unseren Erinnerungen,» Er sah kurz Rob an. «dann ist es noch viel wichtiger, dass wir uns endlich mal eine Zeit der Ruhe gönnen. Ich jedenfalls will diese Zeit unbedingt in Frieden erleben dürfen. Also lasst uns dieses alte Juwel wieder zum Leben erwecken.»

T drehte sich um und ging auf das alte, verlassene Hotel zu.

Der Rest von uns folgte ihm langsam, in gebührendem Abstand.

Während Patrick, Andy und Claudio über eine Kellertür in das Hotel einbrachen und danach den Haupteingang öffneten, begannen wir anderen unsere gesamte Ausrüstung, Esswaren, Feuerholz und Bauholz, Waffen, Munition, Kochutensilien und Kanister mit Brennstoffen auszuladen. Wir liessen nur noch unsere Ersatzwaffen, sowie die Munition für das auf dem Eagle montierte Maschinengewehr, welches wir abdeckten, in dem gepanzerten Fahrzeug.

Im Hotel öffneten wir als erstes die Läden und liessen, nach all den vielen Jahren, endlich wieder mal Tageslicht in die Räume. Wir entzündeten Feuer in den Kaminen und hoben die weissen Decken von den unzähligen Möbeln der Aufenthaltsräume. Dann suchten wir uns jeder ein Zimmer aus, ich nahm mir eines mit Blick in das Tal. Neben dem grossen Bett stand ein runder Tisch mit drei Stühlen und ein kleines Sofa im typischen Stil für Möbel aus dem späten neunzehnten, oder frühen zwanzigsten Jahrhundert. Stühle und Sofa waren aus Holz und mit rotem Samt überzogen, der Tisch aus demselben Holz. Ein alter Teppich lag auf den hölzernen Dielen. Auch die Decke war mit einer Holztäfelung versehen, während die Wände mit einer hellgrünen Tapete bedeckt waren. Trotz der Abdeckungen lag eine Menge Staub auf allem und ich benötigte Stunden, um das Zimmer einigermassen sauber zu bekommen. Dasselbe galt auch für die ganzen Aufenthaltsräume und es dauerte einige Tage, bis wir alle von uns genutzten Räumlichkeiten gereinigt und warm hatten.

In den ersten Tagen stellten wir einen Wachtplan für jeweils vierundzwanzig Stunden zusammen, so dass jeder pro Tag drei Mal für zwei Stunden raus musste und dazwischen jeweils sechs Stunden ruhen konnte. Dazu stellten wir den Saurer Lastwagen oberhalb dem Hotel so quer auf die Strasse, dass dieser sie komplett blockierte. Dasselbe taten wir mit dem Eagle auf der unteren Seite, kurz vor der Kurve um das Gebäude herum, danach hängten wir die Batterien ab und machten die Fahrzeuge wintersicher. Das Maschinengewehr beliessen wir auf dem Eagle. Den Pinzgauer parkten wir etwas geschützt hinter die drei zurückgelassenen Fahrzeuge auf dem Platz. Auch begannen wir mit dem Bau von zwei Wachtunterständen, wobei wir den einen neben der Strasse, etwa fünfzig Meter oberhalb des Hotels platzierten für einen guten Blick auf die Strasse zum Pass hinauf und in das Tal hinunter und den anderen auf die Bergseite des grossen Parkplatzes installierten. Dieser sollte den Parkplatz, sowie vor allem das Tal von dieser Seite her bewachen. Beide Häuschen hatten Blickkontakt, so dass eine Alarmierung auch per Lichtzeichen und Zurufe möglich war.

Es dauerte über eine Woche, bis wir uns alle so eingerichtet hatten, dass es uns wohl war. Während Nicole versuchte, das Chaos im Haus und der Küche zu bändigen, wobei sie meistens von Andy und Claudio unterstützt wurde, war der Rest von uns mit den Bauarbeiten der Wachthäuschen, ausgiebigen Erkundungsgängen und dem nicht enden wollenden Schneeschippen beschäftigt.

Das Wetter war kalt und es schneite immer wieder. Unmengen Schnee lagen einfach überall und es war eine Hei-

denarbeit, die Wege zu den Wachthäuschen und den Fahrzeugen freizuhalten.

Aber schon in den allerersten Tagen in dem alten Hotel,
welches wir kurz nach unserer Ankunft 'Hotel der Träume'
nannten, konnte man feststellen, wie die Stimmung innerhalb der Gruppe immer besser wurde. An den Abenden un-
terhielten wir uns oft in langen Gesprächen, spielten Karten, Schach, Mühle oder Backgammon, Spiele, die wir alle
in einem der Räume gefunden hatten oder Gabi und Toni
zupften auf der Gitarre und Gabi klimperte auf dem alten
Klavier herum. Vor allem Gabi war ein Genie mit beiden In-
strumenten und unter seiner Anleitung machte auch T
grosse Fortschritte.

Weihnachten rückte immer näher und irgendwie, so selt-
sam das auch vielleicht klingen mag, freute ich mich darauf.

All die Jahre lang mit Frank waren die Festtage ohne Ausnahme die Hölle gewesen und jetzt, wo wir uns in dieser
eisigen, toten Hölle einer zerstörten Zivilisation befanden,
freute ich mich auf Tage voller Frieden.

Doch das Böse ist nie weit.

V

Eine Kerze brannte einsam in meinem Zimmer. Sie erhellte den Raum nur wenig, aber das war auch nicht das Ziel. Doch so war es wenigstens nicht völlig dunkel. Denn in der Dunkelheit kamen die Gesichter und nur dieses sanfte, leichte Licht der kleinen, einsamen Flamme hielt sie davon ab. Gegen die Gesichter konnte ich sonst nichts tun, in der Finsternis würden sie immer auf mich einstürzen.

Jede Nacht.

Allen voran kam das Gesicht von Frank mit seinen vertrauenswürdigen, braunen Augen, die sein wahres Ich so gut versteckten. Und dann das Gesicht mit diesen bösen, blaugrünen Augen und den tiefen Furchen. Aber dann erschienen auch Gesichter von Menschen, die ich zuerst nicht erkannte. Bis ich entdeckte, dass sie den Männern gehörten, die ich bei unserem Überfall getötet hatte. Ihre Augen glitzerten nicht, sie waren tot, ihre Blicke gebrochen. Und dann kamen noch die Gesichter der zwei Peiniger hinzu, denen ich mich auf Anweisung von Frank hatte hingeben müssen. Wie hiessen die beiden nochmals? Ich suchte tief in meinem Kopf, aber eigentlich wollte ich mich gar nicht mehr erinnern. Doch der menschliche Geist hat seinen eigenen Willen und so suchte ich weiter, bis ich sie schliesslich gefunden hatte: Paul und Dominique.

War das wirklich erst knapp ein Jahr her? Es schien mir, als ob dies irgendwie… Ich weiss nicht; es könnte ein Jahr sein, oder auch zehn. Ich versuchte mir einzureden, es sei ein böser Traum gewesen, dass diese alte Welt vielleicht gar nie wirklich existiert hatte, sondern ich mir es nur ausmalte.

Wenn da dieser Schmerz nicht gewesen wäre. Ein Schmerz, der an bestimmten Stellen in meinem Körper immer dann auftrat, wenn mir diese Gesichter aus der Dunkelheit entgegensprangen. Ein Schmerz, der mir zeigte, dass es keine Einbildung, kein Alptraum gewesen war.

Und so brannte diese kleine Flamme in meinem Zimmer, während ich im Bett lag. Es hielt die Gesichter fern, wie auch die Erinnerungen.

Und den Schmerz.

Es klopfte sanft an meiner Tür. Draussen war es dunkel und im Hotel völlig still. Ich hatte erst in etwa fünf Stunden wieder Wache, bis dann wäre der Tag angebrochen.

Wer konnte das sein?

Ich stand auf, zog mir meine lange Jacke über und öffnete die Tür.

«Nicole?», flüsterte ich. «Was zum…?»

Die Blondine lächelte leise.

«Lässt Du mich rein?»

Ich trat beiseite und zog die Tür auf. Sie trat ein, wie immer mit ihrer eigenen, eleganten Art. Ich schloss die Tür und sie drehte sich zu mir um.

Ich betrachtete sie.

«Und, wie steht es mir?» In ihren Augen widerspiegelte sich das sanfte Licht der Kerze. Sie trug einen pelzbesetzten Wintermantel aus beigem Wildleder, den sie öffnete und dann achtlos auf den Boden gleiten liess.

Sie sah… umwerfend aus! Sie trug einen Bodystocking, ein einteiliges, hautenges Teil, welches ihren gesamten Körper überzog. Es war aus Nylon gefertigt und somit fast völlig durchsichtig. Und sie trug nichts darunter, nur noch ihre Winterstiefel.

Ich konnte ihre Brüste sehen, die durch das hauchdünne Nylon durchschimmerten. Sie kam auf mich zu, stellte sich ganz nah vor mich hin. Ich spürte ihre Wärme, die sie ausstrahlte. Sie nahm meine Hand, spielte etwas mit meinen Fingern, dann legte sie sich meine Hand auf ihre Brust und rieb sich mit meinen Fingern leicht darüber. Der hauchdünne Stoff fühlte sich wie leicht elektrifiziert an. Ich konnte spüren, wie die Spitze ihrer Brust sich sogleich verhärtete.

Sie beugte sich vor und ihre Lippen berührten die meinen. Es war eine hauchzarte Berührung und trotzdem übersprang ihre Wärme, ihr inneres Feuer auf mich über. Ihre Zunge schnellte vor und wie automatisch öffnete ich meine eigenen Lippen und unsere Zungen berührten sich, begannen miteinander zu spielen.

Sie drückte meine Hand fester auf ihre Brust, rieb sich selbst an meinen Fingern.

Dann nahm sie meine Hand und drückte sie weiter nach unten. Ich konnte das Nylon fühlen, wie es unter meinen Fingerspitzen hindurchrutschte, weiter, immer weiter ihren Körper entlang, bis meine Finger schliesslich zwischen ihren Beinen lagen. Die Hitze ihres Inneren drang in meine Fingerspitzen und sie begann sich, mit meinen Fingern daran zu reiben. Feuchtigkeit drang durch das dünne Nylon. Nicole seufzte und sie nahm meine andere Hand, legte diese nun auf ihre andere Brust. Auch deren Spitze war hart. Ich zog meine Hände zurück und löste mich von ihr.

«Ich… ich… Ich kann das nicht.»

Nicole sah mich an. «Gefalle ich Dir nicht?», fragte sie mit leiser Stimme.

«Das Ganze ist nicht … einfach.», antwortete ich, ebenso leise. «Diese Sache… Es war… Die letzten Jahre waren… nicht einfach.»

Sie sah mich mit ihren leicht mandelförmigen Augen an, lange. Dann nickte sie.

«Das verstehe ich.»

«Ich weiss nicht, ob Du das wirklich verstehst.» Ich wandte mich ab, ging um sie herum zum Fenster. Ich schob die Vorhänge auf die Seite, sah hinaus. «Es ist besser, wenn Du jetzt gehst.»

Draussen glitzerte der Schnee im Mondlicht. Für einmal schneite es nicht und am Firmament leuchteten unzählige Sterne.

Als ich mich umdrehte, war Nicole verschwunden.

Langsam kam bei uns Routine auf. Die Tage zogen sich dahin mit Wache stehen, ausgiebigen Streifgängen und Arbeiten in und um das Hotel herum. Wie sie es schon nur zu zweit gehandhabt hatten, wollten T und Rob einen klar strukturierten Tagesablauf, an welchen sich alle ausnahmslos zu halten hatten. Nur Nicole hatte ihren eigenen, aber auch sie musste sich unbedingt an die Essenszeiten halten.

Sie war die Einzige, die von den Wachtgängen dispensiert war, dafür hatte sie die nicht minder wichtigen Aufgaben, zwei Mal wöchentlich die Esswaren zu katalogisieren und durchzuzählen, damit sie mit T zusammen die genauen Rationen durchrechnen konnte. Diese präsentierte sie uns dann jeweils beim gemeinsamen Abendessen. Wir alle waren dazu aufgerufen, Vorschläge und Änderungswünsche einzubringen, aber das letzte Wort hatten immer Rob und Toni.

Sie kam kein zweites Mal zu mir ins Zimmer. Ich schämte mich, dass ich sie so abgewiesen hatte, auf der anderen Seite wusste ich nicht, was sie wirklich mit ihrem Besuch bei mir bezweckt hatte. Wollte sie mich vielleicht nur für das körperliche, oder versuchte sie Verbündete zu finden? Wenn ja, wofür?

Ich behielt meine Gedanken für mich, erzählte Toni und, vor allem, Rob nichts davon. Hauptsächlich bei Rob hatte ich das Gefühl, dass er ihr weder wirklich vertraute noch sie anziehend fand. Im Gegenteil, war er ihr gegenüber oft schroff und forsch, aber das war er eigentlich gegenüber jedem von uns. Und je näher die Weihnachtstage rückten, desto mürrischer und launischer wurde er. Toni riet uns, ihn einfach in Ruhe zu lassen.

«In dieser Zeit wird er noch mehr mit sich selbst und den Geistern seiner Vergangenheit kämpfen.», meinte T während eines Essens, als Rob gerade mit Andy Wachdienst hatte. Beide würden sich später verpflegen.

«Haben wir alle.», murrte Claudio, der ebenfalls oft schlechte Laune gegenüber allen, ausser Nicole zeigte. Bei ihr war er nett, fast etwas zu nett. Jeder wusste es, aber es war ein offenes Geheimnis, dass er mit ihr immer wieder mal die Nacht verbrachte. Aber das tat sie nicht nur mit ihm, sondern mit den Meisten anderen und das trug sicher auch zu seinen schlechten Launen bei. Aber ihr war dies egal.

Nur gerade zwei Tage zuvor war ich nachts um zwei von der Wachtablösung gekommen und auf dem Weg in mein

Zimmer an jenem von Nicole vorbeigekommen. Ich vernahm leise Stimmen aus ihrem Raum, dann hörte ich wie sie aufstöhnte. Die Stimmen waren männlich und es waren zwei verschiedene. Wem sie gehörten, konnte ich nicht ausmachen. Keine davon gehörte Claudio, da er mich auf meinem Posten gerade erst abgelöst hatte oder T, der mit mir zusammen Dienst geschoben hatte.

Nicole schrie leise auf und auch ihren männlichen Besuchern schien zu gefallen, was da hinter der verschlossenen Tür passierte. Ich sah zu, dass ich in mein eigenes Zimmer kam.

Ich sprach Rob darauf an, da ich befürchtete, dass dies zu Eifersucht und Streitigkeiten führen könnte, aber er tat es nur mit der Bemerkung ab, dass alle alt genug währen und solange sie niemanden von den Pflichten abhielte, sie tun und lassen könne, was sie wolle.

«Jeder von uns hat Dämonen, die er mit sich herumträgt, Claudio.», sagte ich, aber er sah mich nur übellaunig an. «Jeder denkt, er hätte es am schlimmsten gehabt, dass es ihn am härtesten getroffen habe. Doch für jeden von uns, für jeden der hier sitzt oder irgendwo da draussen versucht, durch diese Scheisse zu kommen, hat Schlimmstes hinter sich.»

Claudio sah hoch, Wut sprühte regelrecht aus seinen Augen. Er warf seine Gabel hin, die klirrend auf dem Teller landete, um dann weiter auf den Tisch zu rutschen.

«Du willst mir also sagen, dass Du denkst, Deine Scheisse sei grösser gewesen als meine?» Er war laut geworden, und jetzt stand er so abrupt auf, dass sein Stuhl nach hinten kippte. Alle anderen hatten aufgehört zu essen, sahen uns an. Keiner sagte ein Wort.

«Was hast Du denn erlebt, Connie?» Jetzt schrie er.

«Hattest Du Kinder? Nein, Du musstest nicht Dein eigenes Fleisch und Blut begraben. Du musstest nicht nach Hause kommen und nur noch drei Kreuze im Garten vorfinden. Drei Kreuze! Das war alles, was von ihnen übriggeblieben ist.»

«Du weisst nicht, was sie erlebt hat.», versuchte mir Patrick zu helfen.

«Halt die Fresse, Mann! Ich weiss es nicht und es ist mir auch scheissegal. Wahrscheinlich hatte sie nicht mal einen Ehemann um den sie trauern musste.»

Er sah von Patrick wieder zu mir, seine Augen zu kleinen Schlitzen verkniffen.

Auch ich legte meine Gabel hin und stand auf. Dies jedoch langsam, ruhig.

«Nein, das musste ich nicht.», antwortete ich leise. «Siehst Du?», schrie Claudio zu Patrick. «Ich hab's Dir ja gesagt. Um niemanden musste sie trauern.» Dann sah er mich wieder an, das Gesicht mit einer Mischung aus Spott und reiner Wut.

Ich sah ihm direkt in die Augen.

«Nein, denn ich hatte ihn vorher umgebracht.»

Es kam immer wieder zu solch kleinen Streitigkeiten, doch wir konnten sie jeweils schnell wieder aus der Welt schaffen. Meistens kam es zu der einen oder andere Entschuldigung, einer kurzen Aussprache und einem abschliessenden Abklatschen, dann waren die Angelegenheiten erledigt. Und wenn eine Entschuldigung mal nicht sofort genügte, sorgte jeweils einer aus der Gruppe dazu, dass sich die Wogen glätteten.

Allen war bewusst wie wichtig es war, dass wir alle zusammen an demselben Strick und diesen in die gleiche Richtung zogen. Hier oben waren wir Gefangene. Gefangene des Winters, der Kälte und der leeren Welt, die da draussen war. Das Risiko einer Eskalation, die das fragile Gefüge aus den Fugen geraten liess, war einfach zu hoch.

Nicole fand in den Kellerräumen des Hotels Schachteln voller Weihnachtsschmuck und sie und T schmückten die von uns gemeinsam genutzten Räume mit viel Begeisterung. Sie waren gerade dabei, als ich von einem meiner Rundgänge zurückkam und ich half ihnen mit all den Kugeln, den Girlanden und Figuren. An Heiligabend zauberte Nicole, mit Hilfe von Tom und Patrick ein richtiges Festmahl. Wir hatten auf Rundgängen Schweine, Schafe und Rinder aufgestöbert und erlegten einige der Tiere. Das Fleisch hingen wir in die Kamine oder salzten es ein, so dass es haltbar blieb. Zusammen mit Kartoffeln und Gemüse, welche wir selber aus den Äckern gegraben hatten und es in den kühlen Kellern des Gebäudes lagerten, sowie Früchten wie Äpfeln, Birnen oder Kirschen, erschufen die drei ein Weihnachtsessen, wie es besser nicht hätte sein können.

Rob und Andy hatten sich freiwillig gemeldet, nach dem Essen die Wache durch die ganze Nacht zu übernehmen und somit hatte der Rest von uns für diesen Abend frei und wir öffneten sogar einige gute Flaschen Wein, die ebenfalls im Hotel gefunden worden waren.

Nach dem Essen nahm Gabi die Gitarre und begann ein paar Akkorde zu zupfen. Es wurde still, alle waren gespannt. Doch er gab das Instrument an T weiter und setzte sich dafür an das alte Klavier. Sie spielten eine Mischung aus alten Weihnachtsliedern und irgendwelchen irischen Volkssongs, dazu noch den einen oder anderen Country Song. Zusammen hatten sie beide fleissig geübt und alle sangen mehr oder weniger gut mit.

Schliesslich drehte sich Gabi am Klavier zu mir um.

«Bist Du bereit, Connie?»

T grinste und der Rest der Gruppe sah mich überrascht an. Ich atmete einmal tief durch, stand auf und stellte mich neben das Klavier, nickte dann Toni und Gabi zu.

T grinste noch breiter.

«Na dann lasst uns zeigen, was wir können.»

Gabi fing an zu spielen und schliesslich, mit trauriger Stimme an zu singen: «It was Christmas Eve, Babe…» Schon nach den ersten Worten von 'Fairytale of New York' begannen mir, die Tränen über das Gesicht zu rinnen, doch ich verpasste meinen Einsatz nicht, genau so wenig wie Toni, der den Rhythmus mit den Füssen auf den Boden stampfte und uns auf der Gitarre begleitete. Ich sang meinen Teil des Duettes mit voller Innbrunst und alle begannen mitzusingen oder klatschten.

Als der letzte Ton verstummte, wurde es still im Raum. Ich sah in die verschiedenen Gesichter, bemerkte all die Tränen und die traurigen Blicke.

Und doch, es war der ergreifendste Moment seit… Ja, seit wann eigentlich? Ich wusste es nicht. Ich wusste nur, dass ich in diesem Augenblick, nirgendwo anders hätte sein wollen.

In dieser Nacht lag ich lange wach. Da war ein Gefühl, welches ich schon seit so langer Zeit nicht mehr gespürt hatte. Eine Mischung aus Zufriedenheit und tiefer Traurigkeit aber auch einer leisen Hoffnung. Eine Hoffnung, dass es auch in dieser kalten, toten Welt da draussen, für uns irgendwie eine Zukunft gegen würde.

Weihnachten.

Es war die Zeit der Wünsche und ich wünschte mir nichts sehnlicher, als dass dieser Teufel mit den blaugrünen Augen und dem grossen Messer uns nie wieder über den Weg laufen würde. Und vielleicht wünschte ich mir auch, dass wir uns irgendwie als Familie zusammenfinden würden. Eine Familie, die ich so nie gekannt hatte. Eine Familie, welche zusammenhält, die füreinander da wäre und in der ich mich, vielleicht zum ersten Mal in meinem Leben, einfach sicher fühlen konnte.

Und als ich so auf dem Bett lag, wünschte ich mir plötzlich, dass Nicole nochmals an meine Tür klopfte. Auch wenn ich wusste, dass sie das nicht tun würde. Und hin und hergerissen zwischen diesen Wachträumen und den Ängsten von der Zukunft, ahnte ich vielleicht schon damals, dass keiner meiner Wünsche in Erfüllung gehen würde.

Es mussten Millionen davon sein.

Sie glitzerten und glänzten um die Wette. Als hätte jeder einzelne davon seine eigene Geschichte und wollte sie mir erzählen.

Ich sass oft hier draussen, wenn es dunkel war. Die kleine Holzbank befand sich hinten unten am Haus, an einem ehemaligen kleinen Parkplatz mit wunderschönem Blick ins

Tal hinunter und auf die dahinterliegenden Berge. Sie waren mit Schnee überzogen, sehr viel Schnee. Hinter mir waren die steilen Hänge zu sehen, die von der Strasse aus hoch hinauf ragten. Wie immer legte ich mich auf die Bank und sah zu den Sternen im Himmel. Es war kalt und völlig klar und es mussten Millionen Sterne sein. Sie glitzerten und glänzten.

Der Text eines Songs von Spandau Ballet ging mir durch den Kopf, der für diesen einen Moment geschrieben hätte sein können:
And the stars reach down and tell us
There's always one escape
Oh, I don't know where love has gone
And in this troubled land
Desperation keeps us strong
Friday's child is full of soul
With nothing left to lose,
There's everything to go'

Es war unterdessen Ende Februar und das Wetter wurde langsam besser. Es hatte im Januar nochmals heftig geschneit, doch jetzt waren im Tal unten schon die ersten scheuen Vorboten des Frühlings zu sehen. Ich hörte leise Schritte durch die Nacht und sah auf. Es war Nicole. Sie trug ihren langen, dunklen und pelzbesetzten Wildledermantel. Ihre langen, blonden Locken fielen ihr über die Schultern wie ein Wasserfall.

Was wollte sie von mir?

Ich richtete mich auf.

«Darf ich mich zu Dir setzen?», fragte sie mit leiser Stimme und widerwillig nickte ich. Ich schämte mich immer noch. Schämte mich wegen ihr, wegen mir, wegen damals.

Sie setzte sich neben mich und zog ihre Beine an. Auch sie blickte zum Himmel, wir sagten lange nichts.

Ich wusste nicht, was ich hätte sagen sollen.

«Ich habe das von Dir und den drei Arschlöchern im Sommer gehört.» Ihre Stimme war sanft, leise, fast flüsternd.

«Ja, und?» Meine Antwort war schroff. Vielleicht etwas zu schroff. Doch sie liess sich nicht davon beirren. «Es tut mir leid, dass Du dieses Gefühl erleben musstest.»

Ich sah sie wütend an.

«Welches Gefühl?»

Sie lächelte traurig.

«Dieses Gefühl… diese völlige Machtlosigkeit. Dieses Gefühl vollständiger Ohnmacht.»

«Was geht Dich mein scheiss Gefühl an?» Ich wollte mich erheben, aber sie legte ihre Hand auf meinen Arm, sagte jedoch nichts, sah mich nur mit ihren mandelförmigen Augen an.

Ich setzte mich wieder.

Nicole legte den Kopf zurück und ihre langen blonden Locken fielen wie eine Kaskade über ihre Schultern, sie erhob den Blick wieder zu den Sternen.

«Es ist ein Gefühl von völligem ausgeliefert sein.»

«Wie willst Du das…» Doch dann dämmerte es mir langsam und meine Wut wich. Nein, sie floss aus mir heraus wie eine Flüssigkeit aus einer zerborstenen Flasche. Und dann wurde sie ersetzt durch Trauer. Durch Schmerz. Nicht Schmerz für mich, sondern für sie.

Für uns beide.

«Du hast es…» Meine Stimme war ebenfalls nur noch ein Flüstern, ohne jegliche Kraft.

Nicole nickte langsam.

«Ja, das habe ich.», antwortete sie, ebenso leise. Sie sog die kalte, reine Luft tief ein. Ich sah, wie ihr Atem Wölkchen bildete vor ihrem Gesicht, beleuchtet nur vom Licht der Sterne.

«Ich war zwölf.» Sie lachte leise, ohne den Hauch von Freude. «Es war sogar an meinem zwölften Geburtstag, um genau zu sein, als er zum ersten Mal zu mir kam.» Sie machte eine lange Pause. «Wir hatten eine schöne, grosse Geburtstagsparty und ich war schon im Bett, als er hereinkam. Er hätte noch ein ganz spezielles Geburtstagsgeschenk für mich, meinte er. Und dann, danach, kam er immer wieder zu mir, immer wieder.»

«Dein Vater?», fragte ich vorsichtig, doch sie schüttelte leicht den Kopf.

«Mein Stiefvater. Das ging über eine lange Zeit hinweg, vielleicht waren es sogar Jahre. Ich weiss es nicht. Will es vielleicht auch nicht mehr wissen.» Wieder seufzte sie leicht. «Ich glaube, meine Mutter wusste davon, aber sie tat oder sagte nichts.» Erneut machte Nicole eine lange Pause. «Ich kenne diese Ohnmacht, diese entsetzliche Machtlosigkeit. Und ich schwor mir, nie wieder werde ich diese Macht aus den Händen geben.»

«Darum…?» Ich beendete die Frage nicht, doch Nicole verstand auch so.

Sie lachte leise.

«Ja, darum. Genau darum ficke ich mit den Jungs. Jeder von ihnen, der mich haben will, kann dies tun. Aber ich gehöre keinem von ihnen.» Sie nickte zu dem Hotel hin. «Ich bestimme wann und mit wem. Das muss jedem klar sein, sonst kann er es gleich vergessen.» Sie sah mich von der Seite her an. «Und nein Connie, ich spiele keinen gegeneinander aus. Auch wenn sie von mir nichts wollen, so wie Rob oder auch Du.»

Mein Schamgefühl kam wieder auf. Dieses Mal sogar stärker als bisher.

«Du musst wissen, dann nur habe ich die Macht über sie, nicht sie über mich. Das verstand ich damals. Damals, als ich immer darauf wartete, dass endlich sein nach Bier stinkender Atem und der Schmerz verschwand.»

Nicole blickte wieder hoch zu den Sternen und ich sah, wie Tränen über ihre Wangen liefen.

«Ich war immer hübsch. Das hübscheste Mädchen der Schule, das bezauberndste Girl auf der Uni.» Sie lachte leise. «Da staunst Du, ja, ich war auf der Uni! Ich habe Wirtschaft studiert. Aber sie haben mich im dritten Jahr vom Lehrgang verwiesen, weil ich einem der Professoren…» Sie kicherte, immer noch völlig ohne den Anflug von Humor. «Na ja, ich hatte eine Zwischenprüfung verhauen.» Sie zuckte mit ihren schmalen Schultern. «Danach habe ich eine Stelle in einer Firma für Messebau angetreten. Ich sollte die Buchhaltung erledigen und das ganze Büro organisieren, aber mein Chef wollte immer, dass ich ihn zu den Ausstellungen begleite. Und die Kleider sollten jedes Mal kürzer und noch sexier sein. Bis er mir eines Abends dann an die Wäsche wollte. Als ich mich weigerte, hat mich diese fette, schwitzende Qualle auf der Stelle entlassen und ich habe mir damals geschworen, das passiert mir nie wieder. Also machte ich mich selbständig, steckte all mein Erspartes in diesen Laden von dem ich Dir erzählte.» Sie schüttelte den Kopf. «Ich wurde immer nur reduziert auf mein Äusseres. Die Männer wollten immer nur das eine. Aber ich bin nicht nur eine Frau, ich bin vor allem auch ein Mensch. Ich hatte Träume und Wünsche, aber das interessierte diese geilen Schweine nicht. Also gab ich ihnen, was sie wollten, aber nur zu meinen Bedingungen, zu meinen Konditionen und zu meinem Vorteil. Ich war diejenige, die bestimmt hat. Ich hatte die Kontrolle.»

Ruckartig stand sie auf, drehte sich zu mir um. Ihre Augen blickten traurig. Ich glaubte, bis in ihre Seele hinunter sehen zu können.

«Es ist nicht das Einzige, was ich gut kann, Connie. Aber seitdem die Welt den Bach runterging ist es das Einzige, was mich am Leben hielt.» Sie lächelte das traurigste Lächeln, das ich in meinem Leben je gesehen hatte. «Hasse mich bitte nicht dafür.»

Dann drehte sie sich um und ging.

Ich blickte wieder nach oben. Sah zu den Sternen und spürte, wie Tränen mir über das Gesicht rannen.

Die Sterne glitzerten und glänzten.

Und jeder hat seine eigene Geschichte.

Es war an der Zeit. Ich stand von der Bank auf, nahm das Gewehr und das Nachtsichtgerät und ging auf der Strasse bergan, auf der unteren Längsseite des Hotels entlang, an unserem Eagle vorbei, der strategisch günstig quer am Kurveneingang parkte, um die enge Kurve mit dem darin lie-

genden Esssaal herum, dann an der Bergseite des Gebäudes
mit dem Haupteingang entlang und schliesslich zu dem
hölzernen Wachthäuschen, welches sich auf einem ehemaligen kleinen Parkplatz oberhalb unseres 'Hotel der Träume'
befand.

«Hey.», begrüsste ich T, der freudig winkte.

«Alles klar bei Dir?» Er stellte sein Gewehr an die Brüstung und legte sein Nachtsichtgerät daneben. Dann zupfte
er an seiner Mütze.

Es war immer noch kalt, aber bei weitem nicht mehr so
bissig wie es noch im Januar mit seinen Schneefällen gewesen war. Trotzdem war die ganze Landschaft um uns herum tief verschneit. Nur die Strasse und der grosse Parkplatz
hatten wir mehr oder weniger von der weissen Pracht befreit.

«Alles gut.», antwortete ich, stellte meine Waffe neben die
seine. «Warum sollte es nicht?»

«Und Nicole?»

Ich sah ihn erstaunt an und er lächelte leicht, hob dann
entschuldigend die Hände.

«Ich habe Euch beide aus dem Hotel gehen sehen, zuerst
Dich dann sie.»

«Du beobachtest uns also?» Ich lächelte ebenfalls.

«Na ja, Ihr seid schon ein wenig netter anzusehen, als der
Rest dieser Bande.» Er grinste schelmisch und ich boxte ihn
spielerisch in die Brust.

«Nur ein wenig netter?» Ich spielte die Empörte.

«Ist doch wenigstens schon mal etwas.» Toni lachte sein
warmes, weiches Lachen. Das tat gut.

Dann zuckte er mit den Schultern. «Ich hätte ja gerne etwas mehr von Euch beiden gehabt. Dann wüsste ich vielleicht schöneres zu berichten.»

«Bei Nicole hättest Du nur anklopfen brauchen. Sie hätte
sicher nicht nur ihre Zimmertür weit geöffnet.»
Sein Lächeln und das Glitzern in seinen Augen verschwand.

«Das ist mir durchaus bewusst. Aber es hätte sich nicht

richtig angefühlt.» Er machte eine Pause, sah mich dabei an. «Hättest Du Deine Tür geöffnet?»

«Ich?» Ich war erstaunt.

«Ja, Du.»

Ich wusste nicht so recht, was ich antworten sollte. «Ich weiss es nicht.», flüsterte ich dann leise.

T nickte, nahm sein Gewehr, drehte sich um und verliess das Wachhäuschen, ging langsam die Strasse hinunter, während er irgendeine Melodie vor sich hin pfiff.

Ich musste lächeln, aber meine Gefühle waren… durcheinander.

Die Nacht war ruhig. Die Gespräche mit Nicole und mit Toni drehten und spukten in meinem Kopf herum. Ich sah der Strasse entlang in Richtung des Hotels. Schemenhaft konnte ich Tom sehen, der seine Wache gleichzeitig mit mir im zweiten Wachthäuschen begonnen hatte. Dieses stand direkt am Berghang, am Anfang des grossen Parkplatzes. Ich lehnte mich an den Holzverschlag und sah nach Osten, wo sich die Strasse den Berg hinaufwand, dann nach Süden, hinunter ins Tal. Immer wieder lugte der Vollmond zwischen den am Himmel dahinziehenden Wolken hindurch und erhellte die Szenerie, liess sie gespenstig leuchten.

Ich hörte ein Geräusch und sah einen Schatten, der aus dem Eingang des Hotels kam und die Strasse hinunter in Richtung des grossen Parkplatzes schlenderte. An den wallenden langen Haaren und dem unverwechselbaren Gang vermutete ich, dass es sich um Nicole handelte. Ich nahm das Nachtsichtgerät zur Hand und zog es mir über die Augen.

Es war tatsächlich die Blondine.

Ich zog meine Augenbrauen in die Höhe und wie auf ein Stichwort, drehte sie sich um und winkte mir zu. Sie trug ihre Militärstiefel, dazu ihren langen, beigen Wildledermantel mit dem Pelzbesatz an Ärmeln und Kragen. Doch darunter war nur der völlig durchscheinende Bodystocking zu sehen, den sie auch beim Besuch damals in meinem Zimmer getragen hatte.

Obwohl ich nicht zurückwinkte, wusste sie, dass ich sie ansah. Dass ich nirgendwo anders hätte hinsehen können.

Sie blieb mitten auf der Strasse stehen, stellte kokett ein Bein auf die Seite und öffnete ihren Mantel so weit, dass ich alles sehen konnte. Sehen musste.

Oder eben nichts, da sie nichts unter dem Nylon trug. Absolut nichts.

Sie lachte, warf mir eine Kusshand zu und drehte sich auf ihre eigene, sexy Art um und ging langsam zu dem Wachhäuschen hin, worin Tom seine Wache absolvierte.

Nicole verschwand im Holzverschlag und ich spürte eine Wärme in meinem Körper, die ich zuerst nicht richtig einordnen konnte.

Ich hörte die beiden reden, verstand jedoch nicht, was sie sagten. Dann kicherte Nicole und Wut kam in mir hoch. Oder war es Eifersucht?

Nicole trat wieder aus dem Häuschen und zog Tom mit sich. Sie stellte ihn an die Seitenwand, welche in meine Richtung zeigte, zog ihren Mantel aus und legte ihn über die hölzerne Brüstung. Dann ging sie vor ihm in die Hocke und öffnete seine Hose. Sie nahm sein Teil heraus, massierte ihn mit ihren Händen. Dann beugte sie sich weiter vor und nahm ihn in den Mund. Ihr Kopf begann sich rhythmisch vor und zurückzubewegen, während Tom den seinen in den Nacken legte. Eine Weile verwöhnte sie ihn, dann löste sie sich und stand auf. Nicole stellte sich an die Seitenwand, so dass ich nur ihr Profil sah, zog Tom vor sich. Sie nahm seine Hände und presste sie sich auf ihre Brüste. Er massierte sie und begann Nicole auf den Hals und Nacken zu küssen.

Sie drehte den Kopf in meine Richtung, als wollte sie sicherstellen, dass ich auch wirklich zusah.

Sie nahm seinen Kopf und drückte ihn an ihre Oberweite. Er begann, ihre Spitzen mit seinen Lippen zu verwöhnen. Ich konnte sie seufzen hören und spürte, wie meine eigenen Spitzen begannen, hart zu werden.

Die Wärme in meinem Körper wurde stärker.

Toms Hände wanderten über das Nylon auf Nicoles Körper, rutschen immer weiter nach unten, bis die eine schliesslich zwischen ihren Beinen verschwand. Ich konnte hören, wie sie aufstöhnte. Er massierte ihre Brüste mit der einen Hand und seinen Lippen, während die andere ihre Scham streichelte.

Die Wärme in meinem Körper begann zu brennen, als hätte ein schwelendes Feuer neues Holz bekommen und es auflodern lassen. Es war ein Gefühl, das ich schon seit Jahren vergessen hatte. Ich konnte spüren, wie ich selbst feucht wurde.

Nicoles Hände wühlten in Toms Haaren, dann ruckartig löste sie sich abermals von ihm. Sie sah nochmals in meine Richtung, dann sagte sie etwas zu ihm. Er ging um sie herum, stellte sich hinter sie. Nicole beugte sich vor, während sie sich mit der linken Hand am Wachthäuschen festhielt. Ihre andere Hand legte sie sich über den eigenen Busen, massierte diesen.

Tom liess seine Hose weiter nach unten rutschen und stellte sich eng an sie. Als er in sie eindrang, schrie sie leicht auf.

Während er die Blondine von hinten nahm, begann ich mich mit meinen Fingern zu reiben. Ich hörte das Stöhnen Nicoles. Feuchtigkeit breitete sich zwischen meinen Beinen aus und meine Finger verschwanden in meiner Hose. Ich begann meine Knospe zu massieren, als Nicole ihren Kopf in den Nacken legte. Sie hatte nun beide Hände auf ihren Brüsten und massierte diese heftig.

Meine Lustknospe fing an zu zucken, ein Zucken, das schnell heftiger wurde.

Nicole wimmerte, wurde langsam lauter. Dann stiess sie kurze, spitze Schreie aus und schliesslich stöhnte sie lange auf. Ihre langen, blonden Locken schüttelten sich, als die Wogen ihres Orgasmus den Körper erzittern liessen.

Meine Finger rieben immer noch und jetzt explodierte auch ich. Mein Körper begann zu zucken, ein grosser Schwall Flüssigkeit ergoss sich in meine Unterwäsche und meine Knie wurden weich. Woge um Woge des Höhepunktes brachen über mich hinein, durchströmten mich und liessen Sterne vor meinen Augen tanzen.

Jetzt stöhnte auch Tom auf und Nicole schrie erneut auf, als ein zweiter Orgasmus sie erfasste und sie mit Tom zusammen kommen liess. Als die Wellen bei ihr abebbten, drehte sie erneut den Kopf und sah zu mir. Sie lachte breit.

Ein Blitz zerriss die Dunkelheit, blendete mich mit dem Nachtsichtgerät. Gleichzeitig peitschte ein lauter Knall durch die Nacht.

Tom fiel lautlos um und Nicole begann laut zu schreien.

Ein zweiter Schuss fiel und Nicole stürzte auf Toms Körper, blieb regungslos liegen.

Meine Augen schmerzten von dem grellen Licht, welches durch das Nachtsichtgerät um ein Vielfaches verstärkt worden war.

Ich riss meine feuchten Finger aus meiner Hose und das Gewehr aus dem Ständer.

Ich duckte mich hinter das Holz des Wachhäuschens. Schüsse peitschten durch die Luft, ich konnte das hochfrequente, bösartige Pfeifen hören, das die Geschosse machten, als sie über mich hinwegfegten. Andere knallten dumpf in das Holz.

Ich krabbelte über den Boden, blickte durch die Öffnung. Gestalten waren unter und um die alten, zurückgelassenen Fahrzeuge auf dem Parkplatz zu sehen. Ich zog mein Gewehr an mich, legte an und schoss.

Fensterscheiben klirrten und ich hörte Schreie, Befehle und dann weitere Schüsse. Das mussten unsere Leute sein, die von der für mich nicht einsehbaren Stirnseite des Hotels zurückfeuerten.

Aber auch die Angreifer schossen Salve um Salve. Kugeln schlugen mit dumpfem Knall in die Fassade des Gebäudes ein.

Ich konnte von meiner Position nur die linke Flanke der Angreifer sehen, in meinem Blickfeld befanden sich nur zwei, manchmal drei von ihnen. Trotzdem schoss ich immer wieder, sobald ich einen von ihnen sehen konnte.

Einer lag unter einem der alten Wagen, begann wieder auf mich zu feuern, doch er verfehlte mich um einiges. Ich legte an, zielte. Ich konnte ihn mit meinem Nachtsichtgerät deutlich sehen. Ich drückte drei Mal ab und traf mit jedem Schuss. Er lag still. Doch sogleich begann ein anderer an seiner Stelle zu feuern. Dieser stand hinter der hinteren Ecke desselben Wagens.

Ein heisser Schmerz durchzuckte meinen linken Arm und irgendetwas feuchtes, warmes lief über meinen Oberarm. Ich biss so fest auf die Zähne, dass sie knirschten. Wieder zielte ich, schoss. Ich hörte, wie die Geschosse klackend in das Blech des Wagens einschlugen. Er feuerte zurück, doch seine Schüsse waren zu hoch. Und dabei beugte er sich etwas zu weit vor und ich schoss erneut. Der Angreifer schrie gellend auf, liess seine Waffe fallen und griff sich ins Gesicht. Er torkelte hinter seiner Deckung hervor. Ich drückte wieder den Abzug, doch nur ein hässliches, metallisches Klicken war zu hören.

«Scheisse!», schrie ich, sicherte das Gewehr, riss das leere Magazin heraus und rammte ein neues in den Slot. Ich liess den Schlitten nach vorne springen und entsicherte und schoss, ohne genau zu zielen. Trotzdem schrie der Mann auf, brach zusammen. Er wälzte sich auf dem Boden hin und her. Ich zielte dieses Mal etwas besser und dann lag er still.

Ich zitterte am ganzen Körper, das Adrenalin pumpte durch meine Adern. Aber wenigstens hielt es den Schmerz ein wenig in Grenzen.

Für einen kurzen Moment blieb es still. Ich konnte die Angreifer hören, aber auch Rob: «Los! Claudio, zum Eagle, schnell!» Und dann hörte ich ihn nochmals: «Mach schon, los!»

Jetzt peitschten wieder Schüsse durch die Nacht. Ob von den Angreifern oder von unseren Leuten, konnte ich nicht bestimmen.

Ich hörte, wie die untere Tür des Hotels aufgerissen wurde. Das musste Claudio sein, der zu unserem gepanzerten Wagen wollte, zu dem auf dem Dach montiertes Maschinengewehr. Doch sofort ertönten Schüsse aus mehreren Waffen.

Claudio schrie auf. Sein Schrei schien eine Ewigkeit zu dauern, bis ein einzelner Schuss ihn verstummen liess.

«Nein!» Es war Gabis Stimme und Entsetzen durchflutete mich. Ich ahnte Schlimmes.

Aber die Angreifer gaben uns keine Pause. Fast unaufhörlich peitschten die Schüsse weiter durch die kalte Luft und auch mich hatten sie wieder ins Visier genommen. Ich feuerte zurück, aber ob ich nochmals traf, konnte ich nicht sagen.

Rufe gellten durch die Luft, verstehen konnte ich den Wortlaut nicht. Dann hörte ich Toni etwas schreien, auch hier verstand ich nicht, was er meinte. Plötzlich hörte ich ein seltsames Zischen, welches immer lauter wurde. Ein grelles Leuchten beleuchtete den grossen Parkplatz wie mit einem Scheinwerfer, verschwand wieder und schon schlug die Rakete in das Hotel ein. Die Explosion hörte sich an wie ein Donnerhall.

Dann, Stille!

«Nochmals!», schrie eine Stimme in diese Stille hinein und diese Stimme liess mir das Blut in den Adern gefrieren. Eine Stimme, zu der böse, blaugrüne Augen gehörten.

«Los!», schrie die Stimme nochmals. «Gib mir die zweite Rakete.»

Doch jetzt hörte ich Toni: «Gebt mir Feuerschutz!

Gebt mir Deckung! Los, los, los, los!»

Wieder wurden Salven abgefeuert, wieder hörte ich die untere Türe des Hotels. Auch ich schoss wieder, obwohl ich keinen der Angreifer wirklich sehen konnte.

Ich hielt den Atem an, wartete mit Entsetzen auf Tonis Schrei, doch er kam nicht. Stattdessen hörte ich die schwere, gepanzerte Türe des Eagle zuschlagen.

«Gib mir endlich die verfluchte zweite Rakete!», vernahm ich die Stimme des Teufels, jetzt aber mit einer gewissen

Dringlichkeit darin.

Doch T war schneller.

Mit einem dunklen, bösartigen Stakkato eröffnete das Maschinengewehr das Feuer.

Ich hörte wie die schweren, grossen Geschosse in den Asphalt des Parkplatzes, in die Fahrzeuge und in die Menschen einschlugen. Trotz des Lärms vernahm ich das metallische Regnen der leeren Geschosshülsen, die über das Metall des Wagens auf den Boden fielen.

Toni schoss.

Und schoss.

Und schoss…

Stille.

Es war eine plötzliche Stille. Unheimlich, gespenstig, tödlich.

Sie breitete sich wie ein schwerer, dunkler Mantel über der Szenerie aus, legte sich über uns.

Und wurde unterbrochen durch den Ruf von Rob:

«Alle raus hier! Wir müssen raus!»

Das Adrenalin verschwand langsam und Müdigkeit breitete sich in meinem Körper aus und mit der Müdigkeit kam der Schmerz. Er begann im Oberarm, weitete sich dann über den gesamten Körper aus. Ich bemerkte, dass ich in Schweiss gebadet war. Ich zog das Nachtsichtgerät von meinen Augen und strich mir die Haare aus dem Gesicht. Dann versuchte ich aufzustehen, aber der Schmerz zuckte höllisch durch mich hindurch, liess mich zusammensinken. Ich nahm meine ganze Kraft zusammen und schliesslich gelang es mir, mich aufzurappeln. Ich nahm mein Gewehr und überprüfte die noch im Magazin vorhandenen Patronen. Es waren nur noch gerade zwei übrig. Ich setzte ein volles Magazin ein, lud die Waffe durch, dann stülpte ich mir mühsam und unter Schmerzen das Nachtsichtgerät wieder über das Gesicht.

Ich wusste nicht, was mich da vorne erwartete.

Vorsichtig, mit erhobener Waffe trat ich aus dem Wachthäuschen, rannte quer über die Strasse und tauchte ein in den Schatten des Hotels.

«T!», schrie ich laut. «Rob!»

«Connie?» Es war Toni. «Alles klar bei Dir?»

Langsam bewegte ich mich im Schatten des Gebäudes vorwärts in Richtung des Parkplatzes, das Gewehr im Anschlag. Ich passierte die Haupteingangstüre, blickte zu ihr hoch, aber es war niemand zu sehen.

«Ich bin getroffen, aber ok.» Vorsichtig schlich ich weiter. «Sind sie weg?»

Toni liess sich Zeit mit seiner Antwort, also blieb ich tief im Schatten, wartete.

«Ja!», kam die Antwort dann doch noch. «Es ist keiner mehr zu sehen.»

Ich fuhr herum, riss das Gewehr hoch, als die Eingangstüre mit einem lauten Knall aufflog.

«Nicht schiessen! Wir sind's.», rief Rob.

Er und Gabi schleppten Patrick durch die Tür und über die Treppe hinunter. Sie setzten ihn vorsichtig an die Mauer.

Patrick blutete in der Brust, seine Augen waren geschlossen und der Atem ging röchelnd.

Ich sah zu Rob und Gabi. Beide sahen schrecklich aus. Gabi stand mit weit offenen Augen da, der Blick leer. Er schien jedoch nicht verletzt zu sein, während Robs Gesicht kreidebleich war und er blutete heftig aus einer Wunde am Kopf wie auch aus einer am Arm.

«Wo…», begann ich zu fragen, aber er schüttelte den Kopf.

«Claudio hat eine Kugel abgekriegt, als er zum Eagle wollte. Und Patrick hier,» Rob zeigte auf den an der Mauer lehnenden Hünen, «hat es in der Brust erwischt. Er lebt noch, aber ich denke, seine Lunge ist durchschlagen.» Er schüttelte wieder den Kopf.

«Und Andy?»

«Der stand direkt neben der Rakete.» Robs Stimme war leise, doch sie bebte vor Wut. «Von ihm ist nicht viel… übrig.» Rob sah auf meine Hand, von der Blut herunter tropfte. «Und Du? Was ist mit Dir?»

«Ist nicht schlimm.», antwortete ich. «Eine Kugel durch den Oberarm. Schmerzt höllisch, aber ich kann den Arm bewegen.»

«Gut.», meinte er. «Wir brauchen Dich. Wir müssen hier weg.»

«Weg?» Ich runzelte die Stirn. «Warum weg?» Rob sah mich lange an, dann drehte er sich um und zeigte nach oben.

Erste jetzt sah ich die Flammen.

Patrick stöhnte und öffnete die Augen.

«Bleib bei mir.» Ich ging in die Hocke, sprach leise.

«Bleib bei mir, Patrick.» Ich sah den grossen, dunklen Fleck auf seiner Brust.

«Sind sie…?» Sein Flüstern ging ins Leere. Er war kaum zu verstehen.

Ich nickte.

«Sie sind weg.»

Der grosse Mann nickte sanft, lächelte leicht, seufzte und schloss langsam die Augen.

«Patrick! Patrick, bleib hier! Bleib bei mir!»

Doch er regte sich nicht mehr.

Ich prüfte seinen Puls. Nichts.

Ich spürte eine Hand auf meiner Schulter und sah hoch. Es war Rob. Ich stand auf, sah ihn an. Tränen liefen mir über die Wangen.

«Hey!», hörten wir dann Toni rufen. «Hierher!»

Wir gingen zu dem grossen Parkplatz. Gabi sprach nicht, kam aber hinter uns her und ging dann langsam zu dem Eagle.

Vor uns lag ein Schlachtfeld. Tom lag regungslos in seinem Blut neben dem Wachhäuschen und Nicole lehnte am Holz. Blut lief an ihr herunter, aber sie lebte.

Ich bemerkte den Blick, welchen Rob ihr zuwarf und ich erschauerte ob der Wut, die darin lag.

T stand neben den alten, verlassenen Fahrzeugen, die wir bei unserer Ankunft darauf vorgefunden hatten. Sie waren völlig zerschossen und sechs Leichen lagen um sie herum und darunter verteilt. Zwei weitere Angreifer lehnten an einem der Wagen, beide lebten noch. Dem einen hatte eine Kugel das Knie zertrümmert, der andere hatte einen Treffer in den Bauch abgekriegt.

«Claudio?», fragte Rob knapp, als wir vor T standen, doch dieser schüttelte nur den Kopf.

«Scheisse!», fluchte Rob. Er atmete tief ein. «Was für eine verfluchte Scheisse!» Er sah an den alten Fahrzeugen vorbei. «Und der verdammte Bastard?»

«Weg.», antwortete Toni. «Wieder scheint er sich in Luft aufgelöst zu haben. Ich habe kurz nachgesehen und zwei Spuren gefunden. Die Angreifer hatten alle Schneeschuhe mit dabei und damit sind die übrigen zwei auch wieder geflohen.» Auch er atmete tief ein, liess die Luft langsam wieder entweichen. «Einer davon wird er gewesen zu sein.»

Rob schüttelte immer wieder den Kopf.

«Und der Scheiss-Raketenwerfer?»

Toni zeigte hinter die Fahrzeuge.

«Der liegt da hinten.» Er sah Rob lange an. «Nicole und Tom?»

«Tom ist tot. Aber die verfluchte Schlampe lebt.»

Ich wollte etwas sagen, aber der Blick von Rob stoppte mich, bevor ich auch nur eine einzige Silbe hervorbrachte. Ich verkniff das Gesicht, drehte mich um und erschrak. Auf der Stirnseite des Gebäudes gab es kein einziges Fenster mehr, das nicht geborsten war. Die Fassade war übersäht mit Einschusslöchern und im Dachgeschoss klaffte ein riesiges, schwarz umrandetes Loch. Rauch drang heraus und Flammen waren zu sehen. Vom alten Schriftzug war nur noch das H übrig und auch das hing schief herunter.

Gabi kam aus dem Schatten des Eagle hervor und langsamen Schrittes näherte er sich uns. Sein Gesicht glänzte feucht im fahlen Mondlicht. Wortlos blieb er vor uns stehen. Tränen rannen ihm aus den Augen.

«Es tut mir so leid!» Ich nahm ihn in die Arme und drückte ihn lange. Erst als ich Nicole hörte, die aufstöhnte, liess ich ihn los und drehte mich um. Sie kam unsicheren Schrittes näher. Ihr Haar war zerzaust, Blutspritzer waren über ihr hübsches Gesicht verteilt.

Ihr Mantel war offen und das Nylon auf ihrem Körper an vielen Stellen zerrissen. Sie war mehr nackt, als noch bekleidet, aber das schien sie nicht zu bemerken.

Blut lief ihr über die ganze rechte Seite, tropfte herunter und hinterliess eine rote Spur auf dem Rest des zertrampelten Schnees.

Zitternd blieb sie vor uns stehen. Wir sahen sie an, keiner sprach ein Wort.

«Es… Es tut mir leid.», stammelte sie. Auch ihr liefen die Tränen in Strömen über das Gesicht.

«Ich… Es…», begann sie, aber brach wieder ab. Sie blickte auf den Boden. Immer wieder lief ein Zittern durch sie hindurch. Dann hob sie ihren Blick, sah zu Gabi. «Es tut mir wirklich leid. Bitte verzeih mir.» Gabi antwortete nicht, sah sie einfach nur an.

«Bitte… Ich wollte das nicht.»

Sie blickte mich an, ihre leicht mandelförmigen Augen waren unendlich traurig.

«Verzeiht mir!», flüsterte sie erneut.

Ich machte einen Schritt auf sie zu, öffnete meine Arme, um sie zu umarmen.

Doch Rob war schneller.

Er hob seine Pistole und drückte ab.

Teil 3 – Und ewig ist nicht für immer

"Die Welt ist stiller geworden. Du musst nur hinhören, dann vernehmen wir Gottes Plan!"
(Anna – I am Legend)

Stilfserjoch – Fünf Wochen vor dem Ende

'Tornante 2' stand auf dem Schild, dessen Ränder schon ziemlich vom Rost angegriffen waren. Er drehte am Gasgriff und drückte gleichzeitig den Gangwahlhebel nach oben. Sofort legte sich der nächsthöhere Gang ein und die rote Ducati schoss vorwärts. Noch ein Gang höher und schneller, immer schneller jagte das Motorrad der Strasse entlang. Trotz des Fahrtwindes konnte er den Lärm der hinter ihm fahrenden MV Agusta hören, doch dieser wurde schnell leiser. Leicht lächelte er unter dem Helm, lenkte die Duc in eine leichte Linkskurve und jagte weiter. Doch schon näherte sich die nächste Kehre. Er schloss den Gasgriff, drückte mit dem Stiefel zwei Gänge herunter und griff in die Bremse. Das Motorrad tauchte vorne ein, während das Getriebe mit Zwischengas die Gänge herunterknallte. Eine 1 leuchtete auf dem Display auf, der tiefste Gang war drin. Er lenkte ein, löste die Bremse und ging sogleich wieder ans Gas. Das Dröhnen des Motors wurde sofort wieder lauter und erneut schoss das rote Motorrad aus der Kurve. Wiederum konnte er Rob hören, der sich ebenfalls schon in der Kehre befand. Und sogleich verschwand das Motorengeräusch der MV, als die Ducati auf die Gerade hinausschoss.

Er wusste, Rob konnte ihm nicht auf die Dauer folgen. Schon zwei Kehren weiter, konnte er seinen alten Freund nicht mehr hören und Toni wusste, es waren noch fast vierzig solcher Kehren zu bezwingen, bis sie oben waren. Wie immer, würde er auf seinen besten Freund oben warten müssen, würde ihnen zwei Cola organisieren und hätte seine erste Kippe schon fast zur Hälfte geraucht, wenn Rob endlich oben ankommen würde. Aber das war er sich gewohnt. Rob war ein richtig schneller Fahrer, aber Toni konnte er nicht das Wasser reichen.

Es waren genau diese Momente in seinem Leben, wo er endlich mal richtig glücklich war.

Die Sonne stand bereits tief über dem Horizont. Rob griff zu seinem Bierglas, nahm einen tiefen Schluck und stellte es mit einem befriedigenden Seufzen wieder auf das Tischchen. Dann grinste er seinen Freund an.

«Was für ein fantastischer Tag.» Er nickte anerkennend. «Auch wenn ich es einfach nicht schaffe, Dir echt zu folgen.»

«Ohne diese Tage würde ich es nicht aushalten.», meinte Toni mit ernster Stimme und trank ebenfalls von seinem Weizenbier.

«So schlimm?» Rob sah seinen Freund mit einem verkniffenen Gesicht an und Toni nickte.

«Du musst endlich was machen, T. Das hält ja kein Mensch aus.»

«Tue ich ja.» Er sah ihn die blauen Augen von Rob. Er fuhr mit den Fingern durch seine dichten, braunen Haare und rieb danach die Stoppeln an seinem Kinn. «Ich fahre hier mit Dir Motorrad.»

«Du fährst, als wäre der Leibhaftige hinter Dir her. Wovon flüchtest Du?»

«Du weisst, wovon.» Toni verzog sein Gesicht.

«Ja, sicher. Sorry, ich weiss wovon. Aber das ist doch kein Zustand. Unsere Touren sind nur wenige Tage im Jahr, den Rest verbringst Du zuhause. Und es kann doch nicht sein, dass…» Rob brach ab, schüttelte leicht den Kopf. Dann redete er weiter: «Es gibt noch andere Mädels da draussen, T. Mädels die einen ehrlichen, netten Kerl wie Dich zu schätzen wissen.»

«Das hat Karin zu Beginn auch.»

«Ach komm, Karin hat Dich von Beginn weg nicht wirklich gut behandelt. Deine Freunde waren ihr nie gut genug, alles, was Du machst, oder wofür Du Dich interessierst, ist für sie nur Schwachsinn. Sie zieht ihr Ding durch, ob es Dir Freude bereitet oder nicht, interessiert sie überhaupt nicht.» Er griff wieder zu seinem Glas, nahm einen Schluck und wischte sich dann seinen Schaumbart weg. «Habt Ihr überhaupt noch was miteinander?» Sein Blick zeigte, welche Antwort er erwartete.

Toni holte tief Luft, liess sie langsam wieder entweichen. Dann zündete er sich eine Zigarette an, bevor er antwortete: «Seit langer Zeit nicht mehr. Wir leben so nebeneinander-her.»

«He komm, Alter! Das kann es nicht sein. Dafür bist Du Dir doch viel zu schade.»

«Du weisst aber, was ich für sie empfinde.»

«Ja, das sieht man. Jedenfalls sehen alle das um Euch her-um. Nur sie nicht. Aber vielleicht will sie es auch nicht se-hen. Ich weiss nicht.» Wieder schüttelte Rob den Kopf, fuhr dann weiter: «Du vergeudest Deine Zeit mit dieser Tussi. Und Du bist mehr wert, als Dein Leben mit einer Frau zu vergeuden, die Dich nicht liebt. Sie nützt Dich nur aus. Eine schöne Wohnung, geile Karre, teure Klamotten. Und Du finanzierst das alles. Und dafür schuftest Du auch noch so viel.»

«Na ja, sie macht halt noch diese Ausbildung.», warf Toni ein, doch Rob verwarf nur die Hände.

«Die wievielte Ausbildung macht sie jetzt? Und hat sie die anderen davor abgeschlossen? Nein, hat sie nicht!»

«Nein, Du hast ja recht.»

«Klar habe ich recht. Und es ist auch nicht das erste Mal, dass ich es Dir sage. Mach den finalen Schritt! Wirf die Schlampe endlich aus Deinem Leben.» Rob erwartete eine entrüstende Antwort, doch Toni antwortete nicht.

Eine hübsche Kellnerin kam, beugte sich zu ihnen herun-ter und stellte die beiden Salatteller ihrer Vorspeise auf das Tischchen. Dabei stellte sie sich so hin, dass Rob einen guten Blick in ihren Ausschnitt hatte. Sie blinzelte ihn an, dann er-blickte sie den Ring an seinem Finger, richtete sich auf, drehte sich kokett um und verschwand wieder im Hotel. «Siehst Du», meinte Toni, «die Girls sehen Dich, dann neh-men sie mich gar nicht mehr wahr.»

«Ach komm, das ist doch Scheisse, was Du da laberst.»

«Na ja, mir jedenfalls hat sie ihre Titten nicht gezeigt.»

«Als würden die mich interessieren.» Rob zuckte mit den Schultern.

«Also vor Jo hätten sie Dich interessiert.»

«Das mag ja sein.» Rob nahm sich ein Stück Brot aus dem Korb und stach mit der Gabel in eine Tomate. «Es gibt für jeden da draussen den passenden Deckel. Und das weisst Du.» Er ass die Tomate, dann sprach er weiter: «Bei mir musste auch erst Jo in mein Leben treten.» Toni grinste. «Sie ist nicht in Dein Leben getreten, sie hat sich in Dein Leben gefickt.»

Rob lachte laut auf, verschluckte sich dabei und begann zu husten. Als er wieder normal atmen konnte, wischte er sich die Tränen aus den Augen. «Ja, das war schon ziemlich verrückt, damals in Madrid. Aber hey, heute haben wir einen wunderbaren Jungen, sind glücklich und zufrieden. Doch dahinter steckt eine Menge Arbeit.» Er spielte mit dem Brot in seinen Fingern. «Eine Beziehung ist eine Menge Arbeit, da müssen sich beide viel Mühe geben. Und wenn dies nur einer von beiden tut, reicht es einfach nicht.» «Das ist mir schon auch klar.», knurrte Toni und stocherte in seinem Salat herum. «Und ich weiss auch, dass sich Karin nicht wirklich viel Mühe gibt.»

«Nicht wirklich viel Mühe?» Rob fuchtelte mit seiner Gabel herum. «Mann, sie gibt sich überhaupt keine Mühe. Sie lässt sich haushalten, geniesst die Annehmlichkeiten, die Du ihr bietest, aber gibt Dir absolut nichts zurück. Gar nichts!» Wieder spiesste er eine Tomate auf, besah sie sich, als hätte er noch nie zuvor eine Tomate zu Gesicht bekommen. «Du wärst allein viel besser dran, und das weisst Du auch.»

Toni seufzte. «Du hast völlig recht. Ich weiss das, aber ich bringe diesen einen, diesen letzten Schritt einfach nicht hin.»

«Es ist Deine Entscheidung, Mann. Aber Du weisst, Jo und ich stehen zu einhundert Prozent hinter Dir.» Rob sah seinen Freund von der Seite her an. «Egal, was Du tust.» «Ich weiss. Danke.» Toni verzog sein Gesicht. «Vielleicht züchte ich einen Virus, der alle Menschen grün färbt, die nicht gut genug für uns sind.»

«Vielleicht solltest Du das tun.» Rob grinste. «Aber das würde ja ziemlich beschissen aussehen. Dann wären sicher neunzig Prozent aller Leute grün.»

«Mindestens.», grinste Toni, nahm sein Glas und hielt es vor sich hin. Auch Rob ergriff sein Bier und prostete seinem Freund zu. «Auf die grünen Gesichter.»

«Und auf die Menschen, die es wert sind.» Sie tranken.

«Und jetzt geniess Dein Schnitzel.» Rob nickte zu der Serviertochter, welche mit zwei Tellern neben ihnen stand.

I

Der Schuss liess die Stille explodieren.

Sein Echo hallte durch die Nacht, während Nicole zusammenbrach und ihr Körper auf den Boden schlug. Eine Fontäne aus Blut spritzte ein paar Zentimeter hoch aus der Eintrittswunde und verebbte dann langsam. Ihr Körper erzitterte noch einmal, dann lag sie still. Ich sah zu Rob, der seine Beretta immer noch erhoben hatte. Rauch strömte langsam aus dem Lauf, verflüchtigte sich in der kalten Winterluft.

Als das Echo des Schusses verklang, kehrte die Stille zurück. Kein Laut war zu hören. Es schien, als ob der Schock sich in Lautlosigkeit verwandelt hatte. Ich sah von Rob zu Connie. Ihre Augen waren weit aufgerissen, ihr Gesicht kreideweiss. Dann drehte sie sich zur Seite und übergab sich fürchterlich.

Robs Gesicht hingegen schien aus Stein gemeisselt.

«Wieso…», begann ich, aber er unterbrach mich sogleich: «Kein Wort, Mann! Kein Wort!» Seine Stimme schien aus Eis zu sein. Ich drehte mich zu Gabi um, aber es schien, als sei er zur Säule erstarrt. Nur die Tränen, welche immer noch unablässig aus seinen Augen rannen, zeigten, dass er lebte.

Connie kam langsam wieder hoch, dann drehte sie sich zu Rob um und begann ihn mit ihren Fäusten zu traktieren. Wie wild schlug sie auf seine Brust.

Er wehrte sich nicht.

Ich packte sie, umschlang sie mit meinen Armen und zerrte sie von ihm weg. Dann hielt ich sie, drückte sie an mich so fest ich konnte. Zuerst versuchte sie sich zu wehren, aber nicht lange und ihre Kräfte schwanden. Ihre Knie gaben nach und ich setzte sie sanft auf den kalten, noch teilweise schneebedeckten Boden.

Für eine lange Zeit sagte niemand ein Wort.

Für eine sehr lange Zeit.

Zu meiner Überraschung war es Gabi, der schliesslich das Schweigen brach: «Wir müssen hier weg!»

Langsam verdrängten rationale Gedanken die wirbelnden, chaotischen Gefühle, welche durch mein Gehirn rasten und ich kam langsam wieder zurück in diese traurige, dunkle Welt

Ich nickte.

Ich schickte Connie und Gabi ins Hotel, sie sollten alles retten, was an Esswaren, warmer Bekleidung, Munition und Treibstoff, sowie restlicher Ausrüstung noch rettbar war. Da ich Bedenken hatte, dass Connie sich möglicherweise zu irgendeiner Dummheit hinreissen lassen könnte, ordnete ich Rob an, die Fahrzeuge bereit zu machen.

Ich hingegen begab mich zu den beiden Verletzten, die an einem der Wagen lehnten. Der eine hatte einen Schuss in den Bauch abgekommen und lag halb auf der Seite. Sein Gesicht war weiss und mit einem dünnen Schweissfilm überzogen. Er war nicht bei Bewusstsein. Er würde nicht mehr lange leben, geschweige denn Auskunft geben können.

Ich ging vor dem anderen in die Hocke. Er sass gleich neben dem anderen Verletzten am Hinterrad des Wracks. Sein Knie war zerschossen und ich zweifelte, ob er je wieder gehen würde können.

Aber er lebte.

Seine Zähne knirschten, als er zu mir hochsah, doch er war bei Bewusstsein.

«Wo ist Euer Anführer?», fragte ich ihn. «Du weisst schon, derjenige mit den blaugrünen Augen und den Furchen im Gesicht.»

«Ich weiss nicht, wovon Du sprichst.» Seine Stimme klang zerknirscht, wütend.

«Ich denke, Du weisst sehr gut, von wem ich rede.» Ich lächelte leicht, stupste mit einem Finger sein kaputtes Knie an und er stöhnte auf.

«Wo ist er?»

«Da wo Du ihn Dir hinstecken kannst, Arschloch.»

Ich nickte leicht, lächelte wieder.

«Sieht echt Scheisse aus.» Ich zeigte auf sein Bein. «Ich denke nicht, dass Du je wieder richtig laufen kannst.»

«Was kümmert Dich das?» Er versuchte mich anzuspeien, spuckte dabei aber nur auf seinen eigenen Fuss.

«Eigentlich nichts, das stimmt.» Ich seufzte theatralisch.

«Aber mich kümmert dieser verfluchte Bastard, der mich jetzt schon zum zweiten Mal versucht hat, umzubringen.» Er runzelte die Stirn, antwortete aber nicht.

«Ist schon eine Weile her, da hat er versucht, mich zu verbrennen.» Ich atmete einmal tief. «Und jetzt wollte er mich erschiessen. Oder mit einer Rakete in die Luft sprengen. Deshalb kümmert es mich, wo er ist.»

«Er wird schon seine Gründe dafür gehabt haben. Ich denke, Du bist einfach ein riesiges Arschloch, darum wollte er Dich töten.»

Ich lachte leise.

«Nein, bin ich echt nicht. Aber es interessiert mich auch nicht, ob Du das glaubst oder nicht. Das Einzige was mich interessiert ist: Wo ist er?»

«Weg! Er ist weg und Ihr kriegt ihn nie. Aber er hingegen wird Euch kriegen. Dich und Deine Scheiss Kollegen.»

«Hmm.», machte ich. «Wie gesagt, Du wirst nie wieder gehen können. Aber Du wirst leben, jedenfalls wenn Du Dich etwas kooperativ zeigst. Dann lebst Du sicher noch ein Weilchen weiter.»

Er lacht ein bösartiges Lachen, bewegte dabei sein zertrümmertes Bein und das Lachen ging in ein Stöhnen über.

«Wie soll ich mit diesem Bein in einer solchen Welt leben können, Arschloch?», knirschte er. «Ich kann ja nicht einfach die Strasse herunter spazieren, oder?» Er stöhnte wieder vor Schmerzen, dann fuhr er weiter: «Und fahren kann ich auch nicht. Also, wie soll ich leben? Ich bleibe einfach hier sitzen und mein letzter Gedanke wird sein, wie er Euch aufmischen wird. Und wenn er Euch hat, wird er Euch töten. Jeden einzeln und es wird für jeden von Euch nicht schnell vorbei sein.»

Ich seufzte, nickte dann. Ich stiess denjenigen mit dem Bauchschuss mit der Hand an. Er stöhnte auf, rutschte dann noch ganz auf die Seite und blieb am Boden liegen. Er röchelte, dann war er still.

«Na ja, wie Du willst.» Ich stand auf. «Dein Kumpel hier hat's schon hinter sich. Bei Dir geht's noch eine Weile. Aber wie Du willst.»

Ich drehte mich um und ging in Richtung des brennenden Hotels.

«Warte!»

Ich drehte mich wieder zu ihm um.

«Weshalb? Ich dachte, Du willst lieber hier sitzen und langsam krepieren.»

Er zeigte auf den Körper von Nicole.

«Sie war eine von Euch. Und Ihr habt sie getötet, regelrecht hingerichtet. Wie soll ich Dir glauben, dass Ihr mich am Leben lässt?»

Ich zuckte mit den Schultern.

«Keine Ahnung.» Wieder ging ich ein paar Schritte in Richtung Hotel.

«Warte, Mann!» Panik klang in seiner Stimme mit. «Versprichst Du mir, dass Ihr mich nicht umbringt und mit ins Tal herunternehmt, wenn ich es Dir sage?»

Ein weiteres Mal drehte ich mich zu ihm.

«Wenn Du quatschst und die Informationen auch etwas wert sind, dann wirst Du leben. So viel kann ich Dir versprechen.» Ich dachte kurz nach. «Und ja, dann nehmen wir Dich mit ins Tal.» Wiederum machte ich eine Pause, um meinen Worten etwas mehr Gewicht zu verleihen. «Aber wenn nicht, töten wir Dich nicht. Doch ich zerschiesse Dir Dein zweites Knie auch noch und lasse Dich dann einfach hier sitzen. Und dann erfrierst Du. Ganz langsam und ganz allein. Umgeben von all den Toten hier. Und kurz bevor Du einschläfst, aus einem Schlaf, von dem Du nie wieder erwachen wirst, dann werden sie Dich heimsuchen. Sie werden zu Dir kommen und Deine Seele mit in die Hölle nehmen.» Ich nickte langsam. «War es das wirklich wert?»

Er sah mich lange an. Tränen begannen über seine Wangen zu rinnen. Immer wieder zitterte er. Dann nickte er.

«Bitte.» Sein Ton war flüsternd. «Bitte lasst mich hier nicht zum Sterben zurück.»

Ich wartete einen Moment, bis ich ihm endlich antwortete:

«Okay.» Ich ging langsam wieder zu ihm, kniete mich vor ihm hin. Dann zückte ich meine Pistole und er schreckte zurück. Ich setzte den Lauf an sein gesundes Knie. «Du quatschst und ich beurteile dann, ob ich Dir glaube oder nicht. Und ob ich das Gesagte gebrauchen kann. Aber wenn nicht… Du weisst, was ich dann tue.»

Er nickte heftig mit dem Kopf.

Und dann begann er zu reden.

Wir retteten, was wir noch aus dem Hotel herausbekommen konnten, bevor sich irgendwann die Flammen durch den Dachstuhl fressen würden, die Fenster bersten und das ganze Gebäude schliesslich in sich zusammenstürzen liessen.

Da wir nur in der untersten Etage gelebt hatten, gelang es uns wenigstens, das meiste an Esswaren, den Klamotten und den Grossteil an Ausrüstung herauszubringen. Die Munition und den Treibstoff, welche im Keller gelagert waren, konnten wir ebenfalls retten.

Während Connie, Gabi und ich die Habseligkeiten aus dem brennenden Gebäude schafften und im Saurer Lastwagen verstauten, machte Rob die Fahrzeuge fahrbereit. Der Pinzgauer Truppentransporter auf dem Parkplatz hatte Schüsse in Tank und Motor abbekommen und war nicht mehr zu gebrauchen. Aber der Eagle und vor allem der alte 2DM Lastwagen waren noch in Ordnung und liefen auch sogleich wieder an.

Zuletzt betteten wir die Leichen unserer Kameraden im grossen Esssaal des Hotels auf die Tische, deckten sie mit Decken zu. Es war das Würdevollste, was wir für sie tun konnten. Auch den Körper von Nicole legten wir auf einen der Tische.

Bevor ich das Hotel verliess, drehte ich mich nochmals zu unseren toten Freunden um.

Mir tat meine Seele weh. Der Schmerz war unendlich. «Es tut mir leid.», flüsterte ich.

Doch wir mussten weg.

Ich verabschiedete mich in Gedanken von ihnen allen, dann verliess ich das Gebäude.

Die Leichen der Angreifer liessen wir liegen, wo sie waren.

Ich stand auf dem Parkplatz, die Motoren beider Wagen liefen schon. Ich sah zu unserem 'Hotel der Träume' hoch, welches in den letzten knapp drei Monaten unser Zuhause gewesen war und eine grosse Traurigkeit überkam mich. Ich spürte, wie mir Tränen in die Augen schossen.

Eine Hand legte sich auf meine Schulter. Es war Gabi. «Hey.»

Ich sah ihn an. Seine Augen waren immer noch gerötet, aber die Tränen liefen nicht mehr.

«Es…», begann ich, wusste dann aber nicht mehr weiter und Gabi nickte. Ein scheues Lächeln huschte über sein Gesicht.

«Ist schon gut.»

Dann hörte ich das metallische Klicken einer Pistole. Ich drehte mich um und sah Rob, der mit seiner Beretta auf den verletzten Angreifer zielte.

«Nein!» Meine Stimme war nicht laut, aber dafür sehr bestimmt. «Wir nehmen ihn mit.»

Rob sah mich an. Seine Augen waren dunkel, sein Gesicht hatte immer noch diesen eiskalten, gespenstigen Ausdruck. Langsam drehte er seinen Kopf zu dem Gefangenen hin, die 9mm zielte immer noch auf dessen Kopf.

«Ich sagte nein! Wir nehmen ihn mit.»

«Das bestimmst nicht Du.» Robs Stimme passte zu seinem Gesichtsausdruck.

«Oh doch, das tue ich! Und ich sage Dir, wir nehmen ihn mit.»

Es vergingen einige Sekunden, die Spannung war zum Greifen nah. Der Gefangene sah immer zwischen Rob und mir hin und her. Schliesslich senkte Rob die Waffe.

«Wie Du willst.» Abrupt drehte er sich um, ging zu dem Saurer und kletterte hinein.

«Gabi, komm hilf mir.»

Wir hoben den Verletzten hoch und nahmen ihn mit zum Eagle, fesselten ihn und legten ihn dann auf den Rücksitz des gepanzerten Wagens.

Gabi sah mich an.

«Ich fahre mit Rob. Ist besser so.» Er warf einen Seitenblick zu Connie, die unbeweglich zwischen den Fahrzeugen stand.

«Danke.», antwortete ich leise und Gabi nickte. Wir kletterten alle in die Fahrzeuge und fuhren los.

Der viele Schnee des Winters machte die Fahrt hinunter immer noch mühsam, aber es war nur Schnee und kein Geröll und der Pflug am Saurer schaufelte diesen gut weg. Wir kamen gut voran.

Doch wir wussten nicht, wo dieser Bastard war. Wie lange würde er brauchen, mit den Schneeschuhen wieder ins Tal zu gelangen? War er vor uns? Hinter uns? Oder vielleicht sogar genau da, wo wir sein würden?

Gabi hatte die Dachluke des Lastwagens geöffnet, stand in der Kabine und sah hinaus, versuchte, mit Hilfe seines Nachtsichtgerätes, die beiden Flüchtigen zu finden. Auch Connie spähte die Umgebung ab. Oder es sah danach aus. Jedenfalls blickte sie aus dem Seitenfenster.

Ich sah den Berg hoch. Der Dachstuhl des Hotels brannte unterdessen lichterloh und wiederum überkam mich diese grosse Traurigkeit.

Was hatte ich getan?

Meine Gedanken kreisten, während ich langsam hinter Rob und dem 2DM herfuhr. Hätte ich damals die beiden Diebe nicht in den Keller gesperrt, wäre alles anders gelaufen. Hätte ich das Messer doch nur so zu ihnen hingeworfen, dass sie es hätten fassen können. Aber das hatte ich nicht. Und das hatte ihnen den Grund gegeben, sich mit diesem Teufel zusammen zu tun. Auch wenn es ihnen letztendlich das Leben gekostet hatte, dieser Dämon, dieser Teufel hatte einen Grund seine krankhafte Phantasie, sein kaputtes Wesen an uns auszuleben.

Und wir?

Wir waren auf diesen Zug aufgesprungen. Direkt hinein in das Verderben.

Endstation Tod.

Rob und ich hatten uns zwei Mal hinreissen lassen, diesen Teufel anzugreifen, obwohl wir einfach hätten wegfahren können. Wir hätten in Richtung Sonne fahren sollen, einfach im Sonnenuntergang verschwinden.

Waren wir besser als er?

Waren wir die Guten?

Ich wusste es nicht.

Aber ich wusste, der Teufel mit den blaugrünen Augen würde uns nie in Ruhe lassen. Wir hatten Satan geweckt und er würde nicht ruhen, bis er uns hatte. Nicht, nachdem was wir getan hatten bei der Rettung von Connie und dann später auf dem Flugplatz.

Doch es war zu spät. Er würde nicht ruhen, bis er uns tot sah.

Also mussten wir ihm zuvorkommen.

Ich wusste zwar nicht, wo er zurzeit gerade war.

Irgendwo auf dem Weg hinunter ins Tal.

Aber ich wusste, wohin er wollte.

Der Verletzte setzte sich einigermassen aufrecht. Er lehnte am Hinterrad des alten, nun völlig zerschossenen Wagens, die Leiche seines unterdessen toten Kameraden neben sich liegend.

«Wohin will er?», fragte ich. Ich hatte meine Pistole in der Hand, wiegte sie hin und her.

«Er…», begann er, stockte dann aber. Ich nahm die Waffe hoch.

«Nun?»

«Wir sind im Blauen Haus.», sagte er schliesslich.

«Blauen Haus? Nie davon gehört.»

«In Gletsch. Das erste Dorf unten an der Passtrasse. Gleich nach der letzten Kurve des Passes, wenn man ins Dorf hineinfährt, steht ein altes Hotel. Das hiess mal 'Dependance' oder 'Blaues Haus'. Da will er hin.»

Ich runzelte die Stirn und überlegte. «Dieses grosse, zwei oder dreigeschossige Haus gleich bei der Brücke über die Rhone?»

Der Verletzte sah zu mir hoch, dann nickte er.

«Ja, genau das.»

Konnte ich ihm glauben? Ich war mir nicht sicher.

«Und das stimmt auch wirklich?»

«Das stimmt.» Er nickte. «Wir haben da unsere Fahrzeuge geparkt und uns vorbereitet.»

«Aber von da geht kein Weg hoch bis hierhin, an das Belvedere, ausser auf der Strasse entlang. Der einzige Weg ist derjenige zu dem Wasserfall und von dort geht es nicht mehr weiter.»

«Es gibt noch einen weiteren Weg. Der zum Wasserfall verläuft direkt unten an der Rhone entlang. Aber weiter links vom Fluss, etwas höher in den Bergen, gibt es einen alten Saumpfad. Der führt immer weiter hoch und fast bis zum Gletschersee.»

«Der Rhone Quelle?»

Er stöhnte vor Schmerzen, seine Zähne knirschten, aber er nickte.

«Er endet bei einem Geröllfeld direkt unterhalb des Sees.

Wir waren mit Schneeschuhen unterwegs und bis dahin ging es eigentlich recht gut. Aber das Geröllfeld war tückisch. Spalten und Risse im Gestein waren kaum unter dem Schnee auszumachen und wir mussten höllisch aufpassen, dass sich keiner ein Bein brach.»

«Und wie lange brauchtet Ihr da bis zu dem Geröllfeld?» Er sah mich an, seufzte. «Eine ganze Nacht. Der Vollmond half uns, besser sehen zu können. Aber der Morgen brach schon an, als wir das Geröllfeld erreichten, also legten wir uns in Gruben und Mulden, deckten uns zu und ruhten uns aus. Als es dann wieder dunkel wurde, stiegen wir über das Feld hoch zum See und am Aussichtsturm vorbei auf den Parkplatz.»

Ich nickte langsam.

Sie waren schon den ganzen Tag in unserer Nähe gewesen und wir alle hatten sie nicht bemerkt. Keiner von uns!

Ein Schauer lief mir über den Rücken.

«Und wie lange brauchtet Ihr über das Feld bis zum See?»

Er überlegte.

«Verarsch mich nicht, Junge!», fügte ich hinzu. «Solltest Du mich anlügen, töte ich Dich als erstes unten im Tal. Und wenn es das letzte ist, was ich tue.»

«Etwa vier Stunden.»

«Vier Stunden?»

«Ja, so in etwa. Wir warteten bis etwa acht Uhr und waren knapp vor Mitternacht hier.»

Ich verbiss mir einen Fluch. Dafür fragte ich: «Und runter? Was meinst Du, wie lange brauchen die beiden wieder runter?»

Er zuckte mit den Schultern, bewegte dabei sein Bein und stöhnte auf. Dann antwortete er: «Das wird sicher schneller sein. Sie können unseren alten Spuren folgen.»

«Zwei Stunden?»

«Vielleicht. Oder auch drei, ich weiss es nicht.»

«Und dann?»

«Es hat nicht mehr geschneit. Die Spuren vom Aufstieg sind noch sichtbar, also werden sie sie finden und ihnen folgen können. Trotzdem ist es tückisch und sie brauchen die Schneeschuhe. Ein falscher Tritt auf Eis oder Schnee…»

«Und einer von ihnen ist verletzt.»

Der Gefangene sah mich an, sein Gesicht eine Mischung aus Schmerz und Mitleid.

«Hast Du's immer noch nicht kapiert?»

Ich runzelte die Stirn.

«Kapiert? Was denn?»

«Das wird ihn nicht aufhalten. Wenn er es ist mit der Verletzung, interessiert ihn das einfach nicht. Er scheint keinen Schmerz zu spüren.»

«Und wenn es der andere ist?»

Ein Lächeln huschte über sein Gesicht.

«Interessiert ihn das noch viel weniger.»

Erneut lief mir ein Schauer über den Rücken.

Ich hatte keinen Grund, ihm nicht zu glauben. Ich drehte mich um, sah auf die Rückbank. Der Gefangene schien zu schlafen. Er war gefesselt und ich hatte ihm einen Streifen Panzertape über den Mund geklebt.

Hatte er tatsächlich die Wahrheit gesagt? Dann hätten wir insgesamt vielleicht fünf bis sechs Stunden Zeit, bis die beiden wieder unten im Tal waren. Und zwei davon hatten wir schon benötigt, alles aus dem Haus zu retten und in den Fahrzeugen zu verstauen. Also blieben uns noch drei, allerhöchstens vier Stunden, um vor diesem Bastard ins Tal zu kommen. Und der Schnee auf der Strasse liess uns nur langsam vorwärtskommen.

Uns ging die Zeit aus.

Ich nahm das Walkie-Talkie in die Hand.

«Rob, wie lange brauchen wir bis runter?»

«Keine Scheiss-Ahnung!», schnauzte er zurück und Connie sah mich von der Seite her an, sagte aber nichts.

«Wir haben vielleicht drei Stunden, mehr nicht. Sonst ist er vor uns unten.»

«Und Du glaubst diesem Arschloch auf dem Rücksitz?

Der erzählt doch nur Scheisse, um sein erbärmliches Leben zu retten.» Die Kälte von Rob war durch das Walkie-Talkie zu spüren.

«Dann ist er unten tot, das weiss er.» Ich machte eine kurze Pause. «Deshalb glaube ich ihm.»

«Wenn Du meinst.» Es blieb einen Moment still. Dann knirschte mein Gerät wieder.

«Ich denke, das wird verdammt knapp.»

Ich drückte wieder die Sprechtaste.

«Denke ich ebenfalls.»

Ich seufzte tief. 'Was sollten wir tun?', dachte ich. Wenn wir ihnen eine Falle stellen würden, könnten sie uns vielleicht schon vom Berg her sehen, dann würde die Falle natürlich nicht funktionieren. Oder noch schlimmer, sie waren vor uns unten und würden uns überraschen. Wir mussten mit allem rechnen.

Und wie würde Gabi sich in einem erneuten Gefecht verhalten? Ich hatte keine Ahnung. Von Connie ganz zu schweigen.

Sie sass da, sah aus den schmalen, mit dickem Glas gepanzerten Fenstern. Ich hatte sie angewiesen, nach den zwei Flüchtigen Ausschau zu halten, war mir aber nicht sicher, ob sie nur ihr eigenes, dunkles Spiegelbild im Glas sah.

Seit dem Tod von Nicole hatte sie kein einziges Wort mehr gesprochen.

Ich nahm das kleine Walkie-Talkie, drückte den Sprechknopf: «Könnt Ihr etwas erkennen?»

Es verging einen Moment, dann meldete sich Gabi: «Ich hatte gemeint, vorhin etwas zu sehen. Irgendeine Bewegung, aber kann es jetzt nicht mehr finden.»

«Vielleicht haben sie uns gesehen und sind in Deckung gegangen?»

«Kann schon sein.»

«War es vor oder hinter uns?», fragte ich und seine Antwort kam prompt: «Vor uns.»

Ich unterdrückte einen Fluch. Dann knarzte das kleine Funkgerät wieder: «Das muss nichts heissen, T.» Gabi versuchte irgendwie zuversichtlich zu klingen, doch so ganz wollte es ihm nicht gelingen. «Es können auch Tiere gewesen sein.»

«Klar.» Ich überlegte kurz. «Aber wir können kein Risiko eingehen.»

«Du meinst, da unten wartet noch ein Raketenwerfer auf uns?»

«Denke ich nicht. Hätten sie einen zweiten besessen, hätten sie ihn mitgenommen.» Ich dachte kurz nach. «Aber zwei Salven aus automatischen Gewehren würde uns schon genug schaden. Vor allem, Euer Saurer ist nicht gepanzert. Euch würde es voll erwischen.»

Es verging wieder ein Moment, dann meldete sich Rob: «Irgendeine Idee?»

Seine Stimme war immer noch eiskalt, bar jeglicher Gefühle. Und erneut sah mich Connie kurz an, nur um dann wieder wortlos in die Dunkelheit zu starren. Ich seufzte tief. Wir, im Eagle waren gegen Pistolen und Gewehre sehr gut geschützt, aber Rob und Gabi wären einem Kugelhagel schutzlos ausgeliefert.

Was sollten wir tun?

Was konnte ich tun?

Komm schon, denk nach!' Irgendwas musste es doch geben.

Ich sah aus dem Seitenfenster. Wo waren diese Teufel?

Was würden sie tun, sollten sie vor uns unten sein?

Ich spielte in meinem Kopf die verschiedenen Möglichkeiten durch. Was würde ich an seiner Stelle tun?

«Ich kann sie auch nicht sehen!» Connies Stimme war leise, doch ich war nicht minder überrascht, als wenn sie die Worte geschrien hätte. «Was sollen wir tun?», fragte sie und sah mich an.

Sie sah schrecklich aus. Im fahlen Licht der Cockpitbeleuchtung schien ihr Gesicht nur noch aus Augen, Knochen und Schatten zu bestehen. Tiefe Linien durchzogen ihr Antlitz, ihr Blick war reine Traurigkeit.

«Ich weiss es nicht.», antwortete ich schliesslich ehrlicherweise. «Ich weiss es wirklich nicht.»

Connie starrte wieder aus dem Seitenfenster.

«Was ist nur aus uns geworden?», fragte sie nach einer Weile und ich wusste nicht, ob sie eine Antwort erwartete. Aber ich hätte auch keine geben können.

«Warum, T? Warum nur hat er das getan?»

«Er...», begann ich, wusste aber sogleich nicht mehr weiter. «Er... Ich...» Ich sah sie an. «Ach Connie, woher soll ich das wissen? Er hatte es ihr angedroht.»

«Er hat nur darauf gewartet!» Connie schrie förmlich und unser Gefangener auf dem Rücksitz schreckte auf. Ich sah ihn über den Rückspiegel scharf an und er verstand.

Er nickte.

«Wirklich? Meinst Du das im Ernst? Kann ich mir nicht... Ja, vielleicht.» Ich war durcheinander.

War das wirklich noch Rob, der den alten Saurer vor uns fuhr? War dieser Mensch wirklich immer noch derselbe alte, gute Freund?

«Er hat nur darauf gewartet, T. Er wollte sie schon damals auf dem Flugfeld töten.»

«Ich kann mir das nicht vorstellen. Dass Rob...»

«Ich war dabei!» Sie unterbrach mich heftig. «Ich war damals dabei und hätte ich ihn nicht daran gehindert, hätte er ihr schon damals eine Kugel durch den Kopf gejagt.» Ihre Worte spülten die Bilder vom Hotelparkplatz wieder in meinen Kopf, welche ich eigentlich unbedingt vergessen wollte.

Diese Bilder, in denen eine Fontaine aus Blut aus der Wunde in der Schläfe entsprang und Nicoles Körper wie unter Strom zitternd das Leben hergab.

Tausende Male hatten wir solche Szenen schon in irgendwelchen Hollywood-Streifen gesehen, doch hier konnte ich den Knall der Waffe immer noch hören, roch den Pulverdampf, welcher aus dem Lauf der Beretta strömte, das dumpfe Geräusch, als ihr Körper auf dem teilweise verschneiten Asphalt aufschlug, das Schaben des Nylons bei den Muskelkontraktionen. Ich sah ihre grossen Augen kurz vor dem fatalen Schuss, den flehenden Blick, welcher in Schock überging als sie realisierte, was Rob tat und das Zusammenkneifen von Gesicht und Augen, als die Kugel durch ihren Kopf jagte und ihr das Leben, ihre Zukunft und all ihre Träume nahm.

«Er wollte sie töten, T, das ist für mich völlig klar.» Ihre Stimme war leise, tonlos. «Vielleicht erinnerte sie ihn an seine Frau, oder er wollte sie ficken und getraute sich nicht, oder er hatte einfach den unbändigen Wunsch, irgendjemandem eine Kugel durch den Schädel zu jagen. Was weiss ich. Vielleicht ist er einfach auch so ein kaltes, krankes Arschloch wie dieser Wichser mit seinen scheiss-bösen, grünblauen Augen.»

Ich sah sie schockiert an, wollte, ja sollte meinen alten, guten Freund verteidigen.

Doch ich konnte nicht.

Es kamen keine Worte.

Connie sah mich an und ich sie. Aber ich sagte nichts und sie nickte schliesslich traurig.

Das Funkgerät knarzte. Es war wieder Gabi: «Ich kann sie nirgends entdecken. Sehr Ihr irgendetwas?»

Ich wollte das Walkie-Talkie nehmen, aber Connie war schneller: «Nichts.», antwortete sie kurz angebunden. Gabi schien überrascht, ihre Stimme zu vernehmen. Das Ding blieb einen Moment lang stumm. Dann war erneut seine Stimme zu hören: «Was sollen wir tun? Habt Ihr irgendeine Idee?»

Connie sah mich an, aber ich schüttelte nur meinen Kopf, zuckte dabei noch mit den Schultern. Ihr Blick blieb noch einen Moment auf mir haften, dann nahm sie das Gerät wieder vor das Gesicht und drückte den Sprechknopf: «Wir sollten einzeln da runter.»

Ich blickte sie überrascht an.

«Was…?», wollte ich fragen, aber sie sprach schon wieder in das Funkgerät: «Wir sollten uns trennen. Ich meine, wenn T und ich oberhalb des Dorfes anhalten, dabei freie Sicht auf die Brücke und das Gebäude besitzen, dann könnten wir mit dem Maschinengewehr Euch Feuerschutz geben.»

Sie liess den Knopf los und das Gerät blieb ruhig. Connie sah mich an. Ich überlegte. Könnte das wirklich aufgehen? Angestrengt dachte ich nach und ich wusste, im vor uns langsam fahrenden Saurer erging es Rob und Gabi genauso.

Es war immer noch stockfinster, aber lange würde es nicht mehr dauern und der Tag würde anbrechen.

Connie schien meine Gedanken zu lesen: «Es wird bald hell. Und sollten die beiden Scheiss-Wichser vor uns unten sein, wäre es für sie ein Einfaches, uns aus irgendeinem Hinterhalt zu beschiessen. Sie müssten sich nur hinter einer Mauer oder einer Häuserwand auf die Lauer legen.» Sie machte eine kurze Pause. «Und wenn sie nochmals so eine verdammte Rakete haben…» Sie beendete den Satz nicht.

Dafür drehte sie sich auf ihrem Sitz um.

«Habt Ihr da unten noch so ein Ding?»

Unser Gefangener tat so, als würde er schlafen.

«Mach kein verfluchtes Theater, Mann!», schnauzte sie ihn an. «Habt Ihr noch so ein Scheiss-Ding da unten?»

Er regte sich, schlug die Augen auf. Als er sich bewegte, zuckte er vor Schmerzen zusammen. Doch er nickte.

«Also ja?» Sie sah ihn mit dunklem Blick an. Er nickte nochmals.

«Verflucht!», schimpfte sie. «Scheisse, Scheisse, Scheisse!» Dann drückte sie noch einmal die Sprechtaste des Walkie-Talkies: «Diese Bastarde haben noch einen Raketenwerfer da unten.»

«Verdammt!» Es war Gabi, der antwortete. «Dann gibt es echt nur die Hoffnung, vor ihnen unten zu sein.» «Ich denke,», meinte ich, «Dein Plan die Fahrzeuge einzeln über die Brücke und durch das Dorf zu bringen, könnte funktionieren.»

Ich sah Connie von der Seite her an. Sie sah aus dem Fenster, schien zu überlegen. Einen langen Moment passierte nichts. Dann nickte sie.

«Der Saurer zuerst. Wir müssen uns so positionieren, dass wir das 'Blaue Haus' unter Beschuss nehmen können.» Sie machte eine Pause. «Und die beiden müssen für uns dann dasselbe tun.»

«Wenn sie dann noch können.», meinte ich leise, doch Connie ging nicht darauf ein. Sie blieb still. Dann knarrte wieder das Funkgerät. Es war Rob: «Ich werde den 2DM allein über die Brücke und am Haus vorbeifahren. Dann erwischt es, wenn, nur mich. Das erwarten sie nicht.»

«Das wird Dich nicht von Deinen Sünden befreien, Du verfluchtes Arschloch!», polterte es aus Connie heraus.

«Gott wird Dir deshalb nicht verzeihen.» Sie hieb mit ihrer Faust auf das vor ihr liegende Armaturenbrett und fügte dann mit leiser, müder Stimme hinzu: «Und ich ebenfalls nicht.»

Es blieb ruhig, im Funkgerät wie auch bei uns im Wagen. Dann knarzte das Walkie-Talkie erneut: «Es ist mir verflucht egal, ob Du oder Gott oder der Teufel persönlich mir verzeihen werdet oder nicht.» In seiner Stimme dominierte die Wut. «Du kannst mich sowieso kreuzweise. Wenn Du nicht gewesen wärst, hätten wir sie am Flugplatz schon gar nicht mitgenommen.»

«Das stimmt.» Auch Connies Stimme zitterte. «Du hättest sie nämlich schon damals erschossen, Du verfluchter Mörder.»

«Das sagt genau die richtige.»

Jetzt riss mir der Geduldsfaden und ich griff hinüber und riss Connie das Funkgerät aus den Händen.

«Jetzt ist einfach mal Schluss!» Ich hielt den Sprechknopf gedrückt, damit Rob gleich mithören konnte. «Dieser Teufel will uns alle zur Hölle blasen und Ihr beide habt nichts Besseres zu tun, als Euch gegenseitig zu zerfleischen.»

«Sie hat damit…», begann es aus dem Lautsprecher, doch ich wollte einfach nichts mehr hören.

«Halt Deinen Mund, Rob! Sei einfach still!» Ich seufzte.

«Wir haben gegen diesen Mann keine Chance, wenn wir nicht zusammenarbeiten. Wenn wir überhaupt eine haben. Doch wenn ich nicht weiss, ob ich mich auf Euch beide verlassen kann, ist das unser sicherer Tod. Früher oder später.» Ich machte erneut eine kurze Pause. «Ich oder Du fahren den Saurer über die Brücke, während Gabi versucht, sich um das 'Blaue Haus' herumzuschleichen und uns so vor dem toten Winkel schützt. Den Eagle positionieren wir so, dass wir von der anderen Flussseite her Deckung mit dem Maschinengewehr geben können.»

«Ich.», meinte Rob knapp und ich nickte.

«Ok, Du.» Ich überlegte kurz. «Dann sucht Du Dir einen guten Platz und gibst uns Deinerseits Rückendeckung. Erst dann kommen wir nach.»

«Okay.» Rob blieb bei seinen knappen Antworten.

«Gabi, ist das gut so für Dich?»

«Sicher.», kam die prompte Antwort.

«Na dann hoffen wir einfach, dass die beiden irgendwo hinter uns sind.»

Es verging einen Moment.

«Was ist mit dem Gefangenen?» Es war Rob, welcher fragte.

Ich sah in den Rückspiegel. Der Mann auf dem Rücksitz starrte mich an, gab aber keinen Laut von sich.

«Wenn wir lebend wieder aus dem Dorf heraus sind, kann er gehen.» Ich sah ihn weiterhin über den Spiegel an. «Wenn irgendetwas nicht stimmt, zerschiesse ich ihm auch noch das gesunde Knie.»

Die Konversation war beendet. Wir wussten alle, was zu tun war.

«Es tut mir leid wegen vorhin.», sagte Connie dann leise.

«Aber das musste einfach mal raus.»

«Ist schon ok.»

«Ich will nicht dauernd über die Schulter blicken müssen, den ganzen Weg nach Italien, und mir Gedanken machen, ob ich vielleicht die nächste bin.»

«Musst Du nicht.», erwiderte ich. «Und glaube mir, ich will mir diese Gedanken ebenfalls nicht machen müssen.»

Wir näherten uns stetig dem Tal. In den Rückspiegeln konnte ich sehen, wie der Himmel hinter uns langsam von Schwarz zu Blau überging. Wir waren unterdessen fast unten. Drei Kehren noch, dann würden wir das Dorf Gletsch erreichen. Und das erste Gebäude in der Siedlung von dieser Seite her, war das 'Blaue Haus'.

Kehre Nummer Drei, dann die Nummer Zwei, jetzt folgte eine lange Gerade, welche uns oberhalb des Dorfes hindurchführte.

Rob löschte die Lichter am alten Saurer und ich tat es ihm gleich.

Das Dorf unter uns lag im Dunkeln, trotzdem zeichneten sich schwarz die Häuser ab.

Ich stoppte den Eagle, stellte den Motor ab, kletterte aus dem Fahrersitz, öffnete die Luke und stieg hinter das Maschinengewehr. Ich kontrollierte die Munition und nickte für mich. Wir hatten noch genug. Dann stülpte ich mir das Nachtsichtgerät vor die Augen und versuchte, irgendetwas zu erkennen.

Die Umrisse des Dorfes, das Tal, wo der Fluss vom Berg hinunterlief, der Anstieg in Richtung Pass, die steilen Hänge, alles konnte ich erkennen. Doch von den beiden flüchtigen Angreifern fehlte jede Spur.

Nichts.

Rob fuhr wieder an, der Saurer rollte weiter die Strasse hinunter und verschwand schliesslich aus meinem Sichtfeld, nur um einige Momente später wieder nach der letzten Kehre aufzutauchen.

Wir standen mitten auf der Strasse, genau oberhalb der Brücke und des 'Blauen Hauses' oder 'Dependance', wie es früher auch mal genannt wurde. Die Brücke über den Fluss folgte gleich dahinter, danach stand rechts das alte Grand-Hotel 'Glacier du Rhone'. Nach dem Hotel war die Abzweigung zu dem Grimselpass. Wir befanden uns oberhalb des 'Blauen Hauses', etwa einhundert Meter Luftlinie entfernt.

«Connie, prüfe die Fesseln des Gefangenen, stell sicher, dass die hinteren Türen verschlossen sind und dann stell Dich mit dem Gewehr hinter die Motorhaube.

Sie tat, was ich von ihr verlangte. Danach klappte sie die Stützen und das Nachtvisier aus, stellte das Gewehr auf die Haube und richtete die Waffe in Richtung Tal.

Dann wartete wir.

Rob fuhr langsam. Kurz vor der Einfahrt ins Dorf machte
die Strasse eine 90-Grad Linkskurve und ich konnte sehen,
wie er dort kurz anhielt. Genau in dieser Kurve überquerte
die frühere Bahnlinie die Strasse und Erinnerungen schossen mir durch den Kopf. Erinnerungen, wie ich mit meinem
Motorrad dort stand und auf die alte Dampflok der Furka-
bahn wartete, die für Touristen den Berg hoch und runter
schnaufte. Ich lächelte kurz in mich hinein, doch dann
wischte ich mir die Gedanken aus dem Kopf. Es waren Erinnerungen an eine Welt, die es nicht mehr gab. Und nie
wieder geben würde.

Eine Gestalt sprang aus dem alten Saurer und rannte los.
«Da ist Gabi.», sagte Connie leise.

«Ich sehe ihn.», brummte ich zurück.

Gabi rannte über die Bahngleise und verschwand im an-
schliessenden Graben. Dann tauchte er wieder an der Stirn-
wand des Hauses auf. Er schlich der Hauswand entlang.
Hinter dem 'Blauen Haus' befand sich offenes Feld und ich
bemerkte, wie er an der hinteren Ecke des Gebäudes stehen-
blieb. Ich nahm an, dass er um die Ecke spähte. Es verging
einen Moment, dann sah ich, wie er seine Taschenlampe
zwei Mal rot aufleuchten liess, dann sprang er auf und verschwand hinter der Ecke.

Es war das Zeichen für Rob, welcher ebenfalls zweimal
seinen Warnblinker aufleuchten liess.

Rob fuhr wieder an. Ich sah den alten Wagen langsam
durch die Linkskurve und vor dem 'Blauen Haus' vorbei-
rollen. Das Brummen des Motors war das einzige Geräusch.

Er rollte am Dependance vorbei, langsam auf die dahinter
liegende Brücke zu.

«Sie sind da!» In Connies Stimme schwang Entsetzen.

«Wo?»

«Etwa einen Kilometer entfernt.»

Verzweifelt suchte ich den Weg ab, doch sah nichts.

«Oben!», rief sie. «Sie sind auf dem oberen Weg.»

Und dann sah ich sie.

Ich packte das Funkgerät.

«Rob, Gabi! Wir sehen sie!»

«Scheisse!» Rob antwortete sofort. «Wo?»

«Sie haben noch etwa einen Kilometer bis zum Dorf, schnell näherkommend. Such Dir einen guten Platz und gib uns Deckung.»

«Ok.» Seine Stimme klang gehetzt.

Ich drückte wieder den Sprechknopf: «Gabi, mach dass Du dort wegkommst!»

Keine Antwort.

«Gabi, hörst Du uns?»

Die nächsten Augenblicke kamen mir vor wie eine Ewigkeit.

«Gabi?»

«Hab's gehört.» Es klang, als würde er rennen. «Bin unterwegs.»

Das Brummen des Saurers verstummte. Rob schien einen guten Platz gefunden zu haben. Ich nahm an, er parkte hinter dem alten Grand-Hotel, bei der Abzweigung zum Grimselpass. Und dann konnte ich Gabi erkennen, welcher wieder auf der Strasse erschien, direkt bei der kleinen Brücke, diese überquerte und dann der Strasse entlang rannte. Er verschwand wieder aus unserem Blickfeld, da die dort stehenden Bäume ihn verdeckten.

«Gabi, das wäre eine gute Position.», rief ich in das Funkgerät.

«Dachte ich mir auch.» Sein Atem ging keuchend. «Ich bin zwischen den Bäumen, habe freies Schussfeld zur Nordseite des Gebäudes hin.»

«Bin ebenfalls auf Position.», ertönte Rob aus dem kleinen Lautsprecher. «Abzweigung Grimsel.»

Ich liess das Funkgerät los und suchte wieder die beiden Gestalten. Jetzt konnte ich sie gut erkennen, sie waren unterwegs in Richtung des Dorfes, aber doch noch einige hunderte Meter wie entfernt. Trotzdem entsicherte ich das Maschinengewehr und lud es durch. Das metallische Klicken hörte sich in der Stille der Nacht an wie eine Explosion.

Die beiden Gestalten hielten inne, sahen in unsere Richtung. Dann gingen sie weiter. Ich konnte einen davon hinken sehen, trotzdem gingen sie ziemlich schnell.

«Pack das Gewehr ein und setz Dich hinter das Steuer.», sagte ich zu Connie. «Los!»

Sie nahm ihr Gewehr, liess die Stützen einschnappen und stieg ein, schlug die Tür zu. Wieder hielten die beiden Gestalten inne, wieder sahen sie in unsere Richtung. «Sobald Rob uns das Zeichen gibt, startest Du den Motor und fährst los, so schnell Du kannst.»

«Licht?», fragte sie und ich nickte.

«Ja, darauf kommt es dann auch nicht mehr an.» Die beiden Gestalten schienen jetzt zu rennen. Sie kamen dem Dorf immer näher.

Ich zielte in ihre Richtung, drückte ab.

Donnerhall erklang, als ich sechs, sieben, acht Geschosse abfeuerte.

Die beiden Gestalten warfen sich auf den Boden, feuerten dann sogleich zurück. Kugeln pfiffen, schlugen irgendwo in der Botanik ein.

«Rob!», schrie ich in das Walkie-Talkie, liess den Knopf los und feuerte noch eine kurze Salve.

Er antwortete sofort: «Wir sind bereit! Los! Los! Los!» «Fahr!», schrie ich in Richtung des Fahrersitzes und sogleich heulte der Anlasser auf und der Motor startete. Der Eagle machte einen Satz nach vorne.

Ich konnte noch sehen, wie die beiden Gestalten wieder aufsprangen und in Richtung des Dorfes rannten, wobei der eine schneller war als der andere. Dann verlor ich sie aus den Augen.

Connie liess die Scheinwerfer aufleuchten und fuhr so schnell sie konnte die Strasse hinunter. Neben dem Asphalt lagen überall Steine und kleinere Felsbrocken, doch Rob hatte die Fahrbahn vom Schnee frei geräumt und wir kamen zügig vorwärts. Connie lenkte den schweren Wagen mit quietschenden Reifen um die letzte Kehre, über die kurze Gerade und dann um die Linkskurve, hinein ins Dorf. Ich versuchte, mich irgendwie festzuhalten.

Wir fuhren am 'Blauen Haus' vorbei und im selben Augenblick, als wir es passierten, tauchten die beiden Gestalten an dessen Ecke auf.

Sie schossen sofort.

Kugeln schlugen in die Panzerung unseres Wagens ein. Doch auch Rob und Gabi feuerten. Die beiden schossen an uns vorbei in Richtung der beiden Gestalten und auch ich drückte ab.

Das Maschinengewehr wummerte, die schweren Geschosse schlugen mit lauten Knallen in das Mauerwerk des Gebäudes ein.

Ich sah mehrere Fahrzeuge auf einem kleinen Parkplatz, gleich hinter der Brücke und änderte die Richtung des Laufes. Funken glühten und Fenster zerstoben, als ich die Autos zerschoss. Mit lautem Knallen explodierten Reifen und eines der Fahrzeuge begann zu brennen.

«Rob, los! Fahrt los!», schrie ich in das Funkgerät, liess es wieder fallen und feuerte erneut. Doch auch unsere Gegner schossen. Sie waren hinter der Ecke des Hauses und im Graben der Brücke in Deckung gegangen, feuerten immer weiter. Ich konnte die Kugeln hören, die um mich herum pfiffen.

Connie wurde langsamer, als Gabi vor unserem Eagle hindurch rannte. Er querte die Strasse und verschwand hinter der Hausecke des Grand-Hotels. Trotz des Feuergefechtes konnte ich vernehmen, wie Rob den Saurer startete. Connie rollte nur noch langsam und die Kugeln unserer Gegner schlugen unentwegt in unser Fahrzeug ein. Ich duckte mich.

Dann fuhren Rob und Gabi aus der Querstrasse heraus und bogen wieder auf die Hauptstrasse ein. Connie beschleunigte wieder und ich tauchte wieder auf. Immer wieder liess ich das Stakkato des Maschinengewehres erklingen, schoss einfach in die ungefähre Richtung. Unsere Gegner waren aus ihren Deckungen gesprungen und einer schoss, während er hinter uns herrannte. 'Warum nur einer?', ging es mir durch den Kopf.

Und dann sah ich Funken und Feuer. Ich hörte ein lautes Zischen.

Die Rakete kam mit einer unwahrscheinlichen Geschwindigkeit näher.

II

Mit weit aufgerissenen Augen sah ich die Rakete näherkommen.

«Rakete!», schrie ich noch in das Funkgerät und zu Connie. Ich liess mich durch die Luke in den Eagle hineinfallen und hielt meine Ohren zu.

Der Flugkörper zischte knapp an uns vorbei. Es roch nach verbranntem Pulver und Treibstoff.

Die Rakete verfehlte auch den 2DM, flog daran vorbei um dann rechts vor uns in ein langes, helles Gebäude einzuschlagen.

Eine gewaltige Explosion erschütterte das Haus. Rob und Gabi waren im selben Augenblick daran vorbeigekommen, doch auf unseren Eagle prasselten Steine und Trümmer. Irgendetwas grosses, schweres traf uns und ich hoffte inständig, dass das MG heil geblieben war.

Connie fuhr weiter und ich tauchte wieder durch die Luke hoch, rüttelte an der Waffe. Sie schien in Ordnung zu sein und ich feuerte nochmals eine Salve in Richtung der zwei Gestalten.

Dann machte die Strasse eine leichte Kurve und ich verlor die beiden aus dem Blickfeld.

Wir fuhren aus dem Dorf heraus und weiter nach Westen. Wir waren durch.

Der Tag brach endlich an und wir rollten weiter, immer weiter. Immer nach Westen.

Am Nachmittag hielten wir endlich zum ersten Mal an und tankten unsere Fahrzeuge aus den Kanistern auf. Gleichzeitig jagten wir den Gefangenen zum Teufel. Er jammerte und bettelte, bei uns bleiben zu dürfen, aber keiner von uns wollte ihn mit uns haben. Ich gab ihm Wasser in einer Feldflasche und etwas Proviant in einen Rucksack, dazu einen langen Stock als Gehhilfe.

«Mit etwas Glück sammelt Dich dieser Bastard auf.»

«Ihr überlasst mich dem sicheren Tod.», jammerte er, doch keiner liess sich beeindrucken.

«Verschwinde!», forderte ihn Gabi auf. «Ihr habt meinen Bruder auf dem Gewissen und unsere Freunde.»

«Das war ich nicht.»

«Weisst Du, was mich das kümmert? Und wenn ich Dich noch einmal zu Gesicht bekomme, töte ich Dich eigenhändig.» Gabi spuckte auf den Boden und kletterte wieder in den Saurer. Dann lehnte er sich aus dem Seitenfenster. «Und jetzt lasst uns verschwinden, bevor ich den Hund kalt mache.»

Connie setzte sich wieder hinter das Steuer des Eagle und ich stellte mich an das Maschinengewehr, spähte nach hinten. Wir wussten nicht, ob dieser Teufel doch noch irgendwo hinter uns her war.

Der verletzte Gefangene jammerte und dann schrie er uns irgendwelche Verwünschungen hinterher, als wir losfuhren.

Ich hätte ihn am liebsten gleich mit dem MG erledigt, aber er war unbewaffnet und wir mussten Munition sparen. Und in dieser verfluchten Nacht waren schon viel zu viele Menschen gestorben.

Über die nächsten Tage und Wochen blieben wir stetig in Bewegung. Wir hielten nur an, um Munition, Treibstoff und Nahrungsmittel, sowie Wasser zu bunkern. Doch auch dies wurde immer schwieriger. Die Läden warn meistens schon leergeräumt und unser Essen wurde immer eintöniger. Immer öfters bestand es aus irgendwelchen Büchsengerichten und Suppenpulver, welches wir im kochenden Wasser aufkochten. Wir wollten uns nicht mit der Jagd auf Rotwild, Wildschweine oder entlaufenes Vieh aufhalten. Nur an einem Tag querte eine Herde Kühe unseren Weg und wir erlegten ein Kalb, welches wir in der folgenden Nacht ausnahmen und das Fleisch in Salz einlegten.

Wir bewegten uns nach alten Strassenkarten, die wir an einer ehemaligen Tankstelle mitgenommen hatten, wo wir jeweils unsere Tanks und die Kanister auffüllten. Treibstoff gab es noch genug in den grossen Tanks der Tankstellen. Für die Munition fanden wir ein Armedepot, welches noch nicht geplündert worden war und füllten diese Bestände wieder auf.

Aber unsere Pace nahm ab. Wir kannten die Strassen nicht, und dazu mussten diese auch immer wieder frei geräumt werden. An den Anblick der alten, unterdessen schon teilweise überwachsenen Wracks hatten wir uns schon lange gewöhnt und auch an die kalten, bleichen Skelette, die oft darin lagen.

Auf Menschen trafen wir selten und wenn, dann wollten wir keinen Kontakt. Wir trauten niemanden, waren stets auf der Hut.

Die Stimmung bei uns vieren war ruhig, meistens kalt. Connie und Rob sprachen nur das absolut nötigste miteinander und auch Gabi und ich liessen uns davon anstecken. Wir waren auf der Flucht.

Auf der Flucht vor dem Teufel mit den blaugrünen Augen, vor dem Tod, der überall in dieser kaputten Welt auf uns lauerte und vor den Dämonen tief in unseren Innersten. Doch diese Dämonen nahmen wir mit auf unsere Fahrt und ich wusste, wir konnten sie nur irgendwie bekämpfen, wenn wir uns ihnen stellten. Gemeinsam!

Aber von gemeinsam war bei uns zurzeit nichts zu spüren. Und ich wusste auch, dass diese Dämonen, diese Bestien, welche diese tote Welt irgendwie tief in uns hinein gepflanzt hatte, letztendlich uns alle zerstören würde. Uns alle!

Aber dafür blieb jetzt keine Zeit. Es gab keine Möglichkeit, dagegen etwas zu tun.

Wir waren auf der Flucht.

Und alles, was zurzeit zählte, war den jeweiligen Tag zu überleben.

«Wo sollen wir eigentlich hin? Immer noch irgendwo in den Süden, nach Italien?» Connie sah auf, in ihrem bleichen, eingefallenen Gesicht spiegelten sich die Flammen des Feuers, welches zwischen uns loderte.

Gabi war auf Wache und Rob und ich sassen mit Connie zusammen um das Feuer.

«Wohin sonst?», fragte ich zurück, doch Rob schüttelte den Kopf.

«Wir können bis an das Ende der Welt fahren, wir werden nie wissen, ob dieser verdammte Bastard irgendwo hinter einer Ecke auf uns lauert.»

«Und was willst Du dagegen tun?», fauchte sie und ich war überrascht, dass sie ihm überhaupt eine Antwort gab. «Willst Du Dich ihm wieder entgegenstellen? Und dann wieder solche von uns töten, wenn es erneut schief geht?» «Ja!» In seiner sonst eiskalten Stimme loderte Zorn. «Ja, genau das. Sich ihm entgegenstellen.»

«Ach?» In Connies Stimme schwang Hohn. «Als hätten wir dies nicht schon versucht. Du hattest Deine Chance! Du hattest sie und Du hast es vermasselt.» Sie sah ihn mit einer Mischung aus Müdigkeit und Verachtung an. «Mehrfach!» Rob sah von den Flammen des Feuers hoch, dann senkte er wieder den Blick.

«Connie hat recht.», mischte ich mich ein. «Wir haben es vermasselt. Und nicht nur einmal.» Rob wollte etwas entgegnen, doch ich hob meine Hand. «Wir hatten die Chance ihn zu töten. Bei Connies Befreiung, auf dem Flugplatz, oben auf dem Pass und unten im Dorf. Wir haben versagt, Rob, jedes einzelne Mal.» Ich seufzte. «Wir sollten einfach verschwinden.»

«Und wohin?» Seine Stimme war wieder eiskalt, wie eigentlich immer seit den Vorkommnissen beim Hotel. «Er weiss nicht, wohin wir gehen können.», fuhr ich weiter. «Wir könnten nach Süden oder weiter nach Westen. Wir könnten zum Beispiel an den Atlantik, nach Spanien oder Portugal. Vielleicht führt uns unser Weg auch nach Norden. In die Benelux-Länder, nach Deutschland oder bis nach Skandinavien.» Ich atmete einmal tief ein und wieder aus. «Wir könnten überall sein. Und er weiss es nicht.» Ich schüttelte den Kopf.

Aber auch Rob verzog sein Gesicht. Die Flammen glitzerten in seinen Augen.

Augen, welche kaum mehr einen Ausdruck von Gefühlen zeigten. Von meinem alten Freund von früher, war nicht mehr viel zu sehen. Seine Gesichtszüge waren eingefallen, grosse, dunkle Augenringe dominierten und sein Blick war bar jeglicher Emotionen.

Es schien, als sei er nun wirklich innerlich gestorben. Mir kam eine Comicbuch-Reihe in den Sinn, die ich vor einigen Jahren mal gelesen hatte. Da starben auch die meisten Menschen, wurden dann jedoch zu Zombies und begannen, die Lebenden zu jagen. In der Wirklichkeit waren es wir, die Lebenden, die innerlich starben und zu Untoten wurden, ohne es zu merken.

«Auf dem Pass haben wir genau das gedacht, T! Genau das! Wir dachten, er wisse nicht wo wir sind. Und für diesen Fehler haben wir teuer bezahlt.»

«Bullshit!», bemerkte Connie, sprach dann aber nicht mehr weiter.

«Nein, kein Bullshit. Rob hat schon recht. Aber wir waren einfach dumm. Dumm und bequem. Er brauchte nur unseren Spuren zu folgen und im Winter ist dies ja nun wirklich keine grosse Kunst. Und wir wurden bequem, wollten einfach mal wieder so etwas wie Normalität erleben. Deshalb konnte er uns überraschen.» Ich nahm ein Holzscheit und warf es ins Feuer. Funken stiegen in den Himmel, vermischten sich mit dem kalten Glitzern der Sterne. Dann züngelten die Flammen um das Holz und mit einem Zischen entwichen Gase und das Scheit begann zu lodern.

«Aber ich will einfach nicht mehr, Rob. Ich will nicht noch mehr Menschen sterben sehen, nur weil wir nicht wissen, wann wir aufhören sollten.»

Er sah mich scharf an.

«Du wirst nie wirklich friedlich schlafen können, solange dieses Arschloch da draussen ist.» Er rümpfte seine Nase. «Erst wenn wir seine Leiche mit eigenen Augen sehen, dann wird es vorbei sein.» Er scharrte mit seinen Füssen. «Und auch dann werde ich ihm noch eine Kugel durch den verdammten Schädel jagen. Dann bin ich wenigstens sicher, dass dieser Wichser auch wirklich tot ist.»

«Da hast Du ja Erfahrung mit.», meinte Connie trocken, aber Rob reagierte nicht darauf.

Eine längere Zeit lang sagte keiner von uns ein Wort. Dann brach ich das Schweigen: «Wir haben es versucht, Rob. Weiss Gott, wir haben es versucht. Aber wir sind gescheitert.» Ich sprach mit leiser Stimme weiter: «Es starben Menschen deswegen. Menschen, die wir nicht kannten aber auch solche von uns. Leute, die mit uns eine Zukunft aufbauen wollten.» Ich seufzte erneut. «Ja, hätten wir ihn getötet, dann sässen wir jetzt alle immer noch in unserem Hotel und würden darauf warten, bis dass der Schnee über den Bergen geschmolzen ist.»

«Und genau darum müssen wir uns ihm stellen. Und ihn ausschalten.»

«Aber wir haben ihn nicht getötet, Rob.» Ich schüttelte energisch den Kopf. «Wir haben es versucht und teuer dafür bezahlt, dass wir scheiterten. Aber jetzt mache ich das nicht noch einmal. Nein, dieses Mal nicht. Wenn Du Dich gegen ihn stellen willst, dann nur zu. Bitte» Ich zeigte mit einer Hand in die Nacht hinaus. «Los, ich halte Dich nicht auf. Aber dieses Mal musst Du es allein tun, ohne mich.»

«Dann…», begann er, aber das Knacken eines Zweiges in der Dunkelheit unterbrach ihn. Sofort hatten wir alle unsere Gewehre im Anschlag und waren auf den Füssen. Doch es handelte sich nur um Gabi, welcher von seiner Wache zurückkam.

«Der Nächste.», sagte er kurz angebunden und Connie nickte mir zu und ging in die Nacht hinaus. Bevor diese sie verschluckte, drehte sie sich noch einmal um.

«Und auch ohne mich.»

Dann war sie verschwunden.

Rob beugte sich schliesslich unserer Meinung. Auch Gabi wollte sich nicht mehr auf einen Kampf einlassen, der Tod seines Bruders sass immer noch viel zu tief.

Also fuhren wir weiter nach Westen. Den Nufenenpass hatten wir schon im Herbst versucht zu überqueren, aber er war wegen Steinlawinen versperrt gewesen. Und eine Hoffnung, dass die französischen Pässe durch die höchsten Berge der Alpen frei waren, hatten wir nicht. Da würde noch zu viel Schnee liegen. Vom Mont-Blanc-Tunnel ganz zu schweigen, der würde völlig verstopft sein. Deshalb führte unser Weg immer weiter westlich, wir kamen an Martigny vorbei und drehten dort nach Nord-Osten, bis wir den Genfersee erreichten. Es tat gut, dieses schöne, blaue grosse Wasser zu sehen. Mir gab dies ein Gefühl von Weite, nachdem wir seit Ewigkeiten durch irgendwelche Täler und über irgendwelche Berge gefahren waren.

Wir kämpften uns am südlichen Ufer des grossen Wassers entlang, bis fast nach Genf. Dort drehte unser Weg endlich nach Süden. In einem stetig währenden Trott kämpften wir uns durch irgendwelche verstopfen Strassen, umfuhren Siedlungen, und überwanden unzählige Hindernisse.

Wir kamen an Annecy vorbei und landeten einen Tag später vor der Stadt Chambery.

Unterdessen war der Mai angebrochen und der zweite Frühling seit dem Zusammenbruch der Welt war in vollem Gange. Überall blühten die Wiesen und Bäume, Tiere aller Arten waren allgegenwärtig. Blumen in allen Farben leuchteten in Gelb, Weiss oder Rot.

Wir sahen von der Strasse auf einen wunderschönen See hinunter, dessen Wasser in einem kräftigen Grün leuchtete. Auf unserem Weg trafen wir immer wieder auf andere Überlebende. Wir kamen nicht umher, mit diesen hin und wieder in Kontakt zu treten. Zum einen trafen wir um die grösseren Städte auf Gruppen, welche sich zu Gemeinschaften zusammengeschlossen hatten, um gemeinsam besser überleben zu können. Oft hatten diese Gruppen sich kleine Refugien aufgebaut. Zum anderen benötigten wir, je länger wir unterwegs waren, immer wieder Waren und Nahrungsmittel, die wir bei diesen Gemeinschaften im Tauschhandel bekamen.

Doch immer wurden wir mit Argwohn, äusserster Vorsicht und teilweise sogar Ablehnung behandelt. Und niemand lud uns ein, zu bleiben.

Nach Chambery versperrten uns plötzlich zwei quer gestellte Traktoren den Weg. Gabi, welcher den Saurer an diesem Tag fuhr, wollte schon über die angrenzenden Felder ausweichen, als zwei Jünglinge mit Jagdgewehren auftauchten.

«Stopp!», rief der eine auf Französisch. «Was wollt Ihr?» Gabi liess das Seitenfenster herunter, während ich den Eagle leicht schräg dahinter parkte und durch die Dachluke stieg.

Dies war zu unserem Standard-Prozess geworden, wenn wir Begegnungen mit anderen Menschen nicht vermeiden konnten. In dieser Position hatten wir die Möglichkeit, den Saurer mit dem MG zu decken, während Connie durch das Fenster die Rückendeckung machte.

Die beiden Jünglinge sahen mit grossen Augen zu dem auf sie gerichteten Maschinengewehr.

«Wir wollen nach Süden.», antwortete Gabi, ebenfalls in Französisch, welches er mit leicht italienischem Akzent sprach.

«Warum? Was wollt Ihr im Süden?»

Gabi lächelte leicht, das Lächeln erreichte jedoch nicht seine Augen.

«Wir denken nicht, dass Euch dies irgendetwas angeht.» Die beiden Jungen waren vielleicht knapp zwanzig Jahre alt und sahen aus wie Brüder.

Sie blickten sich unsicher an.

«Ihr müsst uns sagen, was Ihr im Süden wollt, sonst lassen wir Euch nicht weiter fahren.»

Beide hoben ihre Gewehre, zielten auf Rob und Gabi. «Seid Ihr sicher, dass Ihr das wissen wollt?» Gabi blieb immer noch freundlich.

«Sind wir!», sagte der eine der Jünglinge mit trotziger Stimme. Die Blicke ihrer Augen straften seine Aussage jedoch Lügen.

Ich zog den Verschluss des MG nach hinten und liess ihn wieder nach vorne schnappen. Das laute, metallische Geräusch liess Angst in ihren Gesichtern aufleuchten. Ihre Blicke wechselten zwischen Gabi und mir hin und her.

«Ist schon gut.», sagte plötzlich eine fremde Stimme. Ein älterer Mann erschien. Sein Gewehr baumelte am Schulterriemen. «Erschiesst sie bitte nicht.», meinte der Mann mit ruhiger Stimme in meine Richtung. «Das sind meine beiden Enkel.» Er machte mit der Hand eine ausladende Bewegung. «Das hier ist unser Land.»

«Seid Ihr Wegelagerer?», fragte ich und der ältere Mann sah zu mir hoch, kniff seine Augen zusammen.

«Seid Ihr böse Menschen?», fragte er zurück.

Ich sah ihn mir genauer an. Der Mann besass einen langen Vollbart, der schon mehr weiss als braun war und auf dem Kopf lugten unter seinem alten Filzhut weisse Haare hervor. Sein Gesicht war von der Sonne gegerbt und vom Leben gezeichnet. Doch seine Augen waren noch die eines jungen Mannes, wach und voller Leben. Die Kleider schienen zwar alt und mehrfach geflickt worden zu sein, aber sie waren sauber. So wie auch diejenigen seiner Enkel. Seine Hände zeigten die Spuren eines arbeitsreichen Lebens. «In der alten Welt nicht, nein.», antwortete ich. «In der heutigen Welt jedoch,», ich zuckte mit den Schultern. «weiss ich es ehrlicherweise nicht mehr.»

Der Mann sah mich lange an, dann blickte er zu Connie und schliesslich zu Gabi und Rob.

Er nickte.

«Kommt, esst mit uns.»

«Aber Grand-Père...», begann einer der beiden Brüder, doch der Grossvater unterbrach ihn sogleich: «Nehmt die Waffen runter! Sie tun uns nichts.»

«Und wenn doch?»

Tut, was ich sage!»

Er sah wieder zu mir hoch.

«Ihr seid auf der Flucht, nicht wahr? Und ich meine, dies schon eine ganze Weile.» Er kratzte sich an der Nase. «Ihr seht aus, als hättet Ihr seid Wochen nichts mehr Richtiges gegessen und geschlafen sowieso nicht. Ihr traut niemandem und trotzdem lade ich Euch ein. Wir haben gestern ein Schwein geschlachtet, dazu konnten wir schon Broccoli und erste Kohlrabi in diesem Frühling ernten. Das gibt ein leckeres Mahl.» Er nickte leicht. «Ihr könnt essen und danach weiterfahren. Oder auch mal einfach eine Nacht in Frieden schlafen. Wie Ihr wollt, es ist Eure Entscheidung.»

Ich spürte, wie mein Magen knurrte, als er das Essen erwähnte.

«Ich bin Joe», fuhr er weiter. «eigentlich Joseph, aber keiner nennt mich so. Und das sind meine beiden Enkel, Alain und Sebastian.» Er sah wieder zu Gabi und Rob. «Was sagt Ihr?»

«Was wollt Ihr dafür im Gegenzug?», fragte ich und er lächelte.

«Gesellschaft und News aus anderen Landen. Also, was sagt Ihr?»

Noch bevor ich antworten konnte, öffnete Connie die Tür des Eagle.

«Wir danken Euch für die Einladung, Joe, und nehmen sie gerne an.»

Seit dem Angriff auf das Hotel war es das erste richtige Essen für uns und fühlte sich an wie ein regelrechtes Festmahl. Nur Rob ass wenig und sagte nichts, wir anderen assen und tranken, bis wir das Gefühl hatten zu platzen. Joe holte von irgendwoher verstaubte Flaschen mit französischem Rotwein hervor.

Noch bevor er einschenkte, erhob sich Rob, murmelte irgendetwas von auf Wache gehen und verschwand nach draussen.

Wir sassen in einem Bunker. Dieser schien ein alter Bau der französischen Armee gewesen zu sein, irgendein Bollwerk noch aus Zeiten des zweiten Weltkrieges. Der Bunker war gleich hinter dem Bauernhof gelegen, welchen Joe zusammen mit seiner Frau bewirtschaftet hatte. Als die Welt in dem grünen Tod unterging, welcher auch Joes Frau und die Eltern der Jungs mitnahm, bauten die drei den Bunker aus. Den Hof bebauten sie weiter, doch das meiste an Vieh und auch ihrer sonstigen Habe war inzwischen gestohlen worden. Aber in den Bunker kam niemand rein, dazu besass das Bollwerk noch zwei weitere, irgendwo im Wald verborgene Ausgänge. Also waren die drei immer mehr in den Bunker umgezogen und hatten ihn innen gut ausgebaut. Sie hatten fliessendes Wasser, indem sie eine nahe gelegene Quelle anzapften und umleiteten. Heizen und Kochen konnten sie dank einer alten, immer noch funktionierenden Gasleitung. Und so erlebte ich meine erste warme Dusche seit knapp eineinhalb Jahren. Und danach das beste Essen seit dem Sylvester in unserem Hotel.

Joe sah Rob mit einem gedankenverlorenen Gesichtsausdruck nach.

«Er traut uns nicht.», sagte er dann.

«Er traut niemandem.», erwiderte ich und Joe runzelte die Stirn.

«Ihr traut ihm aber auch nicht.» Er sah mich mit einem hellen, wachen Blick seiner braunen Augen an.

«Er hat… Er hat jemanden von uns getötet.»

Joe blickte von einem zum anderen, blieb dann er wieder bei mir hängen.

«Und trotzdem ist er hier und Ihr seid mit ihm zusammen unterwegs.»

«Er hat sie kaltblütig erschossen!», platzte es aus Connie heraus, ihr Französisch war noch etwas eingerostet. Zum ersten Mal seit dem Winter sah sie nicht müde aus. Und auch die Traurigkeit in ihren Augen schien nicht mehr ganz so tief.

Sie sah, frisch geduscht und mit offenen Haaren, richtig hübsch aus.

«Einfach so?» Joes Gesichtsausdruck zeigte nicht, was er gerade dachte.

«Ja!» Connie sah Joe an, senkte dann ihren Blick. « Und nein.»

Ein fast unsichtbares Lächeln zeigte sich in seinem alten, gegerbten Gesicht.

«Diese Welt hat Monster erschaffen. Aus jedem einzelnen von uns. Bei den einen grössere, aus anderen kleinere. Aber jeder von uns, jeder, der irgendwie da draussen noch lebt, hat in den letzten fünfzehn, sechszehn Monaten Dinge getan, welche in seinem früheren Leben undenkbar gewesen wären. Diese Welt da draussen ist durch und durch böse geworden. Jedenfalls für uns Menschen. Und am Schlimmsten, wer kein Monster ist, überlebt nicht lange.» Er seufzte leise. «Mir erscheint es fast, als hätte Gott alle Menschen zu sich in den Himmel geholt. Nur uns, die, die Er nicht haben wollte, uns hat er hier unten in der Hölle gelassen.»

Für einen langen Moment war es still am Tisch. Joes Enkel waren, wie Rob, ebenfalls auf Wache und so sassen nur noch Connie, Gabi, Joe und ich hier.

Die Lampe über dem Tisch summt leise, ihr Licht flackerte unstet.

Ich nahm einen langen Schluck Wein.

«Und trotzdem habt Ihr uns eingeladen.»

«Ich denke, ich habe eine ziemlich gute Menschenkenntnis. Hat vielleicht mit meinem Alter zu tun.» Auch Joe trank einen Schluck Wein. «Und irgendwie müssen wir ja in dieser Hölle einige… sagen wir… gute Taten vollbringen.» Ich sah ihn neugierig an.

«Und wie kommen wir aus dieser Hölle wieder heraus?» Der alte Mann lächelte leicht.

«Mein Junge, ich bin jetzt über siebzig Jahre alt. Ich kann nur hoffen, dass da oben noch irgendwelche Plätze frei sind.» Er zeigte mit den Fingern nach oben, dann nahm er sein Glas und trank nochmals einen Schluck. «Allzu lange kann es nicht mehr dauern, bis ich das herausfinde. Aber Ihr…? Ich weiss nicht.» Er überlegte einen Augenblick. «Ihr habt Dämonen bei Euch. Doch diese Dämonen fahren nicht mit irgendwelchen Autos hinter Euch her und beschiessen Euch nicht mit Kugeln aus Gewehren. Diese Dämonen, diejenigen aus Eurer ganz persönlichen Seele, sind tief in Euch drin, in Euch selbst. Hier.» Er tippte mit dem Finger auf seine Brust. Dann nickte er und strich mit der Hand durch seinen langen Bart. «Diesen Dämonen müsst Ihr Euch stellen. Ansonsten nehmt Ihr Eure persönliche Hölle mit, wohin Ihr auch geht. Immer wird sie dort sein, wo Ihr auch seid.»

«Und was ist mit diesem verfluchten Scheiss-Teufel da draussen, der uns tot sehen will?»

Joe sah zu Connie, welche die Frage gestellt hatte.

«Das Problem müsst Ihr lösen, wenn es vor Eurer Türe steht. Aber dafür seid Ihr noch nicht bereit. Er würde Euch vernichten.» Der alte Mann sah zu Gabi, dann zu mir. «Ihr wollt in Richtung Süden, also fahrt auch nach Süden. Doch Ihr braucht ein Ziel. Ein Ziel, woran Ihr Euch halten, Euch orientieren könnt.» Er lächelte wieder leicht. «Und auf dem Weg dorthin, stellt Ihr Euch endlich Euren eigenen Dämonen. Denjenigen tief in Eurer Seele.» Wiederum zeigte er mit dem Finger auf seine Brust. «Erst dann werdet Ihr Euch dem Teufel persönlich entgegenstellen können und ihn auch besiegen können. Erst dann, vorher nicht.» Er sah Connie mit langem Blick an. «Und vielleicht wartet dann das Paradies auf Euch.»

Wir fuhren am nächsten Morgen weiter. Ich fühlte mich nach einer Nacht voll tiefem Schlaf zum ersten Mal seit langem so richtig gut. Ich freute mich auf die Fahrt in Richtung Sonne und Wärme. Und trotzdem wusste ich, dass wieder erneut Tage und Wochen voller entbehrungsreicher Arbeit, unberechenbarer Begegnungen und durch Wachgänge unterbrochene Nächte auf uns warteten.

Es war ein strahlend blauer Frühlingshimmel und der Tag versprach wieder wunderbar warm zu werden. Vögel zwitscherten in den Bäumen, Grillen zirpten auf den Wiesen und das Rascheln von Tieren im Wald war zu hören. Es fühlte sich wie ein Paradies an und doch wusste ich, dass dieser Frieden nur auf dem Tod basierte. Dem Tod von Millionen, wahrscheinlich Milliarden von Menschen.

Und dieser Tod würde uns auf jedem Meter unseres Weges begegnen.

Wir waren zwei Klappspaten ärmer, dafür um eine Flasche mit selbstgebranntem Pastis und vier mit altem, französischem Wein reicher.

Joe stand vor mir, sein alter Filzhut auf dem Kopf.

«Pass auf die beiden auf, mein Junge.» Er zeigte mit der Hand in Richtung der anderen. «Sie zerfleischen sich sonst gegenseitig und Gabi und Du würden dazwischen zermalmt werden.» Er legte väterlich seine Hand auf meine Schulter. «Ich weiss, Rob und Connie, beide liegen Dir am Herzen. Wenn Du sie nicht verlieren willst, dann musst Du Dich um ihre Dämonen kümmern, das weisst Du schon, oder?»

Ich nickte.

«Na dann.» Auch Joe nickte. «Wir hatten im Winter einen Reisenden aus dem Süden, der erzählte von einem Rifugio, irgendwo an der Adria, südlich von Rimini. Vielleicht ist das ein gutes Ziel für Euch. Ein Ziel, um irgendwann auf Eurer Reise anzukommen.»

«Gabi und sein Bruder hatten davon erzählt, dass irgendwo in Italien ein solches Dorf entstanden sei, aber sie wussten nicht wo. Es waren nur Gerüchte.»

«Ah.» Joe nickte erneute wissend. «Das ist also der Grund für Euren Weg in diese Richtung.»

Es war keine Frage, trotzdem antwortete ich: «Wir sind irgendwie auf der Suche, aber wir wissen nicht wonach wir suchen.»

«Frieden?»

Ich zuckte mit den Schultern.

«Ich weiss es nicht. Ich weiss nicht, ob Connie und Rob nach ihren Geschehnissen, wirklich je Frieden finden können.»

«Können sie!» Seine Stimme klang zuversichtlich. «Aber dafür brauchen Sie Dich, Junge!»

Ich verzog mein Gesicht.

«Was ist aus dem Reisenden geworden?»

Joes Gesicht verdüsterte sich.

«Er wollte nach Norden, nach Paris, um seine Familie zu suchen. Aber jemand erzählte uns später, er sei in der Nähe von Genf irgendeiner Bande zum Opfer gefallen.» Er schüttelte traurig den Kopf. «Ihr seid nicht dem einzigen Teufel da draussen begegnet. Es gibt noch andere.» Er machte eine Pause. «Viele andere.»

«Aber vielleicht sind wir dem bösartigsten von allen begegnet.»

«Vielleicht. Vielleicht aber auch nicht.» Er zuckte mit den Schultern. «Wer weiss, was da in dieser Hölle alles noch für Teufel ihr Unwesen treiben.»

Dann lächelte er und rückte sich seinen alten Filzhut zurecht.

«Ich danke Euch für die Spaten.»

Joe streckte mir die Hand entgegen und ich drückte sie.

«Wir haben zu danken, Joe! Für Eure Gastfreundschaft und ein paar Stunden Frieden.»

Der alte Mann lachte laut.

«Die Spaten werden aber länger halten als Schnaps und Wein.»

Auch ich lächelte.

«Definitiv! Aber die Spaten können uns nie das Vergessen geben, so wie der Pastis.»

Er lächelte leicht. «Vergesst dabei aber nie, wo Ihr seid. Ihr seid in der Hölle, auf der Suche nach dem Paradies.»

Ich nickte leicht.

«Es ist immer die Erinnerung, die bleibt.»

«Ein gutes Schlusswort.»

Wir stiegen ein und fuhren los. Joe und seine Söhne winkten uns kurz nach, dann waren sie verschwunden.

III

Langsam und doch stetig kamen wir weiter in Richtung Süden. Unser Weg führte nach Grenoble und weiter bis zu der kleine Stadt Gap, dort drehten wir nach Südosten. Wir wollten zwischen Turin und Nizza hindurch, blieben weg von den grossen Städten und breiten Strassen. Nur so konnten wir das Risiko vermindern, auf irgendwelche Banden von Wegelagern und Räuber oder schlimmerem zu treffen, dafür erforderten die kleinen Strassen, vor allem durch die Berge, ein vieles mehr an Arbeit, um Hindernisse aus dem Weg zu räumen. Die meisten dieser Strassen und Wege waren seit dem Zusammenbruch kaum oder noch nie befahren worden und so oblag es an uns, sie frei zu räumen. Umgestürzte Bäume, herabgestürzte Felsbrocken und alte Autowracks mit Skeletten darin blockierten jeden Tag irgendwo unseren Weg. Einmal mussten wir einen alten Lkw entladen und liessen ihn dann über den Rand der Strasse in den Abgrund stürzen. Das schlimmste jedoch war ein Bus, welcher noch halb auf der Strasse lag und voller toter Menschen war. Warum diese alle in diesem Bus gesessen hatten, als der Grüne Tod ausgebrochen war, war mir vollkommen schleierhaft. Aber wir konnten uns nicht mit solchen Gedanken aufhalten, wir mussten den Bus zur Seite schleppen, um eine Lücke für unsere Fahrzeuge zu schaffen. Doch in jener Nacht jagten mich zwei Dutzend Skelette in meinen Träumen durch die Dunkelheit. Ihre Knochen klapperten, ihre blanken Zähne fletschten und in ihren toten Augenhöhlen leuchteten rote Lichter. Ich wachte schweissgebadet auf und schlief danach nicht mehr.

Das Wetter blieb meistens gut, war teilweise richtig schön, doch die Wärme, so sehr ich sie mochte, machte uns zu schaffen. Wir waren sie uns noch nicht gewohnt. Rob und Gabi fuhren meistens mit offenen Seitenfenstern und geöffneter Dachluke. Connie und ich wollten die Fenster nicht öffnen, dafür lief bei uns die Klimaanlage auf Hochtouren, trotzdem schwitzten wir.

Wir gewöhnten uns nach der so angenehmen Überraschung von gutem Essen und warmer Dusche bei Joe und seinen Enkeln nur wieder schlecht an Dosenfutter und eiskaltes Flusswasser. Und auch der Wach-Rhythmus machte mir zu schaffen. Jeder von uns hatte eine drei Stunden-Schicht, so dass alle von uns wenigstens sechs Stunden am Stück schlafen konnten. Trotzdem fühlte ich mich immer müde. Es war eine bleierne Müdigkeit, welche nie wirklich weg ging.

Es war ein Kampf gegen die Erschöpfung, gegen Hunger und gegen die Eintönigkeit.

Und doch kamen wir vorwärts. Unsere Fahrzeuge funktionierten problemlos, auch der alte Saurer verrichtete seinen Dienst ohne Mucken, wenn dessen Schneeschaufel unterdessen auch zerbeult und fast ohne Farbe war. Sie tat weiterhin gute Dienste, genauso wie die beiden hydraulischen Seilwinden, welche vorne und hinten am 2DM angebracht waren und mit denen wir fast täglich irgendwelche Hindernisse aus dem Weg räumen mussten.

Mit der Wärme kam der Schweiss und wir stanken oft wie die Affen im Urwald. Körperhygiene blieb jedoch, wie schon seit Beginn dieser Odyssee, ein absolutes Muss, da wir sonst Krankheiten befürchteten. Und wir fühlten uns auch sonst nicht wohl. Somit blieb uns das Ritual, abends irgendwo in der Nähe eines Flusses, Sees oder Baches zu lagern und uns dort zu waschen, bestehen. Wir gewöhnten uns dermassen daran, dass uns drei Männer auch der nackte Körper von Connie auf keinerlei spezielle Gedanken brachte, obwohl sie wirklich angenehm anzusehen war. Wir blieben dem Meer fern, da wir befürchteten, dass die Strassen an der See entlang mit zu vielen Hindernissen und Banditen belagert würden und somit war es schon Sommer, als wir schliesslich bei Zinola, einer Stadt westlich von Genua endlich zum ersten Mal das grosse, tiefe Blau erblickten.

Es war ein umwerfender Anblick. Gerade begann die Sonne unterzugehen und ihr tief orangenes Licht spiegelte sich in dem ruhigen Wasser des Mittelmeeres.

Die roten Bremslichter des Saurers vor uns leuchteten auf und das Zischen von Druckluft war zu hören, als Rob auf die Bremse trat. Er hielt den Lastwagen mitten auf der Strasse an und stellte den Motor aus. Auch ich stoppte den Eagle hinter ihm und als ich ebenfalls den Schlüssel drehte, stürzte eine grosse Stille auf uns ein. Connie und ich blieben wortlos eine Weile im Wagen sitzen, sahen auf das weit unter uns liegende Meer hinaus. Dann öffnete Rob plötzlich seine Tür und stieg aus. Er ging an den Rand der Strasse und sah hinunter. Dort blieb er eine ganze Weile stehen und schliesslich öffneten auch Gabi, Connie und ich die Türen und kletterten aus den Fahrzeugen. Wir stellten uns neben Rob.

Die Szenerie war surreal. Zum allerersten Mal, seit die Welt von einer Woche auf die andere eine andere geworden war, sah ich Schönheit.

Wir standen alle vier nebeneinander, niemand sagte ein Wort. Dann plötzlich nahm Connie meine Hand und drückte sie. Ich sah sie von der Seite her an und seit einer gefühlten Ewigkeit, sah ich sie lächeln.

Zur Überraschung aller, sprach Rob mit leiser Stimme: «Wir haben es fast geschafft.» In seiner Stimme lag gleichzeitig Zuversicht und Traurigkeit.

Ich nickte nur.

«Ich denke, wir sollten uns ein schönes Plätzchen am Strand suchen und dort übernachten.» Ich sah Connie, die gesprochen hatte, an und sie blickte mir in die Augen. «Wisst Ihr, direkt am Strand. Dann machen wir ein grosses Feuer, braten den Rest des Hirsches von gestern und nehmen ein Bad im Meer. Und geniessen einfach den Moment.» Sie lächelte mich an, hielt dabei immer noch meine Hand. «Das hört sich doch nach einem Plan an.», antwortete ich und Gabi nickte.

«Na dann los.»

Das Feuer brannte lichterloh. Wir genossen das gebratene Fleisch, dazu etwas Wein und zuletzt noch etwas vom Pastis, den wir von Joe erhalten hatten. Dazu genehmigte ich mir noch ein paar Zigaretten aus einem Päckchen, welches ich irgendwo in einem Laden auf dem Boden gefunden hatte.

Wir hatten zwei weitere Tage benötigt seitdem wir das Meer von der Strasse her zum ersten Mal erblickten, um dieses Plätzchen am Strand zu finden, das auf einer Halbinsel östlich von Genua lag. Wir hatten die grosse Hafenstadt weit umfahren, nachdem wir des Nachts plötzlich Schüsse in der Stadt gehört hatten.

Rob hatte die erste Wache übernommen und während Gabi das Feuer in Gang brachte und das Fleisch darüber briet, machten Connie und ich unseren Plan wahr und genehmigten uns ein Bad im warmen Wasser des Mittelmeeres. Für uns fühlte es sich fast an wie Urlaub.

Nach dem Essen übernahm Connie die Wache von Rob, der sich nach einem kurzen Mahl und einem Schluck Pastis in seine Hängematte begab.

Er war immer noch ernst, lachte nie und redete nur das nötigste. Aber die Kälte war aus seinen Augen verschwunden. Doch sie war durch Traurigkeit ersetzt worden.

Da auch Gabi schon in seinem Schlafsack lag, blieb ich allein am Strand zurück. Die Sonne war untergegangen und am wolkenlosen Himmel erschienen Millionen von Sternen. Ohne die Lichter der Zivilisation schien es, als sei das Licht der Sterne näher an die Erde gerückt. Es fühlte sich an, wie wenn wir plötzlich des Nachts mittendrin wären. Eine Sternschnuppe jagte über den Himmel und ich sandte ihr einen Wunsch hinterher.

Ich genehmigte mir einen letzten Schluck aus der Pastis-Flasche und kramte noch eine Zigarette aus dem Päckchen. Dann holte ich ein Scheit aus dem Feuer und zündete sie damit an. Ein Geräusch war zu hören. Ich sprang auf und riss mein Gewehr hoch. Ein Schatten kam auf mich zu. «Ich bin es.», sagte die ernste Stimme von Rob und ich legte das Gewehr wieder zur Seite und setzte mich zurück in den Sand. Er liess sich neben mir nieder. Wortlos nahm er mir die Zigarette aus der Hand und zog daran. Ich sah ihn erstaunt an, hatte ich ihn doch noch nie rauchen gesehen. Er begann zu husten und hielt sie mir wieder hin. «Habe ich noch nie gemocht.», krächzte er zwischen dem Husten und ich musste lachen. Und dann, unter dem Licht des Sternenhimmels, sah ich ihn zum ersten Mal seit vielen Monaten lächeln. Und während er lächelte, auch wenn es nur ein ganz leichtes war, rollten Tränen über sein Gesicht. Ich sagte nichts, sah ihn nur an. Aber in diesem einen Augenblick, war er zurück.

Mein guter, alter Freund.

«Was ist nur aus uns geworden, T? Was nur?» Er flüsterte fast und ich musste mir Mühe geben, ihn durch das Plätschern der Wellen gegen den Strand zu hören. Dann drehte er den Kopf und sah mich an. Immer noch liefen die Tränen über seine Wangen, hinterliessen eine glitzernde Spur auf seinem Gesicht.

Ich wollte antworten, aber er sprach weiter: «Sieh Dir nur all diese Sterne an, T. Sieh sie Dir an und dann weisst Du, wir sind einfach nichts.»

Ich wusste nicht genau, worauf er hinauswollte, aber ich schwieg, wollte ihn keinesfalls unterbrechen.

«Wir sind nicht mal ein Staubkorn in diesem Universum und doch...» Er stockte und schüttelte langsam den Kopf.

«Und doch spielen wir uns auf, als wären wir Gott. Wir tun, als wäre unser Leben das einzig Wichtige auf dieser Erde. Jeder glaubt, nur sein eigenes Leben zählt, dabei...» Wieder stockte er. «Dabei sind wir einfach nur ... nichts.» Dann schwieg er.

«Du vermisst sie.», antwortete ich nach einem langen Moment der Stille.

Rob sah zu den Sternen hinauf und noch immer sah ich, wie die Tränen herunterrollten.

«Jeden Tag, T! Jeden Tag, jede Minute. Jeden einzelnen verfluchten Augenblick. Sie waren mein Leben T, einfach mein ganzes Leben. Sie waren es gewesen, die meinem Dasein einen Sinn gegeben hatten..» Er schüttelte langsam den Kopf. «Es war nicht der Job, oder die Herausforderungen vor Gericht. Nicht das viele Geld, oder das schöne Haus. Nur Jo und José. Nichts sonst.»

Ich war erstaunt, es war das erste Mal seit ihrem Tod, dass er ihre Namen erwähnte.

«Der Schmerz lässt nie nach. Egal was ich tue, egal woran ich denke oder mit was ich mich beschäftige, der verfluchte Schmerz lässt nie nach.»

Er sah mich wieder an und ich ihn. Aber ich wusste keine Antwort, also schwieg ich.

«Weisst Du, dass ich Dich beneide? Dich und Connie?»

«Du beneidest uns? Warum?»

«Weil Ihr es in dieser Welt besser habt, als in der vorherigen.»

Ich schüttelte den Kopf und warf den Stummel der Zigarette in das glühende Feuer.

«Denk daran, was Connie widerfahren ist.»

«Ja, ja ich weiss.» Er machte eine undefinierbare Handbewegung. «Aber Ihr habt nicht diesen Scheiss-Schmerz. Er lässt einem kaum denken, lässt mich nicht atmen.» Er seufzte leise.

Ich legte meine Hand auf seinen Arm.

«Wir alle haben Verluste erlitten, Rob. Ich weiss, dass Du Deine Familie geliebt hast, dass sie Dir alles bedeuteten, aber auch wir hatten Familie, Freunde, Bekannte. Und die sind ebenfalls alle weg, tot.» Ich machte eine kurze Pause. «Und sie sind nicht mal begraben.» Er sah mich von der Seite her an. «Rob, wir hatten die Chance, in dieser kaputten und toten Welt eine neue Familie zu finden.»

«Ich weiss. Ich weiss es und ich hab's versaut…», flüsterte er. «Aber ich bin völlig tot. Völlig tot, T.»

Ich nickte und zündete mir eine weitere Zigarette an. Dann sog ich den Rauch tief in meine Lungen und liess ihn langsam wieder herausströmen.

«Wusstest Du, dass ich einen Bruder hatte?»

Rob sah mich erstaunt an.

«Du? Du hast nie von ihm gesprochen.»

«Er starb, als ich elf war.» Ich lächelte traurig bei der Erinnerung. «Er war älter als ich und ein völliger Draufgänger. Er war zu allen Schandtaten bereit.» Ich sah Rob an. «So wie Du. Eines Tages bauten sie bei uns im Dorf eine neue Kirche. So ein richtig modernes Ding. Aber dafür mussten sie den Weg vom Dorfplatz her verlegen. Also bauten sie einfach so ein Provisorium. Der Weg hatte dann nicht dasselbe Niveau wie der Platz und mein Bruder kam auf die Idee, wir könnten dort mit unseren Fahrrädern wie über eine Schanze springen. Ich wollte nicht, hatte Angst, aber er meinte nur 'Sei kein Frosch, Kleiner.' Also nahm ich Anlauf und sprang. Nicht weit, aber ich war mächtig stolz und er grinste über das ganze Gesicht. 'Bravo! Und jetzt ich, T. Ich zeig's Dir, wie's geht.' Er holte Anlauf über den ganzen Dorfplatz. Schliesslich war er der ältere und er wollte unbedingt weiter springen als ich. Er flitzte über den Platz und genau auf der Kante zu dem Weg sprang er. Er flog und flog. Für mich, als kleiner elfjähriger flog er unendlich weit. Aber während des Fluges drehte der Lenker und das Vorderrad stand quer, als er landete. Das Fahrrad katapultierte ihn nach vorne und er prallte mit voller Wucht in einen stählernen Pfosten.» Ich zog wieder an der Zigarette, sah zu wie der Rauch in den mit unendlich vielen Sternen übersäten Himmel aufstieg. «Er war auf der Stelle tot. Meine Eltern gaben mir die Schuld und seit damals, war mein Leben nicht mehr wirklich dasselbe.»

«Wie hiess er?»

Ich lächelte erneut, als das Gesicht meines Bruders in meinem Kopf auftauchte.

«Robin. Er hiess Robin.»

«Und was hast Du mit dem Schmerz gemacht?»

Ich sah Rob an.

«Der Schmerz verschwindet nie, Rob. Er ist immer da. Aber man kann ihn in eine Schublade packen und irgendwo in seinem Gehirn macht man diese Schublade dann zu und schliesst sie ab.»

«Aber sie geht immer wieder auf, nicht?»

Ich nickte und jetzt spürte auch ich die Tränen, die mir über mein Gesicht flossen.

«Ja, Freund, der Schmerz taucht immer wieder auf. Aber man muss lernen, ihn wieder da hinzupacken, wo er auch hingehört. In diese Schublade nämlich, irgendwo tief im Gehirn. Und dann, irgendwann, ist man einfach nur noch froh, dass man es überhaupt erleben durfte.»

Rob stand auf, dann sah er mich von oben herab an. Lange stand er da, sah mich an und sagte kein Wort.

«Ich weiss nicht, ob ich so lange warten kann, T. Oder will.»

Dann drehte er sich um und ging den Weg zurück in Richtung der Fahrzeuge.

«Bereust Du es, Rob?», fragte ich leise und er drehte sich nochmals um. Er wusste, was ich damit meinte.

«Ich wünschte, ich könnte es.»

Ich sah ihm lange nach.

Im Gebüsch erblickte ich den Schatten einer Gestalt. Die Gestalt stand nur da, regte sich nicht. Ich nickte der Gestalt zu und sie drehte sich um und verschwand im Dunkel.

Ich blieb die ganze Nacht über neben dem Feuer sitzen, bis schliesslich morgens um drei Uhr, Gabi mir die Wache übergab.

Doch bis dahin sass ich einfach da, rauchte und dachte nach.

War da irgendwie wieder ein Durchbruch von Robs altem Ich, dass sich langsam durch das trübe Wasser seiner abgrundtiefen Trauer, aber auch seiner unbändigen Wut kämpfte? Ein Ich, welches ich doch so gut kannte, aber das in den letzten Monaten, ja wahrscheinlich seit diesem Tag, als wir mit den Motorrädern unsere alte Welt verliessen, vermisste. Aber wer würde den letztendlichen Sieg in diesem Kampf verschiedenster Dämonen in Robs Innerem davontragen? Konnten wir ihm trauen, oder mussten wir befürchten, dass urplötzlich die Kälte in ihm erneut, wie ein aus dem schwarzen Wasser hochspringender Hai ein ahnungsloses Opfer fordern würde?

Mir kamen Joes Worte in den Sinn: 'Diesen Dämonen müsst Ihr Euch stellen. Ansonsten nehmt Ihr Eure persönliche Hölle mit, wohin Ihr auch geht. Immer wird sie dort sein, wo Ihr auch seid.'

Am nächsten Tag liess ich Connie den Eagle fahren, da ich einfach viel zu müde dafür war. Doch an Schlaf war nicht zu denken. Zuviel drehten sich die Gedanken in meinem Kopf.

Connie sagte lange nichts, fuhr schweigend hinter dem Saurer her. Wir bewegten uns langsam weiter der Küste entlang, in Richtung Süden. Der Plan war, bis etwa auf Höhe von Florenz zu gelangen und dann den italienischen Stiefel zu durchqueren.

«Du vertraust ihm wieder.» Es war keine Frage. Connie sah weiterhin konzentriert nach vorne, blickte mich nicht an.

«Du hast uns belauscht.»

«Das hört sich jetzt doch ziemlich negativ an.»

Ich seufzte.

«Sorry, stimmt. Aber Du hast zugehört.»

«Das habe ich.»

Ich überlegte lange, was ich als nächstes sagen sollte.

«Es gibt den alten Rob noch. Irgendwo tief in seinem Inneren.», meinte ich schliesslich.

«Oder er spielt Dir etwas vor. Versucht Dich auf seine Seite zu ziehen.»

«Meine Seite ziehen?» Ich sah sie scharf von der Seite her an. «Sind wir denn auf verschiedenen Seiten?»

«Ich weiss es nicht.», antwortete sie leise.

«Du weisst es nicht?» Mein Ton war scharf, vielleicht etwas zu scharf. «Aber ich weiss es. Connie! Jeder von uns wäre alleine da draussen schon lange tot.» Ich schüttelte den Kopf. «Keiner von uns kann allein die ganze Versorgung erledigen, das Fahrzeug fahren und dabei noch die

Hindernisse aus dem Weg räumen. Allein einen Rastplatz zu bewachen und trotzdem noch irgendwann schlafen zu können. Dazu …»

«Das weiss ich schon.», unterbrach sie mich. «Aber auch keiner von uns hätte irgendwelche Menschen umgebracht.»

«Nicht?» Ich hörte mich spöttisch an. «Hättest Du gekonnt, würdest Du Deine Peiniger umgebracht haben.» Sie sah mich kurz von der Seite her an, blickte dann wieder nach vorne und ich fuhr weiter: «Doch Du hattest nicht die Möglichkeit dazu. aber sie hätten Dich getötet, das ist absolut sicher. So wie sie auch uns in dem brennenden Haus zurück liessen. Nur als Gemeinschaft, können wir in dieser Welt überleben.»

«Das dachte sich Nicole auch.», sagte sie trocken und ich verzog mein Gesicht zu einer Grimasse.

«Du hast recht, er hätte sie nicht erschiessen sollen. Und das weiss er auch.»

«Aber trotzdem tut es ihm nicht leid. Das hat er selbst gesagt.»

«Sie hat uns alle in Gefahr gebracht. Und drei von uns starben deswegen.»

«Du verteidigst ihn? Vielleicht bist Du nicht besser als er.»

«Nun halt aber die Luft an! Ich hätte sie nie getötet. Nie! Und das weisst Du!» Meine Stimme bebte.

«Nein, das hättest Du nicht.», gab sie dann leise zu. «Das weiss ich. Tut mir leid.»

Ich nickte und Connie sprach weiter: «Aber ich werde ihm nie wieder trauen, T. Nie wieder! Hätte er sie irgendwo ausgesetzt, irgendeiner anderen Gruppe übergeben, sie einfach zum Teufel gejagt, hätte ich vielleicht noch damit leben können.»

«Vielleicht? Connie, sie hat Tom auf der Wache verführt. Hätte sie das nicht getan, wäre der Überfall nicht…»

«Nicht passiert?», unterbrach sie mich heftig. «Klar wäre er passiert.»

«Doch mit diesem Ausgang? Wohl kaum.»

«Das weisst Du nicht, T. Das weisst Du nicht.» Sie machte eine Pause, fluchte leise und fuhr dann fort: «Tom hätte Nicole auch wegweisen können.»

Ich runzelte die Stirn und sah Connie an. Dieser Gedanke war mir bisher noch nie in den Sinn gekommen, aber natürlich hatte sie vollkommen recht.

«Er hätte sie wegweisen können und alles wäre möglicherweise anders ausgegangen. Aber das weisst Du nicht.»

«Das hätte er tun sollen.», gab ich zu.

Es folgte eine lange, auf der Seele lastende Stille.

«Weisst Du, dass sie als Kind missbraucht worden war?»

«Nein. Nein, das wusste ich nicht. Woher auch?»

«Sie wurde über Jahre von ihrem Stiefvater vergewaltigt. Deshalb war sie so wie sie war. Sie wollte Kontrolle über die Männer haben, damit dies nicht noch einmal passiert.» Ich sagte nichts dazu. Was hätte ich auch erwidern sollen? «Du weisst, was ich getan habe, T. Ich meine, bevor die Welt am Arsch war. Ich habe einen Menschen getötet, weil er mich wie ein Stück Dreck behandelte. Über Jahre hat er das getan. Und doch habe ich ihn nicht erstochen, nur weil er ein Arschloch war. Obwohl er war ein Arschloch, durch und durch. Aber er hat mich gepeinigt, über eine lange Zeit hinweg.» Sie machte eine Pause, dann sprach sie leise weiter: «Und doch, es vergeht kein Tag an dem ich mich nicht frage, ob es wirklich richtig war ihn zu töten, ob es nicht irgendeine andere Möglichkeit gegeben hätte. Ich weiss es nämlich nicht.» Sie schwieg einen Moment und ich sagte ebenfalls nichts.

«Weisst Du, ich hätte einfach davonlaufen können, T. Doch ich hatte solche Angst, dass er mich wiederfindet.

Und ich hatte Angst, was dann passieren würde. Was er dann mit mir tun würde.» Sie seufzte leise. «Als wäre dies schlimmer gewesen, als das, was er ohnehin schon tat. Also hätte ich gehen sollen und meine Seele wäre heute immer noch rein.»

«Ich glaube, Rob fragt sich dasselbe.»

«Das ist genau die Frage. Tut er das oder tut er das nicht.»

Ich seufzte tief. Ich wusste die Antwort nicht.

«Und solange ich das nicht weiss, werde ich ihm nicht trauen.»

Wir fuhren weiter und ich blickte zur Seite auf das azurblaue Wasser hinaus. Das Meer war friedlich, nur hin und wieder sah ich, wie der Wind die Wellen kräuselte. Sonnenstrahlen glitzerten im Wasser und verliehen der Szenerie einen magischen Glanz.

Ich spürte, wie sich Tränen in meinen Augen sammelten und wischte sie mit einer ärgerlichen Bewegung davon. Tief in meinem Inneren tobte ein Kampf. Der Kampf zwischen Hoffnung und Traurigkeit. Zwischen Glauben an eine Zukunft und die Angst, niemals aus dieser Hölle entkommen zu können.

Und Liebe.

Die Liebe zu den beiden Menschen, zwischen denen ich stand.

Es dauerte über zwei Wochen, bis wir endlich von Ligurien her, quer durch die Toskana bis in die Region der Emiglia-Romagna gelangten und schliesslich südlich der Stadt Ravenna auf die weissen Strände der Adria trafen. Die letzten vier Tage hatte es immer wieder geregnet und die Strasse war schlammig. Der Sand, das Salz in der Luft und der Regen hatten die Strassen rutschig gemacht und unsere Geschwindigkeit nahm ab. Aber heute war es dafür wieder wunderschön, der Himmel glänzte in hellem Blau, keine Wolke trübte die Sonnenstrahlen, welche erbarmungslos auf uns und unsere Fahrzeuge herunterknallte. Doch wir wussten, es konnte nicht mehr allzu weit sein bis zu diesem Rifugio. Ein Fischer namens Luca, welchen wir bei Ravenna getroffen hatten, hatte uns den Weg erklärt. Das gesicherte Dorf sei auf einem Grünstreifen südlich der Stadt Pesaro, direkt am Strand.

Jedoch seien die Bewohner äusserst ablehnend und feindselig gegenüber Fremden, da sie regelmässig von Banditen angegriffen würden. Der Fischer machte immer wieder Tauschgeschäfte mit dem Dorf, indem er mit seinem Boot die ganze Strecke bis zu ihnen fuhr. Uns hatten diese Informationen fast unseren ganzen Rest an Batterien gekostet, aber ohne seine Wegbeschreibung, würden wir das Dorf kaum finden können. Wir boten Luca an, mit uns zu nehmen, aber er lehnte ab. Also fuhren wir ohne ihn weiter in Richtung Süden. Für die ungefähr einhundert Kilometer benötigten wir zwei ganze Tage. Wir merkten, dass die Strassen hier immer wieder benutzt worden waren, seit dem 'Grünen Tod' und wir kamen besser voran als noch im Landesinneren.

Wir umfuhren die Stadt Pesaro auf ihrer West- und Südseite. Eine ehemalige Villensiedlung lag auf unserer linken und wir steuerten in einer geraden Linie direkt auf die Küste zu.

Ich kannte diese Strände von früher. Schon in unserer Jugend fuhren Rob und ich mit unseren allerersten Autos in diese Gegend, um Urlaub zu machen. Ich besass damals einen uralten Alfa Romeo GTV in dem typischen Alfa-Rot und ich war so stolz auf diesen Wagen gewesen. Ich war noch in meiner Berufslehre und Rob stand kurz vor seinem Gymnasium-Abschluss. Wir besassen kaum Geld und lebten eigentlich in dem Auto. Kohle für ein Hotelzimmer hatten wir keines und so duschten wir abends, wenn alle Badegäste weg waren, am Strand, zogen unsere besten Klamotten an und tanzten die Nächte in irgendwelchen Clubs und Diskotheken durch. Schlafen konnten wir dann tagsüber am Strand. Wir flirteten mit den Mädels, assen an irgendwelchen billigen Strassenläden und tranken unseren selbst mitgebrachten Alkohol, da die Drinks in den Diskotheken einfach zu teuer waren. Dass mein Alfa dann auf der Heimfahrt noch seinen Geist aufgab, machte diese Zeit noch zusätzlich abenteuerlicher.

Ich lächelte leise vor mich hin.

So hatten Rob und ich unsere ersten gemeinsamen Ferien an den Stränden der Adria verbracht. Später waren dann der Wilde Westen der USA, die Wüsten Australiens und irgendwann auch die Stadt Madrid hinzugekommen.

Was mich wieder an Joanna erinnerte, und das Lächeln verflüchtigte sich aus meinem Gesicht. Dieses Gefühl der Endgültigkeit kam wieder hoch. Es fühlte sich an wie ein Fieber, das langsam aus der Brust heraus in meinen ganzen Körper hinausströmte.

Ich wünschte mir zum tausendsten Mal, ich würde aufwachen und das Ganze würde sich als fürchterlichen Alptraum herausstellen.

Dann sah ich zu Connie hinüber und der Alptraum verschwand. Das Gefühl änderte sich sogleich bei ihrem Anblick. Und es war ein Gefühl, das ich so weder Karin, noch irgendeiner anderen Frau gegenüber je empfunden hatte. Connie sah konzentriert nach vorne.

Ob sie etwas ahnte? Ich glaubte nicht. Sie war zu stark mit sich selbst und ihren eigenen bösen Geistern der Vergangenheit beschäftigt.

Und mit Rob.

«Sieh nur, T! Wir sind da.» In Connies Stimme lag so etwas wie Freude. Sie zeigte mit der Hand nach vorne und ich blickte durch das gepanzerte Glas.

Der Schuss traf uns völlig unvorbereitet.

Connie riss das Steuer herum und lenkte den Eagle nach rechts auf ein Feld, während Rob, welcher den 2DM fuhr, nach links auswich. Unser Wagen stand noch nicht, als ich schon vom Beifahrersitz nach hinten kletterte und die Luke öffnete. Mit wenigen Handgriffen lud ich das Maschinengewehr durch, dann griff ich zum Funkgerät und hielt mir den Feldstecher vor das Gesicht.

Was ich sah, liess mich erschauern.

IV

Genau vor uns, in Richtung des Meeres lagen offene, weite Felder, die scheinbar jedoch immer noch bestellt wurden. Am Strand entlang verlief eine Strasse, während die Strasse zu den Feldern hin ein dünner Streifen Wald säumte und auf der anderen Strassenseite eine alte Bahnlinie. An dieser Bahnlinie seitlich verlief eine Mauer. Und auf dieser Mauer liefen Menschen hin und her.

Und die Menschen schossen mit Gewehren und Handfeuerwaffen.

Sie feuerten auf Autos, die auf der Strasse längs hin und her jagten. In den Autos, es handelte sich um einige grosse Gelände- und Pickup-Fahrzeuge, schossen die Insassen ihrerseits auf die Menschen auf der Palisade. Schüsse und Schreie waren zu hören.

Mir standen die Nackenhaare zu berge. Nach unserem Gefecht am Fusse des Passes waren wir nun monatelang unterwegs gewesen, nur um hier direkt in ein weiteres, schweres Feuergefecht zu platzen.

Das Funkgerät knirschte: «Das Rifugio wird angegriffen. Keine Ahnung warum oder von wem. Kannst Du etwas sehen?», fragte Rob.

«Es scheint, als ob die Angreifer aus fahrenden Wagen heraus schiessen.»

«Wie viele?», fragte Rob knapp und ich zählte.

«Keine Ahnung, ist schwer zu erkennen. Die Autos sind ständig in Bewegung, dazu sehe ich sie nicht immer wegen den Bäumen. Vielleicht fünf.» Ich sah wieder durch das Okular. «Ja, fünf müssten es sein.»

Einen Moment lang blieb das Walkie-Talkie still. Rob und Gabi waren aus dem Saurer gesprungen und lagen hinter Gebüschen in Deckung, während Connie hinter der geöffneten Fahrertür des Eagle stand, ihre Gewehr im Anschlag. «Was sollen wir tun?», fragte ich in das Funkgerät, aber ich bekam keine Antwort.

«Wir sollten helfen.», sagte schliesslich Connie von untenher. «Wir könnten die Angreifer von hier aus überraschen.» Ich zog meine Brauen in die Höhe und sah sie mit grossen Augen an.

«Du willst sie einfach so von hinten abknallen? Ohne zu wissen, wer hier gegen wen kämpft oder was hier eigentlich passiert ist?»

Sie blickte hoch. In ihren Augen funkelte es.

«Wir wollen Frieden und irgendwo ein Zuhause, T.»

«Und das willst Du mit Gewalt erzwingen? Frieden durch den Tod von Menschen durchsetzen?» Ich schüttelte den Kopf. «Du weisst nicht, wer hier der Böse ist und warum.» Rob und Gabi schlichen sich zu uns.

«Was machen wir?», fragte Gabi und ich zuckte mit den Schultern. Dafür antwortete Connie: «Wir fallen den Angreifern in den Rücken und helfen so dem Dorf.»

Doch auch Gabi schüttelte leicht den Kopf.

«Ich weiss nicht.»

«Aber Luca meinte, sie seien Fremden gegenüber sehr argwöhnisch und ablehnend. Vielleicht lassen sie uns gar nicht hinein.» In Connies Stimme klang leichte Verzweiflung. «Und was tun wir dann? Hä? Was dann?» Sie sah vom einen zum anderen. «Aber wenn wir hier helfen, dann haben wir sicher gute Karten.»

Rob zuckte mit den Schultern.

«Da hat sie nicht unrecht.»

Einen Moment lang sagte keiner von uns etwas. Von der Strasse her hörten wir immer noch heftiges Gewehrfeuer, Schreie und Rufe.

Wie meistens war es Rob, der die Entscheidung traf: «Gabi, versteck den Saurer hier irgendwo zwischen den Häusern.» Er zeigte mit der Hand hinter uns. «Dann springen wir in den Eagle und fahren querfeldein bis zur Strasse. Und dann, mitten drauf. Einfach so aus dem Gebüsch heraus schiessend.» Er sah zu mir hoch. «Und Du musst auch schiessen, T. Das weisst Du.»

Ich sah ihn lange an, dann nickte ich schliesslich und Rob fuhr fort: «Das MG wird einiges an Schaden bei den Angreifern anrichten. Dazu springen Gabi und ich kurz vor Erreichen der Strasse aus dem Wagen und beschiessen sie mit unseren Sturmgewehren weiter. Gabi, Du nach rechts, in südliche Richtung, ich nach links. Connie, Du fährst uns dahin und bleibst dann im Eagle sitzen, lässt den Motor laufen. Es wäre zu gefährlich, mitten auf der Strasse im Gefecht auszusteigen.» Sie nickte.

Er sah uns der Reihe nach an. «Na dann, los jetzt!»

Gabi setzte sich auf den Beifahrersitz, Rob nach hinten links. Ich stellte mich breitbeinig hin und hielt mich fest, so gut ich konnte, während Connie den Eagle über das offene Feld, dann leicht nach links lenkte. Sie zielte auf eine Schneise zwischen den Sträuchern und Bäumen. Sie fuhr so schnell es der Untergrund erlaubte. Dann, kurz vor der Strasse, verlangsamte sie und noch bevor der Wagen stand, rissen Gabi und Rob ihre Türen auf und sprangen hinaus. Connie trat das Gaspedal durch und mit einem heftigen Satz schoss unser Wagen aus dem Dickicht heraus auf die Strasse. Connie trat auf die Bremse, so fest sie nur konnte und der Eagle kam mit quietschenden Reifen zum Stehen. Ich drehte das MG nach links, in Richtung Norden und feuerte auf den erstbesten Wagen, den ich zu Gesicht bekam. Bum-bum-bum-bum-bum-bum ertönte das Stakkato des Maschinengewehres, als die grossen Geschosse aus dem Lauf fuhren. Ich traf den Wagen und konnte das metallische Klacken hören, als die Kugeln durch das Blech und die Fenster schossen. Der Pickup lenkte sofort nach links über die Fahrbahn hinaus, knallte in alte Betonelemente, die die Strasse von der Bahnlinie trennten und überschlug sich. Er blieb auf der Seite liegen. Einer der Insassen wurde dabei halb aus der Tür geschleudert und durch den Wagen wurde sein Oberkörper zerquetscht. Innereien quollen hervor und Blut lief heraus und begann sich auf dem Asphalt zu verteilen, versickerte dann langsam im Boden.

Ich hatte das Maschinengewehr schon neu ausgerichtet, beschoss auf einen weiteren Jeep, der von Norden auf der Strasse uns entgegenkam. Dabei hörte ich die Gewehre von Gabi und Rob, welche aus dem Dickicht heraus feuerten. Ich traf auch den zweiten Wagen und auch dieser landete in der Absperrung. Er traf ebenfalls die Betonelemente und es riss ihm die Vorderachse heraus. Er wurde zurück auf die Strasse geschleudert und während der Wagen landete und dann zum Stillstand kam, loderten bereits Flammen aus ihm. Nur Sekunden später stand der Jeep in Vollbrand. Zu meinem Entsetzen öffnete sich eine der Türen und eine Gestalt stolperte laut schreiend auf die Strasse. Sie stand komplett in Flammen. Brüllend torkelte die menschliche Fackel über den Asphalt, brach dann zusammen und wälzte sich hin und her. Dann verstummte der Schrei, doch der Körper zuckte noch eine Weile, hinterliess schwarze Flecken auf dem Beton.

Es stank nach verbranntem Fleisch. Kurz hatte ich das Bild unseres gebratenen Hirsches am Strand vor meinem inneren Auge.

Connie riss die Tür auf und übergab sich.

«Mach die Tür zu und bleib hier drinnen!», schrie ich sie an und sie tat, was ich ihr sagte.

Ich drehte den Lauf des Maschinengewehres gegen Süden und feuerte schon auf den nächsten der Geländewagen. Er fuhr auf uns zu. Auch Gabi schoss und wir beide trafen unser Ziel, ich von vorne und er von der Seite. Eine Kugel des MG traf den Fahrer mitten im Gesicht und trotz der zersplitternden Frontscheibe sah ich, wie dessen Kopf regelrecht explodierte, wie Blut und Gehirnmasse im Innenraum verteilt wurden. Der tote Fahrer trat noch irgendwie instinktiv auf die Bremse und der Wagen kam so abrupt zum Stehen, dass der Beifahrer aus dem Sitz, durch die Scheibe hindurch und vor den Wagen geschleudert wurde. Er blieb vor dem stehenden Auto liegen, seine Gliedmassen waren in unnatürliche Richtungen verdreht. Blut lief aus dem völlig zerschnittenen Gesicht. Er regte sich nicht mehr. Auch der Mann, welcher auf der Ladefläche des Pickups gestanden und von dort her geschossen hatte, flog, zusammen mit seinem Gewehr, in hohem Bogen durch die Luft, über die Fahrerkabine hinweg und landete unsanft auf dem harten Asphalt. Ich konnte Knochen brechen hören, dann blieb er kurz liegen. Doch irgendwie schaffte es der Mann, sich wieder zu erheben. Langsam richtete er sich auf, sah mich dabei mit ungläubigen und weit aufgerissenen Augen an. Sie waren blau wie ein Bergsee. Er versuchte mit dem rechten Arm sein Gewehr zu greifen, doch der Unterarm stand in einem verrückten Winkel ab und weisse Knochen ragten aus der Wunde, woraus auch Blut lief. Sein Gesicht wandelte sich von Überraschung und Schock zu Wut. Seine Augen schienen Wut und Hass zu sprühen und es schauderte mich. Doch dann fiel ein Schuss, von wo auch immer dieser abgefeuert wurde, und er knallte tot auf die Strasse. Doch diese Augen brannten sich in meinem Gehirn ein.

Gabi feuerte weiter in den stehenden Wagen hinein, leerte sein gesamtes Magazin. Ich hörte das metallische Klicken, als es schliesslich leer war und er schrie: «Nachladen!»

Auf unserer linken Seite feuerte Rob ebenfalls wieder und ich drehte das Maschinengewehr erneut in diese Richtung. Doch die beiden restlichen Wagen hatten soeben kehrtgemacht und flohen auf der Strasse weg von uns. Ich zielte einen Moment, dann drückte ich nochmals den Abzug. Ich traf.

Der hintere der beiden Wagen geriet ins Schlingern. Reifen quietschten, als der Fahrer das Gefährt wieder versuchte unter Kontrolle zu bringen, doch dann überschlug sich der Jeep, mehrmals. Ich konnte sehen, wie dabei die Insassen aus dem Fahrzeug herausgeschleudert wurden und wie Puppen durch die Luft flogen. Schliesslich blieb das rauchende Wrack mitten auf dem Asphaltband liegen. Von den heraus geschleuderten Männern bewegte sich keiner mehr. Nur das Brummen des einzig übrig verbliebenen Autos war noch zu vernehmen. Es wurde leiser und leiser als es sich weiter nach Norden bewegte, dann war das Geräusch weg.

Rauch wehte durch die Luft, es roch nach verbranntem Pulver.

Eine tödliche Stille breitete sich aus.

Es war ein schöner, warmer Sommerabend. Ein laues Lüftchen wehte und leise plätscherten die Wellen an den Strand. Die Sterne funkelten am Himmel. Es hätte friedlicher nicht sein können.

Wenn da nicht diese grausigen Bilder in meinem Kopf herumschwirrten. Bilder von fliegenden Puppen und von zerschlagenen, verdrehten Körpern. Von brennenden Menschen, die sich laut schreiend über den Boden wälzten. Und von weit aufgerissenen, hasssprühenden Augen.

Trotz der Wärme schauerte es mich.

Ich sass auf einem der am Strand stehenden Liegestühle.

Der Strand selbst war leer und ruhig, nur vereinzelt waren Stimmen aus dem Dorf zu hören. Es war ein grosses Fest im Gang, man feierte den Sieg über die Banditen. Die Bande hatte das Rifugio immer wieder attackiert und die Bewohner dabei massive Verluste erlitten. Dazu hatte die Gang ihnen die Wege zu den Feldern abgeschnitten, worauf Gemüse und Getreide angebaut wurde.

Unser Eingreifen war für das Dorf ein Segen gewesen und die etwa einhundert Bewohner hatten uns auf das herzlichste begrüsst und unsere Anfrage auf Asyl ohne Umschweife gutgeheissen. Sie stellten uns ein leerstehendes Haus zur Verfügung und alle Bewohner kamen vorbei, brachten Geschenke, wollten mit uns anstossen, aber vor allem unsere Geschichte hören.

Während Rob sich sogleich in sein Zimmer verzog, musste sich Gabi, welcher als einziger von uns gut italienisch sprach, den Mund fusselig reden. Connie war ebenfalls irgendwo verschwunden und somit hatte ich mich ein wenig im Dorf umgesehen.

Es bestand aus etwa drei Dutzend aus Holz errichteten Häuschen. Sie besassen dabei einen Laden, eine Bar mit kleinem Restaurant und eine ebensolch kleine Schule. An einem der Häuschen stand 'Pronto Soccorso', es schien hier also sogar einen Arzt zu geben. Die Gebäude waren schmuck, wenn auch klein, jedoch alle durchwegs gut gepflegt. Das Dorf wurde in der Mitte geteilt durch eine ungepflasterte Strasse, welche in einer geraden Linie vom Eingangstor bis zum Strand führte und da einfach in den Sand überging. Die Hälfte der Gebäude befand sich nördlich, der Rest südlich dieses Weges.

Eine mehr als drei Meter hohe Mauer aus Stahlblech umschloss das Dorf U-förmig mit offenem Ende zum Meer hin. Zwei hölzerne, etwa acht Meter hohe Wachtürme bewachten das Tor, welches auf die alte gepflasterte Küstenstrasse führte. Ein weiterer Turm stand an der südlichen Mauer und ein vierter am nordöstlichen Ende der Mauer, direkt an deren Ende am Strand. Die Mauer wurde zum Meer hin von doppelten Stacheldrahtzäumen verlängert, die bis ins Meer hinausragten und bis zu schon früher aufgeschütteten Wellenbrechern führten. Somit war auch ein möglicher Zugang vom Wasser her stark eingeschränkt und durch den Turm am Strand sehr gut einsehbar.

Wie schon bei Joe im Bunker, hatte auch das Rifugio eine Quelle angezapft, dazu besassen sie einen grossen Wasserturm um das Regenwasser zu sammeln. Hinzu kamen unzählige Photovoltaik-Panels auf allen Gebäudedächern und mehrere Dieselgeneratoren, um Strom zu erzeugen. Das Dorf war somit sogar des Nachts leicht beleuchtet, auch besassen die Wachtürme Scheinwerfer.

Es war äusserst beeindruckend.

Ich hörte Gelächter und Rufe aus dem Dorf. Die beiden Wachhabenden auf dem Turm am Strand konnte ich in der Dunkelheit nur schemenhaft erkennen.

Plötzlich hörte ich leise Schritte. Ich drehte mich um und sah eine Gestalt, die durch den Sand auf mich zukam. Sie sah einfach umwerfend aus.

Sie trug ihre Haare offen. Dazu trug sie ein langes, schwarzes Kleid mit hohem Schlitz, woraus Strümpfe an ihren Beinen hervor blitzten. Sie hielt zwei Gläser in den Händen.

Connie lächelte und hielt mir wortlos eines der Gläser hin. Dunkel, ja fast schwarz schwang der Rotwein darin hin und her. Ich nahm das Glas dankend. Ein warmes Klingen ertönte, als sie mit ihrem eigenen an mein Glas stiess. «Salute.»

Wir tranken beide. Dann setzte sie sich neben mich auf den Liegestuhl.

«Wie geht es Dir, T?»

Ich zuckte mit den Schultern.

«Ich weiss es nicht, ehrlich nicht.»

Sie nickte.

«Geht mir ähnlich.»

«Weisst Du»,» begann ich, «es ist erstaunlich, ja fast irgendwie komisch. Mehr als die letzten eineinhalb Jahre lebten wir in der Hölle und der heutige Tag zeigte dies wieder mal auf die entsetzlichste Weise.» Ich seufzte, dann fuhr ich weiter: «Und dann sitzt man plötzlich am Strand auf einem Liegestuhl. Die Wellen plätschern und die Sterne funkeln und es fühlt sich urplötzlich an, als wäre ich aus einem fürchterlichen Alptraum erwacht und mitten in einem Italien Urlaub gelandet.»

Connie lächelte, nickte.

«Ich weiss, was Du meinst.»

«Und doch weiss ich, da draussen», ich machte eine ausladende Bewegung, «ist diese Hölle immer noch da. Sie ist nicht einfach so verschwunden. Nein, gleich ausserhalb dieser Mauer geht der Alptraum unvermindert weiter.»

«Kann ich irgendetwas für Dich tun, damit Du diese von Gott verlassene Welt da draussen für eine Weile vergessen kannst?»

«Na ja», ich lächelte und hob das Glas mit dem Chianti, «der Wein hilft da jetzt schon ein wenig.»

Connie lachte laut auf. Etwas, das ich seit einer Ewigkeit nicht mehr gehört hatte.

Ich sah sie an. Ihre weissen Zähne blitzten und ihre Augen funkelten mit den Sternen um die Wette.

«Dass Du hier neben mir sitzt, hilft auch noch etwas.» Ich lächelte. «Und Dich Lachen zu sehen.»

Connie sah mich lange an, sagte nichts. Dann erhob sie sich plötzlich, stellte ihr Weinglas auf ein kleines Plastiktischchen und nestelte am Kragen ihres Kleides. Mit leisem Rascheln fiel der Stoff von ihrem Körper.

Ich war sprachlos.

Sie stand da, tat nichts.

Ich sah sie an. Sah ihre grossen, rehbraunen, jetzt fast schwarzen Augen. Die halblangen, dunkelblonden Haare. Ihre kleine Stubsnase.

Sie trug ein Spitzenoberteil und einen dazu passenden String. Beides schien rot zu sein, was in der Dunkelheit aber nur schwer zu erkennen war. Dazu bedeckten passende halterlose, schwarze Strümpfe mit einer roten Naht ihre Beine. Nur ihre Kampfstiefel passten nicht so ganz zu dem sexy Bild, welches sie bot.

Sie sah meinen Blick und zuckte leicht mit den Schultern.

«Sie hatten keine passenden High-Heels.», grinste sie entschuldigend.

Ich nickte und lächelte leicht.

«Die Wachen können uns sehen.», meinte ich, nickte dabei zu dem Wachturm, doch sie lachte nur erneut.

«Dann lass sie zusehen.»

Connie beugte sich zu mir herunter.

«Ich will Dich!», flüsterte sie und öffnete meine Hose, zog sie herunter.

Dann setzte sie sich mit einem leisen Stöhnen auf mich.

Das Leben im Refugio fühlte sich… irgendwie… unrealistisch an.

Der Arzt machte bei uns medizinische Checks, um sicher zu sein, dass wir keine Krankheiten einschleppten. Und er prüfte die Blutgruppe; alle hatten wir AB negativ. Es schien, als sei dies der Schlüssel zum Leben oder Sterben dieser ominösen Krankheit.

Da wissenschaftliche Untersuchungen im Dorf einfach nicht möglich waren, wusste keiner, was diesen 'Grünen

Tod' verursacht hatte. Doch alle Überlebenden hatten genau dieselbe Blutgruppe, AB negativ.

Doch es würde ja sowieso keine Rolle mehr spielen.

Sie hatten einen Dorfvorsteher namens Michele, ein ziemlich grosser und breiter Mann. Die Dorfgemeinschaft hatte ihn in dieses Amt gewählt und jeder der Bewohner hätte sich bei so einer Wahl für das Amt zur Verfügung stellen können. Sobald jemand mit der Arbeit des Vorstehers nicht zufrieden war, konnte er eine neue Wahl vorschlagen. Dafür mussten aber mindestens drei Viertel der gesamten Bevölkerung für eine solche Neuwahl gewonnen werden. Aber mit Micheles Arbeit waren sie mehrheitlich froh. Er führte uns in das Leben im Rifugio ein, welches sie 'Pace del Sol' nannten, den Frieden der Sonne. Und doch stellte sich heraus, dass sie eigentlich nie wirklich Frieden gehabt hatten, da sie schon ziemlich schnell nach der Gründung von Banditen bedroht wurden. Deshalb hatten sie auch ihre Verteidigungsanlagen immer weiter ausgebaut, aber die Angriffe blieben eine ständige Gefährdung. Durch unser Eingreifen hofften nun alle, dass diese Bedrohung nun endlich der Vergangenheit angehörte, auch wenn alle wussten, dass in dieser komplett kaputten Welt immer noch völlig kaputte Menschen ihr Unwesen trieben.

Auch wir erzählten von unseren Erfahrungen und jedes Mal, wenn dieser Dämon mit seinen blaugrünen Augen und dem zerfurchten Gesicht erwähnt wurde, sträubten sich bei mir die Nackenhaare auf.

Wo war er?

Lebte er noch oder hatte irgendjemand ihn zur Strecke gebracht?

Rob hatte recht gehabt. 'Du wirst nie wirklich friedlich schlafen können, solange er da draussen ist.'

Dieser Mann hatte sich in meinem Gehirn eingenistet und erschien mir immer wieder nachts in meinen Träumen. Zusammen mit Männern mit explodierten Köpfen und völlig verbrannten Körpern.

Und einer blonden Frau mit einem Loch im Kopf, aus dem Blut sprudelte.

Wir halfen Michele bei den Verteidigungs-Anlagen. Wir montierten unser Maschinengewehr aus dem Turm des Eagle ab und fixierten es auf einem der beiden Wachtürme am Tor. Den Wagen selber platzierten wir ebenfalls neben dem Tor, das Fahrzeug wurde benötigt, um längere Erkundungstouren durchzuführen. Dafür hatten sie bisher einfache 4x4 Fahrzeuge benutzt, welche bei einem Angriff jedoch völlig ungeschützt waren. Den alten Saurer stellten wir zu den anderen Fahrzeugen auf den Parkplatz. Nur einer von uns vier durfte den Eagle fahren, aber das für alle ok so.

Ansonsten begannen wir unser neues Leben zu geniessen. Jeder Einwohner hatte eine bestimmte Menge Wasser zur Verfügung für Duschen und sonstige Hygiene. Und diese warmen Duschen waren für mich der absolute Luxus. Wie auch ein kühles Bier am Abend, oder einfach mal ein Spaziergang am Strand, wenn auch immer zwischen den Absperrungen.

Connie und ich waren völlig verliebt, was die Dorfbewohner belustigte, aber auch freute. Wir genossen unsere Gefühle zueinander und durch die unzähligen Gespräche miteinander, konnte ich immer tiefer in den Menschen hinter dieser Frau hineinsehen. Und verstand langsam, was sie schon vor dem Zusammenbruch alles erleben musste, was ihr angetan worden war.

Ich war entsetzt. Und dankbar.

Dankbar, dass ich jetzt die Chance hatte, ihr endlich das geben zu können, was sie auch verdiente.

Gabi und Rob hatten jedoch Mühe mit dem Dorfleben.

Die beiden fuhren meistens die Erkundungstouren, blieben teilweise mehrere Tage lang draussen. Während Gabi wenigstens am Abend zurück im Dorf auch mal am Gemeinschaftsleben teilnahm und sich in der Bar zu einem Glas Wein sehen liess, blieb Rob meistens allein und sprach nur, wenn er wirklich musste.

Immer wieder versuchte ich ihn wieder in ein ähnliches Gespräch wie damals am Strand zu bewegen, aber er wich mir immer aus.

Der Sommer blieb heiss und es gab nur wenig Regen. Wenigstens war die Quelle ergiebig, so dass wir nicht allzu sehr unter Wassermangel litten.

Michele hatte uns gebeten, bei der Instandsetzung der Ringmauer zu helfen und es war ein anstrengender, mühevoller Tag gewesen. Connie schlief schon und ich sass allein in der Bar, trank noch einen Puni, einen italienischen Whiskey. Ich war erschöpft, diese Arbeit machten wir nun schon einige Tage und mir tat mein ganzer Körper weh. Ich trank den letzten Schluck und wollte mich erheben, um endlich ins Bett zu gehen, als die Tür der Bar aufging und Rob erschien.

Ich sah ihn erstaunt an.

«Hey. Was machst Du denn hier?»

Rob antwortete nicht, ging dafür zur Bar und bestellte ebenfalls einen Puni. Dann nahm er sein Glas und setzte sich zu mir an den Tisch.

«Was machst Du hier drin?», fragte ich nochmals. Er besah sich sein Getränk, dann nahm er einen kleinen Schluck und setzte das Glas mit einem leisen Seufzer wieder ab.

«Was sagtest Du damals, T? Damals am Strand, auf der anderen Seite des Stiefels. Man soll den Schmerz in eine Schublade tun und diese irgendwo im Gehirn wegschliessen.» Rob sah mich an, dann wieder sein bernsteinfarbenes Getränk.

Ich antwortete nicht, nickte jedoch.

«Es gelingt mir nicht.», meinte er dann. «Ich hab's versucht, T. Ich habe es wirklich versucht, aber es gelingt mir einfach nicht.» Er schüttelte mit einem ärgerlichen Gesicht den Kopf. «Ich kann sie einfach nicht vergessen.»

«Du sollst Deine Familie auch nicht vergessen, Rob. Du sollst nur den Schmerz wegschliessen, nicht die Erinnerungen.»

«Aber es sind diese Erinnerungen, die schmerzen.», sagte er mit müder Stimme.

Er und Gabi waren erst heute von einer mehrtägigen Tour zurückgekommen und er sah müde, abgekämpft aus. «T, ich sehe Jo und meinen Sohn jede Nacht, wenn ich die Augen schliesse.»

«Aber es sind doch schöne Erinnerungen! Nicht jeder hat solche.» Ich dachte an Connie, die so viele schlimme Andenken mit sich herumtrug.

«Ich sehe aber auch, wie dieses verschissene grüne Zeugs aus ihnen heraus läuft. Sehe, wie sie in dieser Nacht gelitten haben und wie sie schliesslich starben. Und ich einfach nichts dagegen tun konnte.»

Ich verzog mein Gesicht, wusste nicht recht, was ich antworten sollte.

«Weisst Du, ich glaube… Wie soll ich das sagen? Ich denke, das hat mit mir etwas getan, was eigentlich nicht zu mir gehört.»

«Was meinst Du, mein Freund?» Ich sah ihn ernst an. Er nahm sich noch einen Schluck Whiskey.

«Ich bin heute, wie ich nie hätte sein sollen. Nie hätte sein wollen.» Ich sah, wie sich Tränen in seinen Augen bildeten.

«Joanna wäre nicht stolz auf mich. Und dabei war ich immer so unfassbar stolz auf sie.» Er sprach leise. «Und wie soll ich da jetzt noch in den Spiegel sehen können?» Er schüttelte leicht den Kopf. «Und ich sehe nicht nur meine Familie, T.»

Ich runzelte die Stirn, wusste nicht was er meinte. Mein alter Freund sah mich mit traurigen Augen an.

«Ich sehe Nicole.»

Jetzt rollten die Tränen über sein Gesicht. Ich spürte den Schmerz, welcher tief in ihm drin tobte. Den Schmerz über den unwiderbringbaren Verlust seiner Familie, aber auch den Schmerz darüber, was er getan hatte.

Ich spürte eine Bewegung neben uns. Wir beide hatten nicht bemerkt, dass Connie in die Bar eingetreten war. Aber sie hatte ihn gehört, hatte gehört, was er gesagt hatte.

Sie kam wortlos zu Rob, beugte sich zu ihm herunter und nahm ihn in die Arme.

Beide weinten.

«Ich konnte nicht schlafen.», meinte sie später, als wir wieder in unserem Häuschen waren und auf der Couch sassen. Es war unterdessen tiefste Nacht und es brannte kein Licht bei uns, es gab nur Schatten, welche sich gegenseitig überlagerten. Trotzdem konnte ich das Glitzern in ihren Augen sehen, welche immer noch voller Tränen waren. «Es zerreisst ihn innerlich.», sagte ich nach einer geraumen Weile. «Ich weiss nicht, wie lange er das noch aushält.» «Du meinst, dass er sich irgendwann etwas antut?» Connie runzelte die Stirn.

«Rob? Nein, das würde er nie tun. Nicht mehr, jedenfalls. Er hat es mir damals versprochen. Aber dass er Risiken eingeht, nur damit es jemand anders für ihn tut.»

Connie sagte lange nichts. Sie sah mich an, aber sprach nicht. Schliesslich meinte sie: «Wenn es so ist, T, dann wirst Du nichts dagegen tun können.»

Ich hatte Angst um Rob. Er war mein ältester, mein bester Freund. Schon mein ganzes Leben lang.

Und noch der einzig Lebende.

«Weisst Du, dass wir hier mal Urlaub zusammen gemacht haben?» Ich lächelte traurig, bei dem Gedanken. «Es waren für uns beide die allerersten Ferien ohne die Eltern. Wir sind mit meinem alten Alfa an die Adria gefahren und...» Ich stockte. «Es war eine solch unglaublich sorgenlose Zeit. Wir waren siebzehn oder achtzehn damals und die ganze Welt war einfach nur schön.»

Auch sie lächelte leicht.

«Ich weiss, mein Schatz.» Sie beugte sich vor, nahm meine Hand in die ihre. «Die Welt war für uns alle schön damals.» Ein Schatten huschte über ihr hübsches Gesicht. «Jedenfalls für die meisten von uns.», fügte sich noch leise hinzu und ich wusste, was sie meinte.

«Was soll ich tun?», fragte ich, nachdem es eine Weile völlig still gewesen war. Von draussen war kein Laut zu hören und auch hier drin schien einen Moment lang die Welt den Atem angehalten zu haben.

«Nichts. Diese Welt ist, wie sie ist und das wissen wir Überlebende besser, als alle die von uns gegangen sind.» Ich sah sie an. Mein Herz brannte für sie, jede Faser meines Wesens verlangte nach ihr. Ich fragte mich, warum zuerst die ganze Welt den Bach herunter gehen musste, nur damit ich doch noch die Liebe meines Lebens traf.

Ich nahm ihre Hand und stand auf.

«Lass uns schlafen gehen.»

Am nächsten Tag war unser alter Saurer 2DM verschwunden.

Und mit ihm auch Gabi und Rob.

V

Für meinen Freund T.

Es tut mir leid! Sei uns bitte nicht böse, aber das Leben hier in der Dorfgemeinschaft ist nichts für uns. Irgendwie passt es einfach nicht mehr. So sehr ich mir das Leben vor dem Zusammenbruch zurück wünsche, so sehr kann ich jetzt nichts mehr damit anfangen.

Ich fühle mich verloren und weiss nicht, wonach ich suchen muss. Aber diese Welt da draussen, die gibt mir vielleicht eine Aufgabe, die ich erfüllen kann. Welche das ist, werden wir sehen. Aber mein Task, Euch hierhin zu führen habe ich eingehalten. Und dass Du und Connie Euch gefunden habt, erfüllt mich mit Glück! Es freut mich wirklich sehr für Euch und ich wünsche, dass Ihr das erleben dürft, was ich mit Joanna erlebt habe. Bitte grüss auch Connie von mir und teile ihr mit, dass sie mir nicht mehr böse sein soll. Ich habe damals getan, was ich für richtig hielt, und ich kann nichts mehr daran ändern. Auch Gabi lässt Euch herzlich grüssen und dankt für alles. Er wird mich begleiten, da auch er nach dem Tod seines Bruders mit demselben Schmerz leben muss, der auch mir nachts den Schlaf raubt.

Ich weiss nicht, ob wir uns je wieder sehen, aber wir haben ja keine Ahnung, was das Leben noch alles für uns bereithält. Leb wohl oder eben, bis irgendwann.

Dein Freund, Rob

Ich las den Brief wieder und wieder, dann hielt ich ihn Connie hin. Sie nahm ihn, las ihn schweigend, dann legte sie das Papier auf den Tisch.

«Es tut mir leid für Dich, mein Schatz. Aber ich dachte mir schon, dass dies so kommen wird.»

Ich seufzte.

«Ja, ich ahnte es ebenfalls. Die beiden haben sich nicht wirklich wohlgefühlt hier.»

«Sie kämpfen beide mit ihrem Verlust und dem dazugehörigen Schmerz. Und Rob mit den Dämonen, welche in ihm drin toben.»

«Ob er diese je irgendwann einmal besiegen kann? Schon Joe in Chambéry hatte dies erkannt. Er meinte, dass Rob nur dann Frieden finden kann, wenn es ihm gelingt, diese Biester niederzukämpfen.»

«Ich denke, er hat mit dem Kampf gegen sie schon begonnen.» Connie sah mich mit zuversichtlichem Blick an. «Und er scheint wirklich zu bereuen, was er auf dem Pass getan hat.»

«Meinst Du?»

Sie sah mich lange an, seufzte dann tief.

«Ich denke schon.»

«Das freut mich.» Ich lächelte sie warm an. «Ich glaube wirklich, dass es ihm schon damals am Strand unterhalb Genua leidgetan hat. Nur, diesen Schmerz des Verlustes seiner Familie hat er nie überwinden können.»

«Und wird er nie überwinden, T. Nie!»

«Aber warum nicht?»

«Weil er sich für sie verantwortlich fühlte. Weil er denkt, er hätte sie beschützen sollen und es aber nicht konnte. Doch das weisst Du eigentlich, Du kennst ihn so viel länger als ich.»

Ich nickte nur, sagte nichts.

«Jedes Mal, wenn er uns zusammen gesehen hat, hat es ihn an früher, an seine eigene Familie erinnert. Und jedes Mal, wenn er durch dieses Tor nach draussen ging, wurde ihm bewusst, dass er es nie wird ändern können.»

«Aber ich bin froh, dass Gabi bei ihm ist.»

Connie nickte. «Ich auch. Er wird auf ihn aufpassen.»

Der Sommer ging langsam seinem Ende zu. Unser Italienisch wurde immer besser, wir nahmen bei der Lehrerin des Dorfes Abendkurse und Connie, wie auch ich, waren unterdessen gut in die Gemeinschaft integriert. Wir hatten Freunde gefunden, arbeiteten wo immer es uns brauchte, und genossen die friedliche Zeit hier, wie auch unser gemeinsames Miteinander.

Es war ein herbstlicher Tag, dichte Wolken zogen über den Himmel. Wir reparierten gerade die Zäune am Strand und im Meer, als Michele am Strand erschien.

«T!», rief er laut. «Vieni subito!»

«Che cosa? Was ist los?», fragte ich und watete aus dem Wasser. Ich trocknete mich mit einem Tuch ab.

Micheles Miene war ernst, schon fast besorgt.

«Es ist Roberto.»

«Rob?»

«Si, Rob. Er ist hier!»

Ich rannte los, Michele hinter mir nach. Innen am Tor sah ich unseren alten Saurer Lastwagen. Der Wagen sah mitgenommen aus und hatte einige Einschusslöcher. Rob kletterte langsam aus der Fahrertür.

«Rob!», schrie ich und rannte noch schneller. Mein alter Freund sah mich an, dann nickte er leicht. Er lächelte leicht. Ich nahm ihn in die Arme, drückte ihn heftig.

«T lass los, Du erdrückst mich ja.»

Er löste sich von mir und ich machte einen Schritt zurück und sah ihn an. Er sah schrecklich aus. Er wirkte abgemagert, hatte tiefe Ringe unter den Augen und seine Haare hatten einen grauen Schimmer bekommen.

«Was machst Du hier? Und wo ist Gabi?»

Das Lächeln verschwand aus Robs Gesicht, er senkte den Blick.

«Nein.», sagte ich leise, aber er nickte.

«Er ist tot.» Seine Stimme klang leise, erschöpft.

«Was ist passiert?»

Rob hob den Blick wieder, sah mir direkt in die Augen.

«T, er ist wieder da.»

«Wer? Wer ist wieder…» Dann dämmerte es mir. Mein Magen drehte sich.

«Er?»

Rob nickte langsam.

«Der Teufel mit den blaugrünen Augen. Er ist wieder da und er hat uns gefunden.»

«Wie? Wie konnte er?»

«Das Hinkebein. Sie wussten, dass wir nach Italien wollten. Aber wie er uns hier gefunden hat, habe ich keine Ahnung. Ich weiss es wirklich nicht.»

«Und das Rifugio? Weiss er…?»

Rob sah mich weiterhin ernst an. Und nickte erneut.

«Ja T. Er weiss es.» Er seufzte. «Er weiss, wo wir sind.»

Wir sassen zu dritt am Abend in unserem Wohnzimmer. Connie hatte uns ein Essen aus Kartoffeln, Rüben und Tomaten gemacht. Rob ass mit mässigem Appetit, während ich mein Essen kaum anrührte. Nach der Mahlzeit sassen wir auf unseren Sofas, Rob und ich hatten Gläser mit Puni neben uns. Connie trank nur noch Wasser, da sie im zweiten Monat schwanger war. Wir hatten uns so sehr darüber gefreut und unsere Gedanken waren meistens um die bevorstehende Geburt gekreist. Doch diese Freude war mit Robs Nachricht gänzlich durch Angst und Zweifel abgelöst worden.

Rob begann zu erzählen, was passiert war: «Es war irgendwo südlich von Grosseto, als sie uns fanden. Sie kamen mitten in der Nacht. Gabi hatte zu der Zeit Wache, als sie ihn überwältigten. Dann holten sie mich und sie brachten uns in eine alte Lagerhalle. Dort setzten sie uns auf zwei Stühle und folterten uns, um Informationen zu gelangen.»

«Wie viele waren es?», fragte Connie.

«Zehn.»

«Und der Teufel?»

«Er ist dabei. Und er hat auch wieder das Sagen.» Rob hustete und verzog dabei sein Gesicht, dann nahm er sich einen Schluck des Puni und redete weiter: «Sie folterten zuerst Gabi.»

«Warum Gabi?» Connie hörte sich erstaunt an. Rob zuckte mit den Schultern «Vielleicht dachte dieser kranke Mistkerl, von ihm bekäme er die Infos einfacher. Mich schlugen sie nur.» Er hob sein Hemd und zeigte seine linke Seite. Sie war grün und dunkelblau, fast schwarz. Connies Gesicht zuckte.

«Lass es mich verbinden, Rob. Und das musst Du dem Arzt zeigen.»

«Ach lass es sein. Wird schon wieder.» Er liess das Hemd wieder sinken. «Doch bei Gabi war es um einiges schlimmer. Das verdammte Arschloch schnitt ihm zuerst einzeln die Finger von der Hand.» Rob schüttelte angewidert den Kopf. «Dabei stellte er ihm nicht mal Fragen. Es schien, als wolle er sich einfach daran ergötzen.»

«Es ist einfach unfassbar.», meinte ich und Connie nickte.

«Er liebt es, andere zu quälen.» Sie machte ein säuerliches Gesicht. «Das weiss ich leider aus eigener Erfahrung.» Rob sah sie mit müdem Blick an.

«Er schnitt ihm drei Finger ab, dann ein Ohr und schliesslich stach er ihm ein Auge aus. Und mich schlugen sie dazu.»

Es schüttelte mich bei den Bildern in meinem Kopf.

«Und fragten nichts?», wollte ich dann wissen.

«Wenn dann, nur immer dieselbe Frage: Wo der Rest von uns sei.»

Connie und ich tauschten einen vielsagenden Blick aus. «Also wissen sie, wo wir sind.», sagte ich leise und Rob nickte.

«Aber wie kamen sie überhaupt auf Italien? Wie sollten sie wissen, in welche Richtung wir gefahren sind?» Connie schüttelte den Kopf.

«Der Scheisstyp mit dem zerschossenen Knie.» Rob sah mich an und ich senkte den Blick. «Er ist auch mit dabei.» «Verflucht!»

«Vielleicht habt Ihr irgendetwas im Wagen erwähnt.» Rob zuckte mit den Schultern. «Aber darauf kommt es jetzt auch nicht mehr an. Gabi hat ihnen irgendwann schliesslich vom Rifugio erzählt. Er konnte einfach nicht mehr.» Rob seufzte tief. «Ich hatte ihm gesagt, erzähl nichts, nur dann haben wir eine Chance, lebend da rauszukommen.» Er schüttelte nochmals langsam den Kopf. «Aber irgendwann ging es nicht mehr und er erzählte ihnen alles, was dieses Arschloch wissen wollte.»

«Und er tötete ihn?» In Connies Stimme schwang Entsetzen.

«Er tat es mit seinem Messer. Er schlitzte ihm die Kehle auf und liess ihn verbluten, gleich neben mir.»

Es schüttelte mich.

«Und wie kamst Du da raus?»

Rob sah mich an.

«Er wollte mich ebenfalls töten, aber in diesem Moment kam ein Alarmruf von einer der Wachen. Da lachte der Wichser mir ins Gesicht und meinte nur, ich müsse halt noch etwas warten, nun die ganze Nacht neben meinem toten Freund sitzen. Er würde sich dann am Morgen um mich kümmern und es würde sicher nicht so schnell gehen wie bei Gabi. Ich würde froh sein, wenn ich endlich tot sei.» Mein Magen rebellierte erneut und ich stellte mein Puni-Glas wieder hin.

«Dann verschwanden alle bis auf die Wache. Sie hatten Klebeband benutzt, um uns zu fesseln und ich konnte es irgendwann durchscheuern. Das hat fast die ganze Nacht gedauert, aber bis ich es endlich zerrissen hatte, schlief die Wache an der Tür.»

«Du kamst also raus, ohne dass er es bemerkte?»

Wiederum sah er mich mit einem dunklen Blick an.

«Ich habe ihn umgebracht, T, ihm das Genick gebrochen. Und ich sage Dir, dieses Knacken war wie Musik in meinen Ohren!» Seine Stimme war erschreckend dunkel. «Dann konnte ich eines der Fenster an der Rückwand der Halle aufhebeln und rausklettern. Die Idioten hatten den Schlüssel vom Saurer nicht abgezogen und ich konnte ihn starten. Ich bin einfach losgefahren und habe dabei mit der Schneeschaufel ihre Wagen demoliert. Das müsste sie wenigstens ein wenig aufhalten.» Er nahm sich sein Glas und trank einen gierigen Schluck vom Whiskey. «Sie schossen hinter mir her, trafen aber mehrheitlich nur die Stahlblech Abdeckungen, die wir nach der Ankunft hier montiert hatten.» Er seufzte nochmals. «So konnte ich entkommen, aber...»

«Aber sie wissen, wo wir sind und sie werden hierherkommen, um uns zu holen.», unterbrach ihn Connie und Rob nickte.

«Ja, das werden sie.»

«Und was tun wir jetzt?», fragte ich und Rob setzte sich plötzlich aufrecht hin.

«Wir werden sie gebührend empfangen, T! Genau das werden wir tun.» Er sah mich mit durchdringendem Blick an. «Dieses Mal werden wir nicht wieder davonrennen. Dieses Mal werden wir es beenden. Endlich und für immer!»

Der Plan stand.

Die Dämmerung liess ihr diffuses Licht langsam durch unsere Fenster schimmern.

Wir sassen zu fünft in unserem Wohnzimmer. Neben Rob, Connie und mir waren noch Michele, unser Dorfvorsteher und Danilo, der Zuständige für die Abwehr hier. Auf unserem Esstisch lagen unzählige Notizen und handgezeichnete Karten.

Ich hatte die beiden nach Robs Erzählung in unser Haus geholt und als wir alle sassen, erteilte ich ihm das Wort. «Ich denke, wir haben drei Tage.», begann er. «Vielleicht sind es auch nur deren zwei, je nachdem wie lange sie brauchen, bis sie ihre Fahrzeuge wieder flottkriegen.» «Aus welcher Richtung werden sie kommen, was denkst Du?» Danilo, ein kleiner, schmaler Mittvierziger mit einem schnellen und stetig voraus denkenden Verstand hatte gefragt.

«Denselben Weg, welchen wir damals nahmen. Auf der Strasse müssen sie, egal ob von Nord oder Süd, mit Fallen und Hindernissen von uns rechnen, dazu kommt, dass unser damaliger Weg der schnellste, der direkteste ist. Sie wollen uns keinesfalls zu viel Zeit zur Vorbereitung geben.» Er machte eine Pause. «Und der Weg wurde durch uns damals schon frei geräumt. Also gehe ich davon aus, dass sie aus Westen kommen werden.»

«Sollen wir die Frauen und Kinder nach ausserhalb des Rifugios evakuieren? Dann wären sie aus der Schusslinie.», fragte Michele, aber ich schüttelte den Kopf.

«Nein! Er wird damit rechnen und nach ihnen suchen. Würde er sie finden, hätte er ein Druckmittel, wogegen wir absolut nichts unternehmen könnten.»

«Und was dann?» Der grosse Mann klang erbost. «Willst Du sie wirklich hier drin dem Risiko einer Schiesserei aussetzen?» Er sah mich mit zusammengekniffenen Augen an. «Keinesfalls!», beschwichtigte ich ihn. «Wir müssen sie hier irgendwo in Sicherheit bringen. Am besten alle in einem einzigen Gebäude.»

«Da bin ich Toninos Meinung.», pflichtete mir Danilo ein, der mich als einziger im Dorf so nannte. Michele zuckte mit den Schultern, sagte aber nichts mehr.

«Sie werden zuerst das Tor attackieren.», sprach dann Rob weiter. «Doch das wird nur eine Ablenkung sein. Sie wissen, wenn wir den Eagle hinter das Tor stellen und ihn als Blockade benutzen, kommen sie nicht durch. Dazu rechnen sie mit dem Maschinengewehr.»

«Rechnen? Willst Du es denn wieder auf den Eagle montieren?» Connie sah Rob mit gerunzelter Stirn an, doch er schüttelte den Kopf und kramte eine Zeichnung mit der Ansicht des Dorfes hervor.

«Durch das Tor kommen sie nicht. Die Mauer mit Leitern zu übersteigen ist zu riskant. Denkt daran, dieser verfluchte Scheisskerl ist clever. Also wird er unsere Schwachstelle suchen und von dort werden sie versuchen einzudringen.» «Der Übergang der südlichen Mauer zum Zaun.», bemerkte Danilo trocken und Rob nickte.

«Genau dort!» Er legte seinen Zeigefinger auf die angesprochene Stelle auf der Zeichnung.

«Und was tun wir dagegen? Wir können ja nicht einfach die Mauer weiterziehen.», fragte Michele und Rob lächelte ihn böse an.

«Nichts!»

«Nichts?», riefen Connie und Michele gleichzeitig und Robs Lächeln vertiefte sich.

«Nein, wir lassen sie reinkommen.», fuhr ich an seiner Stelle weiter. Ich wusste, was Rob dachte, kannte meinen Freund schon zu lange. «Aber wir stellen das MG genau gegenüber auf, gleich neben dem letzten Haus vor dem Strand.»

«Exakt.» Rob blitzte mich an.

«Aber sie würden sich zwischen den Häusern südlich des Weges verteilen und verstecken können.» Michele sah uns mit grossen Augen an.

«Das stimmt natürlich. Also bauen wir Boobytraps.», antwortete Rob und Danilo begann ebenfalls böse zu grinsen. «Booby… was?», fragte Michele mit gerunzelter Stirn. «Boobytraps. Trittfallen.» Danilo schien Gefallen am Plan zu finden. «Sprengkörpern, dazu Löcher mit zugespitzten Pfählen und Nägeln, die sich durch die Schuhe bohren.»

«Mein Gott.» Michele schien entsetzt zu sein.

«Michele», erklärte ich, «wir müssen nicht alle Gegner gleich mit dem Maschinengewehr niedermähen. Das würde uns nicht gelingen und dann sähen wir uns einer heftigen, unkontrollierbaren Schiesserei ausgesetzt mit unbekanntem Ausgang. Wir sind ihnen zwar zahlenmässig überlegen, aber wir würden Verluste einfahren, heftige Verluste. Aber ein Angreifer, dessen Fuss von einem rostigen Nagel durchbohrt wurde, der ist keine grosse Bedrohung mehr. Er wird so mit sich selbst beschäftigt sein, dass er höchstens noch irgendwo in Deckung liegt.»

Danilo fuhr an meiner Stelle fort: «Dabei werden zusätzlich auch sie langsamer, müssen aufpassen, wohin sie treten.»

So ist es.», Rob sprach jetzt wieder. «Also lassen wir nur den Weg frei, der sie genau vor den Lauf des MG führt.» Er kniff die Lippen zusammen.

«Und auf dem Turm? Sie werden doch sehen, dass das Maschinengewehr abmontiert wurde?», fragte Connie, aber Rob lächelte sie an.

«Eine Attrappe aus Holz. Schwarz bemalt, sie werden den Unterschied im Dunkeln auch mit Nachtsichtgeräten nicht bemerken.»

«Ok.», sie schien nicht vollständig überzeugt zu sein. «Hört zu.» Rob beugte sich vor, stützte seine Ellbogen auf die Tischkante, sah uns an. «So würde ich an seiner Stelle das Dorf angreifen. Das heisst nicht, dass sie es auch genauso tun werden, aber es ist die beste Möglichkeit und wenn sie es so tun, haben wir gute Chancen.»

«Was ist mit dem Wasser?», fragte Michele.

«Über das Meer? Das wäre eine Möglichkeit.», gab ich zu. «Aber glaube ich eher nicht.»

«Ich ebenfalls nicht.», pflichtete mir Danilo bei. «Das ist viel zu aufwendig. Sie müssten schwarze Boote organisieren, sonst sähen wir sie zu gut und wären dabei alle auf einem Haufen. Da würden wir sie abschiessen können wie Tontauben.»

«Und sie müssten über den Strand, hätten also keinerlei Deckung.», gab Connie zu bedenken und alle nickten. «Richtig.» Es war Rob, der wieder das Wort ergriff. «Leitern über die Mauer sind ebenfalls zu heikel...» «Und Sprengstoff?», unterbrach ihn Michele.

Rob zuckte mit den Schultern.

«Ganz ehrlich? Ich weiss nicht. Sie müssten dabei im Dunkeln operieren und hoffen, dass ihnen die Scheinwerfer der Türme nicht in die Quere kommen. Kommt hinzu, dass die Mauern doch recht massiv sind, es bräuchte also eine ziemliche Menge an Sprengmaterial. Stell Dir vor, sie sprengen, aber das Loch wäre zu klein. Was dann?» Er unterbrach sich selbst kurz. «Nein, ich denke sie kommen von Süden. Es ist das Einfachste, den Zaun mit einer grossen Zange aufzuschneiden, um lautlos einzudringen. Und der Turm steht etwas weiter weg als an der Nordseite, wo er genau beim Übergang von Mauer zu Zaun sich befindet, dort wären sie den Wachen schutzlos ausgeliefert.»

«Also die Südseite.» Michele hörte sich jetzt etwas überzeugter an. Er sah Rob mit angespanntem Gesicht an, dieser nickte.

«Die Südseite, jawohl.» Rob atmete einmal tief. «Mein Vorschlag wäre folgender: Wir setzen vier Mann pro Turm ein, anstelle der normalen zwei. Dazu alle Frauen, welche nicht kämpfen wollen, sowie die Kinder und die Alten bringen wir in einem Haus an der nördlichen Mauer in Sicherheit mit vier Mann als Wache.» Er stockte kurz. «Wie viele bleiben uns dann?»

«Etwa fünfundzwanzig, mit uns eingerechnet.» Danilo hatte mitgerechnet.

«Okay. Sie sind zu zehnt, vielleicht zwölf, jedoch sicher nicht mehr als fünfzehn.» Er machte eine kurze Pause. «Wir sollten uns zwischen den nördlichen Gebäuden verstecken.»

«Aber die südlichen Häuser? Wir können doch nicht die Häuser zusammenschiessen!», warf Michele ein. «Häuser können wieder aufgebaut werden, Leben nicht.», antwortete ich trocken und Michele verstummte.

«Und so könnten wir sie so auf der Strasse einkesseln.» Rob fuchtelte mit dem Finger auf der Karte umher. «Acht Mann von den Türmen am Tor…»

«Setzen wir noch zwei in den Eagle. Die könnten aus halbgeöffneten Fenstern heraus auf den Weg feuern, wären dabei gut geschützt.», unterbrach ich ihn.

«Gute Idee!», pflichtete mir Danilo bei und Rob machte sich nickend eine Notiz.

Dann fuhr er weiter: «Wo war ich? Ach ja, acht Mann auf den Türmen am Tor, zwei dazu aus dem Eagle. Noch vier als Bewacher bei den Frauen. Nochmals vier vom südlichen und vier vom nördlichen Turm her und T und eine Hilfe für ihn am Maschinengewehr.»

Er sah mich an und ich nickte.

«Die restlichen…»

«Dreiundzwanzig.», sagte Danilo.

«…Dreiundzwanzig zwischen den nördlichen Gebäuden versteckt und zwischen den südlichen die Boobytraps.» Er blickte hoch, sah uns erwartungsvoll an.

Es blieb einen Moment ruhig. Schliesslich nickte Michele.

«Gut, so machen wir's.»

«Ist noch eine Menge Arbeit.» Danilo dachte schon wieder weiter.

«Sie werden uns doch sicher beobachten?», warf Connie ein und Rob nickte mit verkniffenem Gesicht.

«Wir müssen bis spätestens in vierundzwanzig Stunden so weit sein.»

«Wir sollten Späher aussenden.», schlug ich vor.

«Die fehlen uns aber dann hier drin.», erwiderte Danilo. «Wenn die Bastardi mal hier sind, kommen die Späher nicht mehr in das Dorf hinein.»

«Das könnte ich übernehmen.», schlug Connie vor, aber ich reagierte prompt: «Bist Du von allen guten Geistern verlassen? Kommt nicht in Frage, Du bist schwanger.»

«Besser schwanger als tot!», konterte sie mit ruhiger Stimme und ich schwieg.

Rob lächelte leise.

«Connie, nimm noch zwei weitere Frauen mit. Solche, die gut mit Waffen umgehen können und sich auch nicht scheuen, diese einzusetzen. Solltet Ihr sie bemerken, oder feststellen, das irgendwie etwas nicht stimmt, dann meldet Euch per Funk.»

Ich wollte noch etwas entgegnen, aber Rob sah mich an und schüttelte den Kopf. Wieder sagte ich nichts.

«Wir sollten diese Bastardi in Sicherheit wiegen.» Es war Micheles Vorschlag. Ich runzelte die Stirn.

«Wie willst Du das machen? Und wofür?»

«Connie und ihre Begleiterinnen hätten dann etwas mehr an Sicherheit. Die Angreifer würden glauben, wir wären abgelenkt. Oder Rob hätte es gar nicht bis hierhin geschafft und wir wären sogar völlig unvorbereitet.»

«Nochmals, wie willst Du das anstellen?»

«Wie wäre es mit einer Feier?» Michele sah mich amüsiert an.

«Eine Party? Du willst Leute von uns für eine Party abstellen? Wir brauchen jeden Mann und jede Frau für die Vorbereitungen.»

«Nein.» Er grinste, freute sich, dass auch er etwas zu dem Plan beitragen konnte. «Wir wollen nur, dass sie glauben, wir hätten eine.»

Ich sah die anderen an, legte die Stirn in Falten, dann kapierte ich.

«Brilliant! Haben wir eine Stereoanlage und irgendwelche grossen Lautsprecher?» Jetzt grinste auch ich.

«Haben wir, ja.»

«Wir nehmen den Lärm einer Party auf und lassen es abspielen, sobald Connie uns das Zeichen gibt.» Ich nickte anerkennend.

«Sehr gut.» Auch Rob nickte. «Sie werden kurz vor dem Morgengrauen zuschlagen. Dann, wenn die Nacht am dunkelsten ist und der Schlaf normalerweise am tiefsten. Dafür werden sie jedoch schon die ganze Nacht da draussen auf der Lauer liegen. Das haben sie auf dem Pass auch so getan.»

Es schauerte mich, als er den Überfall auf unser 'Hotel der Träume' erwähnte und ich konnte sehen, Connie erging es ebenso.

Also lassen wir den Lärm über mehrere Stunden ertönen und sie werden glauben, wir alle wären betrunken und tot müde ins Bett gefallen.»

Wir sahen uns gegenseitig an, doch keiner sagte noch etwas.

Ich stand auf, streckte mich.

Der Plan stand.

Die Dämmerung wich jetzt schon den ersten Sonnenstrahlen der über dem Meer aufgehenden Sonne. Trotz des fehlenden Schlafes war keine Müdigkeit zu spüren. Danilo schlug mit der Faust auf den Tisch, es klirrten Gläser. «Dann lasst uns also an die Arbeit gehen. Wir lassen nicht zu, dass sie uns nehmen, was wir uns so mühsam aufgebaut und erkämpft haben!»

Er stand ebenfalls vom Tisch auf und der Rest tat es ihm nach.

Wie Rob geschätzt hatte, kamen sie zwei Tage später. Am Abend, kurz nach dem Eindunkeln kam einer der Wachleute zu dem Haus gerannt, wo Danilo, Michele, Rob und ich davorstanden.

«Roberto! Michele!», rief er, noch bevor er uns erreicht hatte. «Die Frauen haben das Signal gegeben. Sie kommen!» Wir sahen einander an.

Wir waren ready!

Wir hatten fast beide Tage durchgearbeitet. Das MG war auf einer Lafette montiert und mit Stahlblech gesichert worden. Es befand sich neben dem letzten Haus am Strand. Den Eagle hatten wir nur Zentimeter vom Tor weg parkiert, so dass sich dieses kaum mehr als eine Handbreit öffnen liess, zu wenig, um irgendeinen Menschen sich durchzwängen zu lassen. Die Seitenfenster zum Dorf hin waren halb geöffnet. Alle verfügbare Munition war auf den Türmen, im Eagle und bei allen, die mitkämpfen wollten, verteilt. Beim Maschinengewehr standen mehrere Kisten mit Patronengurten. Alle Waffen waren gereinigt und überprüft. Und es waren über zwanzig Trittfallen erstellt und diese jeweils genauestens und sorgfältig auf unserer Karte des Dorfes verzeichnet worden. Drei Fallen hatten wir im Sand des Strandes vergraben. Sie bestanden aus alten Handgranaten, deren Sicherungen mit Schnüren befestigt waren. Der Rest der Fallen bestand aus Löchern im Boden, in welche zugespitzte Holzpflöcke oder Stahlspitzen lauerten und aus verdeckten Brettern mit herauslugenden Nägeln und Schrauben. Der Partylärm war aufgezeichnet und die Anlage vor einem der Häuser installiert.

Wir waren bereit.

Den Lärm der Feier liessen wir von einem alten Spulentonband ablaufen. Es lieferte mehr als sechs Stunden Lärm und kurz bevor es eindunkelte, stellte es Rob an. Wir waren alle schon auf unseren Posten. Irgendwann, weit nach Mitternacht wurde der Partylärm weniger und weniger, als würden jetzt auch noch die letzten Partygänger endlich ins Bett gehen. Rob stellte die Anlage ab und es kehrte Ruhe ein.

An Schlaf war nicht zu denken, dafür war die Anspannung zu gross. Aber die Warterei zollte dann doch ihren Tribut. Ich nickte ein und döste vor mich hin. Plötzlich schreckte ich auf. Ich spähte auf meine Uhr: fast vier Uhr morgens. Ich gähnte, streckte mich und sah zu Davide hinüber. Er sollte mir mit den Munitionsgurten helfen. Der knapp zwanzigjährige Bursche sah mich mit grossen Augen aus einem weissen Gesicht an.

Ich nickte ihm zu und er nickte zögerlich zurück. Ich konnte seine Angst förmlich spüren.

«Wir schaffen das!», flüsterte ich ihm zu und er nickte abermals, antwortete aber nicht.

Es vergingen etwa zwanzig weitere Minuten, dann durchzuckten Blitz und Donner einer Explosion die Nacht. Es ging los!

Wir von uns erwartet, wurde das Tor angegriffen. Sofort peitschten Schüsse durch die Nacht, ich konnte das Mündungsfeuer der Turmbesatzungen sehen, die auf für uns unsichtbare Ziele vor dem Tor schossen. Die Scheinwerfer aller vier Türme liessen die Strahlen durch das Dunkel gleiten, suchten die Angreifer.

Ich schattete meine Augen gegen die Lichter ab, konzentrierte mich auf den Punkt uns gegenüber, genau da, wo die Mauer aufhörte, und der Zaun begann.

Nichts war zu sehen.

Wo waren sie? Wo waren diese Bastarde?

Wir waren überzeugt gewesen, sie kämen am Eingangstor und an der Stelle am Zaun.

Leise Zweifel kamen auf. Oder würden sie doch mit Leitern versuchen, die Mauer zu überqueren? Aber das müssten die Wachen auf den Türmen erkennen.

Oder kamen sie vielleicht mit Booten übers Wasser? Die Besatzung des Südturmes hatte denselben Gedanken und ihr Scheinwerfer schwenkte hinaus auf das schwarze Wasser.

Nichts!

Der Lichtkegel schwenkte weiter.

Ich schluckte einen Fluch herunter.

Und dann, dann sah ich sie!

Genau da, wo wir sie vermutet hatten, am Übergang von Mauer zu Zaun. Eine gewisse Erleichterung kam hoch.

Ich konnte schemenhafte Gestalten erkennen, die sich am Zaun zu schaffen machten.

Ich musste mich zusammenreissen, am liebsten hätte ich den Abzug schon jetzt gedrückt. Aber dann wären sie einfach wieder im Dunkel der Nacht verschwunden und hätten es ein anderes Mal wieder versucht.

Das dürfte nicht sein. Wir wollten sie ein für alle Mal loswerden. Wir mussten!

Also atmete ich tief durch, schlug Davide leise auf die Schulter und zeigte auf die schemenhaften Umrisse. Seine Augen wurden noch grösser und er sah mich an. Dann zeigte er auf meine Stirn.

Ich runzelte zuerst die Stirn, dann dämmerte es mir. Ich Idiot!

Ich zog mein Nachtsichtgerät über die Augen.

Und jetzt konnte ich sie erkennen.

Wie hatte ich dies nur vergessen können? Ich schüttelte den Kopf.

Aber jetzt war ich wach.

Es waren neun Männer. Sie schnitten das Gitter mit Hilfe einer grossen Zange durch und zwei von ihnen bogen die Maschen aus Stahldraht nach oben und hielten die Lücke offen. Die anderen robbten, einer nach dem anderen, durch das Loch.

Als alle drin waren, sammelten sie sich. Und warteten.

Am Tor waren immer noch Schüsse zu hören.

Worauf warteten sie?

Dann erschütterte eine zweite Explosion die Nacht, wiederum vorne am Eingangstor.

Das schien ihr Zeichen zu sein.

Die neun Angreifer erhoben sich vorsichtig und schlichen nach links, um hinter das erste Gebäude zu gelangen. Einer von ihnen hinkte schwer.

Zwei laute Schreie ertönten fast gleichzeitig und ich grinste in mich hinein.

Die ersten Fallen hatten zugeschnappt.

Die Gruppe erschien wieder neben dem Haus. Sie kamen zurück, zogen dabei die beiden Verletzten mit sich. Diese liessen sie an der Ecke des Gebäudes liegen und gingen dann vorsichtig weiter, um das Haus herum, nur um erneut nach links in die nächste Gasse einzubiegen.

Der nächste Schrei ertönte, die dritte Falle.

Sie erschienen erneut.

Jetzt!

Ich drückte ab und das laute Stakkato des Maschinengewehres zerriss die Nacht. Die Mündungsfeuer schien wie das Feuer eines Drachen aus alten Legenden zu sein und die Leuchtspurgeschosse zogen wie Laser aus einem Science-Fiction Film ihre Spuren durch die Dunkelheit.

Einer der Angreifer fiel wie ein vom Blitz getroffener Baum. Jetzt rannten die restlichen fünf um ihr Leben. Dabei wich einer auf den Strand aus und eine der versteckten Granaten ging hoch. Sein Körper wurde zerrissen und in die Luft geschleudert.

Die Explosion wurde durch das Nachtsichtgerät so verstärkt, dass ich geblendet wurde und nichts mehr sehen konnte. Sterne tanzten vor meinen Augen. «Schiess, Tonino!», hörte ich Danilo von irgendwoher schreien. Doch ich sah immer noch nichts.

Ich riss mir das Ding vom Gesicht.

Jetzt peitschten Schüsse aus zwischen den Häusern rechts von mir. Auch die Jungs aus dem Eagle und den Wachtürmen feuerten, sobald sie einen der Angreifer erblicken konnten.

Aber diese schossen zurück!

Ich drückte wieder den Abzug und das Stakkato ging erneut los. Doch ich hatte zu lange gewartet und so war es ihnen gelungen, sich an den Fallen vorbei und hinter den Gebäuden in Deckung zu bringen. Von dort feuerten sie auf uns und wir auf sie.

Keiner traf.

Dann hörte ich Rob schreien: «Gebt auf! Ihr seid umzingelt. Ihr kommt hier nicht mehr lebend raus, also gebt auf!» Als Antwort schossen die restlichen vier Angreifer erneut. Dann war einen Moment lang Ruhe.

Ich konnte erkennen, wie einer der Verletzten am Boden in meine Richtung kroch.

Das donnernde Stakkato des MG zerriss die kurze Pause. Den Mann trafen mehrere Geschosse und er zuckte wie unter Strom. Dann lag er still.

Wieder schrie Rob: «Ihr habt keine Chance! Gebt auf, verdammt!»

Wieder kam keine Antwort, nicht einmal mehr Schüsse fielen.

Und auch vom Tor her war kein Gewehrfeuer mehr zu vernehmen.

«Werft Eure Waffen weg. Gebt sie heraus. Nur so kommt Ihr hier lebend raus.»

Rob lag auf einer Veranda in Deckung. Ich blickte nach rechts, doch konnte ihn nicht sehen.

«Los! Gebt Eure Waffen heraus und wir lassen Euch leben!»

Endlich kam eine Antwort.

«Molon labe!», schrie eine unbekannte Stimme. Und dann noch einmal: «Molon labe!»

«Was?», fragte Davide neben mir, sah mich mit fragendem Blick an.

«Nie den Film 300 gesehen? Da findet sich einer so richtig witzig.» Ich schüttelte den Kopf verdrehte die Augen. «Sie rücken sie nicht heraus.»

Aber wir waren darauf vorbereitet.

«Droogs!», schrie Rob. «Droogs!»

Es war Danilos Codewort.

Und Danilo wusste, was zu tun war.

Er hatte ganz vorne am Tor gewartet. Nun rannte er mit zehn weiteren Männern über die Strasse und sie schwärmten zwischen den Häusern aus. So kamen sie den Angreifern in deren Seite, die nicht zurückweichen konnten, ohne vor den Lauf meines MGs oder in die Trittfallen zu laufen. Ich hörte Schüsse peitschen. Die restlichen vier Angreifer sprangen auf und rannten uns genau vor die Läufe. Sie waren chancenlos!

Einer nach dem anderen starb im Kugelhagel, der von vorne und von der Seite über sie niederging.

Es dauerte nur wenige Sekunden.

Der Rauch aus den Waffen stieg auf und waberte langsam und gespenstig durch die Luft.

«Wie viele?», schrie Danilo und ich brüllte zurück: «Noch zwei, aber beide verletzt!»

«Gebt Ihr auf?», rief ich den beiden Verletzten zu. «Alle anderen sind tot. Gebt Ihr auf?»

Es kam keine Antwort.

«Danilo!», rief Rob. «Holt sie Euch!»

Danilo und seine Männer schlichen weiter. Immer wieder konnte ich einen von ihnen zwischen den Häusern erkennen, dann verschwand er wieder dahinter.

Erneut ertönten Schüsse.

«Wartet!», rief dann eine Stimme. «Tötet uns nicht!» Endlich gaben sie auf. Sie warfen ihre Waffen weg und Danilos Männer nahmen den beiden diese ab und schleppten sie auf die Strasse, genau vor den Lauf meines Maschinengewehres, wo ihnen Fesseln aus Kabelbindern angelegt wurden. Es war vorbei!

Ich atmete tief durch.

Dann sah ich, dass einer der Verletzten der Kerl mit dem zerschossenen Knie war. Wut kochte in mir hoch und ich musste mich zwingen, ihn nicht auf der Stelle zu erschiessen.

Rob kam zwischen den Häusern zum Vorschein, während ich am MG sitzen blieb.

Alle von uns die gekämpft hatten strömten auf die Strasse.

«Sammelt die Leichen auf und legt sie auf die Strasse. Ich will diesen Bastard mit eigenen Augen tot sehen.» In Robs Stimme klang leise Genugtuung. Doch in meiner Magengrube machte sich ein komisches Gefühl breit. Einer nach dem anderen wurden die Toten auf die Strasse gelegt und Rob sah sich jeden einzelnen an. Ich erkannte die Gesichter der Leichen von meiner Position her nicht, aber ich sah die Reaktion meines Freundes.

Und das komische Gefühl in der Magengrube verstärkte sich.

Als er bei der letzten Leiche stand, sah Rob mit fragendem Blick zu mir.

Und mein Magen drehte sich.

Rob stapfte zu den beiden Gefangenen hin.

«Wo ist er?», brüllte er die beiden an.

Keine Antwort. Aber sah ich in dem Gesicht des einen ein leises Lächeln?

«Wo ist er? Wo ist dieser verfluchte Scheisskerl mit den blaugrünen Augen? Er ist Euer Anführer, oder nicht? Also, wo ist er?»

Rob packte den Gefangenen mit dem zerschossenen Knie, schlug ihm mit der Faust mitten ins Gesicht.

Der Mann kippte zur Seite, rappelte sich dann wieder auf, setzte sich in und sah ihn an, schwieg. Rob zog seine Beretta, hielt sie ihm an den Kopf.

«Du weisst, was jetzt passiert.» Rob sprach leise, kalt.

Doch er drückte nicht ab.

«Wo ist er?», fragte er nochmals. Aber wieder bekam er keine Antwort.

Eine unangenehme Stille breitete sich aus.

«Suchst Du mich?»

Die Stimme liess mir einen kalten Schauer über den Rücken fahren.

Er kam langsam zwischen den nördlichen Häusern hervor, genau an der Veranda, wo vor kurzem auch Rob erschienen war. Er umklammerte mit dem linken Arm eine Frau, schob diese unsanft vor sich her.

«Anna!», schrie einer unserer Männer und wollte losstürmen. Sofort hob der Bastard seine Hand, worin er ein riesiges Bowiemesser hielt.

«Ts ts!», machte er und schüttelte den Kopf. Dann hielt er die Klinge des Messers an Annas Hals und ihr Mann stoppte, als wäre er gegen eine Wand gerannt.

«Geht alle etwas zurück!», sagte er mit ruhiger, kalter Stimme. Sein Italienisch war langsam und hatte einen starken Akzent, aber alle verstanden ihn.

«Geht zurück und legt die Waffen nieder.»

Er stand jetzt mitten auf der Strasse, hielt Anna mit seiner linken fest und das Messer mit der rechten.

«Waffen runter!», befahl er nochmals, sah sich dabei langsam um.

«T!», rief Rob, sah dabei dem Mann direkt in seine Augen.

«Ein Wort und ich blas ihn ins Nirvana.», antwortete ich. Das MG war genau auf ihn gerichtet. Ich sah seine Silhouette, hatte freie Schussbahn. Ich musste nur noch den Abzug drücken.

«Würde ich nicht tun, Toni!», sagte er in Deutsch mit seiner ruhigen, und doch so kalten Stimme.

«Mach schon, T!»

Der andere grinste.

«Glaub mir Toni, das würde ich nicht tun.»

Und irgendetwas in seiner Stimme hielt mich zurück. Ich wusste nicht was, aber da war irgendwas.

«Schiess endlich!», schrie Rob.

Ich schoss nicht. Und auch keiner der anderen feuerte.

«Gib mir einen Grund, warum ich Dich nicht in die Hölle schicken sollte!», rief ich ihm stattdessen zu und er drehte seinen Kopf zu mir, grinste abscheulich.

«Ich kann Dir fünfzig Gründe geben, wenn es sein muss.» Ich begriff!

«Waffen runter!», schrie ich unsere Leute an und alles sahen entsetzt zu mir hinüber. Ich sicherte das MG und stand mit erhobenen Händen auf.

«Macht schon, legt alle die Waffen auf den Boden!»

«Aber…», begann Danilo, doch ich schüttelte den Kopf und dann verstand auch er.

«Tut, was Tonino sagt! Los!», rief Danilo ebenfalls.

«Sehr gut, Toni. Du hast es begriffen.» Er lachte, doch seine hellen Augen blieben ohne Emotionen.

«Was hat er begriffen?» Robs Stimme bebte vor Wut. Er war der Einzige, der noch sein Gewehr erhoben hatte.

«Sie haben die Frauen und Kinder.», sagte ich mit leiser Stimme und ich konnte in Robs Gesicht sehen, dass es einen Moment benötigte, bis der Gedanke zu ihm durchgedrungen war. Dann senkte auch er seine Waffe.

Er starrte sein Gegenüber an.

«Du kommst hier nicht lebend heraus, Du verdammter Mistkerl!», zischte er. «Niemals kommst Du hier lebend raus.»

Der andere wiegte seinen Kopf, antwortete jedoch nicht. Aber er hielt Anna weiterhin an der Kehle fest, drückte etwas zu. Anna stöhnte, wand sich unter dem eisernen Griff. Doch das Messer an ihrer Kehle bewegte sich nicht. «Lass sie!», schrie Annas Mann, dessen Name ich aber nicht kannte.

«Warum sollte ich?» Der andere sprach, als würde er über das Wetter plaudern. Er sah zu Annas Mann hin, dann wieder zu Rob.

«Tu das Ding weg.» Er hörte sich fast gelangweilt an. «Ich könnte Dich einfach so in die Hölle blasen.» Rob hielt seine Waffe immer noch in den Händen, wenn auch der Lauf auf den Boden gerichtet war.

«Das könntest Du, da gebe ich Dir recht, Robert. Aber das wirst Du nicht tun.» Er schüttelte langsam den Kopf. «Aus der Hölle, da komme ich nämlich her.»

Mir lief ein weiterer Schauer über den Rücken.

«Und warum nicht?» Robs Zähne knirschten, er hatte die allergrösste Mühe, sich zu beherrschen.

Erklär es ihm nochmals, Toni.» Wieder blickten mich diese toten, blaugrünen Augen an.

«Er hat die Frauen und Kinder, Rob. Leg Deine Waffe weg. Bitte!»

«Tu was Dein Freund sagt, Robert. Hör auf ihn.» Er grinste wieder abscheulich und fuhr dann in italienisch weiter;: «Eure vier Männer hatten keine Chance! Und jetzt liegen sie tot da hinten.» Er nickte in die nördliche Richtung. Wieder hörte er sich an, als würde er bei einem Kaffee mit jemandem Small-Talk betreiben. «Und sollte ich nicht wieder lebend bei meinen Männern auftauchen, sprengen sie die Hütte in die Luft. Mit allen, die drin sind. Wir töten alle Frauen, Robert! Alle Kinder und alle Alten!» Er lächelte. «Und das sollen wir Dir glauben? Du bluffst doch nur.» Jetzt lachte der andere sogar leise.

«Vielleicht, Robert. Vielleicht bluffe ich tatsächlich.» Er seufzte theatralisch. «Aber vielleicht auch nicht. Ob Du mir glaubst oder nicht, ist mir eigentlich scheissegal. Aber Du musst für Dich entscheiden. Willst Du den Tod all dieser Menschen in dem Gebäude da hinten auf Deine Seele laden oder entscheidest Du Dich dafür, dass ich bluffe?»

Rob sah sich um. Zuerst blickte er zu mir und ich schüttelte leicht den Kopf. Dann drehte er sich zu Danilo um, auch dieser verneinte. Ich sah Entsetzen in den Gesichtern unserer Leute. Entsetzen, Sorge und Hoffnungslosigkeit.

Rob verzog sein Gesicht zu einer fürchterlichen Grimasse, dann warf er sein Gewehr weit von sich.

«Danke.» Wieder lächelte der andere. «Ihr könnt nichts gegen mich ausrichten. Absolut nichts. Ich werde tun, was ich tun werde, und Ihr könnt nichts dagegen unternehmen. Oder diese Menschen sind alle tot. Ist das klar?»

Keiner sagte ein Wort.

«Ist das klar, Robert?», brüllte der andere plötzlich und ich schrak zusammen.

«Es ist klar.», Robs Stimme hingegen war nicht mehr als ein Flüstern.

«Das ist gut so.» Er sprach wieder mit der ruhigen, kalten Stimme.

«Und jetzt lass Anna frei!», sagte ich. Die blaugrünen Augen blitzten.

«Frei, Toni?»

«Ja, lass Anna frei!»

«Ok!»

Ich runzelte die Stirn und bereute augenblicklich, was ich da gesagt hatte. Ich hätte es besser wissen müssen. Mit einer schnellen Handbewegung schnitt er ihr die Kehle auf. Anna riss ihre Hände nach oben, presste sie auf ihren Hals, woraus dunkles Blut schoss. Sie konnte nicht einmal mehr schreien. Sie brach zusammen und ihr Mann schrie gellend auf. Sofort hielten ihn einige unserer Leute fest. Er wehrte sich heftig für eine Weile, dann brach er zusammen. Noch während Anna tot auf den Boden sank, hatte er mit seiner linken Hand einen Revolver aus dem Hosenbund gezogen, hielt ihn in Richtung Rob. Mein Freund zitterte, bebte, blieb jedoch an Ort und Stelle stehen.

«Ihr könnt einfach nichts dagegen tun!», brüllte er mit triumphierender Stimme.

Für mich schien es in diesem Moment, als wäre er wirklich direkt aus der Hölle entstiegen.

Bewegung kam in unsere Leute und ich hob die Arme.

«Nein! schrie ich. «Nein!» Ich kam hinter dem MG hervor und stellte mich neben Rob, sah unsere Leute an. «Bitte, tut nichts unüberlegtes.»

Flüche, Beschimpfungen und schwerste Beleidigungen kamen aus der Menge, aber alle blieben, wo sie waren. Ich hörte ein bösartiges Lachen und drehte mich wieder zu ihm um.«Ihr könnt mir nichts tun! Nichts! Hört Ihr? Einfach absolut gar nichts!» Wieder brüllte er. Dann drehte er sich leicht nach links, sah zu den beiden Gefangenen auf dem Boden, als schien er sie erst jetzt zu bemerken. Ein amüsiertes Lächeln umspielte seine Mundwinkel. Dann hob er den

Revolver und drückte zwei Mal den Abzug. Die Gefangenen sackten zusammen.

«Das waren Deine Leute!», schrie Danilo voller Entsetzen. «Deine Leute!»

Der andere sah nur kurz zu ihm hin.

«Ja, das waren sie. Aber sie waren nutzlos.», antwortete er dann wieder mit der ruhigen Stimme. Ich sah, wie sich einige unserer Leute erbrachen, darunter auch Michele. Immer noch umspielte dieses leichte Lächeln seinen Mund, immer noch blickten diese toten Augen Rob und mich an. Er stand direkt vor uns, vielleicht fünf Meter von mir und Rob entfernt. Es hätten auch Lichtjahre sein können. Der Rest unserer über zwanzig Leute stand im Halbkreis um uns herum.

Ich war entsetzt, alle waren es. In Robs Gesicht arbeitete es, seine Hände zitterten. In seinen Augen sammelten sich Tränen der Wut.

Ich blickte zu Annas Leiche, die auf dem Boden in einer riesigen Blutlache lag, dann sah ich zu den beiden erschossenen Gefangenen, die halb übereinander lagen.

Er hatte diese drei Menschen ohne irgendeine Rührung getötet, ohne auch nur den Hauch eines Gefühls.

WTF? Was war hier nur los?

«Was bist Du?», fragte ich.

Er lächelte etwas breiter, der Revolver schwenkte von Rob zu mir. Das Messer blieb gegen meinen Freund gerichtet. Die Klinge glänzte im wenigen Licht.

«Ich bin Euer schlimmster Alptraum. Ich bin Euer schwärzester Schatten. Ich bin Euer grösster Schmerz!»» Er lachte eisig.

«Wer bist Du?», fragte nun auch Rob mit flüsternder Stimme.

Der andere blickte wieder von mir zu Rob, das Lächeln verschwand.

«Ich bin Patrick.» Er machte eine kurze Pause. «Thomas. Andreas.» Wieder eine kurze Pause. «Ich bin Gabriele.»

«Sie sind alle tot.», entgegnete ich leise und er hob seine Augenbrauen.

«Ach stimmt, ja! Du hast recht Toni, ich habe sie alle getötet.» Er lächelte wieder leicht. «Ausser Nicole. Die hast nämlich Du erschossen, Robert.» Er zeigte mit der Messerspitze auf meinen Freund.

Einen Augenblick herrschte Stille. Kein Laut war zu hören, sogar das Meer schien zu schweigen.

«Was willst Du? Du verfluchter Hurensohn, was willst Du?» Robs Stimme zischte.

Der andere zuckte mit den Schultern.

«Was ich will?», antwortete er schliesslich. «Dich tot sehen, Robert! Dich und Toni!» Er blickte mich an. «Und dann das Fräulein.» Er hob sein Messer, liess die Klinge im fahlen Licht glänzen und ich erbleichte. «Und ich werde sie töten, so wie ich das schon damals hatte tun wollen!»

«Du…»

«Shh.», unterbrach er mich. «Ihr wolltet wissen, was ich will. Und das will ich.» Er nickte und seine Stimme hatte wieder diesen Plauderton. «Euch tot sehen. Euch alle! Obwohl, die Jagd hat mir schon ziemlichen Spass gemacht und unsere kleinen Auseinandersetzungen hatten ja echt auch was.» Er verkniff sein Gesicht leicht, nickte dazu ein wenig.

«Die habe ich wirklich genossen. Wäre eigentlich fast schade gewesen, wärt Ihr damals in dem Bauernhaus verbrannt.» Das leise Lächeln aus seinem Gesicht verschwand, ebenso der Plauderton, welcher wieder durch Eiseskälte ersetzt wurde. Auch seine blaugrünen Augen schienen kälter zu werden.

«Aber irgendwann hat alles ein Ende. Der Spass. Die Freude.» Er zuckte leicht mit den Schultern. «Das Leben!» Er schien nur noch aus Kälte zu bestehen, ein lebender Eisblock.

«Und das Ende ist … jetzt!»

Er schoss!

Der Knall peitschte durch mein Bewusstsein wie ein Blitz, raste durch mein Gehirn hindurch und endete in meiner Seele.

Rob brach zusammen.

Wie in Zeitlupe sah ich meinen besten Freund in sich zusammensacken. Ein Blutfleck bildete sich auf seiner Brust, noch während er fiel. Staub wirbelte von der Strasse auf, flimmerte im Schein des Lichtes.

Ich sah, wie der Rauch aus dem Lauf des Revolvers stieg und sich in der Luft verflüchtigte, als dieser langsam zu mir schwenkte.

Ich sah diese eiskalten, blaugrünen Augen und die tiefen Furchen in diesem ausgemergelten Gesicht. Ich sah, wie sich der Zeigefinger langsam um den Abzug krümmte.

Irgendjemand hatte mir mal erzählt, dass man in solchen Momenten sein Leben nochmals an sich vorbeiziehen sieht. Aber das stimmt nicht.

Es gab keine Bilder. Weder solche aus meiner Kindheit oder aus der Jugend noch solche von später oder sogar nach der Apokalypse.

Einfach nichts.

Nur diese eiskalten, blaugrünen Augen, deren Blick mich in sie hineinzogen. Als würden sie grösser und grösser werden, bis sie mich schliesslich gänzlich eingenommen hatten.

Er sagte noch irgendetwas. Was, das verstand ich nicht. Es gab nur noch diese Augen, in die ich hineinzufallen schien. Und dann waren diese Augen plötzlich weg.

Dafür sah ich ein Messer, dessen Spitze gleich neben seinem Adamsapfel aus dem Hals ragte.

Diese Messerspitze gehörte irgendwie nicht dahin. Und dann war sie auch schon wieder weg. Dafür hörte ich eine Stimme. Eine Stimme, die ich irgendwoher kannte: «Ich bin kein Fräulein.»

Dort wo eben noch die Messerspitze aus dem Hals geragt hatte, sah ich jetzt eine dunkle, fast schwarze Flüssigkeit, die auf der bleichen Haut erschien. Es wurde schnell mehr und mehr, dann begann diese Flüssigkeit in einem weiten

Bogen auf mich zu spritzen, irgendeinem speziellen Rhythmus folgend.

Dann brach der Teufel zusammen.

Und ich mit ihm.

VI

Das Schwarz begann langsam zu verblassen.

Connie kniete neben mir auf der Strasse.

«T? Geht es Dir gut?» Sie sah mich mit besorgtem Blick an.

Es war immer noch dunkel, doch der Himmel über mir war grau und nicht mehr schwarz und begann sich langsam ins Bläuliche zu verfärben.

«Was machst Du hier, Connie?» Ich begann mich aufzusetzen, versuchte herauszufinden, wie es meinem Körper ging.

Jeder Muskel schien sich irgendwie bemerkbar zu machen und so schmerzte mein Körper von Kopf bis Fuss. Ich bewegte meine Extremitäten und stellte fest, dass sich alle problemlos bewegen liessen, wenn sie auch weh taten. Ich sass mitten auf der Strasse und sah mich um.

Rob war weg. Am Boden lag ein wenig Blut. Auch Anna war weg, jedoch war dort, wo sie gelegen hatte, ein riesiger Blutfleck, welcher feucht glänzte.

Nur der Teufel lag noch da. Sein Körper war verdreht, die blaugrünen Augen starrten mich leblos an.

Es schauderte mich und ich blickte weg.

Männer und Frauen liefen umher. Alle riefen durcheinander, ich verstand jedoch nichts.

«Wo?», fragte ich knapp und Connie setzte sich einfach in den Staub neben mich.

«Sie operieren ihn gerade.»

«Er lebt?» Ich sah sie mit erstauntem Blick an und sie nickte.

«Ja, Schatz. Er lebt. Aber…» Sie stockte. «Aber ich weiss nicht, ob er's schafft. Doch Dottore Rossi gibt alles, da kannst Du sicher sein.» Sie machte eine Pause. «Und Du kennst Rob, er ist zäh.»

Ich sah wieder zu dem Teufel hin. Sein Blut hatte den Staub und gestampften Dreck des Weges dunkel gefärbt. «Du warst es.», sagte ich leise. Es war keine Frage. «Du hast geschafft, was wir nicht konnten.»

Connie lächelte sanft.

«Sie waren zu viert, als sie das Tor angriffen. Wir hatten uns versteckt und beobachteten das Ganze. Er war mit dabei.» Sie nickte zu der Leiche hin, die vor uns lag. «Aber sie gingen keinerlei Risiken ein. Irgendwie war der Angriff nur halbherzig und wir vermuteten, dass es wirklich nur ein Ablenkungsmanöver war. Und doch, irgendetwas stimmte nicht. Also beobachteten wir weiter, wie sich drei von ihnen dann zur Seite schlichen, wo sie Leitern mitnahmen. Mit denen verschwanden sie um die nördliche Mauer. Der Vierte versuchte weiter, die Wachen am Tor abzulenken. Den Rest der Gang konnten wir nirgends sehen und dachten uns, dass sie schon am südlichen Punkt sein müssten.» Sie seufzte. «Und dann kam uns mit Schrecken das Haus mit den Frauen und Kindern in den Sinn.»

«Was ist mit ihnen?», fragte ich, doch sie nickte beruhigend.

«Es geht allen gut.»

«Aber…?» Ich sah sie mit gerunzelter Stirn an, doch sie nickte erneut.

«Wir mussten eine Weile warten, dann stiegen wir ihnen nach. Die drei hatten die Leitern einfach stehen lassen und wir kletterten ihnen nach. Dann versteckten wir uns im Dunkel der Mauer. Sie töteten die Wachen vor unseren Augen.» Ihre Stimme bekam einen dunklen Schatten. «Ich wünschte, wir hätten etwas dagegen tun können.»

«Ihr habt uns gerettet.»

«Aber nicht alle, T. Nicht alle.»

«Ihr habt das Dorf gerettet.»

«Jedenfalls überwältigten Nadina und Rita die beiden Begleiter von ihm, als er schon mit Anna auf dem Weg hierhin war.»

«Nadina und Rita?»

«Sie töteten die beiden mit Messern, während ich mich hierhin schlich.

«Die beiden können keiner Fliege etwas zu leide tun.» Ich war überwältigt.

Meine Liebste machte eine leichte Grimasse, sah gen Himmel.

«Da siehst Du, was diese verd...» Sie stockte, wollte den Fluch nicht aussprechen. Dann fuhr sie fort: «Zu was sie uns getrieben haben.» Sie seufzte. «Sie töteten die beiden mit Messern, damit keiner etwas hören konnte. Aber er hatte sich schon Anna gepackt und war hier.»

«Ach ja, Anna.», seufzte ich und Connie legte ihre Hand auf meine Schulter, drückte sie.

«Leider war ich zu spät für Anna und Rob.» Sie sah mich mit warmem Blick an. «Ich bin so froh, dass ich wenigstens für Dich nicht zu spät kam.»

Ich lächelte schief. «Es war verflucht knapp.»

«Hey, kein fluchen mehr! Wir sind schwanger.», scherzte Connie mit leisem Lächeln, doch mir war überhaupt nicht zum Scherzen zumute.

«Ich dachte wirklich, das war's jetzt.»

Ihr Lächeln verschwand aus ihrem Gesicht, der warme Blick blieb jedoch.

«Es war wirklich in allerletzter Sekunde.», gab sie zu.

Ich hörte Schritte und blickte auf.

«Tonino, lebst Du noch?» Es war Danilo, der mit breitem Lachen im Gesicht zu uns eilte.

Ich rappelte mich langsam auf und hielt Connie meine Hand hin. Sie ergriff sie und ich zog sie auf die Füsse.

«Lass uns nach Hause gehen.»

Ich nickte und sah gedankenverloren nochmals zu der Leiche hin.

«Jetzt endlich kann ich ruhig schlafen.», flüsterte ich.

Rob hatte die Operation überstanden, aber der Doktor wusste nicht, ob er durchkommen würde. Die Kugel war nur Millimeter über dem Herzen durchgegangen und hinten wieder herausgetreten. Dabei hatte sie einen der Lungenflügel durchschlagen und der Arzt hatte einfach nicht die Mittel, wie in irgendeinem Spital vor dem Zusammenbruch. Aber er tat, was er konnte, und so war es dann einfach in Gottes Hand, wie er uns sagte. Die Chancen standen fünfzig zu fünfzig.

Doch Connie hatte recht, Rob war zäh.

Ich hatte manchmal den Gedanken, dass er sich mit seinem Schmerz fallen lassen würde und er irgendwann einfach sterben wollte. Doch das tat er nicht.

Es vergingen mehrere Tage, aber dann kam eine der Schwestern zu mir und meinte, Rob sei erwacht.

Ich liess alles stehen und liegen und rannte in sein Krankenzimmer. Robs Gesicht war fürchterlich blass, doch seine Augen waren offen und er sah mich an. Sein Atem ging noch röchelnd, doch der Arzt hatte mir gesagt, dass die Lunge sich erholen und irgendwann wieder normal funktionieren würde.

Rob war noch äusserst schwach, doch ein leichtes Lächeln huschte über sein Gesicht, als er mich erblickte.

«T.», flüsterte er und ich musste mich vorbeugen, um ihn zu verstehen. «Ist er…?»

Ich nickte. Tränen der Freude liefen mir über das Gesicht. «Ja mein Freund, er ist tot!»

Wieder dieses huschende Lächeln.

«Wie…?»

«Connie!»

Seine Augen weiteten sich.

«Unsere … Connie?»

«Ja, unsere Connie.» In meiner Stimme schwang stolz mit. «Sie hat ihm ein Messer in den Hals gerammt, kurz nachdem er auf Dich geschossen hatte.»

Rob bewegte sich und zuckte zusammen.

«Nicht, Rob! Du darfst Dich noch nicht bewegen. Die Lunge ist noch nicht das, was sie vorher war, also lass es.» Er nickte schwach.

«Dann können wir endlich wieder schlafen!»

Ich lächelte unter den Tränen.

«Ich schlafe wie ein Murmeltier.»

«Endlich.», seufzte er. «Endlich.»

«Wir haben unterdessen begonnen, die Schwachstelle auszubessern.», begann ich zu erzählen. «Wir verstärken die Zäune und werden einen weiteren Wachturm bauen an der Stelle.» Rob nickte.

«Und Anna?»

Ich schüttelte traurig den Kopf.

«Nein Rob, sie ist tot. Ebenso wie zwei der Wachen am Tor und die vier Wärter für die Frauen und Kinder.»

«Tut mir leid.», flüsterte er. «Ich hätte es wissen müssen.»

«Nein! Du hast uns alle gerettet, vergiss das nicht. Wenn Du es nicht zurückgeschafft hättest, hätten wir nie von dem Angriff erfahren. Und der Plan ist aufgegangen.»

Ich sah ihn an und bemerkte, dass er bereits wieder eingeschlafen war.

Ich sass noch eine lange Zeit an seinem Bett und all der Schmerz der letzten mehr als eineinhalb Jahre lief in Form von Tränen aus mir heraus.

Ich sass einfach da und weinte. Und ich schämte mich meiner Tränen nicht.

Und jetzt kamen sie, die Bilder. Die Fahrt mit den Motorrädern mit all diese Toten. Das brennende Haus. Unser Häuschen am Berg. Die Rettung von Connie und der Angriff auf dem Flugplatz. Unsere Flucht in die Berge und das 'Hotel der Träume'. Nicole. Tom, Patrick, Claudio und Gabriele. Joe und seine Söhne. Die Nacht am Strand und der Kampf um das Rifugio.

Der Schmerz schüttelte mich durch, als er aus mir herausströmte.

Irgendwann kam Connie in das Zimmer, umarmte mich wortlos und hielt mich einfach nur fest.

Die Tränen begannen zu versiegen und mit ihnen auch der Schmerz.

Ich war angekommen.

Zum allerersten Mal seit dem 'Grünen Tod' fühlte ich mich zuhause.

Die Tage wurden kälter und grauer. Die Sonne versteckte sich immer mehr hinter den Wolken, als dass sie auf unser

Dorf schien, doch das trübte die Stimmung aller nicht. Wir waren so froh, dass wir noch lebten. Es dauerte einige Tage nach dem Angriff, bis alles wieder seinen gewohnten Gang begann zu laufen. Dann begannen wir mit den Ausbesserungsarbeiten und gingen daran, uns für den Winter vorzubereiten.

Wir mussten uns um das Vieh und die Felder ausserhalb des Dorfes kümmern und machten die Häuser winterfest. Connies Bauch wurde langsam grösser und sie begann komische Dinge zu essen. Doch wir waren glücklich. Rob besuchten wir beide täglich, oft war ich aber auch allein bei ihm und wir redeten über all die Dinge, über die wir so lange geschwiegen hatten.

Es dauerte fast zwei Monate, bis er wieder einigermassen auf den Beinen war. Doch schliesslich war es so weit und er durfte endlich sein Krankenzimmer verlassen.

Er lief noch etwas langsam, konnte seiner Lunge noch nicht allzu viel auflasten.

Aber er lebte.

Wir gingen zusammen zum Strand. Das Wasser hatte eine grünlich-graue Farbe und die Wellen waren höher als normal. Der Himmel über uns war grau und ein kühler Wind wehte uns um die Ohren.

Ich zog meine Jacke enger um mich.

Wir setzten uns auf einen der Liegestühle und sahen beide auf das Meer hinaus.

«T, ich werde wieder von hier fort gehen.»

Ich sah ihn von der Seite her an.

«Aber warum? Hier ist es gut und wir haben alles, was wir wollten. Frieden, ein Zuhause.»

Er sah mich ebenfalls an.

«Du hast ein Zuhause, T. Und Du wirst bald eine Familie haben.»

«Aber Du gehörst ebenfalls zu dieser Familie.»

Rob lächelte leicht, antwortete aber nicht.

«Geh nicht wieder weg.»

«Ich muss, T! Ich weiss, was es bedeutet, eine Familie zu haben. Und ich weiss, was es heisst, sie zu verlieren.»
«Aber Du hast jetzt die Chance, eine neue Familie zu haben.» Ich verzog mein Gesicht. «Und hier hat es auch einige hübsche Töchter.»

Er lächelte säuerlich.

«Früher hätte ich Dir absolut recht gegeben. Aber seit…» Er verstummte, doch ich wusste, was er sagen wollte. «Rob, Joanna ist nicht da draussen und auch José nicht. Aber sie sind hier drinnen,» Ich zeigte auf sein Herz, dann machte ich eine umschweifende Armbewegung, «und somit hast Du alles, was Du brauchst. Frieden!»

«Frieden.», wiederholte er das Wort, als hätte es einen Beigeschmack. «Vielleicht will ich diesen Frieden gar nicht, T. Ich traue diesem Frieden nicht. Und vielleicht will ich nicht, wieder irgendwann Menschen begraben müssen, die mir wichtig sind.» Er sah erneut auf das Meer hinaus. «Menschen, die ich liebe.»

«Doch hier können wir jeder Gefahr trotzen, jedem Angriff standhalten. Vielleicht musst Du nie wieder Menschen begraben.»

«Bullshit.», lachte er säuerlich. «Wir sterben alle irgendwann einmal, T. Das weisst Du so gut wie ich.»

«Sicher!», gab ich ihm recht. «Doch irgendwann, vielleicht mit neunzig?»

«Scheisse! Ich weiss echt nicht, ob ich in dieser Welt neunzig werden will.» Er schüttelte den Kopf. «Aber ich will auch jetzt noch nicht sterben. Das ist mir in diesem Krankenbett klargeworden. Ich dachte immer, dass ich eigentlich nur zu meiner Familie möchte, aber ich konnte nicht loslassen. Warum, weiss ich gar nicht. Aber es ist einfach so.»

Ich antwortete nicht. Dafür griff ich in meine Jackentasche und zog ein Päckchen Zigaretten hervor. Ich rauchte äusserst selten, die Dinger gab es ja auch kaum noch. Doch jetzt musste es sein.

Ich steckte sie mir zwischen die Lippen und formte einen Windschutz, um sie anzuzünden. Doch Rob nahm mir das Feuerzeug aus den Händen, liess es aufschnappen und entzündete die Flamme. Es roch leicht nach Benzin, als er die Glut entflammte. Dann liess er den Deckel mit einem metallischen Klicken wieder zuklappen und hielt es mir hin. Ich liess das Feuerzeug in die Jackentasche fallen und zog den Rauch tief in die Lungen.

«Du kriegst keinen Zug, Deine Lunge würde dies nicht durchstehen.», grinste ich und er lächelte leicht.

«Damals in Madrid und dann nochmals am Strand, das hat mir gereicht.»

Ich zog wieder tief, liess den Rauch dann langsam ausströmen.

Er wurde vom Wind erfasst und verschwand im grau des Himmels.

Rob verliess uns einige Wochen später.

Alle hatten versucht, ihn umzustimmen, auch Connie redete oft auf ihn ein, aber er liess sich nicht auf Diskussionen ein, sagte meistens nicht viel.

Schliesslich räumte er all seine Ausrüstung, Proviant, Munition in den alten Saurer. Dann drehte er sich zu uns um. Er ging zu Michele, Danilo und einigen anderen, verabschiedete sich kurz mit einem Händeschütteln. Dann kam er zu Connie und mir.

Er sah uns lange an, umarmte Connie und flüsterte ihr etwas ins Ohr. Ich sah, wie ihr Tränen aus den Augen rannen, doch sie nickte.

Als er sich von ihr löste, drehte er sich zu mir um. Ich stand da, schüttelte immer wieder den Kopf, doch Rob lächelte ganz leicht. Wir umarmten uns wortlos.

«Sehen wir uns wieder?», fragte ich nach der Umarmung, doch er zuckte nur mit den Schultern.

«Da ist nichts mehr da draussen, Rob! Einfach gar nichts mehr.»

Er sah mich lange an. Es waren dieselben Worte, die ich
bei unserem Treffen in seinem alten Haus nach dem Zusammenbruch der Welt gesagt hatte.

«Oh doch, T! Es gibt eine komplette Welt da draussen. Wir
müssen sie nur so nehmen, wie sie jetzt ist.»

Damit drehte er sich auf dem Absatz um, ging zu seinem
Laster und kletterte auf den Fahrersitz.

Ich sah, wie er die Halskette von Jo, die er ihr auf das
Hochzeit geschenkt hatte, am Sonnenschutz befestigte und
das Foto seiner Familie vor sich unter die Scheibe klemmte.
Ich hörte, wie der Motor anlief und das Zischen der Hydraulik. Dann klackte das Getriebe und der 2DM fuhr langsam an.

Das Tor schwang auf und schneller werdend, rollte unser
alter Armeelastwagen hindurch, bog nach links auf die
Strasse ab und verschwand aus meinem Blick.

Epilog – Fünfzehn Jahre nach dem Ende

Der mit Rapsöl fahrende alte, gepanzerte Wagen tuckerte langsam über die staubige Strasse. Er befand sich in etwa auf Höhe der Insel Tremiti und fuhr gemächlich der Strandstrasse entlang. Der Wagen war ziemlich schmutzig, doch bedrohlich thronte ein Maschinengewehr auf einem kleinen Turm über dem Dach.

Bleiche Gesichter sahen aus den dicken Panzergläsern auf der Beifahrerseite. Ein Mann stand im Wagen, lugte durch die Dachluke und hielt das MG in den Händen. Er sah immer wieder nach vorne und auf die rechte Seite, ins Landesinnere. Der Lauf der Waffe schwenkte jeweils mit seinem Blick mit.

Man konnte gut sehen, dass die Besatzung des Fahrzeuges angespannt war, sie schienen auf der Hut zu sein. Doch nach all den Kämpfen, welche sie in den letzten Jahren gegen Gaunerbanden, Plünderer und andere Verbrecher führen mussten, nur um endlich so weit in den Süden zu gelangen, war dies keine Überraschung.

Sie waren schon seit vielen Tagen unterwegs. Auf dem Weg von Cattolica her, hatten sie schon zwei Räuberbanden zu Gesicht bekommen, beide Male jedoch waren die Banditen geflüchtet, als sie das gepanzerte Fahrzeug und vor allem das Maschinengewehr bemerkten.

Das Ziel der Besatzung war nicht mehr weit. Sie wollten nach Peschici. Am Fusse einer Burg aus dem Mittelalter befand sich ein ähnliches Rifugio, wie dasjenige von wo die Männer herstammten.

Auf dem Beifahrersitz sass ein etwa vierzehn Jahre alter Junge. Trotz seines Alters hielt er bereits ein langes Gewehr in den Händen.

«Guarda Papa! Da steht ein alter Wagen.» Der Junge auf dem Beifahrersitz zeigte mit den Fingern aus dem Fenster. Er hörte sich aufgeregt an.

«Wir sehen viele alte Fahrzeuge, Valentino. Ist doch nichts spezielles.»

«Doch Papa! Von so einem haben Mama und Du doch immer erzählt.»

Der Fahrer runzelte die Stirn, trat dann auf die Bremse und der alte Mowag Eagle kam zum Stehen.

«Dove?», fragte er. Wo?

«Da!» Der Junge zeigte wieder in eine Richtung und der Fahrer beugte sich zu ihm herüber, um besser aus dem schmalen Fenster blicken zu können.

«Er sieht genau so aus, wie der Lastwagen in Euren Geschichten.»

Und tatsächlich, tief im Gebüsch, durch tiefhängende Äste fast unsichtbar, stand ein alter Schweizer Armeelastwagen.

Der Fahrer liess den Eagle wieder anrollen und lenkte ihn etwas von der Strasse weg. Dann hielt er erneut an und stellte den Motor aus.

«Davide, sichere uns von der Seite.», sagte der Fahrer. «Und Roberto...»

«Ich weiss schon, T.» Der Mann am MG nickte. «Seht es Euch an. Na los, geht schon. Wir sichern Euch Eure Ärsche von hier schon ab.»

«He, nicht so vor Valentino!», antwortete der Fahrer, doch der Mann am Maschinengewehr liess sich nicht beeindrucken und grinste nur noch breiter.

Toni blickte streng zu seinem Sohn.

«Du weisst, was ich Dir beigebracht habe mit der Waffe?»

«Si Papa!» Der Junge machte eine Grimasse. «Das fragst Du mich jeden Tag mindestens drei Mal.» Trotzdem nahm er sein Gewehr und mit geübten Griffen überprüfte er, ob die Waffe geladen und gesichert war.

Toni sah seinen Sohn mit einem unbestimmten Blick an. «Na dann los.»

Sie verliessen den Eagle und gingen vorsichtig in Richtung des gestrandeten Lkw. Auch der dritte Mann stieg aus dem Eagle und verschwand im Gebüsch, legte sich dort in Deckung. Derjenige am Maschinengewehr blieb, wo er war. Vater und Sohn gingen langsam zu dem alten Lastwagen.

Endlich konnten sie den Wagen zur Gänze erblicken und Toni blieb abrupt stehen.

Sollte das wirklich…?

Ein Schauer lief ihm über den Rücken.

Der Lastwagen war nur noch ein Wrack. Obwohl mehr aus Rost und Löchern bestehend, war die grüne Farbe trotzdem noch zu erkennen. Der Saurer sah erbärmlich aus. Die Fenster waren zerborsten, das Blech übersäht mit Einschusslöchern und Rostflecken. Die Reifen waren weg und ebenso die grosse Plane, welche früher mal über die Ladefläche gespannt war. Nur das Gestell für die Plane ragte noch wie ein altes Skelett in die Luft, die Aluminiumstreben waren jedoch völlig verbogen. Die Stahlblechabdeckungen, welche Rob mal befestigt hatte, waren völlig verschwunden und der grosse Tank auf der Seite hatte unzählige Einschusslöcher, ebenso die Türen der Kabine und die zerborstenen Seitenspiegel. Doch die grosse, ehemals rot-orangene Schneeschaufel war immer noch vorne am Wagen befestigt.

Toni sah auf die Ladefläche, doch diese war leer. Die Holzdielen, welche den Boden bildeten, schienen teilweise schon verrottet zu sein. Der Wagen stand also schon länger hier.

Sein Sohn verschwand unterdessen um die grosse, hohe Schnauze des Saurers und kletterte in die Kabine hinein.

«Pass auf!», rief Toni. «Kein Risiko eingehen, hörst Du!»

«Schon gut Papa!» Der Tonfall von Valentino klang typisch genervt für einen Teenager.

Toni sah unter den Wagen. Die hintere Seilwinde fehlte, sie schien abmontiert sein zu worden.

«Papa!», rief es aus der Führerkabine und Toni sprang auf. «Papa, komm!»

Toni sprang zur Front des Wracks uns riss die Beifahrertür auf. Sein Sohn sass auf dem alten, ehemals roten Sitz, das Gewehr lässig angelehnt. Er kramte in irgendwelchen Kisten, die lose in der Kabine herum lagen.

Toni sah sich mit geübtem Blick um. Der Wagen sah innen ebenso aus wie aussen.

Als würde er schon lange hier stehen.

Dreck, Rost und Überreste der Ausrüstung lagen verstreut in der Kabine. Der Gangwählhebel war nicht mehr vorhanden und das alte Lenkrad zerborsten und gesplittert. Toni suchte nach Blutspuren, aber konnte keine finden. Jedoch könnten diese auch schon von Wind und Wetter ausgewaschen worden sein.

Noch ein Schauer lief seinen Rücken hinunter.

«Warum hast Du gerufen? Hast Du etwas gefunden?»

Der Junge sah seinen auf dem Trittbrett stehenden Vater an, sein Blick war traurig, als er nickte.

«Was ist los?», fragte Toni und sein Sohn hielt ihm etwas Glitzerndes, Undefinierbares entgegen.

«Was ist das?»

Toni hielt seine Hand auf und Valentino legte eine dünne, silberne Kette hinein. Daran befestigt war eine kleine Plakette. Der Anhänger bestand aus zwei Teilen und war in der Mitte mit Löchern versehen.

«Das habe ich irgendwo hier am Boden zwischen all dem Müll entdeckt.», erklärte der Junge und Toni sah auf die Plakette. Sie war schon fast blind und die Innschrift nur noch schlecht leserlich.

In der Hoffnung, nicht einen bestimmten Namen zu finden, sah sich Toni die genauer Plakette an. Die Hoffnung verschwand augenblicklich.

'Robert M. Philipp' stand da, darunter das Geburtsdatum und die Blutgruppe: AB negativ.

Es war dieselbe Blutgruppe, wie sie alle Überlebenden besassen.

«Was ist das?»

Toni schreckte aus seinen Gedanken bei der Frage seines Sohnes.

«Das ist eine militärische Erkennungsmarke, einen sogenannten 'Grabstein'. Er diente dazu, Menschen nach einem Kampf identifizieren zu können.»

«Tote Menschen.», sagte Valentino trocken und Toni nickte traurig.

«Du kanntest diesen Mann, nicht?» Er blickte den Vater mit seinen grossen, braunen Augen an. «Es ist Roberto, der das Dorf damals gerettet hat!» Valentino kannte diese Geschichte.

Toni seufzte tief.

«Dieser Mann hat Deiner Mutter das Leben gerettet.» Tränen füllten seine Augen. «Und mir auch. Mehrfach.»

Bilder aus der Vergangenheit schossen durch seinen Kopf. Bilder von vor so vielen Jahren.

«Und er war mein Freund.», flüsterte Toni leise.

Tränen liefen über Tonis Gesicht, fielen auf den staubigen Boden und hinterliessen kleine, runde Flecken.

'Leb wohl, alter Freund.'

Er sah zu Valentino auf, lächelte gequält.

«Komm, verschwinden wir hier!»

Sie waren schon auf dem Weg zurück zu ihrem Eagle, als ein Gedanke Toni streifte. Er drehte sich nochmals um, ging zum Saurer zurück und öffnete die Tür. Sein Blick suchte die Halskette von Jo am Rückspiegel, aber sie hing nicht mehr dort.

Rob musste sie also mitgenommen haben.

Hoffnung keimte in Toni auf.

Er schloss die Tür und ging langsamen Schrittes zu seinem Sohn zurück.

Ende

Danksagung

Mike – Trotz aller Turbulenzen im Büro, hat Mike Zeit
gefunden, die Geschichte Test zu lesen.
Herzlichen Dank Mike für Deine Geduld, Deine Zeit und
das Feedback, nebst unserer gemeinsamen Arbeit an
irgendwelchen IT-Projekten.

Heiko – Dass ein erfolgreicher Autor selber zum Testleser
wird, ehrt mich schon.
Vielen Dank Dir für das Feedback, sowie Deine Arbeit
betreffend Buchsatz, Lektorat und Advertising einer nicht
alltäglichen Geschichte. Und natürlich viel Erfolg
Deinerseits mit Deinen Werken.

Jill und Monika – Euer Vertrauen ehrt und freut mich,
obwohl eine dystopische Story auf den ersten Blick nicht
ins Portfolio passt. Trotzdem gabt Ihr grünes Licht und
dafür danke ich Euch vielmals!
Versprochen, das nächste Werk führt uns wieder ins
Mittelalter.

Andrea – Meiner Liebsten danke ich für Ihre Geduld und
den Support.
Ohne Dich, wäre ein solches Buch nicht möglich!

Ihre Zufriedenheit ist unser Ziel!

Liebe Leser, liebe Leserinnen,

hat Ihnen unser Buch gefallen? Haben Sie Anmerkungen für uns? Kritik? Bitte zögern Sie nicht, uns zu schreiben. Wir werden jede Nachricht persönlich lesen und beantworten.

Schreiben Sie uns: info@ek2-publishing.com

Wussten Sie schon, dass Sie uns dabei unterstützen können, deutsche Militärliteratur sichtbarer zu machen? Bitte nehmen Sie sich einen Moment Zeit und bewerten Sie dieses Buch auf Amazon. Viele positive Rezensionen führen dazu, dass das Buch mehr Menschen angezeigt wird.

Sie können somit mit wenigen Minuten Zeitaufwand unserem kleinen Familienunternehmen einen großen Gefallen tun. Vielen Dank für Ihre Unterstützung!

PS: In seltenen Fällen kommt ein Buch beschädigt beim Kunden an. Bitte zögern Sie in diesem Fall nicht, uns zu kontaktieren. Selbstverständlich ersetzen wir Ihnen das Buch kostenlos.

Verpassen Sie keine Neuerscheinung mehr!

Tragen Sie sich in den Newsletter von *EK-2 Militär* ein, um über aktuelle Angebote und Neuerscheinungen informiert zu werden und an exklusiven Leser-Aktionen teilzunehmen.

Als besonderes Dankeschön erhalten Sie **kostenlos** das E-Book »Die Weltenkrieg Saga« von Tom Zola.

Deutsche Panzertechnik trifft außerirdischen Zorn in diesem fesselnden Action-Spektakel!

Eine Veröffentlichung der EK-2 Publishing GmbH

Friedensstraße 12
47228 Duisburg
Registergericht: Duisburg
Handelsregisternummer: HRB 30321
Geschäftsführerin: Monika Münstermann

E-Mail: info@ek2-publishing.com
Website: www.ek2-publishing.com

Cover/Umschlag: Mario Heyer
Autor: Marcel Antoine Fehr
Lektorat & Buchsatz: Heiko Piller

1. Auflage, Dezember 2024